饌
厂

THE LONG
GOODBYE

漫长的告别

〔美〕雷蒙德·钱德勒　著

王纪卿　译

中国友谊出版公司

图书在版编目（CIP）数据

漫长的告别／（美）雷蒙德·钱德勒著；王纪卿译
. — 北京：中国友谊出版公司，2021.4
书名原文：THE LONG GOODBYE
ISBN 978-7-5057-5182-8

Ⅰ．①漫… Ⅱ．①雷… ②王… Ⅲ．①推理小说－美
国－现代 Ⅳ．①I712.45

中国版本图书馆CIP数据核字(2021)第051664号

书名	漫长的告别
作者	[美] 雷蒙德·钱德勒
译者	王纪卿
出版	中国友谊出版公司
发行	中国友谊出版公司
经销	新华书店
印刷	唐山富达印务有限公司
规格	880×1230毫米　32开
	12.25印张　275千字
版次	2021年7月第1版
印次	2021年7月第1次印刷
书号	ISBN 978-7-5057-5182-8
定价	49.80元
地址	北京市朝阳区西坝河南里17号楼
邮编	100028
电话	(010) 64678009

版权所有，翻版必究
如发现印装质量问题，请与承印厂联系调换
电话 (010) 59799930-601

为雷蒙德·钱德勒喝彩

钱德勒像一名贫民窟的天使，给洛杉矶阳光炫目的街道注入了浪漫气质。

——罗斯·麦克唐纳

在他（钱德勒）笔下，仿佛痛苦是伤人的，生命是举足轻重的。

——《纽约人》

钱德勒似乎创造出了终极的美国英雄：洞悉世事，满怀希望，思虑周全，敢于冒险，多愁善感，愤世嫉俗，桀骜不驯。

——罗伯特·B. 帕克
《纽约时报书评》

雷蒙德·钱德勒发明了一种谈论美国的新方法，美国以前在我们眼里从来不是这个样子。

——保尔·奥斯特

菲利普·马洛一直是典型的城市私人侦探。

——《洛杉矶时报》

他(钱德勒)是当代完美的小说家……他把我们领入不同的世界，这个世界像我们的，却又不是。

——卡洛琳·西

没人能像钱德勒一样在其本国主场写作，就连福克纳也办不到——一个独创性的或者伟大的艺术家。

——《波士顿书评》

雷蒙德·钱德勒是一个最重要的明星。

——厄尔·斯坦利·戛德纳

雷蒙德·钱德勒是 20 世纪优秀的散文作家之一……时代变迁没能减损钱德勒散文的活力……他像天使一般写作。

——《文学评论》

一

　　我初次见到特里·伦诺克斯的时候，他喝醉了，窝在舞者饭店门廊外一辆劳斯莱斯"银色幽灵"轿车里。停车场的泊车侍者已把车开出来，仍然扶着车门让它敞开着，因为特里·伦诺克斯的左脚还悬在门外，仿佛他忘了自己有这条腿。他面相年轻，头发却是骨白色。从他的眼睛你就看得出他醉得不省人事了，否则他和其他穿着无尾礼服在纯粹为了挥霍而存在的场合里一掷千金的帅小伙子没什么两样。

　　他身边有个女子，暗红色调的头发很迷人，嘴角挂着冷淡的微笑，肩披一袭蓝色貂皮大衣，和它相比，那辆劳斯莱斯差点儿成了一辆普通汽车。也不完全如此。没什么比得过劳斯莱斯。

　　泊车侍者通常是那种有些粗鲁的家伙，穿白上衣，胸前有红线刺绣的饭店名。他不耐烦了。

　　"喂，先生！"他没好气地说，"你就不能把脚缩进车里，好歹让我关上车门吗？还是要我把门完全敞开，让你掉出来？"

　　那女子瞪他一眼，那眼光应该至少穿出了他的背脊十厘米。这一眼对他没影响，他毫无反应。舞者饭店能够招揽这样一类人，会使你有关花大价钱打高尔夫能够塑造人格的信念破灭。

　　一辆低底盘的外国敞篷跑车悄然驶入了停车场，一个男人下了车，用汽车点烟器点燃长香烟。他身穿套头格子衬衫和黄色宽松长裤，脚踏马靴。他留下一串烟雾，扬长而去，甚至懒得看一眼那辆劳斯莱斯。或许他觉得司空见惯了吧。在通往门廊的阶梯前，他停下脚步，戴上单片眼镜。

那女子以魅力迸发的语气欣然说道："亲爱的，我有个好主意。咱们何不乘出租车去你那儿，把你的敞篷车开出来？今夜这么美，沿着海岸开到蒙蒂塞托岂不很妙？我认识那里一些人，正在开池畔舞会。"

白发小伙子礼貌地说："非常抱歉，那辆车已不是我的了。我不得已把它卖掉了。"听他的声音和吐词，你会以为他没有喝过比橘子汁更烈性的饮料。

"卖掉了，亲爱的？你是什么意思？"女子在椅子上滑离小伙子，而她的声音比身子滑得更远。

"我是说我不得不卖掉。"小伙子说，"填饱肚子需要钱啊。"

"噢，明白了。"现在连一片意式冰淇淋掉在她身上也化不掉了。

泊车侍者将白发小伙子摆在了他刚好够得着的位置——低收入人群。"喂，捣蛋鬼，"他说，"我得去泊车了。改天见吧——有机会的话。"

他让车门大敞。醉汉立即从座位上滑落，一屁股跌坐在柏油马路上。于是我走过，碰一碰运气。我猜想，插手醉汉的事情永远是错误的。即便他认识你，喜欢你，还是极有可能随时向后一缩，然后狠戳你的牙齿。我伸手到他腋下把他搀起来。

"感谢之至！"他礼貌地说。

那女子滑到了方向盘前面。"他喝多了就是这副该死的英国绅士派头。"女子用不锈钢似的声音说，"谢谢你扶他。"

"我要把他弄到后座上去。"我说。

"实在抱歉，我赴约要迟到了。"她挂了挡，劳斯莱斯开始滑动，"他只是一条丧家犬。"她冷笑着补充道，"也许你能帮他找个窝。他经过训练的——或多或少。"

劳斯莱斯驶下入口车道，开上日落大道，右转，消失了。我正目送女子离去，泊车侍者回来了。我仍然搀着醉汉，他现已沉沉入睡。

"嗯，这倒是个应对之策。"我对白上衣说。

"的确。"他嘲讽道，"何苦为个酒鬼费心？都麻烦得要命。"

"你认识他？"

"我听见那女的叫他特里，除此之外我没法从一车奶牛中将他认出来。话说回来，我来这里才两周呢。"

"把我的车开过来，行吗？"我把停车券交给他。

当他把我那辆奥兹车开过来时，我感觉自己好像抱着一袋铅。白上衣帮我把他塞进了前座。那家伙睁开一只眼，对我们说声"谢谢"，又睡着了。

"他是我见过的最有礼貌的醉鬼。"我对白上衣说。

"各色各样、各种举止谈吐的都上这儿来，"白上衣说，"他们全是流浪汉。这位看来还整过容呢。"

"得了。"我给白上衣一元小费，他谢了我。整容的事他说得不错。我这位新朋友的右脸又僵又白，有几处缝合的浅薄细疤，疤痕边缘的皮肤显得光滑。这是整容手术，而且是下了狠手的大手术。

"你打算拿他怎么办？"

"带他回家，让他醒酒，直到他能够说出住在哪里。"

白上衣朝我咧嘴笑道："好吧，倒霉蛋。换作我，就把他扔进水沟，一走了之。这些酒坛子尽给人添麻烦，一点儿也不好玩。我对付这些家伙有一套。现下的竞争诀窍是，你得省点儿力气，在紧要关头保护自己。"

"看得出来，这诀窍让你成了大事。"我说。

他显得迷惑不解，接着生气了，但那时我已上车离开了。

当然，他也有些道理。特里·伦诺克斯给我惹了很多麻烦。但毕竟那是我的职业。

那一年，我住在月桂谷区丝兰大道的一所房子里。这是建在死路上的一幢坡上小屋，一条长长的红杉木台阶通向前门，路对面有一小片桉树林。房间是带家具的，房东是个妇人，已去了爱达荷州，要跟孀居的女儿住一阵子。房租便宜，部分因为房东想要打个招呼就能搬回来住，部分因为那些台阶。她年岁太大，受不了每次回家都得面对长长的台阶。

我总算把那醉鬼弄上了台阶。他很想帮忙，但两条腿如同橡皮做的，而且老是一句道歉话还没说完就睡过去了。我打开门，把他拽进屋里，让他躺在长沙发上，给他盖上毯子，让他继续酣睡。他像虎鲸一样打了一小时呼噜。然后他突然醒来，要上卫生间。从盥洗室出来后，他偷瞧我，眯着眼睛，想知道他究竟在什么地方。我告诉了他。他说他名叫特里·伦诺克斯，住在韦斯特伍德街一套公寓房里，没人在家等着他。他的声音清晰而不含混。

他说他喝得下一杯清咖啡。当我把咖啡端来时，他小心翼翼地端着托碟和杯子啜饮。

"我怎么会来这儿？"他问道，四处张望。

"你在舞者饭店门外，醉得从劳斯莱斯车上跌出来了。你的女友扔下你走了。"

"可不是吗？"他说，"她肯定百分之百占理。"

"你是英国人？"

"我在英国住过，不是在那儿出生。如果能叫到的士，我马上离开。"

"有辆车在等着你。"

他靠自己挪步走下台阶。在去韦斯特伍德街的路上他言语不多，只是感谢我的好心，为他给我添麻烦道歉。有可能他经常对许多人说这种话，所以能脱口而出。

他的寓所又小又闷，不带个性色彩。他可能是当天下午才搬来的。绿色的硬沙发床前摆了张咖啡桌，桌上有个半空的苏格兰威士忌酒瓶，一碗已经化开的冰块，三只空汽水瓶，两只玻璃杯，一只玻璃烟灰缸，里面堆满了烟蒂，有些沾了口红，有些没有。屋内没有照片，没有任何类型的私人物品。这可能是个旅馆房间，被人租来聚会或饯别，喝几杯聊聊天，滚滚床单。它不像任何人的居所。

他请我喝一杯。我说不喝，谢谢。我没坐下。我离开时他又讲了些感谢的话，但不像感谢我为他爬了一座山，也不像没有当回事。他有点儿颤抖，有点儿腼腆，却客气得要命。他站在敞开的门口，直到电梯上来，而我进了电梯。不管他缺少什么，他不缺少礼貌。

他没再提那女子。同样，他也没提他没有工作，没有前途，在舞者饭店几乎掏空囊中最后一块钱为一个上流的漂亮小娘们儿付了账，而那女子竟不肯多待一会儿，以确保他不会被巡警扔进号子，或被粗暴的出租车司机碾死，然后扔到一块空地上。

乘电梯下楼时，我有一股冲动，想回到楼上去拿走他那瓶苏格兰威士忌。但这事跟我毫不相干，而且反正也不会管用。他们少不了酒的时候，总能设法弄到手。

我咬着嘴唇开车回家。我应该算个硬汉，可是那家伙身上有什么打动了我。若非那头白发、那张疤脸、那清晰的嗓音和那彬彬有礼的态度，我就弄不清是什么了。也许那就足够了。我没理由再次见他。他只是一条丧家犬，正如那女子所说。

二

　　我再次见到他是在感恩节后那一周。好莱坞大道沿线的商店已经开始摆满漫天要价的圣诞节垃圾，日报上开始吆喝：若不早点儿完成圣诞节购物，情况会糟糕极了。情况反正都很糟糕，向来如此。

　　在距我那栋办公楼大约三个街区的地方，我看见一辆警车停在另一辆车旁，车上两名穿制服的盯着对面人行道上一扇商铺橱窗边的某件东西。这个"某件东西"就是特里·伦诺克斯，或者说他生命的残余，少得不怎么引人注目。

　　他靠在一家店铺门前。他必须靠着点儿什么。他的衬衫脏兮兮的，领口敞开，部分露在上衣外面，部分没露。他有四五天没剃须了。他鼻孔收缩。他皮肤惨白，连细长的浅疤都看不出来了。他的眼睛像雪堆上戳的两个窟窿。非常明显，巡逻车上的那两个制服男正打算动手捕他，于是我快步走过去，抓住他的手臂。

　　"站直，行走。"我说道，装得凶巴巴的。我从侧面向他眨眼。"走得动吗？醉趴下了？"

　　他茫然地打量着我，接着露出他那半边脸的微笑。"醉劲过了，"他喘息着说，"此刻我想我只是有点儿——飘。"

　　"好吧，但要抬脚走路。你差点要被抓进酗酒者拘留所了。"

　　他努力抬脚，让我扶着他穿过人行道上逛街的人，走到路边。

有辆的士停在这里，我一把拉开车门。

"他先走。"司机说，跷起大拇指指向前面的出租车。他转过头来，看见了特里，便加了一句："如果他肯走的话。"

"情况紧急。我朋友病了。"

"得了。"司机说，"他可以去别处得病。"

"五块，"我说，"灿烂地笑一个给我瞧吧。"

"那好吧。"司机说着，把一本火星人封面的杂志塞到镜子后面。我把身子探进车里，把车门推开。我把特里·伦诺克斯弄上车，巡逻警车的阴影遮住了另侧车窗。一名灰头发警员下车走过来。我绕过出租车，迎了上去。

"稍等片刻，伙计。这究竟是怎么回事？这位浑身脏兮兮的先生真是你的好友吗？"

"好到足以让我知道他需要朋友啦。他没喝醉。"

"由于经济原因，毫无疑问。"警察说。他伸出手来，我把证件放在他手上。他看了看证件，递还给我。"啊哈，"他说，"私人侦探捡了个客户呢。"他的声调变了，变得强硬。"证件记载了你的一些信息，马洛先生。他呢？"

"他叫特里·伦诺克斯。他在影艺圈工作。"

"挺好嘛。"他俯身探头到的士内，盯着缩在后座一角的特里。"我敢说他最近没活儿干。我敢说他最近没在室内睡过觉。我甚至敢说他是个流浪汉，所以我们该把他拘进去。"

"你抓人的数量不会没达标吧，"我说，"在好莱坞是不可能的。"

他仍然盯着车内的特里。"你朋友叫什么，伙计？"

"菲利普·马洛。"特里慢慢地说，"他住在丝兰大道，月桂谷。"

警察从车窗口缩回了脑袋，转身做了个手势。"可能是你刚告诉他的。"

"有可能，但并没有。"

他盯了我一两秒钟，说："我就信你这一次。你可得把他从街上弄走。"他上了警车，警车开走了。

我上了出租车，我们驶过三个多街区，到了我停车的地方，换乘我的车。我拿出五美元钞票给了的士司机。他狠狠瞪我一眼，摇摇头。

"照表算就行了，老兄，要是你乐意，给一块钱整数也行。我自己也潦倒过，在弗里斯科。也没人把我带上的士。那是个铁石心肠的城市。"

"是圣弗兰西斯科。"我条件反射地说。

"我就叫它弗里斯科。"他说，"去他们的少数族裔。谢啦。"他接过一元钞票，把车开走了。

我们来到一家免下车餐馆，这里做的汉堡味道不像狗都不肯吃的食物。我喂了特里·伦诺克斯两个汉堡，一瓶啤酒，然后开车带他回家。他爬台阶还是很吃力，但他咧嘴笑着，气喘吁吁往上爬。一小时后，他剃了胡须，洗了澡，又像个人了。我们坐下来喝了一杯很淡的调和酒。

"幸亏你记得我的名字。"我说。

"我特意记住的。"他说，"我还查过你。这不是起码要做的吗？"

"那你为什么不给我打个电话呢？我一直住在这里。我还有间办公室。"

"我干吗要打扰你？"

"看来你不得不打扰某个人。看来你没有多少朋友。"

"噢，我有朋友，"他说，"勉强算得上的那种。"他在桌上转着自己用的玻璃杯。"向人求助并不容易——尤其是自作孽的时候。"他抬起头来，带着疲惫的笑容，"也许不久后的一天我会戒酒。

他们都这么说，对吧？"

"得花三年左右。"

"三年？"他显得震惊。

"通常要的。那是个不同的世界。你必须习惯色彩变得黯淡，声响变得微弱。你得顾及故态复萌。你以前非常熟识的人都会变得有点儿陌生。你甚至会不喜欢其中的大部分人，他们也会不太喜欢你。"

"那不算多大的改变。"他说。他回头看着钟。"我有个价值两百元的手提箱，寄存在好莱坞巴士站。如果能将它赎出来，我可以买个便宜货，当掉现在寄存的那个，换来足够搭巴士去维加斯的路费。我可以在那边找份工作。"

我一语不发。我只是点头，静坐慢饮。

"你在想，我早该起这个念头。"他平静地说。

"我在想，这一切背后必有故事，但与我无关。那份工作是落实了的，还是仅仅只是个指望？"

"是有把握的。我在部队里混得很熟的一个伙计在那里经营一家大型淡水龟俱乐部，菱斑龟俱乐部。当然啦，他算是半个骗子，他们都是骗子——而另一方面又是好人。"

"我可以筹出车票钱和另外的费用。可我想买的是过一阵子还会有人买的东西。最好打电话跟他谈谈。"

"谢谢你，可没这必要。兰迪·斯塔尔不会让我失望的。他从未辜负我。而且那手提箱可以当五十元，我有经验。"

"听着，"我说，"我会提供你所需的钱。我可不是软心肠的大笨蛋。所以收下我给的钱吧，别乱来。我要你别再打扰我，因为我对你有种预感。"

"真的？"他低头看着杯子里面。他只是小口呷着杯中物。"我们只有两面之交，而你两次对我都很够意思。什么样的预感？"

"预感下次我会发现你遇到大麻烦，而我救不了你。我不知道为什么会有这种预感。但我就是有。"

他用两个指尖轻触右脸。"也许是因为它吧。我想这疤让我显得有点凶险。可这是光荣的伤疤啊，至少是光荣受伤造成的。"

"不是因为伤疤。那对我毫无影响。我是私人侦探。你是一道我不必解答的问题。可问题是存在的。称之为直觉吧。如果你想要格外礼貌，就称之为人物感吧。那个女子在舞者饭店门口扔下你，或许不光是因为你喝醉了。说不定她也有某种预感。"

他淡淡一笑。"我娶过她呢。她叫西尔维娅·伦诺克斯。我为钱而娶了她。"

我起身皱眉看着他。"我去给你弄煎蛋。你需要食物。"

"稍等，马洛。你在纳闷，为什么我潦倒了，而西尔维娅很阔绰，为什么我不能向她讨几个小钱。你听说过自尊吧？"

"真要命，伦诺克斯。"

"是吗？我这种自尊与众不同。这是除了自尊以外一无所有的男人的自尊。如果我冒犯了你，那就对不起了。"

我走进厨房，做了些加拿大熏肉、炒蛋、咖啡和烤面包。我们在厨房墙角的早餐台上进餐。这房子属于厨房内必设早餐台的那个时代。

我说我必须去趟办公室，回来的路上会去领他的行李箱。他把寄存单交给我。他脸上现在有点血色了，两眼在脑瓜上不再陷得那么深，以至于你得去探索它们。

出门前，我把威士忌酒瓶放在长沙发前面的茶几上。"把你的自尊用来对付那东西。"我说。

"还有，给维加斯打个电话，哪怕只为帮我一个忙。"

他只是微笑，耸耸肩。我下台阶时仍然生气。我不懂为什么，也不懂一个男人为什么宁愿挨饿、流浪街头，也不肯典当衣饰。不管他的原则是什么，他是在守着原则行事。

那只手提箱是最值得惊叹的东西。它的用料是漂白的猪皮，崭新时是浅奶油色。配件是黄金的。它是英国造，如果能在这里买到的话，它似乎更像要卖八百元，而不是两百元。

我把手提箱摆在特里面前。我看了看鸡尾酒桌几上的酒瓶。他没碰过。他和我一样清醒。他抽着烟，但显得不怎么想抽。

"我给兰迪打了电话。"他说，"他很生气，因为我以前没有打给他。"

"这就弄得让陌生人来帮你了。"我说，"西尔维娅的礼物？"我指着手提箱问。

他望着窗外。"不是。是别人在英国送我的，在我遇见她以前很久的时候。确实是很久以前了。我想把它留给你，只要你能借只旧的给我。"

我从钱夹里抽出五张二十元的钞票扔到他面前。"我不需要抵押品。"

"我压根儿没这意思。你不是开当铺的。我只是不想带着它去维加斯。而且我用不着这么多钱。"

"行。你拿着这些钱，我留下手提箱。但这屋子容易失窃。"

"没关系。"他漠然说道，"完全没关系。"

他换了衣服，我们五点半左右在穆索饭店吃晚餐。没喝酒。他在卡文葛车站搭上了巴士，我则开车回家，想这想那。他的空手提箱在我床上，他曾在这里清空箱子，把行李塞进我的一只轻便提袋。他的手提箱有把金钥匙，插在一个锁孔里。我把空箱锁上，把钥匙系在提手上，把它搁在衣橱内的高架上。感觉箱子并非全空，但里面装了什么与我无关。

这是个安静的夜晚，屋里显得比平时更空。我摆上国际象棋，下了一盘法国人防御斯坦尼茨。他走四十四步打败了我，但我让他捏了两把冷汗。

电话在九点半钟响铃了，听筒里的声音我以前听过。

"是菲利普·马洛先生吗？"

"对，我是马洛。"

"我是西尔维娅·伦诺克斯，马洛先生。上个月有天晚上我们在舞者饭店门前匆匆见过一面。后来我听说你好心把特里送回家了。"

"有这回事。"

"想必你知道我们现在已不是夫妻了，可我还有点替他担心。他放弃了他在韦斯特伍德街拥有的那套公寓，好像没人知道他在哪里。"

"我们初识那天晚上我注意到了你有多么担心。"

"听着，马洛先生，我曾嫁给那人。我不大同情醉鬼。或许我当时有点无情，或许我当时有要事要办。你是私人侦探，如果你乐意的话，这事可以按行业标准收费。"

"根本不必照任何标准收费，伦诺克斯太太。他在开往拉斯维加斯的巴士上。他在那边有个朋友，会给他一份工作。"

她突然兴致勃发。"噢——去了拉斯维加斯？瞧他多念旧。我们就是在那里结婚的。"

"我猜他已忘了这事。"我说，"否则他会去别的地方。"

她没挂断我的电话，反而笑起来。这是有点俏皮的笑声。"你对客户向来这么无礼吗？"

"你不是客户，伦诺克斯太太。"

"也许有一天会是呀。谁知道呢？那好，就说是对你的女性朋友无礼吧。"

"回答一样。那家伙曾经潦倒，饥饿，肮脏，身无分文。你本来可以找到他的，只要这值得你花费时间。那时他没向你要任何东西，他现在可能也不会向你有任何索求。"

"这个嘛，"她冷冷地说，"这是你不可能有任何了解的事情。晚安。"然后她挂了。

她说得太对了，这是当然，而我错得离谱。但我不觉得有错。我只是感到气愤。要是她早半小时打电话来，我一怒之下没准会把斯坦尼茨杀得一败涂地，可惜他已经死了五十年，而那棋局来自书本。

三

圣诞节前三天，我收到拉斯维加斯一家银行的百元现金支票。同封寄来了写在酒店信笺上的便条。他向我道谢，祝我圣诞快乐，祝我诸事顺遂，还说他希望不久能再见到我。精彩的是附笔："西尔维娅和我正开始二度蜜月。她说请不要为她想重试一次而气恼。"

这件事的其余部分我是在报纸社交版上看到的，那些趋炎附势的专栏中有一则报道了此事。我不常读那些专栏，只是阅尽了恶心的东西时才会读一读。

记者惊悉爱侣特里与西尔维娅·伦诺克斯在拉斯维加斯重续良缘，女方系旧金山与圆石海滩巨富哈伦·波特之小千金。西尔维娅正雇请马塞尔与让娜·迪奥克斯重新装修位于恩西诺之整幢楼房，下自地下室，上至屋顶，将呈现极为震撼之时尚式样。亲爱的读者或许记得，库尔特·韦斯特海姆，西尔维娅上任丈夫，曾将那共有十八个房间的简陋木屋赠予她作为结婚礼物。你会问，你想不想问：库尔特如今安在？法国之圣特鲁佩斯有此问题之答案，据称系定居于彼。更有某血统极为高贵之女伯爵，携极为可爱之二孩童。你或再问：哈伦·波特对此再婚做何感想？唯有猜喽。波特其人从不接受采访。

亲爱的读者，这还不算是独家新闻吗？

我把报纸扔进墙角，打开电视机。读过了社交版的狗屎文章，就连摔跤运动员都好看了。不过那些事情可能是真实的。上了社交版，最好真有其事。

我在脑子里勾勒出十八个房间的木屋配上波特家族的几百万美元会是一副什么光景，更不用说还要由信奉最新潮阳具崇拜主义的迪奥克斯来做装修了。但我根本想象不出特里·伦诺克斯穿着百慕大裤衩在其中一个游泳池畔闲逛并用无线电话吩咐管家冰镇香槟、炙烤松鸡的模样。如果那家伙要当别人的玩具熊，我一点也不关心。我只是不想跟他重逢。但我知道我会再次见到他，哪怕仅仅为了他那该死的镶金猪皮手提箱。

3月份一个下雨的傍晚，五点钟，他走进我那间破旧的头脑商场。他看上去有了变化。老成了些，清醒、严肃了许多，沉稳平静。他像个学会了闪避拳头的家伙。他身穿牡蛎白的雨衣，戴了手套，没戴帽子，一头白发如鸟胸一般光滑。

"我们找个安静酒吧喝一杯吧。"他说，那口气活像他十分钟前就在这里。"我是说，你有时间的话。"

我们没有握手。我们从没握过手。英国人不像美国人那样老是握手，他虽不是英国人，却有他们的一些做派。

我说："我们去我的住处，拿走你那别致的手提箱吧。它让我有点放心不下。"

他摇摇头。"请你行行好，替我保管着吧。"

"为什么？"

"只是想要你保管。你不介意吧？它是一种关联，牵扯到我曾是窝囊废的一段时光。"

"瞎扯！"我说，"但那是你的事情。"

"如果你感到不安是因为担心它可能被盗——"

"那也是你的事情。咱们喝酒去吧。"

我们去了胜利者酒吧。我搭乘他开的铁锈色的丘比特－乔伊特英国轿车，车顶是薄薄的帆布遮雨篷，下面的空间只容得下我们两人。车内有浅色的皮饰，还有看上去像银质配件的东西。我对汽车不太讲究，但这辆鬼车使我有点垂涎。他说这车秒速可达六十五转。车内有个矮墩墩的小变速箱，刚刚够着他的膝盖。

"四速的，"他说，"取代这个手动挂挡的自动变速，他们还没发明出来呢。其实没这个必要。上坡都能三挡起步，而行车中反正也只能挂到三挡了。"

"结婚礼物？"

"只是偶然的礼物，就是'我凑巧在橱窗里看到了这个小玩意'的那种礼物。我是个备受娇宠的家伙。"

"很好啊，"我说，"如果没吊价格牌的话。"

他朝我飞快一瞥，接着把目光转回湿漉漉的路面。双雨刷轻刮着那小块的挡风玻璃。"价格牌？凡事都有价格牌，朋友。也许你认为我不快活？"

"抱歉，我失言了。"

"我富有。谁他×要快活？"他的语气中有一种苦涩，是我没听过的。

"你喝酒的事怎样了？"

"完全适度，老兄。由于某个奇怪的原因，我似乎能掌控那东西了。不过凡事都说不定，对不对？"

"或许你从来就不是个真正的酒鬼。"

016

我们坐在胜利者酒吧的吧台一角，喝着占列鸡尾酒。"这儿的人不会调占列酒。"他说，"他们所谓的占列只是将酸橙汁或柠檬汁兑上杜松子酒，再加点儿糖或苦料。真正的占列酒是一半杜松子酒兑入一半玫瑰牌酸橙汁，不加别的。远胜马提尼。"

"我对酒水向来不讲究。你跟兰迪·斯塔尔合得来吗？我那条街上的人说他是个狠角色。"

他身子往后靠，若有所思。"我想他的确是个狠角色。我想他们都是。但他外表看不出来。我能说出几个小子的名字，他们在好莱坞同样的行当里扮演这种角色。兰迪不找人麻烦。在拉斯维加斯他是个合法商人。下次你去那儿时会会他吧。他会跟你成为朋友。"

"不大可能。我不喜欢流氓。"

"那只是个名词，马洛。我们的世界就这个样子。两次大战把它给了我们，我们正在把它维持下去。兰迪和我，还有另一个伙计，曾一同遭难。这在我们之间形成了纽带。"

"那么，当你需要帮助时为什么不向他求助？"

他把酒喝干，冲侍者做了个手势。"因为他无法拒绝。"

侍者端来新要的酒。我说："你这只是跟我说说罢了。万一那家伙欠你的情，从他的角度想想。他会高兴有个机会给点回报。"

特里慢慢摇头。"我知道你说的没错。当然我确实向他讨过差事。可我有了差事就会卖力去干。至于伸手乞怜，不干。"

"可你会接受陌生人的帮助。"

他直视我的眼睛。"陌生人可以继续走他的路，假装没听见啊。"

我们喝了三杯吉列酒，不是双份的，这对他没一点儿影响。这点酒只够唤醒真正酒鬼的馋虫。所以我猜他的酒瘾被治愈了。

然后他开车送我回办公室。

"我们在八点一刻吃正餐。"他说，"只有百万富翁花得起那种钱。如今只有百万富翁的仆人肯忍受这种做派。总是高朋满座。"

此后他形成了一种习惯，会在五点钟左右顺便进来聊聊。我们不会总去同一家酒吧，但去胜利者酒吧的次数比去别的酒吧多一些。对他而言那里可能有我所不了解的某种联想。他从未滥饮，这使他自己也感到惊讶。

"这肯定是某种类似打摆子的东西。"他说，"发作时很惨。没发作时，就像从未发作过似的。"

"我不明白的是，你这么一个条件优渥的家伙怎么会宁愿和一名私人侦探喝酒。"

"你是谦虚吗？"

"才不是！我只是想不通。我属于相当友善的类型，可我们不是活在同一个世界。我甚至不知道你住在哪里，只晓得是在恩西诺。我猜想你的家庭生活很满足。"

"我没有家庭生活。"

我们又喝着吉列酒。酒吧里空荡荡的。在普通的灯光照射下，被酒瘾促迫着的酒徒出现在吧台边的高凳上，非常缓慢地伸手拿第一杯酒，小心翼翼控制双手的动作，免得碰翻什么东西。

"我听不明白。你不想叫我明白吗？"

"大制作，没有情节，就像电影圈的人说的。我猜西尔维娅够幸福的，不过未必要跟我一起。在我们圈子里那并不十分重要。如果你用不着工作或考虑成本，那就总有事情可做。这不是真正的乐趣，但富人不懂这个。他们从没尝过乐趣。他们从不渴望什么，除非是别人的妻子，那和木匠老婆想为客厅换一幅新窗帘相比，是非常苍白的欲望。"

我一语不发。我让他做主角。

"我大抵只是消磨时间。"他说，"时间难挨。打会儿网球，玩会儿高尔夫，游游泳，骑骑马，看着西尔维娅的朋友们在着手消除宿醉之前努力撑到午餐时间是一大乐事。"

"你去维加斯的那天晚上，她说她不喜欢醉鬼。"

他笑得嘴都歪了。我完全看惯了他的疤脸，只有在表情变化凸显出半边脸的僵木时，我才会注意到它是有疤的。

"她是指没钱的醉鬼。有钱人只是豪饮客。如果他们吐在凉台上，自有管家收拾。"

"你不必忍受这些。"

他把酒大口喝完，站起身。"我得走了，马洛。何况我惹你厌烦，天知道我也令自己厌烦。"

"你没惹我厌烦。我是受过训的倾听者。我迟早会弄明白你为什么喜欢做一只被人豢养的卷毛狗。"

他用指尖轻触他的疤痕。他脸上挂着淡漠的笑容。"你应该纳闷她为什么要我陪在身边，而不是我为什么要在那儿，窝在缎面椅垫上耐心等她来拍我的脑袋。"

"你喜欢缎面椅垫，"我起身跟他一起离开，一面说，"你喜欢丝绸床单，喜欢可以按响的铃，喜欢管家带着恭顺的笑容应声而来。"

"有可能吧。我是在盐湖城的一家孤儿院长大的。"

我们出了酒吧，走进疲惫的黄昏，他说他想散步。我们是开我的车来的，而且这次破例我动作够快，抢到了账单。我望着他在视界中消失。当他消失在夜雾中时，一家店铺的橱窗透出的灯光将他的白发照亮了一瞬。

我更喜欢他醉酒、潦倒、饥饿、受挫、傲慢的时候。果真如此吗？也许我只是喜欢当头领。他办事的理由我琢磨不透。在我这一行，有时候该提问，有时候该让客户生闷气，直到爆发出来。每个好警察都懂这个。这很像下棋或拳击。有些人你得逼一逼，让他们稳不住。有些人你只要出拳，他们就会以打败自己而告终。

如果我向他提问，他会把人生故事告诉我。可我甚至从未问过他的脸是如何毁掉的。如果我问了，他告诉了我，那就有可能救下几条人命。只是可能，仅此而已。

四

我们最后一次去酒吧喝酒是在 5 月份，时间比往常早一些，四点刚过就去了。他样子疲惫，瘦了，但他喜滋滋地笑着打量四周。

"我喜欢酒吧刚开门做夜场生意的时候。这时屋里的空气还凉爽干净，每样东西都熠熠发光，酒保最后一次照镜子，看领带直不直，头发平不平。我喜欢吧台后面整洁的酒瓶，亮晶晶可人的玻璃杯，以及那份期待。我喜欢看人调制好当晚的第一杯酒，将它放在干净的杯垫上，把折叠整齐的小餐巾放在它旁边。我喜欢慢慢品尝。在安静的酒吧里喝下当晚第一杯安静的酒——简直妙极了。"

我赞同他的说法。

"酒精就像爱情，"他说，"初吻神奇，二吻亲密，三吻就成惯例了。接下来你会脱掉女孩的衣服。"

"这不好吗？"我问他。

"那是高层次的刺激，却是不纯的情感——从美学观点来看是不纯的。我并非蔑视性爱。它是必要的，不一定丑陋。但它总是需要经营。让性爱富有魅力是一项十亿元的产业，省不了一分钱。"

他环顾四周，打了个哈欠。"我一直没睡好。这里多舒服。但过会儿这里就会挤满酒鬼，高声谈笑，该死的女人们会开始招手，挤眉弄眼，摇响她们那些该死的手镯，施展那种经过包装的魅力，而过会儿到了晚上，就会带点掩盖不了的汗臭了。"

"宽容点儿。"我说，"所以说她们也是人，会流汗，会变脏，得上盥洗室。你指望什么呢——在玫瑰色薄雾里盘旋的金色蝴蝶？"

他把杯中酒一饮而尽，把杯口朝下，注视着一个水滴在杯缘形成，然后晃荡着滚落下去。

"我替她难过。"他缓缓说，"她是个不折不扣的婊子。或许我离她远一点也会喜欢她吧。有一天她会需要我，我将是她身边唯一没拿起子随时准备背后捅她的家伙。很可能那时我会出局的。"

我只是看着他。"你把自己卖了个好价钱。"过了一阵我说。

"是啊，我懂的。我性格软弱，没胆量没抱负。我拿到了铜戒指，吃惊地发现它不是金戒指。我这样的人，一生有一个伟大时刻，在高空秋千上完美一荡，然后余生就只求不会从人行道跌进水沟。"

"说这些有什么用？"我拿出烟斗，开始填烟丝。

"她吓坏了。她吓得发呆。"

"怕什么？"

"我不知道。现在我们不再交谈很多了。也许是怕老头子吧。哈伦·波特是个冷血杂种，外表一副维多利亚时代的尊贵，内心却是个盖世太保恶棍。西尔维娅是个荡妇。他了解，他厌恶，却又无可奈何。但他等待、观望，只要西尔维娅卷进一桩大丑闻，他就会将她劈成两半，然后把两半埋得相隔千万里。"

"你是她丈夫啊。"

他举起空杯，用力砸在台子边缘。杯子"啪"一声碎了。酒保瞪眼看着，却没吱声。

"就像这样，朋友。就像这样。噢，的确，我是她丈夫。档案上是这么写的。我是那三级白色台阶，是那扇绿色的前门，是那只黄铜门环，你只要叩一长两短，女佣就会让你进入那百元一晚的妓院。"

我站起身，往桌上扔了些钱。"你他 × 讲太多了，"我说，"你他 × 讲了太多自己的事。回头见。"

我走出去，撇下他坐在那儿目瞪口呆，而且我知道在酒吧那种灯光下他会面色惨白。他在我身后喊了些什么，但我没有回头。

十分钟后我后悔了。但十分钟后我已身在别处。他没再来我的办公室。压根儿不来，没来一次。我刺到了他的痛处。

我有一个月没见到他。再见他时，是早晨五点钟，天刚发亮。门铃响个不停，硬是把我从床上拽了起来。我跌跌撞撞穿过走廊和起居室去把门打开。他站在那儿，活像一个星期没合眼了。他身穿轻便外套，衣领竖着，好像在颤抖，深色毡帽压得很低，遮住了眼睛。

他手上拿着一把枪。

五

枪不是指着我，他只是握在手里。那是把中口径自动手枪，外国造，肯定不是柯尔特或萨维奇。看到他那惨白疲惫的面孔，疤痕，竖起的领子，拉低的帽檐，手上的枪，他简直就是从老派硬汉警匪片中跳出来的人物。

"送我去蒂华纳赶十点一刻的飞机吧。"他说，"我有护照和签证，万事俱备，只欠交通工具。由于某种原因，我不能从洛杉矶搭火车、巴士或飞机。五百块算不算合理的出租车费？"

我站在门口，没挪开身子让他进门。"五百块加上这把手枪？"我问道。

他有些茫然地低头看枪。然后他把枪放进口袋。

"这可以起保护作用，"他说，"保护你，而不是我。"

"那就进来吧。"我站到一旁，他竭尽全力冲进来，跌坐在椅子上。

由于屋主任凭茂密的灌木遮挡窗扉，起居室仍然是幽暗的。我打开一盏灯，拿起一支香烟。我把烟点燃，低头瞪着他。我把自己乱蓬蓬的头发挠得更乱，脸上露出惯有的疲倦笑容。

"我究竟是怎么啦，竟然在这么可爱的早晨还睡懒觉？十点一刻，嗯？咳，时间充足呢。咱们去厨房吧，我来煮咖啡。"

"我碰上大麻烦了，侦探。"侦探，他第一次这么叫我。这倒跟他闯入的方式、他的穿着和那把手枪很相配。

"今天会是很好的日子，轻风徐徐，你能听到街对面那些粗壮的老桉树彼此窃窃私语，谈论在澳洲的老时光，那时候小袋鼠在树枝下跳跃，树袋熊骑在彼此肩上。是的，我大致明白你遇到了麻烦。等我几杯咖啡下肚后，我们再来谈它。我刚起床时总有点头昏眼花。我们来跟哈金斯先生和杨先生打个商量。"

"喂，马洛，眼下没工夫——"

"别怕，伙计。哈金斯先生和杨先生二位是人中之冠。他们生产哈金斯－杨牌咖啡。这是他们毕生的事业，是他们的骄傲和乐趣。最近我打算去办一件事，让他们得到应得的认可。到目前为止他们所做的只是赚钱。你别以为他们会满足于此。"

我让他听我轻松地聊天，一面走进后面的厨房。我扭开热水龙头，从架子上取下咖啡壶，润湿量棒，量好咖啡放进顶层。这时水开了，我把那容器的下半部注满水，放到火上，再把上半部套上去，拧一下，把上下部分旋紧。

这时特里跟了过来。他在门口靠了一会儿，然后慢慢走到早餐台边，滑进座椅。他还在发抖。我从架子上拿起一瓶"老爷爷"威士忌，往大玻璃杯里给他倒了一口。我知道他需要一只大杯。即便如此，他还是得双手捧着才能送到嘴边。他一饮而尽，"砰"一声放下杯子，重重地靠到椅背上。

"快晕倒了。"他咕哝道，"好像一星期没睡了。昨晚根本没合眼。"

咖啡快煮开了。我把火调小，看着水往上升。水在玻璃管底部停留片刻。我把火开大到足以让水漫过圆丘，然后迅速把火拧小。我搅动咖啡，把它盖上，把定时器设定为三分钟。真是个讲究方法的家伙，马洛。没什么能干扰他的咖啡技术。被亡命之徒拿枪顶着脑袋也不顾。

我又给他倒了一杯酒。"就坐在那儿，"我说，"别出声，坐着别动。"

他用单手拿第二杯酒。我在浴室匆匆洗漱一番，出来时计时器正好响铃。我关了火，把咖啡壶放在台面一块草垫上。我干吗讲得这么详细呢？因为紧张的气氛使得每件小事都凸显为一出表演，一个明确而又非常重要的动作。那是高度敏感的一刻，你所有不自觉的行为，无论是多久的惯例，无论多么习惯，都成为意志的独立行为。你像一个患了小儿麻痹症之后学走路的人。你不能把任何事情当作理所当然，任何事情都绝对不能。

咖啡全沉了下去，空气照例嘶嘶涌入，咖啡冒着泡，然后静下来。我取下咖啡壶的顶层，摆在罩子凹处的滴水板上。

我倒了两杯咖啡，往他杯子里加了点儿酒。"你的没放糖，特里。"我给自己加了两块糖和一些乳脂。现在我摆脱睡意了。方才我都没意识到自己是怎么打开冰箱拿出乳脂盒的。

我在他对面坐下。他没挪动。他靠在早餐区的角落里，僵着不动。接着，毫无征兆地，他的头倒伏在桌上，啜泣起来。

当我把手伸过去从他衣袋里掏出那把枪时，他毫不在意。这是七点六五毫米口径警用毛瑟枪，很漂亮。我嗅了嗅，弹出弹匣。弹匣是满的。没有发射过。

他抬起头，看见了咖啡，慢慢喝了点儿，没看我。"我没开枪射人。"他说。

"嗯——至少最近没开枪。不然就得把它擦洗一下。我不相信你用它射了人。"

"我给你说说这事。"他说。

"稍等片刻。"咖啡的热度容许我喝多快我就喝多快，喝完又倒满。"这么办吧，"我说，"你向我陈述时要非常小心。如果你真要我开车送你去蒂华纳，有两件事千万别告诉我。第一件——你在听吗？"

他微微点头。他眼神空洞地望着我头顶上的墙。今早那些疤痕完全是铁青色。他的皮肤几近死白，但那些疤痕似乎照样在脸上发亮。

"第一，"我慢慢重复，"如果你犯了罪，或做了法律上称为犯罪的事情——我是指重罪，那么你不能告诉我。第二，如果你确实知道有人犯了如此重罪，你也不能告诉我。如果你要我开车送你去蒂华纳，你就不能告诉我。明白了吗？"

他望着我的眼睛。他的目光聚焦了，但了无生气。他喝下咖啡，脸上仍然没有血色，但他稳住了。我又给他倒了些咖啡，照样加了酒。

"我刚才告诉你我遇到麻烦了。"他说。

"我听见了。我不想知道是什么样的麻烦。我得挣钱谋生，得保住执照。"

"我可能拿枪指着你。"他说。

我咧嘴一笑，把枪推到桌子对面。他低头看着枪，没有碰它。

"你不可能拿枪逼着我去蒂华纳，特里。不可能跨越边界，不可能登着舷梯上飞机。我这人偶尔会要动动枪。我们忘掉这枪吧。如果我告诉警察我吓坏了，只能照你吩咐的去做，我会装得很像。当然，这是假定，我不知道有什么要报告警察的。"

"听着，"他说，"要到中午或更晚的时候才会有人去敲门。仆人很识相，在她晚起时不会打扰她。可是到了中午时分，她的女侍会敲门进去。她却不在房间里。"

我啜饮咖啡，一言不发。

"女侍会看出她的床没人睡过。"他继续说，"于是会想到去另一个地方寻找。在主屋背后相当远的地方有一所大客寓，自带车库，有独立车道之类。西尔维娅是在那儿过夜的。女侍最终会在那里找到她。"

　　我皱起着眉头。"我得非常谨慎地挑选对你的提问，特里。她会不会是离家过夜的？"

　　"在她房间里，她的衣服扔得到处都是。她从来不把衣物挂好。女侍会知道她在睡衣外面披了件袍子，就那么出门了。所以她只可能去了客寓。"

　　"不见得。"我说。

　　"一定是去了客寓。见鬼，你以为他们不知道客寓里发生了什么？仆佣消息灵通。"

　　"不说这个了。"我说。

　　他用一根手指使劲去刮那没疤的半边脸，致使留下一道红印。"在客寓里，"他慢慢地接着说，"女侍会发现——"

　　"发现西尔维娅烂醉如泥，瘫了，不省人事，凉到了眉尖。"我说得很难听。

　　"噢。"他想了想。想了好一阵。"当然啦。"他补充道，"情况会是那样。西尔维娅不是酒徒。当她喝过头时就面目全非了。"

　　"故事到此为止。"我说，"或者快讲完了。让我来即席发挥一下。你大概还记得，上次我们一起喝酒时，我对你有点粗鲁，扔下你走了。你把我气坏了。事后细想，我能看出你只是试着用自嘲来摆脱大祸将临的预感。你说你有护照和签证。拿到去墨西哥的签证要花点时间。他们不会随便让人入境。所以你计划开溜已有一段时间了。我还在纳闷你究竟能忍多久呢。"

　　"我认为自己有某种说不清道不明的义务待在她身边，我有种想法，觉得她需要我大概不只是为了撑个门面，免得她老子到处打探个不停。顺便说说，我半夜曾试着打电话给你。"

"我睡得死，没听见。"

"然后我去了一家土耳其浴室。我消磨了两个钟头，洗了蒸汽浴、浸泡浴、喷雾淋浴，擦了身子，从那里打了两通电话。我把车留在拉布里亚街和喷泉街相交处。我从那里步行过来。没人看见我拐进你这条街。"

"那两通电话跟我有关吗？"

"一通打给哈伦·波特。老头子昨天飞去了帕萨迪纳，办点事。他没回家。我几经周折才找到他。不过最后他总算跟我通了话。我跟他说很抱歉，我要离开了。"特里说这话时，眼睛有点斜视，看着水槽上方的窗户和摩挲着纱窗的金钟花树丛。

"他对此怎么看？"

"他感到遗憾。他祝我好运，问我需不需要钱。"特里刺耳地笑起来，"钱。他的字典里最先出现的就是'钱'字。我说我有很多钱。接着我打给西尔维娅的姐姐。那边的事情大致也是如此。讲完了。"

"我想提个问题。"我说，"你可曾发现她和男人待在那所客寓里？"

他摇摇头。"我没试过。要发现也不难，从来不难。"

"你的咖啡凉了。"

"我喝够了。"

"很多男人，嗯？但你却回头又娶她一次。我明白她是大美人，但仍然——"

"我跟你说过我一无是处。见鬼，我第一次为什么要离开她？事后为什么每次见了她就会喝得烂醉？为什么宁愿跌进阴沟也不向她要钱？她嫁过五个人，不包括我在内。只要她勾勾指头，其中任何一个男人都会回到她身边。不只是为百万票子。"

"她是个尤物。"我说。我看了看手表。"为什么非要十点一刻从蒂华纳飞走?"

"那个航班总有空位。从洛杉矶出发的旅客只要能搭上'康妮'飞机,七个小时飞到墨西哥市,就不会搭乘 DC-3 去翻山越岭。而且'康妮'飞机不停我要去的地方。"

我起身靠着水槽。"我们总结一下吧,别打断我。今早你来找我,情绪很激动,要我开车送你去蒂华纳赶一架早班飞机。你衣袋里揣了一把枪,但我不一定看到了。你告诉我,你尽可能忍了很久,但昨晚你气炸了。你发现妻子醉得不省人事,有个男人和她在一起。你出门了,去一家土耳其浴室打发时间,直到早上,你打电话给老婆的两个最亲的家人,告诉他们你打算干什么。你去哪里不关我事。你有入境墨西哥的必需文件,你怎么入境也不关我事。我们是朋友,我没有多想就照你的要求去做了。我干吗要多想呢?你没给我任何报酬。你自己有车,但你太心烦意乱,没法开车。那也是你自己的事情。你是个情绪化的家伙,你在战争中受过重伤。我觉得我应该去取你的车,找家车库存放起来。"

他伸手到衣服内,掏出一个皮制钥匙包,从桌上推过来。

"听起来合理吗?"他问。

"那得看听者是谁。我还没说完。你没带任何东西,只有身上的衣服和岳父给你的一些钱。老婆给你的东西你全没拿走,包括你停在拉布里亚街与喷泉街相交处的那辆靓车。你想尽可能净身出户,这就没什么瓜葛了。好吧,我信了。现在我要刮胡子换衣服了。"

"你干吗这么做,马洛?"

"我剃须时你去弄杯酒喝。"

我走出去,留下他蜷缩在早餐区的角落里。他还戴着帽子,穿

030

着轻便大衣。但他显得有生气多了。

我进浴室剃须。我回卧室系领带时，他走过来站在门口。"我把杯子洗了，以防万一。"他说，"但我在想，也许你最好还是打电话报警吧。"

"你自己打吧。我没什么可报警的。"

"你要我报警？"

我猛然转身，狠狠瞪他一眼。"见鬼！"我几乎是对他吼叫，"看在基督的分儿上，别再节外生枝了行吗？"

"对不起。"

"你当然对不起。你这种家伙永远在对不起，却总是后悔莫及。"

他转过身，顺着门廊走回客厅。

我穿好衣服，锁上屋子后部的门窗。我走进客厅时，他已在椅子上睡着了，头歪向一边，面无血色，累得全身松垮了。他看上去真可怜。我拍拍他的肩膀，他慢慢醒来，仿佛从他的置身之处到我的置身之处隔着一条长路。

当他完全清醒时，我说："要不要行李箱？那个白色猪皮箱子还搁在我衣橱的顶架上呢。"

"是个空箱，"他毫不感兴趣地说，"何况太招摇。"

"不带行李更惹眼。"

我走回卧室，站上衣橱的踏凳，把那白色猪皮箱子从顶架上拽下来。方形的天花板活门正在我头顶，我把活门顶开，尽可能伸手进去，将他的皮制钥匙包扔到某根灰蒙蒙的小梁柱之类的东西后面。

我拎着手提箱爬下来，掸去上面的灰尘，往里面塞了些东西：一件从没穿过的睡衣，牙膏，备用牙刷，几条廉价毛巾和浴巾，一包棉手帕，一管十五美分的剃须膏，还有赠送一包刀片的剃须刀。都没用过，都没记号，都不显眼，只是不如他自己的东西高档。我又塞进去一瓶一品脱装的波旁威士忌，还裹着纸的。我锁上箱子，把钥匙留在一个锁孔里，将箱子提到前门。他又睡着了。我没叫醒他，打开门，拎着手提箱下到车库，放在折篷车前座背后。我把车开出来，锁好车库，登上台阶回屋叫醒他。关窗锁门之后，我们出发了。

我开得够快，但没快到被开罚单的程度。一路上我们几乎没说话，也没停下来吃东西。没有那么多时间。

边境人员没跟我们说什么。开到蒂华纳机场所在的那块多风的台地上，我把车停在机场办公楼附近，在车上等特里买票。DC-3的螺旋桨已经慢慢转动起来，开始预热引擎。一名帅气的高个飞行员，身穿灰色制服，正和四个人聊天。其中有个人身高约一米九三，别着枪套。他身边有个穿宽松长裤的女子，一个矮小的中年男人，以及一名白发妇人，她身材那么高，把那矮小的男人衬得很弱小。还有三四个人站在附近，一望而知是墨西哥人。看来这些人就是全体乘客。登机舷梯已靠上舱门，但似乎没人急于登机。接着，一名墨西哥空服人员走下舷梯，站着等候。好像没有扩音设备。那些墨西哥人登上了飞机，可飞行员还在跟那几个美国人聊天。

有一辆帕卡德大型豪车在我旁边停下。我探出头去，看了看那车的牌照。也许哪一天我会学会不管闲事吧。我把脑袋伸出车窗时，看见那高个头女人盯着我这边瞧。

这时特里踏着尘土飞扬的碎石路走来。

"都办好了。"他说，"就此别过。"

他伸出手来，我跟他握手。现在他气色相当好，只是疲乏，只是疲乏得见鬼了。

我从奥兹车上拎出猪皮手提箱，放在碎石地上。他生气地瞪着手提箱。

"说过我不要！"他没好气地说。

"里面有一品脱好酒呢，特里。还有睡衣之类的。都查不出来源的。如果你不需要，就寄存起来吧。扔掉也行。"

"我有理由的。"他生硬地说。

"我也有。"

他突然笑了。他拎起手提箱，用空着的那只手使劲捏捏我的手臂。"好吧，伙计，听你的。记住，如果事情变糟了，你可以自行决定怎么做。你不欠我什么。我们一起喝过酒，渐渐有了交情，而我老是谈自己，谈得太多。我在你的咖啡罐里留了五张百元钞票。别生我的气。"

"我宁愿你没留。"

"我的钱连一半都花不了。"

"祝你好运，特里。"

那两个美国人正登上舷梯进入机舱。一个面孔又宽又黑的矮胖家伙走出办公楼大门，招招手，又指了指。

"登机吧。"我说，"我知道你没杀她。所以我才会来这儿。"

他站稳身子。他全身都僵硬了。他慢慢转身，然后回头望我。

"对不起，"他平静地说，"但这点你弄错了。我现在慢步走向飞机。你有足够的时间阻止我。"

他走了。我望着他。办公楼门口那家伙在等着，却没显出多么不耐烦。墨西哥人很少不耐烦。他伸手拍拍那猪皮手提箱，朝特里咧嘴笑着。然后他让到一边，特里穿过了大门。过了一会儿，特里从另一侧的门口走出来，那是当你入关时海关人员值守的地方。特里走着，仍然走得很慢，走过碎石地，走向舷梯。他在舷梯下停步，朝我看来。他没示意，也没挥手。我也没有。接着他登上了飞机，舷梯被拉了回来。

我上了奥兹车，启动，倒退，掉头，驶过半边停车场。那高个头女人和矮个头男人还在停机坪上。女人掏出手帕挥舞着。飞机开始滑行到停机坪末端，扬起许多尘土。机身在尽头拐弯，发动机加速转动，轰鸣如雷。飞机开始前行，慢慢加速。

飞机后面尘埃漫天。接着飞机腾空而起。我望着它缓缓升上劲风阵阵的天空，消失在东南方湛蓝的天际。

然后我离开了。边境关卡没人瞧我一眼，仿佛我的脸平凡得如同钟表盘上的指针。

六

从蒂华纳开车返回是漫长的旅程，而且是全州最无聊的路段。蒂华纳一无所有；那边的人所要的只是美元。悄悄走到你车旁的年轻人睁着渴求的大眼看着你，说："请赏一毛钱，先生。"下一句话就是向你推销他的姐妹。蒂华纳不是墨西哥。边城什么都不是，只是边城，正如滨海区只是滨海区，什么都不是。圣地亚哥？世界最美的港城之一，除了海军和几艘渔船外，一无所有。夜晚它是仙境，海浪轻柔，像唱赞美诗的老太太。可是马洛得回家数数勺子了。

北行之路和船夫的劳动号子一样单调。过城镇，下山坡，沿一线海滩行驶，又过城镇，下山坡，沿海滩行驶。

回到家已是两点钟，他们坐在一辆既无警徽又无警灯只有双天线的深色轿车里等着我，而双天线并非警车所独有。我登上那段阶梯，刚到一半，他们下车对我大吼，还是通常的二人组，还是穿着通常的制服，动作还是通常那么冰冷懒散，仿佛全世界都在静寂和沉默中等着他们发号施令。

"你是马洛吧？我们要跟你谈谈。"

他向我亮了一下徽章。就我能看清的而言，那可能是虫害防治人员的。他的头发是黯淡的金色，一副难对付的样子。他的搭档是高个头，英俊整洁，身上透着不折不扣的奸邪，是个颇有教养的打手。他们的眼光里透着探察和守候，眼神耐心而审慎，冷漠而轻蔑，总之是警察的眼神。他们在警校结业会操时就有了。

"格林巡佐，中央凶案队。这位是侦探戴顿。"

我走上台阶，把门打开。你不会跟大都市警察握手。那样的亲密太过了。

他们坐在客厅。我打开窗户，轻风习习。格林开始问话。

"名叫特里·伦诺克斯的男人。你认识他，嗯？"

"我们偶尔一起喝酒。他住在恩西诺，娶了财富。我从没到过他的住处。"

"偶尔，"格林说，"偶尔是多久一次？"

"这是含糊的表达。就是偶尔嘛。可能一周一次，也可能两月一次。"

"见过他妻子？"

"见过一次，很仓促，在他们结婚前。"

"你最后一次见到他是在何时何地？"

我从茶几上拿起烟斗，填上烟丝。格林倾身凑近我。高个小伙子坐在后面稍远处，手拿圆珠笔，举在一本红边记事簿上方。

"话说到这里，该我问'这一切是怎么回事'了，而你却说'由我们发问'。"

"那你只管回答好了，嗯？"

我点着烟斗。烟草太湿，我花了些时间，用了三根火柴，才完全点燃。

"我有时间，"格林说，"不过我已花了不少时间在外面等候。所以你要抓紧说，先生。我们了解你是谁。你也了解我们不是来这儿增进食欲的。"

"我正想着呢，"我说，"我们常去胜利者酒吧，至于绿灯笼、

036

公牛与熊那两家就不常去了，就是日落大道尽头试图装修出英国客栈风味的那一家——"

"别拖时间。"

"谁死了？"我问道。

戴顿侦探开腔了。他的声音严厉、成熟，透着"别跟我耍滑头"的气势。"只管回答，马洛。我们在做例行调查。你了解这一点就行了。"

也许是我既疲惫又恼气的缘故，也许又是因为我有点心虚，对这家伙我甚至不用了解他就恨上他了。哪怕是隔着自助餐厅那样的宽度看见他，都会想去把他的门牙踢得瘪进去。

"得了，伙计。"我说，"把那套废话留到少管所去说吧。连他们都会笑痛肚皮的。"

格林咯咯笑了。戴顿脸上看不出变化，但他突然显得老了十岁，多了二十年的奸邪。从他鼻孔呼出的气略有哨音。

"戴顿通过了律师资格考试。"格林说，"你没法糊弄他。"

我慢慢起身，走到书架前。我取下《加州刑法》的复印装订本。我把它递给戴顿。

"你能好心为我找出规定我必须回答这些问题的条款吗？"

他把自己克制得非常平静。他想把我狠揍一顿，我和他心知肚明，但他在等待时机。可见他不敢确定自己如果有了越轨行为，格林会不会支持他。

他说："每个公民都得跟警察合作。各方面的合作，甚至以实际行动，尤其要回答警察认为有必要提出的不入罪性质的询问。"他说这话的语气严厉、聪颖而流畅。

"那种结果，"我说，"大部分是通过直接或间接的恐吓得来的。法律上不存在这种义务。任谁无论在何时何地都不必告诉警察任何事情。"

"噢，闭嘴！"格林不耐烦地说，"你在找退路，你心里清楚。坐下！伦诺克斯的妻子被杀了。在恩西诺他们家的客寓里。伦诺克斯逃了，怎么也找不到他。所以我们是在寻找一桩凶杀案的嫌犯。你满意了吧？"

我把那本书扔到一张椅子上，走向把我和格林隔开的那张茶几旁边的长沙发。"那你们为什么找我？"我问道，"我从未接近过那所房子。我讲过了。"

格林轻拍着大腿，手一上一下，一上一下。他无声地朝我咧嘴笑着。戴顿坐在椅子上不动。他的眼神在吃我。

"因为在过去的二十四小时内，他在自己房间里的一本记事簿上写下了你的电话号码。"格林说，"那是印有日期的记事簿，昨天那页撕掉了，但在今天这一页看得出印痕。我们不知道他是什么时候打电话给你的。我们不知道他去了哪里，为什么要去，什么时候去的。可我们得查，理所当然。"

"为什么是在客寓？"我问道，没指望他回答，他竟答了。

他有点儿脸红。"看来特里太太常去那边。晚上去。有访客。用人能通过树丛看到屋里有灯。汽车来来去去，有时很晚，有时非常晚。讲得够多了吧，嗯？别骗自己了。伦诺克斯是我们的嫌犯。他在凌晨一点左右走下了那条路，管家碰巧看见了。也许是二十分钟后吧，他一个人返回，然后什么都没发生。灯还亮着。今早不见了伦诺克斯。管家走去客寓，夫人像美人鱼一样光着身子躺在床上。让我告诉你，管家都认不出她的脸了。事实上她没脸了，被人用一尊青铜猴子雕像砸得血肉模糊。"

"特里·伦诺克斯不会干那种事。"我说，"夫人的确对他不忠，这不新奇。夫人一向如此。他们离了又复合。我不认为他会快活，可他怎么到现在才为此发狂呢？"

"没人知道答案。"格林耐心地说，"这种事总在发生。有男人也有女人。一个人忍啊忍啊忍啊，然后忍不住了。或许他自己也不了解，为什么偏偏在那个时刻他会控制不住。反正他失控了，有人死了。于是我们就有活儿干啦。于是我们来问你一个简单的问题。别再兜圈子了，否则我们把你弄进去。"

"他不会告诉你的，巡佐。"戴顿酸溜溜地说，"他读过那本法律书。像很多人一样，读了法律书，便以为那上面写着法律。"

"做你的笔录吧，"格林说，"别费神思。假如你真行，我们会让你去警局吸烟室唱《慈母颂》。"

"去你的，巡佐，但愿我这么说没冒犯你的警衔。"

"你跟他干一架吧。"我对格林说，"他跌倒时我会架住他。"

戴顿小心翼翼把记事簿和圆珠笔放在一边。他起身时两眼放光。他走过来，站在我跟前。

"起身，机灵鬼！我念过大学并不意味着我会容忍你这种笨蛋胡说八道。"

我开始起身。我还没站稳，他就击中了我，接着朝我打出一记漂亮的左勾拳，没打中。铃声响了，但不是饭铃。我重重地坐下，摇摇头。戴顿没有挪动。他现在笑了。

"我们再试一次吧。"他说，"刚才你没准备好。这不合规矩。"

我看着格林。他看着大拇指，好像在研究一根倒刺。我没动，也没出声，等他抬头看我。如果我再起身，戴顿会再次揍我。他反正会揍我。但若是我起了身而他揍了我，我会把他撕成碎片，因为他刚才的几招表明他是个严格意义上的拳击手。他出拳准确，但他的打法需要他多次出拳才能把我击倒。

格林几乎是心不在焉地说："干得好，老弟！你给这家伙的，正是他所需要的东西。蛤蜊汁。"

然后他抬头温和地说："再来一次，为了记录在案，马洛。你最后一次见到特里·伦诺克斯是在哪里，怎么见的，谈了些什么，还有刚才你从什么地方回来，说——还是不说？"

戴顿轻松地站着，重心很稳。他眼中有种温和惬意的光泽。

"另外那个家伙呢？"我问道，无视他这副样子。

"另外那个家伙是什么意思？"

"寻快活，在客寓里，赤条条的。你不会说她去客寓是为了玩单人纸牌吧。"

"那个以后再说——等我们逮到她丈夫以后。"

"好。当你们找到了替罪羊，如果不太麻烦的话。"

"你不说，我们就把你弄进去，马洛。"

"作为重要证人？"

"作为重要狗屁。作为嫌犯！有凶案发生后的从犯嫌疑。协助嫌犯潜逃。我猜就是你把那家伙弄到某个地方去的。眼下我只需要猜测就够了。近来队长很凶。他懂规章制度，但他有点心不在焉。这要算你倒霉。无论如何我们都要得到你的口供。口供越难得到，我们越是确定需要它。"

"对他来说全是废话，"戴顿说，"他懂法律。"

"对每个人来说都是废话，"格林冷静地说，"但仍然管用。来吧，马洛。我在揭发你呢。"

"好，"我说，"揭发吧。特里·伦诺克斯是我的朋友。我在他身上投入了适量的感情，不会因为警察吓唬几句就毁掉它。你有个案子对他不利，也许远远多于我从你们嘴里听说的。动机，机会，还有他已潜逃的事实。动机是老一套，早就淡化了，几乎是交易的一部分。我不欣赏那种交易，但他就是那号人——有点软弱，非常温和。其余的对他毫无意义，他只关心一件事，就是在他知道太太死了的时候，便明白自己会成为你们的死靶子。如果会有审讯，如果他们传讯我，我在审讯中就不得不回答问题。我现在不必回答你们的问话。我看得出你是个好人，格林。正如我看得出你的搭档不过是又一个爱亮警徽的权力欲熏心的家伙。如果你要让我陷入真正的困境，叫他再来打我吧。我会掐断他那该死的玩意儿。"

格林站起身，忧愁地望着我。戴顿没动，他是"一击型"硬汉。他得暂停休息，让人捶捶后背。

"我打个电话。"格林说，"可我知道会得到什么答复。你是只病鸡，马洛，病得很重的鸡。妈的，别挡我的路。"最后这句话是冲戴顿说的。戴顿转身走回去，拿起记事簿。

格林走到电话机旁，慢慢拿起听筒，他那平滑的面孔因冗长而不讨好的苦差起了皱纹。跟警察打交道就麻烦在这里。你已拿定主意对他们恨之入骨，然后你遇到一个对你讲人情味的家伙。

队长吩咐把我拘进去，别讲客气。

他们给我戴上手铐。他们没搜查我家，看来是他们疏忽了。也许他们觉得我经验老到，不会在家里留下不利于自己的东西。这一点他们弄错了。如果稍事搜查，他们就会发现特里·伦诺克斯的车钥匙。等到车子找到时，他们用那把钥匙发动车子，就会知道他曾跟我在一起，而车子是迟早会找到的。

事实上，结果表明，搜查没有任何意义。警方永远找不到那辆车了。它在那天夜里被盗了，很可能被开去了埃尔帕索，配上新的钥匙和伪造的文件，最终进了墨西哥城的车市。这个过程是老套路。很可能卖车的钱会变成海洛因回流。照歹徒的看法，这是睦邻政策的一部分。

七

那一年，负责凶杀案的队长是葛瑞戈里厄斯警监，他属于日渐稀少却绝未绝种的那类警察。他办案靠的是强光刺激，软棒击打，踢腰子，用膝盖顶腹股沟，拳击太阳穴，警棍击打尾椎。六个月后，他被控在大陪审团面前做伪证，不经审判就被解雇了，后来在怀俄明州自家牧场上被一匹大雄马踩死了。

眼下我是他的砧上之肉。他坐在办公桌后面，脱了外套，衬衫袖子差不多卷到了肩头。他的脑袋秃得像砖块，腰部粗圆，跟所有肌肉结实的男人到了中年一样。他的眼珠呈鱼肚灰色。他的大鼻子是毛细血管破裂的网络。他正喝着咖啡，大声地喝。他那双粗壮的手背上长着浓密的汗毛。一簇灰毛从他耳朵里面伸出来。他把玩着桌上的一样东西，眼睛看着格林。

格林说："我们从他身上得到的是什么都不说，队长。那个电话号码引得我们去找他。他开车出去了，却不肯说去了哪儿。他跟伦诺克斯很熟，却不肯说最后见到他是什么时候。"

"自以为是硬汉，"葛瑞戈里厄斯冷冷地说，"我们会让他改变的。"他的语气好像什么都不在乎。他可能真不在乎，对他而言没人是硬汉。"关键是地方检察官从这案子里嗅出了不少新闻头条。不能怪他，看看这女的老爷子是谁嘛。我想我们最好替他挖挖这家伙的鼻孔。"

他看了看我，当我是一只烟蒂，一把空椅。我只是他视线内的一个物件，不必当回事。

戴顿恭敬地说："很明显，他的这副态度是设计成他可以拒绝开口的局面。他给我们引述法律，刺激我揍他。当时我跨线了，警监。"

葛瑞戈里厄斯阴冷地看他一眼。"要是这废物也能让你失控，那你太容易被激怒了。手铐是谁打开的？"

格林说是他干的。"铐回去！"葛瑞戈里厄斯说，"铐紧点。给点刺激让他提提神。"

格林把手铐重新套上，或正开始做。"铐在背后！"葛瑞戈里厄斯吼道。格林把我双手铐在背后。我坐的是一张硬椅。

"再紧点儿，"葛瑞戈里厄斯说，"让它陷进肉里。"

格林把手铐扣紧了些。我的两手开始发麻。

葛瑞戈里厄斯终于正眼看我了。"现在你可以开口了。说痛快些！"

我不答话。他向后靠，咧嘴笑着。一只手缓缓伸出，去拿咖啡杯，用手握着。他微微向前倾。杯子猛然一抖，但我比它更快，身子歪向一侧，滚下了椅子，我的肩膀重重着地，我翻个身，慢慢站起来。我的双手现在麻得不行，失去了感觉。手铐以上的手臂开始作痛。

格林把我扶回椅子。椅背上有湿漉漉的咖啡污渍，座位上也有一些，但大部分泼在地板上。

"他不喜欢咖啡，"葛瑞戈里厄斯说，"他手脚利索，动作快，反应敏捷。"

没人说话。葛瑞戈里厄斯用那双鱼眼打量着我。

"在这里，先生，侦探执照不比电话卡更值钱。现在来问你口供，先来口头的。我们待会儿会记下来。要说完整。譬如说，完整供述你昨晚十点以后的行动。我是指完整的。本部门正在调查一桩谋杀案，主要嫌犯失踪了。你跟他有关联。那家伙抓住老婆偷腥的机会，把她的脑袋打成一团生肉、骨头加血淋淋的头发。用我们熟悉的青铜雕像。虽是赝品，却挺管用。如果你以为随便哪个该死的私家侦探都能就此向我引述法律条文，先生，那你就有得苦头吃了。这个国家没有哪个警局能靠法律条文干活儿。你有情报，我要得到。你可以说没有，我可以不相信你。但你连'没有'都没说。你不会对我守口如瓶的，朋友。不值六分钱。开始吧。"

"你会把手铐打开吗，警监？"我问，"我是说如果我招供的话。"

"也许会。说痛快点。"

"如果我告诉你，最近二十四小时内我没见过伦诺克斯，没跟他说过话，弄不清他可能在哪里——这样你会满意吗，警监？"

"也许会——假如我相信的话。"

"如果我告诉你我见过他，并说出时间地点，但我不清楚他杀了人，犯过罪，更进一步，也不清楚他此刻在哪里，你根本不会满意的，对不对？"

"说详细点，我也许会听的。诸如何地何时、他外表如何、谈了些什么、他要去什么地方之类。这样就可以慢慢形成线索了。"

"经过你的处理，"我说，"大概会发展为把我弄成从犯。"

他下巴的肌肉鼓起来了。他的双眼像污浊的冰。"所以呢？"

"我不知道。"我说，"我需要法律咨询。我愿意合作。如果我们请地方检察官办公室派个人过来，情况会怎么样？"

他短促沙哑地笑了一声。笑声很快停了。他慢慢起身，绕过办公桌，俯身凑向我，一只大手撑在木头桌面上。他笑了。接着保持这样的表情，他以硬如铁块的拳头打在我脖子侧面。

这一拳打出了二十到二十五厘米，不会更多。它差点儿把我的脑袋揍下来。胆汁渗入我嘴里。我尝出里面混杂有血腥味。我什么都听不见，只觉得脑瓜轰轰作响。他仍然笑眯眯地凑近我，左手仍然撑着办公桌。他的声音似乎来自远方。

"我以前很凶，但现在渐渐老了。你挨了狠狠的一拳，先生，我只给你这一下子。我们市立监狱有几个小伙子真该去屠宰场干活儿。也许我们不该雇他们，他们出拳可不像这儿的戴顿那么斯文、利落，像粉扑一样软绵绵的。他们也不像格林有了四个孩子和一座玫瑰园。他们活着有不同的乐子。各种人才都需要，而且劳工短缺嘛。关于你可以讲的话，你还有什么好玩的小主意吗？如果能劳你驾讲出来的话。"

"我不会戴着手铐讲话，警监。"连讲这句话都疼得要命。

他向我凑得更近了，我闻到他的汗臭和口臭。接着他挺直身子，绕办公桌走回去，把他那结实的屁股墩在椅子上。他拿起一把三角尺，大拇指顺着一条边滑动，仿佛那是一把刀。他看看格林。

"你还在等什么，巡佐？"

"等你下令。"格林咬牙说出这句话，似乎讨厌听自己的声音。

"用得着别人下令？档案里说你是个经验丰富的警官。我要这人过去二十四小时活动的详细口供。也许还要查更久的，但先要这份口供。我要知道他在其间每一分钟做过什么。我要口供签上名，找到证人，经过核实。两小时内就要。然后我要他干净、整洁、没有伤痕地回到这里。还有一件事，巡佐。"

他顿了顿，瞪了格林一眼，那一眼足以冻结刚烤出来的土豆。

"下一次，我向嫌犯提几个文明的问题时，希望你别站在那儿看，活像我扯下了他的耳朵似的。"

"是，长官。"格林转向我，"我们走吧。"他粗声说。

葛瑞戈里厄斯向我龇了龇牙。那些牙齿需要刷了——很需要。"我们来念退场白吧，朋友。"

"是，长官。"我礼貌地说，"你也许不是有意的，但你帮了我一个忙。戴顿警探也帮了一把。你们替我解决了一个难题。没人愿意出卖朋友，但我连仇人都不肯出卖到你们手上。你不仅是头大猩猩，你还无能。你不懂怎样进行最简单的调查。我站在刀尖上玩平衡，你可以随便把我推向任何一边。但你不得不虐待我，你把咖啡泼我脸上，在我处在只能挨打的位置上时出拳打我。从现在起，我连你们墙上的钟走到了几点也不会说出来。"

不知是出于什么奇怪的原因，他纹丝不动地坐着，让我把话讲完。然后他咧嘴笑了。"你不过是小小的老派警察仇视者，朋友。你不过如此，私探。你个小小的老派警察仇视者。"

"有些地方的警察不遭人恨，警监。可在那些地方你当不了警察。"

这话他也忍下了。我猜他有忍受的本钱。他可能多次听过更糟的话。这时他桌上的电话响铃了。他对电话看了一眼，做个手势。戴顿迅捷地绕过桌子，拿起听筒。

"葛瑞戈里厄斯队长办公室。我是侦探戴顿。"

他听着电话。他那两撇漂亮的眉毛微微蹙起。他轻声说："请稍等，长官。"

他把听筒交给葛瑞戈里厄斯，说："长官，是奥尔布莱特局长。"

葛瑞戈里厄斯脸露怒容。"噢？那个高高在上的家伙想要什么？"他接过听筒，举了一会儿，表情渐渐平和。"我是葛瑞戈里厄斯，局长。"

他听着电话。"是的，他在我办公室，局长。我在问他几个问题。不合作。根本不合作……怎么又这样？"他脸上突然露出凶相，脸孔扭成一个暗结。血色使他印堂发黑。但他的声调却保持原样。"如

046

果那是直接命令，应该通过侦探长，局长……当然，我会执行命令，直到获得证实。当然……见鬼，没有。没人动他一根汗毛！是，长官，马上办。"

他把话筒放回机座。我觉得他的手有点发抖。他抬眼，目光横扫我的面孔，移到格林脸上。"打开手铐。"他语调平淡。

格林打开手铐，我揉着手，等着血液流通时的刺痛。

"把他送进县看守所。"葛瑞戈里厄斯慢吞吞地说，"谋杀嫌疑。地方检察官硬是从咱们手上把案子抢过去啦。咱们这里的制度多可爱！"

没有动弹。格林靠近我，费力地呼吸。葛瑞戈里厄斯抬头看着戴顿。

"你等什么，娘娘腔？等冰淇淋甜筒吗？"

戴顿几乎噎住了。"你没对我下令啊，队长。"

"叫我'长官'，该死的。我是警佐以上人员的队长，不是你的，小子！不是你的。出去！""是，长官。"戴顿迅步走到门口，踏出门外。葛瑞戈里厄斯吃力地站起来，走到窗前，背对房门站立。

"来吧，我们走。"格林在我耳边咕哝道。

"趁我没把他的脸踢瘪，把他带走！"葛瑞戈里厄斯冲着窗户说。

格林走到门口，把门打开。我也走向门口。葛瑞戈里厄斯突然吼道："停！关门！"

"过来，你！"葛瑞戈里厄斯对我吼道。

我没动。我站着看他。格林也没动。一阵阴森的停顿。接着葛瑞戈里厄斯很慢很慢地走过房间，跟我面对面站下。他把坚硬的大手插进衣袋，翘起脚尖转动身子。

"没碰他一根汗毛。"他压低嗓门，仿佛自言自语。他的目光遥远，表情冷漠。他的嘴角痉挛抽搐。

然后他朝我脸上啐了一口。

他后退一步。"就这样了。谢谢你。"

他转身走回窗口。格林再度开门。

我跨出门外，伸手掏手帕。

八

重罪监区的三号牢房有两个床位，卧铺车样式，但监区没住满，三号牢房仅我一人。重犯监区待遇颇佳。你有两条毛毯，不脏也不干净，还有一床五厘米厚的床垫，铺在钢丝床板上。有抽水马桶、洗面盆、纸巾和含沙的灰色肥皂。牢房建筑内很干净，闻不到消毒水的气味。模范囚犯负责打扫。监狱里不愁没有模范囚犯。

看守们从头到脚打量你，眼神里充满智慧。只要你不是酒鬼、精神病人或举止像酒鬼、精神病人，你可以保留火柴和香烟。预审前你可以穿自己的衣服。预审后你得穿劳动布的狱衣，没领带，没皮带，没鞋带。你坐在双层床上等待。没有别的事情可干。

醉鬼监区就没这么舒服了。没有双层床，没有椅子，没有毛毯，一无所有。你躺在水泥地板上。你坐在马桶上，吐在自己大腿上。那是悲惨深渊。我见识了。

尽管还是大白天，天花板上的灯却亮着。在监区建筑的钢门内侧，有个钢条框罩挡在窥视窗外。电灯由钢门外控制。晚上九点熄灯。没人进门来，也没人说话。你也许在阅报看杂志，读到一个句子中间。没有"咔嚓"声或任何提醒——突然漆黑一团。在黑暗中待到夏日黎明，无事可干，能睡则睡，有烟就抽，有事可想就想，如果这不会使你觉得比完全不想更难熬的话。

人进了看守所是没有人格的。他是个小小的留置问题，报告中的几个条目。没人在乎谁爱他或恨他，他长得怎么样，他在人生中干过什么。只要他不闹事，谁也不会理他。没人欺负他。狱方只要求他安静地走向正确的牢房，到达后安静地待着。没什么可抗争的，没什么可生气的。看守们是文静的男子，既无敌意也无施虐欲。你在刊物上看到的那些内容，犯人们大喊大叫，敲打铁栏，拿汤匙在铁栏上划动，看守提着棍子冲进来之类，都是写的大狱。好的看守所是世上最安静的地方之一。晚上你可能会走过普通监区，隔着铁栏望进去，看到一团棕色毛毯，或一头毛发，或一双茫然的眼睛。你可能听见鼾声。你可能听见有人做噩梦，很长时间才有一次。看守所的人生是悬而未决的，无目标无意义。在另一间牢房你可能见到有人无法入睡，甚至不能试着去睡。他坐在双层床的床沿，什么都不干。他看着你，或没看你。你看着他，他一言不发，你一言不发。没什么好交谈的。

监禁建筑的角落里，也许另有一扇钢门通往展示间。那里有面墙是漆成黑色的钢丝网。后墙上有身高标尺。头顶有泛光灯。你通常会在早上走进去，赶在夜班队长下班之前。你背靠标尺站定，灯光照着你，钢丝网后面没有灯光。但网外有许多人：警察、侦探、公民。这些公民或曾被抢，或曾遇袭，或曾被骗，或曾被枪顶着被踢出自己的爱车，或曾被骗走一生积蓄。你看不见他们，听不见他们。你听见夜班队长说话。你得大声清晰地回答。他对你进行全方位测验，仿佛你是一只表演狗。他疲倦、多疑、称职。他是历史上一出上演最久戏码的舞台经理，但他对此已了无兴趣。

"很好，你，站直了。肚子缩进去。下巴缩进去。肩膀往后。头放平。直视前方。左转。右转。再面朝前方，手伸出来。手掌向上。手掌向下。卷起袖子。没有明显的疤痕。头发深棕色，有点白发。

眼珠褐色。高一米八四，体重约八十六千克。名叫菲利普·马洛。职业：私家侦探。好，好，幸会，马洛。就这样了。下一个。"

"非常感谢，队长。多谢你的时间。你忘记叫我张嘴了。我有几颗牙镶得不错，有一个非常高级的瓷牙冠。价值八十七元的瓷牙冠呢。你还忘了看看我的鼻腔，队长。好多疤痕组织在那里等着你瞧。鼻隔膜手术，那家伙是个屠夫！那会儿这手术要花两小时。听说现在只要二十分钟就够了。我打橄榄球时受伤的，队长，企图挡住落下的一球，却略有失算。我没顶住球，却挡住了那家伙的脚——在他踢球之后。罚十五码，相当于手术后第二天他们从我鼻子里扯出带血硬绷带的长度，一次扯出两厘米半。我不是吹牛，队长。我只是告诉你，细节很重要。"

第三天上午，一名看守打开了我的号子。

"你的律师来了。把烟头摁熄——别摁在地板上。"

我把烟头扔进马桶冲下去。他把我领进会议室。一名深色头发面色苍白的高个头男子站在那儿眺望窗外。桌上有个鼓鼓的棕色公文包。他转过身。他在等着房门关上。然后他在大概来自诺亚方舟的疤痕累累的橡木桌远端，靠近公文包坐下。诺亚买这张桌子时也是买的二手货。律师打开一只手工银烟盒放在他面前，打量着我。

"坐下，马洛。想抽根烟吗？我叫恩迪克特，休厄尔·恩迪克特。有人指派我来代表你，费用和花销不用你出。我猜你很想从这儿出去，对吗？"

我坐下，拿了一支烟。他把打火机伸到我嘴边。

"很高兴又见到你，恩迪克特先生。我们以前见过——你当地方检察官的时候。"

他点点头。"我记不得了，不过很有可能。"他微微一笑，"那个位置非我擅长。我想我身上虎劲不足。"

"谁派你来的？"

"我不便说。如果你接受我当你的律师，费用不用你出。"

"我猜这意味着他们逮到他了。"

他只是盯着我。我抽着烟。这是那种带滤嘴的香烟。它的味道像药棉滤过的浓雾。

"如果你是指伦诺克斯，"他说，"当然了，你指的就是他，那么不对，他们还没逮到他。"

"干吗弄得这么神秘，恩迪克特先生？谁派你来的？"

"我的委托人希望匿名。那是他的特权。你接受我吗？"

"我不知道。"我说，"既然他们还没抓到特里，那他们干吗关着我？没人问过我一句话，没人接近过我。"

他皱了下眉头，低头看着他那修长白皙的手指。"地方检察官施普林格亲自负责此案。他兴许是太忙吧，还没时间审你。可你有权要求传讯和预审。我可以依据人身保护令将你保释出去。你可能了解有关的法律规定。"

"我被设定为涉嫌谋杀。"

他不耐烦地耸耸肩，说："那只是笼统而言。你可能被登记在转押至匹兹堡的名单上，或被设定一打控罪中的某一项。他们的意思可能是事后从犯吧。你把伦诺克斯送到了某处，对吗？"

我没答话。我把那支没烟味儿的香烟扔到地板上，踩了一脚。恩迪克特又耸耸肩，皱了下眉头。

"那么只是为了方便讨论，就假设你做了这件事。要把你列为从犯，他们得证明你有意图。此案中，是指明知已有罪行发生，并知道伦诺克斯是个逃犯。这在任何案子中都是可以保释的。当然你其实只是个重要证人。但在本州，若无法庭下令，是不能将重要证人关在狱中的。只有法官有权宣布某人是不是重要证人。但执法人员总能找到法子为所欲为。"

"是啊。"我说，"一个叫戴顿的侦探打了我。一个叫葛瑞戈里厄斯的凶案队队长向我泼了一杯咖啡，击打我的脖子，力道大得足以打破动脉。你瞧，现在还肿着呢。那时警察局长奥尔布莱特打来电话，不许他把我交给一群打手，他就朝我脸上吐口水。你说得太对啦，恩迪克特先生。执法人员总是能够为所欲为。"

他有几分刻意地看看手表。"你想不想被保释出狱？"

"多谢。我不想。被保释出狱的人，在公众心目中已是半个罪犯。如果他日后脱罪了，是因为他有个精明的律师。"

"真傻。"他不耐烦地说。

"嗯，是傻。我是傻子。否则我不会在这儿。如果你联络上了伦诺克斯，叫他别为我担心。我不是为他进来的。我是为自己进来的。没有怨言。这是交易的一部分。我干的是别人有了麻烦才找上门的行业。大麻烦，小麻烦，但总是人家不愿带去找警察的麻烦。要是随便哪个别着警徽的壮汉就能让我失魂落魄、勇气全失，以后还会有顾客上门吗？"

"我懂你的意思了。"他慢慢地说，"不过有件事我要纠正你。我没有联络上伦诺克斯。我几乎不知道这个人。我是法庭公职人员，所有律师都是。如果我知道伦诺克斯在哪里，我不能对地方检察官隐瞒这个信息。我所能做的，至多是同意先跟他会晤，然后在特定时间和地点把他交出去。"

"除了他没人会费心派你来这儿帮我。"

"你的意思是我是个骗子？"他低身把烟头在桌下撬灭。

"我记得你好像是弗吉尼亚人，恩迪克特先生。在这个国家，我们对弗吉尼亚人有一种历史性的定见。我们认为弗吉尼亚人是南方骑士精神与南方荣耀之花。"

他笑了。"讲得真中听。但愿如此。可我们在浪费时间。如果你脑子好使,你会告诉警察你有一周没见到伦诺克斯了。不必是真话。起誓后你总有机会道出实情。没有一条法律规定不许对警察说谎。这是他们料想之中的。对他们说谎,比起拒绝跟他们谈话,会令他们好受得多。拒绝谈话是直接挑战他们的权威。你能指望从中得到什么?"

我没答话。其实我无话可答。他站起身,伸手拿起帽子,一把关上烟盒,放进衣兜。

"你得演一场大戏。"他冷冷地说,"立足于自己的权利,大谈法律。一个人怎会如此天真呢,马洛?像你这样的人应该懂得路数。法律不等于正义。这是一种很不完美的机制。如果你按对了钮,而且够走运,正义也许会在答案中出现。法律的目的从来只是建立一种机制。我猜你根本无意于接受帮助,那我就得走了。如果你改了主意,可以找我。"

"我会再坚持一两天。如果他们抓到了特里,他们不会在乎他是怎么逃走的。他们关心的是如何才能把审判弄成他们需要的那场马戏。哈伦·波特先生的女儿被杀是全国各地新闻头条的素材。施普林格这种哗众取宠的家伙可以在这场演出中乘风坐上首席检察官的位置,再由此登上州长的宝座,再由此——"我不往下说了,让余下的话飘在空中。

恩迪克特慢慢露出嘲讽的微笑。"我认为你对哈伦·波特先生所知不多。"他说。

"如果他们抓不到伦诺克斯,他们不会想要知道他是怎么逃走的,恩迪克特先生。他们恨不得把这事整个忘掉。"

"你都盘算过了,对吗,马洛?"

"我有时间嘛。对于哈伦·波特先生,我只知道他应该拥有上亿身家，以及他有九到十家报社。宣传是怎么做的？"

"宣传？"他说此话的音调冷冰冰的。

"是呀，媒体没人来采访我。我指望趁机在报上弄出点声响，多揽些生意。私家侦探宁愿入狱，也不肯出卖朋友。"

他走到门口，手放在门把上，转过身来。"你让我觉得好笑，马洛。有些方面你很天真。不错，一亿美元可以买来大量的宣传效果。一亿美元，我的朋友，如果使用得当，也能买来一大堆沉默。"

他拉开门，走了出去。接着一名看守进来，把我带回重犯监区的三号牢房。

"你有了恩迪克特，估计就不会跟我们一起待多久了。"他愉快地说着，把我锁进牢房。我说但愿被他言中了。

九

　　上半夜的值班看守是个金发碧眼的大块头，肩膀多肉，笑容友善。他人到中年，早就不轻易对人同情或发怒了。他要轻轻松松打发掉八小时，显出一副几乎是万事不管的样子。他打开我的牢门。

　　"有人找你。地检办公室来的。睡不着，嗯？"

　　"现在睡觉对我来说有点早。几点钟了？"

　　"十点十四分。"他站在门口，打量整个牢房。一条毛毯摊在下铺，另一条折好了当枕头。垃圾篓里有几张用过的纸巾，洗面盆边沿搁着一小沓厕纸。他赞许地点点头。"这里有没有私人物品？"

　　"只有我。"

　　他让牢门敞着。我们顺着一道安静的长廊走到电梯口，乘电梯下到登记台。一个穿灰色西服的胖子站在登记台边抽玉米芯烟斗。他的指甲很脏，身体有异味。

　　"我是地检办公室的斯普兰克林。"他对我粗声说道，"格伦茨先生要你上楼去。"他伸手从臀后摸出一副手铐。"咱们来试试大小。"

　　看守和登记员乐呵呵地冲他笑着说："怎么啦，斯普兰克林？怕他在电梯里揍你？"

　　"我不想惹麻烦。"他恶狠狠地说，"曾经有个家伙从我手里逃脱了。他们啃掉了我的屁股。走吧，小子。"

登记员把一张表格推给他，他在纸上弄了个花式签名。"我从来不做不必要的冒险。"他说，"在这座城市，鬼知道会撞见什么事情。"

一名巡警带进一名耳朵血淋淋的醉汉。我们走向电梯。"你有麻烦了，小子。"斯普兰克林在电梯里对我说，"一堆大麻烦。"他似乎有些幸灾乐祸，"人在这城市里会惹上好多麻烦。"

电梯操作员扭头对我眨眼。我咧嘴一笑。

"别想要花招，小子。"斯普兰克林厉声警告我，"我对人开过枪。想逃。他们啃掉了我的屁股。"

"左右都是你的错，对吧？"

他想了会儿。"对，"他说，"不管对错，他们都会啃掉你的屁股。这城市难待啊。不尊重人。"

我们出了电梯，穿过地检办公室的双重门走了进去。电话交换机关了，电话线插在交换机上，以备夜晚之需。候见座位上没人。有几间办公室亮着灯。斯普兰克林打开一个亮灯小房间的门，房间里有一张办公桌，一个档案架，一两把硬椅，还有一个身材厚重的男人。他下巴刚硬，眼神迟钝，脸红红的，正在把什么东西塞进办公桌抽屉。

"你应该敲门！"他向斯普兰克林吼道。

"对不起，格伦茨先生。"斯普兰克林含混不清地说，"我在想犯人的事。"

他把我推进办公室。"我该取下手铐吗，格伦茨先生？"

"我不懂你他 × 干吗要铐上他。"格伦茨不满地说。他看着斯普兰克林从我手腕上取下手铐。斯普兰克林把钥匙套在了一束葡萄柚大小的钥匙串上，费了点事才找到它。

057

"好啦,滚吧。"格伦茨说,"去外面候着,完事了把他押回去。"

"我该下班啦,格伦茨先生。"

"我叫你下班你才下班。"

斯普兰克林涨红了脸,把肥臀慢慢挪出门外。格伦茨凶巴巴地目送他,接着门关上了。他用同样的眼神看着我,我拉过一把椅子坐下。

"我没叫你坐!"格伦茨吼道。

我从衣袋里掏出一支又松又皱的香烟塞进嘴里。"我没说你可以抽烟!"格伦茨咆哮道。

"牢房里允许抽烟。这里为什么不行?"

"因为这是我的办公室!我说了算!"一股未调制威士忌的酒味从桌子对面飘过来。

"再喝口快酒吧。"我说,"这能让你静下来。我们进来时你被打断了。"

他往后重重地靠上椅背。他的脸转成了深红色。我划燃一根火柴,点燃香烟。

过了好一阵,格伦茨声调柔和地说:"好啊,硬汉子,真男人,是不是?有些事你知道吗?他们进来时大大小小、形形色色,可他们出去时却只剩下一种尺码——小号,只有一种形状——弯腰驼背。"

"你要见我是为了什么,格伦茨先生?如果你想酗酒,不必在意我。我这人在疲劳、紧张、操劳过度时也会喝上几杯。"

"你好像不大在意自己所处的困境。"

"我不认为自己处于困境之中。"

"这一点我们等着瞧。与此同时我要从你嘴里得到一份完整的口供。"他轻轻敲了一下办公桌旁一张台子上的录音机,"我们先录音，明天整理成文字。如果副检察长满意你的供词，他也许会在你亲自保证不离开本市的条件下释放你。我们开始吧。"他打开录音机。他的语调冷静、果决，他懂得怎样才能把语气弄得令人恶心。但他的右手老是悄悄朝抽屉游移。他还年轻，鼻子上不该有红脉，却已经有了，而且他的眼白颜色很难看。

"我烦透了这个。"我说。

"烦透了什么？"他急促地问道。

"叫人受不了的小男人，在叫人受不了的小办公室里，说些没一点破意思的叫人受不了的小屁话。我在重罪监区待了足足五十六个小时。没人来摆布我，没人想对我耍狠。他们用不着。他们把狠劲冷藏起来以供不时之需。我为什么待在那儿？我被列为嫌犯。只因为某个警察找不到某个问题的答案，就把一个人塞进重罪牢房，这是什么该死的司法制度？他有什么证据？拍纸簿上的一个电话号码。他把我关起来想证明什么？不能证明任何屁事，只为证明他有权力这么做。现在你用同样的套路，想让我觉得你在这个你称之为办公室的雪茄烟盒里养成了多大的权力。你在深夜派这个提心吊胆的保姆过去，把我带到这儿。你以为我独坐苦思五十六小时脑子就不好使了？你以为我在这幢伟大的大牢房里受不了该死的寂寞，便会抱着你的膝头哭泣，求你抚摸我的脑袋？别装模作样了，格伦茨，喝你的酒去，有点人性吧！我愿意假定你只是在尽职。但你在开工前得取下这些指节铜套。如果你够强大，你不需要这玩意儿，如果你需要这玩意儿，那你的力量就没有强到可以摆布我。"

他坐在那儿听着，望着我。接着他坏笑起来。"精彩演讲！"他说，"现在你已经一吐心中块垒，我们来录口供吧。你是要回答特定的问题，还是照自己的方式讲？"

"我对鸟儿讲话，"我说，"只是为了听轻风吹拂。我不录口供。你是律师，你知道我不必录。"

"你说对了。"他冷冷地说，"我懂法律。我懂警务工作。我在给你提供澄清自己的机会。如果你不要，我也乐得轻松。我可以在明天上午十点钟传讯你，做出将你提交预审的安排。你可以获得保释，但我会反对，不过如果你要求保释，事情就难办了。你得花很多钱。这是我们办事可以用到的办法。"

他低头看桌上的一份文件，阅读，然后翻过去，把正面朝下。

"什么罪名？"我问他。

"第三十二条。事后从犯。重罪。根据量刑，可在旧金山圣昆丁监狱关押五年。"

"最好先逮住伦诺克斯。"我谨慎地说。格伦茨已经掌握了什么，我从他的态度中感觉出来了。我不知道有多少，但他肯定掌握了一些东西。

他靠向椅背，抓起一支笔，将它夹在两掌间慢慢搓动。接着他笑了。他自得其乐。

"伦诺克斯是个很难藏住的家伙，马洛。就大多数人而言，你需要靠照片指认，而且是清晰的好照片。指认半边脸上满是疤痕的人就用不着照片了。更别提他那满头白发了，没过三十五岁就白了头。我们有了四个目击证人，也许更多。"

"目击了什么的证人？"我嘴里有些发苦，就像遭到葛瑞戈里厄斯警监那一拳后尝到的胆汁味儿。这回忆是个提醒，我感到脖子还在肿痛。我轻轻揉了揉脖子。

"别犯傻，马洛。圣地亚哥最高法院的一位法官及其太太刚巧目送了儿子和儿媳登上那架飞机。他们四人都看见了伦诺克斯，而法官太太则看见了他乘坐来机场的车和跟他在一起的人。你没指望了。"

"那很好。"我说，"你是怎么找到他们的？"

060

"广播电台和电视上播发特别公告。一番完整的描述就足够了。那位法官打来了电话。"

"听起来不错。"我公允地说，"可这还稍嫌不够吧，格伦茨。你得抓到他，证明他犯了谋杀罪。然后你得证明我知情。"

他用一根手指敲了敲电报纸背面。"我觉得我要喝那酒了，"他说，"好几个晚上连轴转。"他打开抽屉，拿出一个酒瓶和一只小杯放在桌上。他把酒杯注满，一饮而尽。"好多了，"他说，"好太多了。抱歉，你在监禁期间我不能请你喝一杯。"他把酒瓶塞好，推远一些，但伸手就能够到。"噢，对了，你说我们必须证明一些事。嗯，说不定我们已经拿到一份供词了，伙计。太糟了，嗯？"

一根小小的却是冰凉的手指在我整条脊椎上移动，像一只冰冷的昆虫爬行。

"那你干吗还要我的口供呢？"

他咧嘴笑了。"我们喜欢齐备的记录。伦诺克斯会被带回来受审。我们需要能够弄到的一切。我们不是非要从你这里得到什么，更重要的是我们可能愿意让你摆脱什么——如果你合作的话。"

我瞪着他。他摆弄了一会儿文件。他在椅子上转动身子，看看酒瓶，必须努力克制才能忍住不去伸手碰它。"也许你会喜欢这整个剧本。"突然他给我一个不搭调的斜视，"唉，机灵鬼，为了证明我没骗你，我有这个东西呢。"

我把身子倾向办公桌，他以为我要拿酒瓶。他把酒瓶一把抓走，放回抽屉。我只是想把烟头扔进烟灰缸。我又向后仰靠，再点一支烟。他说得很快。

"伦诺克斯在马萨特兰下了飞机，那是个航空中转站，一个约有三万五千人的小镇。他失踪了两三个小时。接着有个深色皮肤的高个头黑发男人，脸上有许多刀疤，以西尔瓦诺·罗德里格兹的名字订了前往托利昂的机票。他的西班牙语讲得不错，但对一个顶着西班牙名字的人来说却不够好。就一个有着这种深色皮肤的墨西哥人而言，他的个头太高了。飞行员向当局举报了他。托利昂的警察行动太慢。墨西哥警察不是精力充沛的干员。他们最拿手的是开枪射人。他们出动时，那家伙已租了一架飞机，继续飞往一个名叫欧塔托克兰的小山城，一个冷门的湖景消夏度假地。包机的飞行员曾在德克萨斯受过战斗机飞行训练，讲一口流利的英语。伦诺克斯假装听不懂他的话。"

"假如那真是伦诺克斯的话。"我插嘴说。

"等会儿，朋友。那的确是伦诺克斯。好啦，他在欧塔托克兰下了飞机，在当地一家旅馆登记入住，这次化名马里奥·德·塞尔瓦。他带着一把枪，一把毛瑟七点六五，当然这在墨西哥算不上什么大事。可是包机飞行员认为这家伙不对头，便跟当地执法部门通了气。他们监控了伦诺克斯。他们跟墨西哥城核对了情报，然后他们进了旅馆。"

格伦茨拿起一把尺子，从这头看到那头，这个毫无意义的动作使他不会看着我。

我说："呵呵，你的包机飞行员是个机灵鬼，而且对顾客这么好。这故事臭不可闻！"

他突然抬头看着我。"我们想要的，"他干巴巴地说，"是快速审判，是我们可以接受的二级谋杀辩护。有些角度我们宁可不去考虑。毕竟，那个家族很有势力。"

"你是指哈伦·波特？"

他干脆地点点头。"依我看，整个想法都是愚蠢的。施普林格可以去现场查看一天嘛。此案什么都有。性，丑闻，金钱，不忠实的漂亮妻子，负过伤的大战英雄丈夫——我猜他脸上的疤就是这么来的。见鬼，这是好几周头版新闻的素材。国内每一份破报纸都会照单全收。所以我们要甩掉它，让它快速消失。"他耸耸肩。"好吧，既然头儿要这么做，他说了算。我能拿到那份口供吗？"他转向那架前面一直亮着灯并在轻声转动的录音机。

"关掉吧。"我说。

他转过身来，恶狠狠瞪我一眼。"你喜欢坐牢？"

"不算太糟。你不会见到最好的人，可谁他×的想见最好的人呢？通点情理吧，格伦茨。你想让我当告密者。也许我就是顽固，甚至太感性，可我也很实际。假设你得雇个私家侦探——是的，是的，我知道你多么痛恨这个想法，可是假设这是你唯一的出路，你会想找一个出卖朋友的人吗？"

他用仇视的目光盯着我。

"还有两点。你不纳闷伦诺克斯的逃遁策略太透明了吗？要是他想被逮住，他用不着费那么多手脚。要是他不想被逮，他不会笨到在墨西哥乔装成墨西哥人。"

"什么意思？"格伦茨对我咆哮起来。

"意思是说，你可能只是编套胡话来蒙我罢了，根本没什么染黑头发的罗德里格兹，没什么马里奥·德·塞尔瓦出现在欧塔托克兰，你不清楚伦诺克斯的去向，就像你不知道海盗黑胡子在哪里埋下了他的珍宝。"

他又拿出酒瓶。他给自己倒了一杯，一饮而尽，如同上次。他渐渐放松下来。他在椅子上转过身去关掉录音机。

"我真想审讯你。"他的声音刺耳，"你是我想研究一番的那种聪明人。这次指控会悬在你头上很长很长一段时间。跟随你走路，陪你吃饭，伴你睡觉。下次你有了出格的事儿，我们会用它来把你宰了。眼下我得做一件会让我恶心死的事情。"

他在桌上摸索，把正面朝下的那份文件拉到面前，翻过来，签上名。你总是可以察觉一个人在签署自己的名字。他运笔的方式很特别。然后他站起身，大步绕过办公桌，拉开他那比鞋柜大不了多少的办公室的门，叫唤斯普兰克林。

那胖子挟带体臭走了进来。格伦茨把那份文件交给他。

"我刚刚签署了你的释放令。"他说，"我是公仆，有时我得履行得罪人的职责。你想不想知道我为什么签署这份文件？"

我站起身，说："如果你想告诉我的话。"

"伦诺克斯案已经结案了，先生。不会有什么伦诺克斯案了。今天下午他在旅馆房间写下一份完整详尽的自白书，然后开枪自杀了。那是在欧塔托克兰，就像我说的。"

我呆若木鸡，茫然瞪着眼睛。我从眼角瞥见格伦茨慢慢倒退，仿佛他以为我会上去揍他。肯定是因为我有一刻显得相当凶狠。接着他又回到办公桌后面，而斯普兰克林抓住了我的手臂。

"喂，走吧。"他用牢骚般的语气说，"男人偶尔也会想回家过夜的。"

我跟着他出来，关上门。我关门时很轻，仿佛门内房间里刚刚死了人。

十

我掏出我的财物清单复写联交上去，在原件上画押签收。我把个人所有物装回衣袋。有个男人靠在登记台一端，当我转身走开时，他直起身子对我讲话。他身高约一米九三，瘦得像根电线杆。

"要搭车回家吗？"

在惨白的灯光下，他显得年老心不老，疲惫而玩世不恭，但他不像骗子。

"多少钱？"

"免费。我是《新闻报》的朗尼·摩根。正要收工。"

"噢，跑警察口的。"我说。

"只是这周。我是专跑市政厅口的。"

我们走出大楼，在停车场找到他的车。我抬头仰望天空。有星星，但有太多刺眼的强光。这是个凉爽宜人的夜晚。我把它吸入体内。接着我上了他的车，他开车离开了那个地方。

"我住在偏远的月桂谷。"我说，"随便在哪儿扔下我都行。"

"他们开车送你进来，"他说，"却不愁你如何回家。这案子引起了我的兴趣，以令我反感的方式。"

"似乎没什么案子了。"我说，"特里·伦诺克斯今天下午开枪自杀了。他们这么说的。他们这么说的。"

"太方便了。"朗尼·摩根说这话时,眼光穿过挡风玻璃盯着前方。他的车悄悄驶过安静的街道。"这有助于他们筑墙。"

"什么墙?"

"有人正在伦诺克斯案四周筑一道墙,马洛先生。你脑子这么好使,看得出来。它不会在新闻媒体那里得到应有的曝光。地方检察官今晚出城去华盛顿了,去参加个什么会议。他有了多年来最有甜头的宣传噱头,他却走开了。为什么?"

"问我也是白搭。我一直待在冷库里。"

"因为有人让他值得这么做,这就是原因。我不是指一沓钞票之类不加掩饰的好处。有人向他许诺了他所看重的东西,跟此案有关的人只有一个人能办到,女方的父亲。"

我把头歪靠在车座一角。"好像不太可能,"我说,"新闻界会怎样?哈伦·波特拥有几家报社,可他的竞争对手呢?"

他朝我投来调皮的一瞥,然后专心开车。"当过报人吗?"

"没有。"

"报纸是富人拥有和发行的。富人都是同一个俱乐部的会员。不错,有竞争对手——激烈地竞争发行量、新闻渠道、独家新闻。前提是不损害众业主的声望、特权和地位。如果有损于这些,盖子就捂上了。盖子罩上了伦诺克斯案,朋友。伦诺克斯案,朋友,如果操作得当,能让不少报纸大卖一阵子呢,其中无所不有。这场审判会从全国各地引来报告文学作家。可是不会有审判了。因为伦诺克斯在审判启动前就报销了。我说过,对哈伦·波特及其家人来说,这样太省事了。"

我坐直了,狠狠盯着他。

"你说这整件事都有人操纵?"

他嘲弄地撇撇嘴:"有可能伦诺克斯是在别人帮助下自杀的吧。

有可能拒捕。墨西哥警察个个手痒痒想扣扳机。如果你想打个小赌，我敢赌没人数过弹孔。"

"我想你错了。"我说，"我很了解特里·伦诺克斯。他早就把自己勾销了。要是他们把他活捉回来，他会听任他们摆布。他会接受过失杀人的辩护。"

朗尼·摩根摇摇头。我知道他要说什么，而他果然说了。"不可能。如果他只是朝太太开枪，或者砸碎她的颅骨，也许行得通。但作案手法太凶残。受害者的脸被打得稀巴烂。他能得到的最轻判决也得是二级谋杀，就连这样也会引起争论。"

我说："你可能说对了。"

他又看看我，接着说："你说你了解那家伙。那么你会接受这种安排吗？"

"我累了。今晚没心情思考。"

我们静默良久。接着朗尼·摩根平静地说："如果我是个真正有头脑的人，不是个平庸的报人，我会认为他根本就没杀太太。"

"颇有见地。"

他把一支香烟塞到嘴里，在仪表板上划燃火柴点上。他默默吸烟，瘦削的脸上眉头深锁。我们到了月桂谷，我告诉他在哪里拐离大道，在哪里拐进我那条街。他的车吃力地爬上坡，停在我家红杉木台阶底下。

我下了车。"多谢载我，摩根。要不要喝一杯？"

"改天来吧。我想你更愿意独自静一静。"

"我已独处很长时间了。太他×长了。"

"你有个朋友要诀别。"他说，"既然你为了他情愿被人扔进号子，他一定是你的朋友。"

"谁说我是为他坐牢？"

他淡淡一笑。"我不能在报上发表，并不意味着我不知道，朋友。走啦。改天见！"

我关上车门，他转弯开下山坡。车尾灯消失在转角处，我登上台阶，拾起报纸，开门走进空荡荡的屋子。我拉亮所有的灯，打开所有的窗户。屋里太闷了。

我煮了咖啡，喝着，从咖啡罐里拿出那五张百元大钞。钞票卷得很紧，是从边缘插进咖啡粉里的。我端着咖啡杯来回踱步，打开电视，关掉电视，坐下，站起，又坐下。我浏览堆积在台阶上的那些报纸。伦诺克斯案起初是以大字刊出的，可是到了那天早晨它就变成次要消息了。报上有西尔维娅的照片，却没有特里的。刊了一张我的快照，我根本不知它的存在。《洛杉矶私人侦探被拘审》。报上登了恩西诺镇伦诺克斯家的一幅大照片。房子是仿英国式的，有一大堆尖屋顶，清洗那些窗户大概得花上百元。宅子有一大片地基，两英亩，房屋建在其中一座小山上，两英亩在洛杉矶地区是很大的不动产。有一幅客寓的照片，它是主建筑的缩影。它被圈在树篱中。两张照片显然都是远距离摄影，然后放大，经过修图而得。报纸所谓的"死亡房间"却没有照片。

这些东西我都看过，在牢房里，但我现在以不同的眼光重新阅读和审视。我一无所获，只看出一个富有又漂亮的女子被杀了，新闻界却完全无法接触此案。所以那个有势力的人很早就动手干活了。跟罪案新闻的记者一定气得咬牙切齿，而咬牙切齿也无济于事。可以料想到的。如果特里在妻子被杀的那天夜里跟身处帕萨迪纳的岳父通过话，那么甚至在警方接到报警之前，这块地产上就已经有一打保安值守了。

可是有件事情却根本无法想象——凶手击打她的那种方式。没人能让我相信那是特里干的。

我关了灯，坐在敞开的窗户边。窗外灌木丛里，一只反舌鸟发出几声颤音，在安顿下来过夜之前，还要孤芳自赏。我脖子发痒，所以我剃须淋浴，然后上床，仰卧静听，仿佛从远处黑暗中我能听见一个声音，那种平和、耐心的声音，会把每件事澄清。但我没有听见，我知道我不会听见。没人会向我讲解伦诺克斯案，也无须讲解。凶手供认了，而且他已死去。连验尸调查都不会有了。

《新闻报》的朗尼·摩根讲得不错——太方便了。如果特里·伦诺克斯杀了妻子，那很好。没有必要审他，揭示所有不愉快的细节。如果他没杀妻子，那也不错。死人是世上最好的替罪羊。他绝不会反驳。

十一

早上我又刮了一遍胡须，穿戴整齐，走老路开车进城，在老地方泊车，如果停车场侍者碰巧知道我是个重要新闻人物的话，那他倒是掩饰得很好。我上了楼，穿过走廊，掏出钥匙开了办公室的门。一个深色皮肤相貌温和的男人注视着我。

"你是马洛？"

"什么事？"

"别走开，"他说，"有人要见你。"他的背离开靠着的墙，沾了些墙灰。他无精打采地走开了。

我跨进办公室，拾起地上的邮件。书桌上邮件更多，是夜间清洁女工放的。我先开窗，然后撕开信封，把不想要的信丢掉——结果全扔了。我打开另一道门的蜂音电铃，把烟丝填进烟斗点燃，坐下来静候有人来喊救命。

我客观地思考特里·伦诺克斯。他已退到远处，白发，疤脸，柔弱的魅力，及其特立独行的清高。我既不评判他，也不分析他，正如我从未向他询问，关于他怎么受伤，怎么会碰巧娶了西尔维娅这种女人为妻。他如同你在客轮上认识的人，彼此混得很熟了，其实一点儿都不了解。他走了，如同曾在码头上和你道别的那个人。你会说"保持联系，伙计"，你明知你不会联系他，他也不会联系你。很可能你再也不会跟这家伙见面了。就算你再见到他，他也完全变成了另外一个人，不过是乘坐休闲列车的另一个扶轮社会员而已。生意如何？噢，不算太糟。你气色不错呀。你也一样。我体重增加太多啦。大家不都一样吗？还记得"弗兰科尼亚"号（或其他随便什么号）之旅吗？噢，当然记得，高端的旅行，不是吗？

什么该死的高端旅行！你是具无聊透顶的僵尸。你只跟那家伙交谈，因为四周没有任何人引起你的兴趣。也许特里·伦诺克斯和我就像那样。不，不完全是。我拥有他的一部分。我在他身上投入了时间和金钱，外加三日囚禁，还没算上下巴所挨的重击，脖子上挨的一拳，现在我每次吞咽还有痛感。现在他死了，我甚至不能把五张百元大钞还给他。这叫我生气。惹你生气的总是小事。

蜂音门铃和电话铃同时响起。我先接电话，因为蜂音门铃只表明有人走进了我那间小号候见室。

"马洛先生吗？恩迪克特先生找你。请稍等。"

恩迪克特上线了。"我是休厄尔·恩迪克特。"他说，仿佛他不知道他那该死的秘书已经给我报过他的名字。

"早安，恩迪克特。"

"很高兴听说他们把你放了。我想你打算不再抗拒了，这么想就对啦。"

"并不是我想那么做，只是脾气太犟。"

"我估计你再也听不到有关这个案子的消息了。但你若听到了什么，又需要帮助，请和我联系。"

"我怎么会呢？那人已经死了。他们得花无数时间来证明特里接近过我。接着他们得证明我知情。然后他们得证明特里犯了罪，或是个逃犯。"

他清了清嗓子。"或许，"他审慎地说，"没人告诉你他留下了一份详尽的自白书吧。"

"有人告诉我了，恩迪克特先生。我是在跟律师通话。如果我暗示那份自白书也得加以证实，既要证实其真实性，也要证实其诚实性，我这么说是不是出格的做法呢？"

"我恐怕没时间跟你探讨法律上的问题。"他严厉地说，"我要飞往墨西哥去执行一项叫人伤心的任务。你或许能猜到是什么任务吧？"

"嗯哼。要看你的委托人是谁。你并没告诉我，记得吧？"

"我记得很清楚。好吧，再见，马洛。我曾提议帮助你，这仍然有效。但容我也给你提个小小的忠告。别太肯定你已经摆脱危险了。你这份职业是很容易受到伤害的。"

他挂断了电话。我小心翼翼地把话筒放回座基上。我坐了一会儿，手压在话筒上，皱着眉头。接着我抹抹脸，舒展眉头，走过去拉开通向候见室的连通门。

一个男人坐在窗边乱翻杂志。他身穿蓝灰色西服，布料上有几乎看不见的浅蓝色格子。在他那交叉的双脚上，是一双黑色鹿皮系带软鞋，这种鞋有两只小圆孔，穿着它几乎和休闲鞋一样舒服，不会在你走一个街区后就磨破你的袜子。他的白手帕折叠成四方块，手帕后面露出一副墨镜的边缘。他有一头浓密的深色头发，波状起伏。他的皮肤晒得很黑。他抬起鸟儿一般明亮的双眼，从络腮胡下面露出微笑。他的领结是深栗色的，衬着耀眼的白衬衫，是一个尖头的蝴蝶结。

他把杂志推到一边。"这些破刊物尽登些废话。"他说，"我在读一篇关于科斯特洛的报道。不错，他们了解科斯特洛的一切。就像我了解关于特洛伊城海伦的一切。"

"我能为你做些什么？"

他不慌不忙地打量我："骑红色大摩托的人猿泰山。"

"什么？"

"说你呐，马洛。骑红色大摩托的人猿泰山。他们让你吃大苦头了？"

"东扯葫芦西扯叶。这跟你有什么关系？"

"在奥尔布莱特打电话给葛瑞戈里厄斯以后？"

"没有。在那之后没有。"

他点一下头。"你面子大呀，竟求得奥尔布莱特对那家伙大动干戈。"

"我在问你呢，这关你什么事？顺便告诉你，我不认识奥尔布莱特局长，也没求他做任何事情。他干吗要替我出头？"

他愁眉苦脸地盯着我。他慢慢起身，如美洲豹一般优雅。他走到房间另一头，探头看我的办公室。他猛然回头看我一眼，就走进去了。他是那种走到哪儿都主宰场面的家伙。我随后进去，关上门。他站在办公桌边环顾四周，觉得好笑。

"你是个小货色，"他说，"很小的货色。"

我走到办公桌后面，等着。

"你一个月挣多少，马洛？"

我没搭理他，点燃烟斗。

"七百五到顶了。"他说。

我把烧过的火柴扔进烟灰缸，吐出烟雾。

"你是个小打小闹的赌客，马洛。你是个花生一般大的骗子。你小得要拿放大镜才看得见。"

我一言不发。

"你有廉价的感情。你从头到脚都是廉价的。你跟一个家伙交朋友，喝几杯酒，讲几个段子，他缺钱时你塞给他几个小钱，然后你为了他把自己都搭进去了。就像某个读《弗兰克·梅里维尔》的小学生。你没胆量，没脑子，没人脉，没智慧，于是你惺惺作态，指望人们会为你哭泣。骑红色大摩托的人猿泰山。"他挤出一丝疲笑，"照我看来你一文不值。"

他从办公桌对面把身子凑过来，用手背拂一下我的脸，那动作漫不经心，充满轻蔑，但没伤害我的意思，而那丝笑容一直挂在他脸上。他见我对此毫无反应，便慢慢坐下，一只手肘支在办公桌上，用褐色手掌托着褐色的下巴。鸟儿般明亮的眼睛盯着我，其中除了光亮一无所有。

"知道我是谁了吧，便宜货？"

"你叫曼宁德兹。小弟们称你曼迪。你在日落大道一带活动。"

"是吗？我是怎么变得这么强大的？"

"我不想知道。你可能是在一家墨西哥妓院当皮条客起家的吧。"

他从衣兜里掏出一只金烟盒，用金质打火机点燃一支棕色香烟。他吐出辛辣的烟雾，点点头。他把金烟盒放在桌上，用指尖抚摸盒身。

"我是个大恶棍，马洛。我赚了很多钱。我得赚很多钱来孝敬我必须孝敬的人，这样我又能赚很多钱来供养我必须供养的人。我在西部贝尔－艾尔富人区有一套价值九万元的住宅，装修的花费超过了购房钱。在东部我有个淡银色头发加一双碧眼的可爱妻子，有两个上私立学校的孩子。我老婆有价值十五万元的宝石，价值七万五千元的裘皮和服饰。我有一个管家、两名女佣、一名厨子、一名司机，没算跟在我身后的那只猴儿。我走到哪里都是个宠儿。什么都用最好的：最好的食物，最好的酒，最好的旅馆套房。我在佛罗里达有栋宅子，有一艘配了五名水手的海上游艇。我有一辆奔驰、两辆凯迪拉克、一辆克莱斯勒旅行车，还给儿子买了一辆

MG。过两年我女儿也会有一辆。你有什么？"

"不多。"我说，"今年我有一幢房子可住——一人独享。"

"没女人？"

"只有我。除此以外，还有你在这里看到的东西，以及一千二百元银行存款，和几千元债券。这算回答了你的问题吗？"

"你接一单活最多挣过多少？"

"八百五。"

"老天啊，一个男人怎能如此便宜！"

"别再演了，说说你的来意。"

他掐灭抽了一半的香烟，立刻点上另一支。他往后靠在椅背上，朝我撇撇嘴。"我们是曾在一条散兵坑里吃喝的三个家伙。"他说，"天冷得像地狱，到处是雪。我们吃罐头食品。冷食。有几门大炮轰击，更多的是迫击炮的火力。我们冻得全身发青，我是说冻成了蓝色，兰迪·斯塔尔和我，还有这个特里·伦诺克斯。一发迫击炮弹扑通一声正好落在我们中间，不知什么原因没有爆炸。那些德国佬花招很多。他们有一种变态的幽默感。有时候你以为这是一枚哑弹，三秒钟以后它就不是哑弹了。特里抱起它，兰迪和我甚至还没来得及闪避，他就跳出了散兵坑。可他真是快啊，老兄，像个优秀的控球员。他扑倒在地，把炮弹甩开，它在空中炸了。大部分弹片飞过他的头顶，但有一块击中他的脸颊。正在这时，德国佬发起进攻，我们知晓的下一件事情，就是我们已不在那儿了。"

曼宁德兹停止讲话，他的黑眼睛亮晶晶地盯着我。

"谢谢你告诉我。"我说。

"你经得住嘲弄，马洛。你不赖啊。兰迪和我谈过这事，我们肯定特里·伦诺克斯身上发生的事情足以把任何人的脑子搞懵。有很长一段时间，我们以为他死了，可他没死。德国佬抓了他。他们把他折腾了一年半左右。他们干得不赖，却把他伤得太重。我们花钱查出了真相。我们花钱找到了他。不过我们在战后的黑市赚了大钱。我们花费得起。特里救了我们的命，落得半边新脸、满头白发和严重的神经病。回到东部他染上了酒瘾，老被逮进去，可以说完蛋了。他有心事，可我们不明就里。我们知道的第二件事，就是他娶了这个富家女，一步登天。他跟太太离婚，又跌入低谷，再度娶她，现在她竟死了。兰迪和我没能为他做点什么。他不让我们帮他，只要了维加斯那份短暂的工作。当他陷入真正的困境时，他没来找我们，他却找了你这样的便宜货，一个警察可以摆布的家伙。所以接着他也死了，没跟我们说再见，没给我们机会报答他。我本来可以很快把他弄出国，比老千洗牌作弊还要快。他却哭着来找你。这让我不爽。一个便宜货，一个警察可以摆布的家伙！"

"警察可以摆布任何人。你叫我对此怎么办？"

"放手就行了。"曼宁德兹干脆地说。

"放手什么？"

"别想靠伦诺克斯案发财或出名。事情结束了，打包了。特里死了，我们不想别人再去打扰他。那伙计吃过的苦头太多了。"

"流氓也会多愁善感。"我说，"笑死我了。"

"嘴得把门，便宜货。嘴得把门。曼迪·曼宁德兹不和人斗嘴。他只给人下令。给自己另外找条财路吧。懂了没？"

他站起身。来访结束。他拿起手套。那是副雪白的猪皮制品。看上去好像他从没戴过。穿着考究型，曼宁德兹先生。可骨子里粗暴得很。

"我不想出风头，"我说，"也没人给我钱。他们干吗给我钱？目的何在？"

"别糊弄我，马洛。你在班房里待了三天，不会只因为你是个有情有义的人。你拿了好处。我不会说是谁给的，可我心里有数。我想到的这个人还有更多的钱。伦诺克斯案结案了，不会重开调查，哪怕——"他猛然打住，用手套轻轻地拍打桌缘。

"哪怕特里并未杀妻。"我说。

他略显惊诧，那惊诧微薄得如同露水夫妻金戒指上的那层镀金。"我真想同意你这个看法，便宜货。不过这没有任何意义。但如果这真有意义的话，那正是特里所希望的，但接下来也只会维持现状。"

我没开腔。过了一会儿，他慢慢咧嘴一笑。

"骑红色大摩托的人猿泰山，"他拉长声调说，"是条硬汉。任我走进这里，将他好好教训一通。一个花几分钱、几毛钱就能雇到的家伙，任何人都能摆布的家伙。没钱，没家，没前途，一无所有。改天见，便宜货。"

我绷紧下巴静坐着，盯着他放在办公桌一角的金烟盒的亮光。我感到又老又累。我慢慢起身，伸手去拿烟盒。

"你忘了这个。"我说着，绕过书桌。

"这玩意儿我有半打。"他嗤笑地说。

当我走到离他足够近的地方时，我把烟盒递过去。他的手懒懒地伸了过来。"给你半打这玩意儿怎么样？"我问话时，尽力击打他的腹部中央。

他闷哼着弯下腰。烟盒掉在地板上。他退后顶着墙壁，双手痉挛性地前后抽搐。他的呼吸竭力挤进肺部。他在流汗。极慢极慢地，靠着艰难的努力，他站直了，而我们又四目相对了。我伸出手，用一根指头划过他的颌骨。他静静地忍受着。最后他把一丝笑容挤到褐色的面孔上。

"没想到你这么有种。"他说。

"下回带把枪来——否则别叫我便宜货。"

"我有个手下是带枪的。"

"带他同行吧。你会用得着他。"

"你大发雷霆，是条硬汉，马洛。"

我用脚把金烟盒拨到一边，弯腰，捡起来，交给他。他接过去，揣进衣兜。

"我没法搞懂你，"我说，"你为什么舍得花时间上这儿来嘲弄我。然后就变得无趣了。所有硬汉都无趣。就像玩一副整沓全是A的纸牌。你有了一切，却又一无所有。你只是坐在那儿自我欣赏。难怪特里不向你求援。那会像跟妓女借钱。"

他用两根手指轻轻按压胃部。"你说这话我很遗憾，便宜货。你俏皮话讲得太多。"

他走到门口，拉开门。门外的保镖在对面墙边站直身子，转向这边。曼宁德兹朝他猛一甩头。保镖走进办公室，站在那儿面无表情地打量我。

"把他瞧清楚了，奇克，"曼宁德兹说，"确保有必要时认得出他来。这些日子你跟他也许有事要谈。"

"我已经看见他了，老大。"那个皮肤光滑黝黑、紧咬牙关的家伙，用他们都爱模仿的紧咬牙关的声音说，"他不敢惹我。"

"别让他打你的肚子，"曼宁德兹苦笑着说，"他的右勾拳不是逗乐的。"

保镖只是朝我冷笑。"他近不了我的身。"

"好吧，再见，便宜货。"曼宁德兹说着，向外走去。

"改天见。"保镖冷冷地说，"我叫奇克·阿戈斯蒂诺。我想你会了解我的。"

"像一张脏报纸，"我说，"提醒我别踩到你的脸。"

他下巴的肌肉鼓了鼓。接着他突然转身，跟随老板而去。

气动铰链门慢慢关上。我聆听着，但我没听见他们的脚步在走廊里远去。他们行走轻如猫咪。为了确定他们是否离去了，一分钟后我再次开门，向外张望。但走廊空空如也。

我回到办公桌前坐下，花了点时间思考，为什么像曼宁德兹这样一个相当显要的流氓，竟会舍得花时间亲自来到我的办公室，警告我少管闲事，而就在几分钟前，我从休厄尔·恩迪克特那里得到了同样霸道但表达方式不同的警告。

我想不通有什么理由，于是我觉得我不妨把这事给做圆满了。我拿起听筒，打传呼电话到拉斯维加斯的淡水龟俱乐部，菲利普·马洛找兰迪·斯塔尔先生。行不通。斯塔尔先生出城了，我要不要跟别人通话？不要。我甚至不是很想跟斯塔尔讲话。这只是心血来潮而已。他离得太远，打不着我。

此后三天无事。没人揍我或对我打枪，或打来电话警告我少管闲事。没人雇我去找走失的女儿、出轨的妻子、遗失的珍珠项链或失踪的遗嘱。我只是坐着面壁发呆。伦诺克斯案来也匆匆去也匆匆。有过一场敷衍了事的死因调查问讯，没把我传唤去。它是在一个古怪的时间里举行，没有事先预告，没有陪审团。法医自行裁决，称西尔维娅·波特·韦斯特海姆·迪·乔治·伦诺克斯的死亡是由其丈夫泰伦斯·威廉·伦诺克斯蓄意谋杀所致，因其夫已在法医办公室司法范围外死亡，故由法医自行裁决。估计宣读了一份自白书以供记录。估计为了说服法医认同，那份自白书得到了核实。

遗体发回，以便安葬。它被航空北运，埋在家族墓园中。新闻界没有受邀。没人接受采访，尤其是哈伦·波特先生，他从不接受采访。拥有上亿身家的人过着奇特的生活，躲在由仆佣、保镖、秘书、律师和温顺管理层的屏蔽之中。估计他们也会吃饭、睡觉、理发、穿衣。可你永远没法确定。你读到或听到的有关他们的一切已被一帮公关人员加工处理过了，这帮人拿着高薪，替主子营造并维持一种适用的形象，有时简朴、干净而锋利，如同一根消过毒的针头。不求真实，但求与众所周知的事实保持一致，而众所周知的事实是屈指可数的。

第三天下午接近傍晚的时候，电话铃响了，来电者自称霍华德·斯潘塞。他是纽约一家出版社派到加利福尼亚的代表，在出一趟短差，他有个问题想跟我谈谈，问我可否在明天上午十一点去丽兹·贝弗利饭店的酒吧跟他碰面？

我问他是哪一类的问题。

"有点儿微妙，"他说，"但完全合乎道德。当然，如果我们谈不拢，我打算为你的时间付费。"

"谢谢你，斯潘塞先生，那倒不必。是我认识的人向你推荐我吗？"

"有个人了解你——包括你最近与法律的小冲突，马洛先生。我可以说，那是使我对你感兴趣的事情。不过，我的事跟那个悲剧事件无关。它只是——我们还是边喝边聊，别在电话里谈了吧。"

"你确定要和坐过牢的人混在一起吗？"

他笑了。他的笑和他的声音都令人愉快。他讲话的风格，是纽约人还没学会说弗拉特布什口音以前常用的。

"依我看来，马洛先生，那件事本身就是举荐了。不，我要补充一点，我所指的，不是你说的坐牢那件事，而是指，怎么说呢，你似乎能够保持极度的沉默，哪怕处在压力之下。"

他讲话标点有点多，像一部厚小说。反正讲电话时如此。

"好吧，斯潘塞先生，我明天上午会去见你。"

他道过谢后，挂了电话。我纳闷是谁替我打了广告。我想可能是休厄尔·恩迪克特，便打电话过去跟他确认。可他出城已有一周了，还没回来。其实这不太重要。即便在我这一行里，偶尔也会有满意的客户。而我需要干活，因为我需要钱——或者说我自以为需要，直到那天晚上回到家里，发现了夹着一张"麦迪逊肖像"五千元大钞的那封信。

十二

　　那封信躺在我家台阶底部红白两色鸟舍形状的信箱里。连接在悬臂上的一只啄木鸟升起来了，即便如此，我原本也不会去察看信箱里面，因为我从来没在家里收过邮件。可是那啄木鸟刚刚失去了它的喙尖。木头露出新鲜的裂口。某个捣蛋鬼用原子枪打掉了它。

　　这封信上有西班牙文"航空邮件"的标记，几张墨西哥邮票，还有我可能认识的西班牙文手迹。那些文字我也可能认不出来，但我脑子里最近经常出现墨西哥，所以我认出来了。邮戳上的字我看不清楚。那是用手盖上去的，印泥发糊了。信很厚。我登上台阶，在起居室里坐下看信。夜晚显得很宁静。或许一封由死人发出的信会带着它自身的死寂吧。

　　信的开头没写日期，没写开场白。

　　　我在湖泊山城欧塔托克兰一家不太洁净的旅馆里，
　　坐在二楼一间客房的窗边。窗下有个邮箱，待会儿男侍
　　端着我叫的咖啡进来时，他会为我把这封信寄出去。在
　　他把信投进邮箱前，他会把信举起来，使我能看清楚。
　　他这么做了，就会得到一张一百比索的钞票，对他而言
　　算是一大笔钱。

干吗这么大费周章呢？门外守着个皮肤黝黑的家伙，穿着尖头皮鞋和脏衬衫。他在等着什么，我不知道是什么，可他不让我出门。只要这封信寄出去了，这就无关紧要了。我要你收下这笔钱，因为我用不着，而本地宪兵肯定会把它私吞。本来就没打算用它购物。不妨把它叫作道歉金，弥补我给你惹了这么多麻烦，并让它象征对一个正人君子的敬意吧。我和平时一样，老是办错事情，但我还是拿着那把枪。直觉告诉我，你或许在某一点上已有了定论。我可能杀了她，或许真的杀了她，但我绝不可能做出另外那件事。那种残暴非我所能。所以有些事情叫人生气。但这没关系，一点也没关系。现在重要的就是避免不必要和无益的丑闻。她父亲和她姐姐从未伤害过我。他们有他们的日子要过，我却因憎恶自己的人生而走到这一步。西尔维娅没有把我变成废物，我早就是废物了。她为什么嫁给我，我无法给你非常明确的答案。我猜想是一时兴起吧。至少她死得年轻美丽。俗话说情欲催得男人老，却使女人保有青春。俗话多是胡说八道。俗话说富人永远能够自保，他们的世界永远是夏天。我跟他们生活过，他们是无聊而孤独的人。

我写了一份自白书。我觉得有点不适，而且非常害怕。你在书本里读到过这种境遇，但你读到的并不真实。事到临头，当你所有的只剩下衣袋里的这把枪，当你被困在陌生异邦一家肮脏的小旅馆里，而且只有一条出路——相信我，老兄，这一点儿也不令人兴奋，其中没有任何戏剧性。这里只有恶心、龌龊、郁闷与可怕。

所以忘了它，忘了我吧。不过请先代我去胜利者酒吧喝一杯占列鸡尾酒。你下次煮咖啡时，替我倒一杯，掺点波本威士忌，为我点支烟，放在杯子边。然后把这事统统忘记。特里·伦诺克斯完蛋了，出局了。就此作别。

有人敲门。应该是男侍送咖啡来了。如果不是，或许会有场枪战。总的来说，我喜欢墨西哥人，但不喜欢他们的监狱。

别了。

特里

这就是信的全部内容。我折起信纸，放回信封。敲门的肯定是送咖啡的男侍，否则我永远也收不到这封信。也收不到信中夹带的"麦迪逊肖像"，一张五千元巨钞。

它就躺在我面前，躺在桌面上，绿花花的，卷曲着。这是我前所未见的。许多在银行工作的人也没见过。兰迪·斯塔尔和曼宁德兹之类的角色倒是很可能把它们揣在身上当现款。如果你去银行要求取一张，他们不会有。他们得从联邦储备局给你调来。这可能需要好几天。整个美国只有大约一千张在流通。我这张四周泛着柔美的光晕。它是一个独一无二的小太阳。

我呆坐着，看着它，看了好久。终于我把它放进信匣，去了厨房煮那杯咖啡。我做了他要求我做的事情，不管是不是感情用事。我倒了两杯，在他那杯里掺了些波本威士忌，放在早餐台的边缘，那是我送他去机场那天早晨他坐的位置。我为他点了一支烟，搁在杯子旁边的烟灰缸上。我凝视着咖啡冒出的热气，香烟上升起的一缕轻烟。外面的黄钟花树丛里有只鸟儿跳来跳去，以低声的叽啾自言自语，偶尔扇扇翅翼。

然后咖啡不再冒热气了，香烟也不再冒烟，只剩下一只灭了的烟头靠在烟灰缸边沿。我把它扔进水槽底下的垃圾筒。我把咖啡倒掉，洗了杯子，收拾起来。

就此收场了。这似乎还不大对得起五千块钱。

过了一会儿，我去看了夜场电影。没一点意思。我几乎没看片子里演的是什么。只是一堆噪音和大脸。当我再次回到家里，我摆了一局非常沉闷的"西班牙开局"国际象棋，那也没什么意思。于是我上床睡觉。

可是睡不着。凌晨三点我在屋里踱来踱去，听着哈恰图良在一家拖拉机厂做工的声音。他称之为小提琴协奏曲。我称之为松弛的风扇皮带，见鬼去吧。

不眠之夜对我而言如同胖邮差一样稀奇。若非上午要去丽兹·贝弗利饭店会见霍华德·斯潘塞先生，我会干掉一瓶酒，喝个烂醉。下次我再看见哪个彬彬有礼的家伙醉倒在劳斯莱斯银色幽灵轿车上，我会慌不择路地拔腿就溜。世上的任何陷阱，都不如你为自己设下的陷阱那么要命。

十三

十一点钟，我坐在从餐厅附楼那头进来右首的第三个厢座里。我背对着墙，能看见进进出出的每一个人。这是个晴朗的上午，没有霾，甚至没有高雾，阳光照在游泳池表面，反射出耀眼的光。这游泳池刚好从酒吧的玻璃墙外开始，延伸到餐厅的尽头。一个穿着白色斜纹布泳装的性感身材的女郎，正爬着扶梯登上高台。我望着她的棕褐色大腿和泳衣之间的那道白色，不禁心旌摇荡。接着她不见了，被屋顶的深檐遮挡住。过了一会儿，我看见她转体一圈半跳入水中。溅起的水花那么高，足以触碰阳光，形成彩虹，几乎跟那女郎一样曼妙的彩虹。接着她登上扶梯，摘下白色泳帽，抖松正在做去污保养的头发。她扭着屁股走到一张白色小桌前，在一个健壮的男子身边坐下，那男人身着白色斜纹布裤子，戴墨镜，棕褐色皮肤的深淡那么均匀。他不可能是别的什么人，一定是受雇在游泳池畔提供服务的男人。他伸手过去拍女郎的大腿。女郎张开消防桶般的大口笑起来。这终结了我对她的兴趣。我听不见她的笑声，但看到她张开两排牙齿时脸上露出的那个大窟窿就足以让我倒胃口了。

酒吧空空的。往下数三个厢座，一对文艺爱好者正在互相攀比卖弄二十世纪福克斯公司的电影片段，用的是双臂姿势而非金钱。他们之间的台面上有一部电话，每隔两三分钟他们就玩一次竞赛游戏，赢者便能打电话给制片人扎努克提供好点子。他们年轻，黝黑，热切，充满活力。他们在电话交谈中调用的肌肉活动，不亚于我把一个胖子扛上四段楼梯。那边有个伤心的家伙坐在吧凳上跟酒保说话，酒保边擦酒杯边听着，脸上挂着假笑，那是他们强忍着不叫出声来的表情。那名酒客已届中年，衣着光鲜，已经醉了。他想说话，就算不是真心想说，也停不下来。他彬彬有礼，人很和善，当我听到他讲话时，他口齿还算清楚，但你知道他醒来就会拿起酒瓶，直到晚上睡着了才会松手。他会这样度过余生，那就是他的人生。你永远搞不懂他是如何落到如此田地，因为就算他告诉你，那也不会是实情。充其量是他所知真相的扭曲记忆而已。全世界每个安静的酒吧里都有那样的一个伤心酒鬼。

　　我看看手表，这位大权在握的出版人已经迟到二十分钟了。我会等候半个小时，然后我会走人。让顾客制订全部规则是划不来的。如果他能摆布你，他会觉得别人也能，那可不是他雇用你的理由。眼下我并非急需这桩业务，不至于让一个东部来的傻瓜把我当作牵马童。那家伙是八十五楼格子办公室的某位高管，桌上有一排按钮和一部对讲机，还有一名身着哈蒂·卡内基职业女郎别致服装的一双美丽的大眼里满是许诺的秘书。他是那种经营者，他叫你九点整准时到，而他自己在两小时后喝了一杯双份吉布森鸡尾酒才翩然而至时，如果你没有脸盘上挂着愉快的微笑坐在那里静候大驾，他那受到冒犯的管理才能就会来一次爆发，必须去阿卡普尔科度假五周，方能恢复他那趾高气扬的步履。

　　酒吧老侍者悄然经过，瞟一眼我的淡苏格兰威士忌加水。我摇摇头，他也晃晃他那头白茅草。正在这时，一个梦一般美妙的女人走了进来。我觉得酒吧有一瞬间鸦雀无声，文艺爱好者不再高谈阔论，高凳上的那个醉鬼停止了絮叨，就好像乐队指挥在谱架上轻敲一下，抬起手臂悬在空中的那个瞬间。

　　她身材苗条，个子高挑，穿着合身的白色亚麻布衣，脖子上围了一条黑白圆点的丝巾。头发是童话公主的浅金色，头戴一顶小帽，浅金色的头发偎依在帽子里，如同鸟儿在巢。她的眼睛是矢车菊般的浅蓝色，一种罕见的颜色，睫毛长长，颜色有点过浅。她走到对面的餐台边，脱下一只白色长手套，老侍特地为她拉出餐台，他那殷勤的动作，是绝对没有一名侍者为我拉出餐台时表现过的。她坐下，把手套掖到皮包带子下面，笑着向老侍道谢，笑得那么温柔，那么精美纯洁，迷得老侍几近麻痹。她用很低的嗓音对老侍讲了什么。老侍哈着腰匆匆走开。有个家伙有了一份真正的人生使命。

　　我注视着。她感到了我的凝注。她把视线抬高一厘米，我已经转移了视线。但不论我的视线在哪里，我都屏住了呼吸。

　　到处都有金发美人，如今它几乎成了一个搞笑的字眼。所有金发美人都有其特点，或许只有金属光泽的除外，她们是经过漂白后的祖鲁人一般的金发美人，至于性情则软得像被人践踏的人行道。有的金发美人是小可爱，讲话叽叽喳喳。有的金发美人是大美女，高挑，优美，端庄，瞪着冰蓝的眼睛阻拦你。有的金发美人给你从脚到头的一瞥，她体味清香，浑身发亮，吊着你的膀子。当你带她回家时她总是累得不行了，做出无助的手势。她有那该死的头痛症，你会想要揍她一顿，除非你庆幸自己及早弄清了头疼的状况，还没在她身上投入太多时间、太多金钱和太多希望。因为头疼是永远存在的，是一件永不磨损的利器，比刺客之剑或古罗马烈妇卢克雷齐亚的毒药瓶更加致命。

　　有的金发美人温柔、乖巧、嗜酒，只要是貂皮，她什么都肯穿，只要是星光露台，不乏干香槟，她哪儿都肯去。有的金发美人活泼冒失，她是个假小子，要支付自己的账单，很阳光，有常识，精通柔道，能把一名卡车司机摔过肩头，一边还在阅读《星期六评论》的社论，一行也没看漏。有的金发美人苍白而又苍白，患了某种并不致命却无药可治的贫血症。她没精打采，形影虚渺，讲话气若柔丝，你不能碰她一根指头，首先你不想碰她，其次她正在读《荒原》或原文版的但丁，或卡夫卡，或存在主义先驱祁克果，或在研究普罗旺斯语言。她热爱音乐，当纽约爱乐乐团演奏欣德米特的作品时，她会告诉你六把低音提琴中有哪一把慢了四分之一拍。我听说托斯卡尼尼也有这功力。于是世界上有了两个能听出来的人。

最后还有绝代风华的花瓶，她让三个大恶棍丈夫死在了她前头，然后嫁了几位百万富翁，每位给了她一百万，最终她在昂蒂布海角拥有了一幢浅玫瑰色的别墅，一辆二座的阿尔法·罗密欧高级轿车，配了司机和副驾驶，以及一大群过了气的贵族朋友。她对他们所有人都以心不在焉的深情相待，如同一位老公爵对自己的管家道晚安。

对面那个梦一样优美的女人不属于上述各类，甚至不属于那种世界。她难以归类，如山泉般幽远清纯，像水色一样难以捉摸。我还在注视着她，听到一个声音近在肘边说话："我迟到太久了。我道歉。你得怪这个。我名叫霍华德·斯潘塞。当然，你是马洛。"

我转头看他。他是位中年人，已经发福，衣着随便，但胡子刮得很干净，稀疏的头发朝后面抹平，小心翼翼盖住两耳间的宽脑袋。他身穿一件浮华的双排扣马甲，在加州你很难见到这种东西，或许能在某位来访的波士顿人身上看到。他戴着无框眼镜，轻拍着一个破旧的公文包，显然那就是他所谓的"这个"了。

"三部刚出炉的书稿。小说。要是我们还没机会退稿就先弄丢了，那可就尴尬了。"他对老侍做了个手势，后者刚把一高脚杯绿色玩意儿放在那梦一般的美人面前，正在后退。"我偏好杜松子酒加橙汁。实在是很老土的一种酒。你陪我喝一杯？好的。"

我点点头，老侍缓步离开了。

我指着那公文包说："你怎么知道会退稿？"

"如果是好东西，作者就不会亲自送到我住的饭店来啦。纽约的某个经纪人会拿走的。"

"那又何必收下呢？"

"部分是为了不伤感情。部分是因为所有出版商都盼望有千分之一的机会。但大体情况是，你在鸡尾酒会上被引荐给各色人等，其中一些人有写好的小说，而你已醉得乐善好施起来，心中充满对人类的爱，于是你说你想看看原稿。然后就以这种恼人的速度送到饭店来了，你被迫走走过场读一读。不过我想你不会对出版商和他们的苦恼感兴趣。"

侍者端来了饮料。斯潘塞抓起他的那杯大口痛饮。他没有注意对面那位金发美女。他的注意力完全在我身上。他是个合格的中间人。

"如果工作需要，"我说，"我偶尔也会读书。"

"我们有个最重要的作者住在这附近。"他随意说道，"也许你读过他的东西。罗杰·韦德。"

"嗯哼。"

"我懂你的意思。"他遗憾地笑道，"你不喜欢历史传奇。可这类书卖得很火。"

"我没任何意思，斯潘塞先生。我看过他的书。我觉得是通篇废话。我是否不该这么说？"

他咧嘴笑了。"噢，没事。很多人跟你有同感。问题在于眼下他是个无可争议的畅销书作家。如今成本这么高，每个出版商都得有几位这样的作家。"

我看看对面的金发美人。她喝完了那杯柠檬水之类的饮料，正看着一只极小巧的手表。酒吧人多了点儿，但还不嫌吵。那两名文艺爱好者还在挥着手，吧台凳子上的那位独酌客有了几名酒友。我回头看霍华德·斯潘塞。

"跟你要解决的麻烦有些关联吗？"我问他，"我是说韦德那家伙。"

他点点头。他又仔细地打量我一番。"跟我简单谈一下你自己吧，马洛先生。我是说，如果你不反感这个请求的话。"

"谈哪类话题？我是领了执照的私人侦探，而且干了一阵子了。我是头孤狼，未婚，已到中年，不富有。我不止一次入狱，我不接离婚案。我爱酒，爱女人，爱下棋，还有些别的东西。警察不怎么喜欢我，可我认识几个合得来的。我是本地子弟，出生在桑塔·罗沙，双亲已逝，无兄弟姐妹，当我有朝一日在黑巷子里被做掉了，没有一个男人或女人会觉得人生崩溃。这些日子，黑巷遇害可能发生在我这行的任何人头上，也会发生在其他行业或根本没有行业的人头上。"

"明白了，"他说，"可你说了这么多，并没说出我想了解的。"

我喝完了杜松子酒兑橙汁。我不爱喝。我朝他咧了咧嘴。"漏了一件事，斯潘塞先生。我衣兜里有一张'麦迪逊肖像'。"

"麦迪逊肖像？我恐怕我不——"

"一张五千元大钞，"我说，"随身带着。我的幸运符。"

"老天！"他压低嗓门，"这岂不是很危险？"

"是谁说的来着？过了某个临界点，所有危险都是相等的。"

"我想是经济学家沃尔特·白哲特说的吧。他讲的是烟囱修筑工。"接着他咧嘴笑了，"抱歉，可我是个出版商。你不会有事的，马洛。我要在你身上碰碰运气。如果我不碰运气，你会叫我滚蛋。对吧？"

我也向他咧嘴笑笑。他唤来侍者，又点了两杯酒。

"是这么回事，"他小心翼翼地说，"我们在罗杰·韦德身上遇上了大麻烦。他手头上有本书没法写完。他失去了自制力，背后有隐情。他好像快崩溃了，拼命酗酒，乱发脾气。每隔一阵他就会连着失踪几天。不久前他把妻子推下楼梯，害她断了五根肋骨进了医院。他们之间没有通常意义上的问题，根本没有。那家伙只是酒后发疯。"斯潘塞往后靠，忧郁地看着我，"我们得让他写完那本书。我们非常需要它。在某种程度上我的饭碗能否保住就取决于那部书稿。可我们需要的还不止于此。我们要挽救一个才华横溢的作家，他应该能写出比以往好得多的作品。有件事很不对劲。我这次出差过来，他甚至不肯见我。我意识到，这好像是心理医生的活儿。韦德太太看法不同，她相信丈夫完全正常，只是有什么事情让他担心得要命，例如勒索。韦德夫妇结婚五年了。或许韦德有什么过去的事情缠上了他。甚至有可能是开车撞死了人逃逸，有人知晓了内情——当然这只是瞎猜。我们不清楚是什么原因。我们想弄清楚，而且愿意花大钱来解决麻烦。如果最终发现是个医学问题，嗯——那就算了。如果不是，那就得有个答案。同时还要保护韦德太太。他下次可能会杀死太太。世事难料啊。"

第二轮酒送来了。我看着他一口吞下了半杯，没去碰我自己那杯。我点了一支烟，一个劲地盯着他。

"你需要的不是侦探，"我说，"你需要找个魔术师。我能干什么？如果我碰巧及时到场了，如果他没有强硬到我对付不了，我可以把他打昏，弄上床。可是我得在场。这只有百分之一的机会。你懂的。"

"他跟你个头差不多。"斯潘塞说，"但他的体能不如你。再说你可以随时在场。"

"不见得。醉鬼是狡猾的。他一定会挑我不在附近的时候撒野。我没到市场上去谋男护士的工作。"

"男护士派不上用场。罗杰·韦德不会接受男护士。他是个很有才华的家伙,只是他那自制力的盖子拧不紧了。他为智残读者写垃圾文字赚了太多的钱。可是作家唯一的救赎是写作。他脑子里有什么好货,总会流露于笔端。"

"好吧,我看好他。"我厌烦地说,"他很了不起。他又见鬼的很危险。他有负罪感的秘密,他试图把这秘密淹死在酒精里。这可不是我擅长处理的麻烦,斯潘塞先生。"

"明白了。"他看看手表,焦虑的皱纹在他脸上打了结,使他的面孔显得更老更小。"唉,你不能怪我设法尝试一下。"

他伸手去拿他那鼓鼓的公文包。我看了看对面的金发美女。她准备离开了。那白发侍者正哈腰朝着她跟她结账。她给侍者一些钱,嫣然一笑,而侍者的样子仿佛跟上帝握了手。她补了点口红,戴上白色的长手套,侍者把餐台朝厢内拉回一半,让她跨出厢座。

我看着斯潘塞。他愁眉不展地对着桌边的玻璃杯。他把公文包搁在膝上。

"喂,"我说,"如果你想要我去,我会去见见那家伙,估量估量他。我会跟他妻子谈谈。不过我猜他会把我扔到门外。"

一个不属于斯潘塞的声音说道:"不会的,马洛先生,我想他不会那么做。相反,我觉得他会喜欢你。"

我抬头看见了一双紫罗兰色的眼睛。她站在餐台的另一头。我站起身,斜靠在厢座的背板上,一副当你无法开溜时不得不站住的尴尬相。

"请别起身。"她的声音就像人们用于勾勒夏日云彩的那种颜料,"我明白我该向你道歉,可我觉得在我做自我介绍前有个机会观察你是很重要的。我是艾琳·韦德。"

斯潘塞不高兴地说："他不感兴趣，艾琳。"

她轻轻一笑。"我想不是。"

我让自己镇定下来。我一直处在站立未稳的状态，张着口，像可爱的女毕业生一样通过口来呼吸。这实在是个尤物。近看她简直叫人骨头酥软。

"我没说不感兴趣，韦德太太。我说的或我想说的是我认为自己帮不上忙，而我去尝试的话会是个很大的错误。可能会带来一堆坏处。"

现在她很严肃，笑容收敛了。"你过早下结论了。你不能以人的行为来判断他们。如果你一定要下判断，就该依据他们的本性。"

我茫然地点点头。因为我对特里·伦诺克斯就是持这种看法。从他的所作所为来看他不是好货色，只有散兵坑里那唯一的短暂荣耀除外，如果曼宁德兹说的是真话。可是人的行为无论如何没有说出完整的故事。他是一个人们不可能讨厌的男子。你一生中能遇见多少人能让你这么说？

"而且你得去了解他们的本性。"她柔声补充道，"再见，马洛先生。万一你改变主意……"

她飞快地打开手提包，递给我一张名片。"谢谢你赏光。"

她向斯潘塞点点头，便款步离去。我目送她走出酒吧，沿着玻璃墙的附楼走向餐厅。她的举手投足都很优美。我望着她拐进通往大堂的拱门。我看见了她拐弯时白色亚麻布裙的最后一闪。然后我松了一口气，在厢座里坐下，抓起那杯杜松子酒兑橙汁。

斯潘塞注视着我。他眼神里有股狠劲。

"干得漂亮。"我说，"可你应该偶尔看看她才对。那样一个梦幻般的女人，坐在你对面二十分钟，你不应该毫不在意。"

"我太笨，是不是？"他试图挤出笑容，但他其实不想笑。他不喜欢我刚才看韦德太太的眼神。"人们对私人侦探有些非常古怪的看法。当你想到在你家里有了一个——"

"别指望能把我这个侦探带进你家。"我说，"不管怎样，你得先编个另外的故事才行。你说什么都行，就是别想要我相信竟然有人，不管是醉酒的还是清醒的，会把这么个尤物推下楼梯，让她跌断五根肋骨。"

他脸红了。他的双手抓紧了公文包。"你以为我撒谎？"

"有什么分别？你已经表演过了。说不定你自己有点迷上了那位夫人。"

他猛地站起身。"我不喜欢你的口气，"他说，"我不确定自己是否喜欢你。帮个忙，把这事全忘了吧。我想这该够为你的时间买单了吧。"

他往桌上扔了一张二十元的钞票，然后加了几张给侍者的小费。他站了片刻，俯视着我。他的眼睛明亮，脸还是红的。"我成了家，有四个孩子。"他没头没脑地说。

"恭喜。"

他喉咙里咕噜一声，转身离去。他走得很快。我目送他一会儿，然后不再看他。我把剩下的酒喝光，掏出香烟，抖出一支，塞进嘴里，点上。老侍走过来，看着桌上的钱。

"我能为你拿点儿什么吗，先生？"

"不用。这钱都归你。"

他慢慢拿起那些钱。"这是一张二十元钞票，先生。那位先生搞错了。"

"他认得字。这钱都归你，我说过了。"

"我当然非常感激。如果你确定，先生——"

"十分确定。"

他迅速点一下头，走开了，仍然显得放心不下。酒吧里人多起来了。两个曲线玲珑的半处女又唱又舞地走过去。她们认识稍远厢座里那两个自命不凡的小子。空气中开始溅洒"达令""达令"的呼喊和绯红色的指甲。

我抽了半支烟，毫没来由地皱着眉头，然后起身离开。我转过身子伸手去拿烟盒时，什么东西从背后狠撞了我一下。正合我意。我倏然转身，看到一个光芒四射、人见人爱、穿着皱里吧唧牛津法兰绒的侧影。他像人气明星一般张开双臂，像从未丢失一单生意的行家那样绽放着咧嘴 5 × 15 厘米的灿烂笑容。

我抓住他一只伸出的手臂，把他拉得转过身来。"怎么啦，小子？他们留的过道不够宽，容不下你这号人物？"

他挣脱手臂，发起狠来。"别自找麻烦，小子！我会给你松松下巴。"

"哈哈！"我说，"你会替扬基队守中外场，用棒子面包击出全垒打。"

他握起一只多肉的拳头。

"宝贝，小心你修过的漂亮指甲。"我对他说。

他憋住怒气。"神经病，自作聪明的家伙，"他轻蔑地说，"下回吧，等我脑子里空一些的时候。"

"还能比现在更空吗？"

"滚，快走！"他咆哮道，"再逗口舌，你就得换新牙床了。"

我朝他咧嘴笑笑。"打电话给我，小子。不过讲话要中听点儿。"

他的表情变了。他笑了。"你上过海报，老兄？"

"只是他们钉在邮局的那种。"

"嫌犯照片集里见。"他说着，走开了，还咧嘴笑着。

这一切都没头脑，但可以发泄心里的感受。我沿附楼行走，穿过饭店大堂，来到正门口。我在门内停步，戴上太阳镜。直到上了自己的车，我才想起要看看艾琳·韦德给我的卡片。这是一张凹凸刻印的卡片，但不是正式的名片，因为上面有住址和电话号码。罗杰·斯特恩斯·韦德夫人，空闲谷路1247号。电话：空闲谷5-6324。

我对空闲谷知之甚详，也知道那里发生了沧桑巨变，当年他们在入口设置岗楼，有私警，在湖上开赌场，还有五十元一次的卖笑女郎。赌场关闭后，来路不明的资金接管了那一片。暗钱使它成为瓜分者的梦想。一家俱乐部拥有了那个湖泊和临湖土地，如果他们不让你加入俱乐部，你就不能在水上玩。它是排他性的，这是这个单词仅剩的意义，不只是意味着昂贵而已。

我属于空闲谷，如同香蕉船上的一小粒洋葱。

那天下午较晚的时候，霍华德·斯潘塞给我打来电话。他气头过去了，想要说声抱歉，他没把握好那个场面，或许我会再考虑一下。

"如果他邀请我，我会去见他。否则就算了。"

"明白。会有个大红包——"

"听着，斯潘塞先生，"我不耐烦地说，"花钱雇不到命运。如果韦德太太怕那家伙，她可以搬出去。那是她的问题。没人能够每天二十四小时保护她免受丈夫的伤害。全世界没有那种程度的保护。可你想要的还不止这些。你想了解那家伙为何、如何、何时出轨，然后搞定这件事，让他不再重犯，至少到他完成那部书稿为止。那得由他决定。如果他想写那本该死的书，他会把烈酒搁在一边，写完再喝。你的要求太他 × 过分了。"

"事情凑一块儿了，"他说，"总归是一个问题。但我想我弄明白了。这对你这一行来说过于微妙了点儿。好吧，再见。我今晚飞回纽约。"

"一路顺风。"

他谢过我，挂了电话。我忘了告诉他，我把他那二十块钱给了侍者。我想回个电话告诉他，又觉得他已经够可怜了。

我关上办公室的门，朝胜利者酒吧的方向走去，打算去喝一杯占列鸡尾酒，因为特里在他那封信里要求我这么做。我忽然改了主意。我的心情不够感伤。我去了罗瑞酒吧，改喝了一杯马提尼，吃了一客上等牛排和约克夏布丁。

回到家里，我打开电视看拳击赛。不精彩，只是一群舞蹈教师，他们真该为办舞蹈学校的阿瑟·默里工作才对。他们所做的只是前刺前戳、蹦蹦跳跳、彼此伴攻，让对方失衡。没有一个人能够击出虎虎生风的一拳，足以惊醒他那打盹的老祖母。观众发出嘘声，裁判不断拍手叫他们进攻，他们却继续摇摇晃晃，警惕万分，挥几下左长拳。我换到另一频道看犯罪剧。罪行发生在一个衣橱里，那些面孔无精打采，太熟悉，不漂亮。对话是连填字游戏也不会采用的东西。侦探有个黑人僮仆，用搞笑来调剂场景。多此一举，侦探本身就够搞笑的了。广告是烂片，连养在带刺铁丝和破酒瓶堆上的山羊看了都会作呕。

我关闭电视，抽了支卷得很紧的长杆凉烟。它对喉咙有好处。原料是上等烟草。我忘了认真看看它是什么牌子。我正准备上床，凶案队的格林探长给我打来电话。

"我想你会有兴趣了解，你的朋友伦诺克斯两天前被葬在了他去世的那个墨西哥小镇。有个律师代表家属去那儿参加了葬礼。这回算你走运，马洛。下次别再帮朋友潜逃出国啦。"

"他身上有几个弹孔？"

"这是哪门子问题？"他吼道。接着他沉默片刻。然后他字斟句酌地说："一个，应该是一个。朝一个家伙的脑袋开枪通常一发就够了。那个律师带回了一套照片，还有他衣兜里乱七八糟的东西。还有什么是你想知道的？"

"有啊，可你不会告诉我。我想知道是谁杀了伦诺克斯的妻子。"

"天哪，格伦茨没告诉你他留下了一份完整的自白书吗？而且都登报了。你没再看报吗？"

"多谢你来电，警官。你太好了。"

"听着，马洛，"他用刺耳的声调说，"如果你再对这个案子胡乱猜想，你会给自己找来一大堆麻烦。此案已结，盖棺论定，搁到卫生丸堆子里了。你真是走了狗屎运。事后从犯在本州足够判个五年。我给你说说另一件事。我当警察有些年头了，弄明白了一件事情，你被送进班房并非总是因为你干了什么，关键在于案子上庭时会被弄得像个什么。晚安！"

我听见他挂了电话。我放回听筒，心想一个问心有愧的正直警察总会装出一副凶巴巴的样子。不正直的警察也是如此。几乎人人如此，包括我自己。

十四

第二天早晨，我正在擦掉耳垂上的爽身粉，门铃响了。我走到门口，打开门，看到一对紫罗兰色的眼睛。这次她穿的是棕色亚麻裙，搭配红辣椒色的围巾，没戴耳环和帽子。她显得有点苍白，但不像曾经被人推下楼梯的样子。她对我露出迟疑的浅笑。

"我知道我不该来这里打扰你，马洛先生。你或许还没用早餐吧。可我实在不愿去你的办公室，我又讨厌在电话里谈私事。"

"别客气。进来吧，韦德太太。要不要来杯咖啡？"

她进了起居室，坐在长沙发上，没有东张西望。她把手提包在膝上摆正，双脚并拢地坐着，显得有点拘谨。我打开窗，拉起百叶帘，从她面前的鸡尾酒桌几上拿走一只脏烟灰缸。

"谢谢。请给我黑咖啡。别加糖。"

我走进厨房，在一只绿色的金属托碟上铺了餐巾纸。它看起来和赛璐珞衣领一样低劣。我把它揉成团，拿出一张带边饰的餐巾纸，那是跟三角小餐巾配套的。它们和大部分家具一样，是出租屋附带的。我拿出两只沙漠玫瑰牌的咖啡杯，注满咖啡，把托碟端进客厅。

她啜了一口。"真香！"她说，"你煮得一手好咖啡。"

"上回跟别人共饮咖啡，刚好是在我入狱前。"我说，"你应该知道我坐过牢，韦德太太。"

她点点头。"当然。你有帮他逃跑的嫌疑，对吧？"

"他们没说。他们在他房里的一本拍纸簿上发现了我的电话号码。他们向我提问，我没回答——主要是因为他们问话的方式。但你肯定没兴趣听这些。"

她小心地放下杯子，身子向后靠，对我微笑。我请她抽烟。

"我不抽烟，谢谢。我当然有兴趣。我们有个邻居认识伦诺克斯夫妇。他准是疯了。我听说他不像那种人。"

我把烟丝填进一只牛头犬式的烟斗，点燃。"应该是这样，"我说，"他一定是疯了。他战时受过重伤。但他已死，万事皆休。你来这里，恐怕不是要探讨这个吧。"

她慢慢地摇摇头。"他是你的朋友，马洛先生。你肯定有难以动摇的定见。你应该是个很有决断的人。"

我将烟斗内的烟丝压紧，重新点燃。我不急于答话，在点烟斗时，眼光从烟斗锅上方凝视着她。

"听着，韦德太太。"我终于说，"我的看法算不了什么。那种事天天发生。最不可能的人犯下最不可能的罪行。慈祥的老太太毒死全家人。文质彬彬的孩子犯下多起持枪抢劫案和枪击案。过去二十年无污点记录的银行经理被查出长期盗用公款。功成名就、人气旺盛、应该很快乐的小说家喝得烂醉，把老婆打得进了医院。是什么把我们最好的朋友变成了坏蛋？我们竟然没有一点该死的线索！"

我以为这会激怒她，结果她除了瘪瘪嘴唇、眯缝眼睛外，没有更强烈的反应。

"霍华德·斯潘塞不该告诉你那件事。"她说，"都怪我自己。我不懂得如何躲开他。那次以后我学乖了，懂得有件事决不能做，那就是去阻止已经喝过头的男人喝酒。这一点你或许比我更清楚。"

"你当然不能靠言语阻止他。"我说，"要是你运气够好，要是你有力气，你有时能够阻止他伤害他自己，或伤害别人。连这也要靠运气。"

她娴静地伸手去拿咖啡杯和托碟。她的手很可爱，和她整个人一样。指甲修得很美，擦亮了，着色极淡。

"霍华德跟你说了他这次没见着我丈夫吗？"

"说了。"

她喝完咖啡，把杯子轻轻放回托碟。她把汤匙拨弄了几秒钟。然后她开口讲话，却不抬头看我。

"他没告诉你原因，因为他不知道。我非常喜欢霍华德，但他是经理型的，什么事都要管。他自以为执行力很强。"

我等着，没吱声。又是一阵沉默。她飞快地看我一眼，又把目光转开，非常轻柔地说："我丈夫失踪三天了。我不知道他在哪儿。我来这里请你找到他，带他回家。噢，这事以前发生过。有次他开车一路去了波特兰，病倒在那边一家旅馆里，不得不找医生来给他醒酒。奇怪的是，他跑那么远，竟然没惹上麻烦。他三天没吃东西。还有一次他去了长滩一家土耳其澡堂，是瑞典人开的那种诊所，提供灌肠疗法。最后一次去了一家小型的私人诊所，可能是名声不怎么好的疗养所。这是距今不到三周的时候。他不肯告诉我疗养所的名称地点，只说他正在接受治疗，没问题。可是他看上去和死人一般苍白，很衰弱。我看了一眼送他回家的那个男人。是个高个头小伙子，身穿你只能在舞台上或色彩鲜艳的音乐片中才看得到的那种制作过分考究的牛仔装。他把罗杰放在车道上，立刻倒车开走了。"

"可能是个度假牧场。"我说，"那些牛仔很听话，其中有些人把挣来的每一分钱都用于购买那种花哨的装备。女人为他们痴狂。他们在那儿就为了这个。"

她打开皮包，拿出一张折纸。"我给你带来了一张五百元的支票，马洛先生。你肯收下这点定金吗？"

她把那张折叠的支票放到茶几上。我看着支票，没去碰它。"何必如此？"我问道，"你说他已失踪三天了。让一个人清醒，给他灌点食物，需要三四天时间。他不会像以前那样回家吗？还是有什么使得这次跟以往不同？"

"他受不了多少折腾了，马洛先生。这会让他送命。间隔越来越短。我担心得要命。不只是担心，我害怕了。这不正常。我们结婚五年了。罗杰一向好酒，却不是心理变态的酒鬼。一定是出了什么大事。我要找到他。昨晚我睡了不到一个小时。"

"想得出他酗酒的理由吗？"

那双紫罗兰色的眼睛稳稳地看着我。今天早上她显得有点脆弱，但肯定不是无法自理。她咬住下唇，摇摇头。"除非是因为我，"她终于开口了，近乎耳语，"男人会不再爱他们的妻子。"

"我只是个业余的心理医生，韦德太太。干我们这行得懂点那个。我觉得他更像是厌倦了他写的那些东西了。"

"很有可能。"她平静地说，"我想所有作家都会中这种邪。确实，他好像写不完手头这本书了。可他好像并不是非得写完书才付得起房租啊。我觉得这个理由并不充分。"

"他清醒时是个怎样的人？"

她笑了。"嗯，我会有点儿偏颇。我认为他确实是个很好的人。"

"醉酒后呢？"

"可怕。机灵、冷酷又残忍。他自以为风趣，其实叫人作呕。"

"你漏掉了暴力。"

她扬起茶色的眉毛。"只有一次，马洛先生。那件事被过度渲染了。我没跟霍华德·斯潘塞说起过。罗杰自己跟他说的。"

我站起来，在屋里走动。看来会是很热的一天。已经热起来了。我关上一扇窗户的百叶帘，挡住阳光。然后我直截了当地对她说出一番话。

"昨天下午我在《名人录》里查过他。他今年四十二岁，跟你是他唯一的婚姻，没有孩子。他祖上是新英格兰人，他去过安杜佛和普林斯顿。他有战争档案，记录优良。他写过十二部这种厚厚的性爱与剑术类历史小说，该死的是每一部都登上了畅销榜。他一定挣了大钱。如果他不再爱妻子了，他似乎是那种会说出口来并提出离婚的人。如果他跟别的女人四处闲逛，你应该有所察觉，总之，他不必以酗酒来显示自己心情不好。如果你们已结婚五年，那么他娶你的时候是三十七岁。我敢说那时候有关女人他必须了解的已经了解了一大半。我说一大半，是因为没人能完全了解。"

我停下来看着她，她冲我笑着。我没伤害她的感情。我继续说下去。

"霍华德·斯潘塞提出——我不知道他的依据是什么，他提出罗杰·韦德的麻烦出在你们婚前很久的时候，现在那麻烦缠上了他，对他的打击超出了他的承受力。斯潘塞想到了勒索。你会知情吗？"

她缓缓摇头。"如果你是指我会不会知道罗杰给某个人支付了一大笔钱——不，我不会知道。我不会过问他的账目。他可以瞒着我送出一大笔钱。"

"好吧。我不认识韦德先生，无法想象他遭到敲诈勒索时会做何反应。如果他脾气暴躁，他会扭断某人的脖子。如果这个秘密，不管是什么，会危及他的社会地位或专业地位，举个极端的例子，甚至招来执法人员，他会破财消灾——好歹挺一阵子。但这对我们都没什么帮助。你想找到他，你担心他，你还不只是担心。那么我该怎么着手去找他呢？我不要你的钱，韦德太太。总之现在不要。"

她又把手伸进皮包，拿出两张黄黄的纸。它们像是拷贝纸，折叠着，其中一张皱巴巴的。她把两页纸展平，递给我。

"有一张是我在他书桌上发现的。"她说，"夜深了，也可以说是凌晨。我知道他一直在喝酒，我知道他没上楼来。两点左右我下楼去看他是否安好——或者说比较安好，有没有昏倒在地板上、躺椅上或别的地方。他不见了。另一张纸在废纸篓里，或者说卡在边缘，没掉进去。"

我看着第一页，没皱的那张。上面有打出的一段短文，没别的。内容是："我不喜欢孤芳自赏，也不再有别人可以去爱。罗杰·（F. 斯科特·菲茨杰拉德）韦德。又及：这是我永远写不完《最后一个幕府将军》的原因所在。"

"你从这里看出了什么吗，韦德太太？"

"只是装腔作势。他一向非常崇拜斯科特·菲茨杰拉德。他说菲茨杰拉德是自柯勒律治以来最优秀的酒鬼作家，柯勒律治还吸毒呢。注意这打字功夫，马洛先生。清晰、匀整，没有错字。"

"我注意到了。大多数人喝醉酒后连名字都写不出来。"我打开皱巴巴的那张纸。也有打字，同样没有错字，同样匀整。这张纸上的内容是："我不喜欢你，V医生。可你眼下正是我需要的人。"

我还在看着那张纸的时候，她讲话了："我不知道V医生是谁。我们不认识姓氏以V打头的医生。罗杰上次待过的地方可能是他开的。"

"牛仔送他回家的那次？你丈夫没提过任何名字——连地名也没提过？"

她摇摇头。"没有。我查过电话簿。有好几打姓氏以V开头的各科医生。而且，V可能是他的名而不是姓。"

"很可能他连医生都不是。"我说，"这就牵涉到现金问题。

合法医生会收支票，冒牌医生却不会。支票可能变成证据。而且那种家伙收费不低。他家的膳宿会收高价，更别提针费了。”

她显得困惑。“针费？”

“地下黑医都会给顾客使用麻醉剂。这样对付他们最省事。让他们昏睡十到十二个小时，当他们醒来时就乖乖的了。可是无照使用麻醉剂会被山姆大叔关起来吃牢饭。那代价确实很高。”

“明白了。罗杰可能揣了几百元。他总是在书桌里放那些钱。我不知道为什么。我想这是一时兴起吧。现在那钱不见了。”

“好吧，”我说，“我会试着找找这个Ｖ医生。我不知道怎么去找，但我会尽力。这支票你带走吧，韦德太太。”

“可是为什么？你不是有资格——”

“以后再说，多谢。我宁愿从韦德先生那里得到它。他绝对不会喜欢我要做的事情。”

“可是他如果生病了，是很无助的——”

“他可以打电话给自己的医生，或者让你打。他没这么做。可见他不愿意。”

她把支票收进皮包，站起身。她显得可怜兮兮。“我们的医生拒绝治疗他。”她苦涩地说。

“本地有好几百名医生呢，韦德太太。任何一名医生都会给他治疗一次。其中大多数人会和他待一段时间。如今医疗行业竞争激烈。”

“我明白。你当然是对的。”她慢慢走向门口，我陪她走过去。我打开门。

“你也可以给医生打电话。为什么不打？”

她正面朝向我。她的眼睛明亮，眼中可能还有点泪光。一个尤物，毫无疑问。

“因为我爱我丈夫，马洛先生。我愿意做任何事情来帮他。可我又清楚他是什么样的人。

如果每次他饮酒过量我就叫个医生来，那我很快就会失去丈夫了。你对待大男人，不能像对喉痛的小孩。"

"如果他是个醉鬼你就可以。往往你不得不这么做。"

她站得离我很近。我闻到了她的香水味。或者是自以为闻到了。那不是从香水瓶的喷嘴里喷上去的。或许只是夏天的气息。

"假定他过去做过什么不光彩的事情，"她说，把单词一个一个拖长说出来，仿佛每个单词都有苦味，"甚至犯过某种罪行，都对我没有影响。可我不愿亲自去调查明白。"

"可是，若是霍华德·斯潘塞雇我去查就没关系了？"

她非常缓慢地露出笑容。"难道你真的以为我希望你会给霍华德任何答案吗？你只会给他一个答案——一个人宁愿自己坐牢也不出卖朋友。"

"感谢这种宣传，可那不是我蹲号子的原因。"

她沉默片刻后点点头，说了声再见，走下红杉木台阶。我目送她上车，一辆细长的灰色美洲豹，样子很新。她把车开到街道尽头，绕着那里的转盘拐弯。驶经下坡时，她朝我挥了挥手套。小车快速转过街角，消失不见了。

在我住所前墙的墙根下长着一丛红色夹竹桃。我听见里面有一阵羽翼拍动的声响，有一只反舌鸟幼雏开始焦急地吱吱尖叫。我发现它紧抓着顶端的一根树枝，拍着翅膀，好像遇到保持平衡的问题。从墙角的柏树丛中传来一声刺耳的警告性鸟鸣。吱吱的尖叫立刻停止，那胖嘟嘟的雏鸟静了下来。

我走进屋里，关上门，留下它学习自己的飞行课。鸟儿也得学习。

十五

　　无论你自以为多么聪明，你也得从某个地方着手：一个姓名，一个住址，一个邻居，一种背景，一种环境，某种类别的参考点。我所有的只是打在一张皱巴巴黄纸上的那行字："我不喜欢你，V医生。可你眼下正是我需要的人。"凭这个我可以在太平洋里捞针，花一个月时间根据半打县医疗协会的成员名单辛苦调查，最终得到一个大大的零蛋。在我们这座城市里，江湖郎中如同豚鼠一样繁殖。在市政厅方圆一百英里内有八个县，其中每个县的每个镇上都有医生，有些是正牌的医务人员，有些只是领了执照的函授技师，挖挖鸡眼，或者给你踩踩背。真正的医生有的发达有的贫穷，有的讲医德，有的不确定能否讲得起。一个阔绰的初发性酒精中毒者，是在维生素和抗生素行业里掉了队的许多老朽唾手可得的财源。可是没有线索真是无从着手。我没有线索，艾琳·韦德也没有，或者她不知道自己有。即便我发现有人符合条件，姓名起首字母也是V，调查结果也可能是子虚乌有，因为罗杰·韦德是个醉鬼。他那句话描述的可能只是他在把自己灌醉后碰巧在他脑子里闪过的一个念头。正如将自己影射为斯科特·菲茨杰拉德，仅仅是不合传统的道别方式。

　　在这种情况下，小人物就得试图去挖一挖大人物的脑袋了。于是我打电话给卡恩机构的一个熟人。这个时髦的机构设在贝弗利山，专门保护上层阶级——保护范围包括几乎任何涉足法律的事情。我的熟人是乔治·彼得斯，他说如果我能快点说明来意，他可以给我十分钟。

那里有些糖果色的四层楼房，他们在其中一幢的二层占了半个楼面。那些楼房的电梯门全凭电子眼自动开关，走廊凉快而安静，停车场的每个车位桩上都有名字，前厅外面有个药剂师把安眠药装瓶，累得手腕都扭伤了。

门的外侧是浅灰色的，镶有凸起的金属字母，干净锋利如一把新刀。"卡恩机构法人组织，杰拉尔德·C.卡恩，主席"。下面有一行小字：入口。它可能是一家投资信托公司。

进门是一间难看的小接待室，但这种难看是刻意而昂贵的。家具是猩红色和深绿色，墙壁刷了光滑的布伦斯威克绿漆，墙上挂的画都带绿框，其绿色比墙上的色调暗三度左右。画上是几名身着红外衣骑在大马上的男子，马儿疯狂地要跳过高高的栅栏。有两面无框的镜子，涂了一层淡薄而恶心的玫瑰红。几本最新一期的杂志摆在闪闪发亮的白桃花心木桌上，每一本都套上了透明的塑料封皮。装饰这个房间的伙计是不会让色彩吓倒的。他会穿红甜椒色的衬衫，搭配桑葚色的裤子，斑马条纹鞋，朱红色的内裤，上面用亮丽的橘红丝线绣了他的姓名起首字母。

这一切只是装门面。卡恩机构的客户至少要按日交纳一百美元，他们要的是上门服务。他们才不会坐在接待室里。卡恩是退伍的宪兵上校，大块头，白里透红，结实得像木板。他曾给我提供了一个职位，可我还没落魄到接受那份差事的地步。做混蛋有一百九十种办法，卡恩无不精通。

一道毛玻璃隔门滑开了，一名接待员瞧着门外的我。她的笑容冷若冰霜，眼睛能数出你屁兜的钱包里有多少钱。

"早上好。我能为你效劳吗？"

"我找乔治·彼得斯，谢谢。我叫马洛。"

她把一本绿皮簿子放在台子上。"他在等你来吗，马洛先生？预约簿上没有你的名字。"

"是私事。我刚跟他通过电话。"

"明白了。你的姓怎么拼，马洛先生？还有你的名字，谢谢。"

我告诉了她。她写在一张狭长的表格上，然后将纸的边缘插进一只打卡机。

"这是做给谁看的？"我问她。

"我们这里非常注重细节。"她冷冷地说，"卡恩上校说过，你说不准在什么时候芝麻大的琐事会变得性命攸关。"

"也可能反过来。"我说，但她没听懂。她完成登记工作后，抬头说道：

"我会向彼得斯先生通报你的到来。"

我说这使我非常高兴。一分钟后，镶板上的一道门开了，彼得斯示意我进入一条舰艇灰色的走廊，两侧排列着一些小办公室，像牢房似的。他的办公室在天花板上装有隔音层，一张灰色的钢办公桌配两把钢椅，一架灰色的录音机摆在一个灰色的台子上，电话机与文具、墙壁、地板同色。墙上有两幅加框照片，一幅为穿制服的卡恩，戴着他的雪花莲钢盔。另一幅是平民卡恩，坐在办公桌后面，显得高深莫测。墙上还有个加了框的匾额，是在灰色底子上用钢铁般的字母写出的励志铭文，内容如下：

　　卡恩工作人员衣着言行随时随地如同绅士。此规则无一例外。

彼得斯跨了两大步，走到房间另一头，推开其中一幅照片。后面的灰色墙上安了一个灰色的麦克风拾音器。他把拾音器拉出来，拔掉一条线，再塞回去。他又将照片移回拾音器前方。

"我这么做马上就会丢掉饭碗，"他说，"幸亏那混蛋出去替一个演员解决酒驾指控去了。所有麦克风开关都在他办公室里。他在这里到处都布了线。前两天上午我提议他在接待室的单面镜后面装个带红外线的显微胶片摄影机。他不大喜欢这个想法。也许因为是别人提出来的。"

他在一把灰色硬椅上坐下来。我盯着他。他是个笨手笨脚的长腿男人，面孔瘦削，发际线很高。他的皮肤粗糙，是经常从事户外活动的人久经日晒雨淋的样子。他的眼窝深陷，上嘴唇几乎跟鼻子一般长。当他咧嘴笑起来的时候，下半边脸就陷入从鼻孔直达宽嘴两端的深沟里不见了。

"你怎么受得了这个？"我问他。

"坐下，老兄。呼吸平静点儿，音量压低点儿，记住，拿卡恩工作人员跟你这种廉价的私家侦探相比，就像拿指挥家托斯卡尼尼去跟一只拉手风琴的猴子相比。"他停了一下，咧嘴笑笑，"我受得了，因为我不在乎。这里收入不错。如果哪天卡恩耍态度，让我觉得他以为我还待在战时他经营的那家英格兰最高安全级别的监狱里服刑，我会马上领了支票走人。你遇到什么麻烦了？我听说你前不久吃苦头了。"

"那件事没什么好抱怨的。我想看看你那些关于非法医生的档案。我知道你有一份。埃迪·道斯特从这儿离职后告诉我的。"

他点点头。"埃迪是个敏感的小家伙，不适合待在卡恩机构。你提到的档案是最高机密。任何情况下机密资料都不能透露给外人。我马上去拿。"

111

他走出去，我盯着灰色的废纸篓，灰色的油地毡，桌上记事本的灰色皮角。彼得斯拿着一只灰色的纸板档案夹回来了。他放下档案夹，将它打开。

"老天！你们这地方没有一件东西不是灰色的吗？"

"学校颜色啊，老朋友。本机构的灵魂。对了，我有一样东西不是灰色的。"

他拉开办公桌抽屉，拿出一支约莫二十厘米长的雪茄。

"乌普曼三零，"他说，"一位来自英国的老绅士送给我的，他在加州住了四十年，还把收音机说成'无线电'。他清醒时只是个很有肤浅魅力的老时髦，我不讨厌他，因为大多数人没有任何魅力，肤浅不肤浅都没有，包括卡恩在内。他的魅力如同炼钢工人的大裤衩。那个老客户醉酒时有个怪癖，喜欢开支票，涉及的银行从没听说过他。他总是偿付债务，在我热心的帮助下，他至今还没进去过。他给了我这个。我们要不要一起抽，如同两个策划大屠杀的印第安酋长？"

"我抽不来雪茄。"

彼得斯伤心地端详着那支特大号雪茄。"我也一样，"他说，"我想过把它送给卡恩。可这真不是单人雪茄，哪怕这个单人是卡恩。"他皱了皱眉头，"你知道我干吗老把卡恩挂在嘴边吗？我一定是紧张了。"他把雪茄放回抽屉，看着打开的档案。"我们究竟要从这里面查什么？"

"我在寻找一个富有的酒鬼，品位高雅，也玩得起高雅。到目前为止他还没有加入跳票的行列。至少我还没听说过。他有点暴力倾向，他妻子替他担忧，认为他藏在某个醒酒机构，但没法确定。我们手头的唯一线索是一张字条，上面提到某个 V 医生。只有这个首字母。我要找的人已经失踪三天了。"

彼得斯若有所思地盯着我。"那不算太久，"他说，"有什么好担心的？"

"要是我先找到他，我会得到报酬。"

他又看了我一会儿，摇摇头。"我搞不懂，不过没关系。我们来看看。"他开始翻阅档案。"不太好找，"他说，"这些人来来往往。仅有一个字母，算不上什么好线索。"他从纸夹里抽出一页纸，又翻了几页，抽出另一页纸，最后抽出第三页。"这里有三个人。"他说，"阿莫斯·瓦利医生，整骨疗法专家。在阿尔塔迪纳有家大诊所。夜间出诊或曾经的夜间出诊要价五十块。雇了两名注册护士。两年前被州缉毒局的人查处过，交出了处方簿。这份情报不算最新的。"

我写下那个名字和他在阿尔塔迪纳的地址。

"还有个莱斯特·乌坎尼奇医生。耳鼻喉科，好莱坞大道斯托克韦尔大楼。这人有两把刷子。主要看门诊，好像专攻慢性鼻窦炎。有一套条理清晰的流程。你走进去诉说鼻窦性头疼，他会为你清洗鼻腔。首先他当然得用奴佛卡因进行麻醉。不过他若看你顺眼，就不必非用奴佛卡因不可了。明白了？"

"当然。"我把这一位也记下来。

"这个不错，"彼得斯继续阅看资料，接着说下去，"显然他的麻烦出在供货方。所以我们的乌坎尼奇医生常去墨西哥西北部恩塞纳达海面上钓鱼，乘自己的飞机过去。"

"如果他亲自带毒品进来，我想他一定持续不了多久。"我说。

彼得斯想了想，摇摇头。"我不同意。只要他不过于贪心，他可以一直干下去。他唯一真正的危险是对他不满的顾客——对不起，我是指病人。不过他或许懂得如何应对。他在同一间诊所经营十五年了。"

"你究竟是从哪里得到这些情报的？"我问他。

113

"我们是个机构，朋友。不像你孤狼一头。有些情报来源于客户本身，有些则是来自内部。卡恩不怕花钱。只要他愿意，他能做交际家。"

"他会爱听这段对话。"

"去他的吧。最后这位是个名叫韦林杰的人。将他列档的工作人员早就离职了。好像曾经有个女诗人在塞普尔维达峡谷的韦林杰牧场里自杀。他经营一种艺术村，供作家、想要隐居和寻找意气相投氛围的人居住。收费合理。他给人的感觉是合法的。他自称医生，却并没有行医。可能是个哲学博士，坦率地说，我不明白他为什么被收进这类档案。除非跟那个自杀事件有关。"他拿起一份贴在白纸上的剪报，"对了，是过量服用吗啡。没有迹象显示韦林杰知情。"

"我喜欢韦林杰。"我说，"我非常喜欢他。"

彼得斯合上档案夹，"啪"一声放下。"你没见过这个。"他说。他起身，离开房间。当他转来时，我正起身要走。我开始向他道谢，但他挥挥手，不让我把话说完。

"喂，"他说，"你要找的人可能待的地方肯定有好几百处。"

我说这我知道。

"对了，我听说了跟你朋友伦诺克斯有关的事情，你可能会感兴趣。我们有个同事五六年前在纽约碰到一个家伙，和人们对伦诺克斯的描述完全吻合。可是他说，那家伙不姓伦诺克斯。他姓马斯通。当然他可能弄错了。他一天到晚醉醺醺的，所以你很难真正确定。"

我说："我怀疑不是同一个人。他干吗要改姓呢？他是有战争记录可查的。"

"这我就不知道了。我那同事眼下在西雅图。他回来后你可以跟他谈谈，如果这对你有用的话。他叫阿什特尔菲尔特。"

"多谢你做的一切，乔治。这十分钟可真长。"

"有一天我会需要你的帮助。"

"卡恩机构，"我说，"不会需要任何人帮忙做任何事。"

他用大拇指做了个粗野的手势。我离开他那铁灰色的单人号子，穿过接待室出去。接待室现在看上去顺眼多了。离开了牢房区，吵闹的色彩就讲得通了。

十六

从塞普尔维达山谷底部的公路往回走，看到两根黄色的方形门柱。一扇五根栅条的大门从一根方形门柱上敞开着。门上有一块铁丝吊挂的招牌：私人道路，不得擅入。空气温暖又安静，充满桉树的雄猫骚味。

我拐进去，顺着一条石子路环绕山肩开上一道缓坡，越过山脊，驶下另一面山坡，进入一个浅谷。山谷很热，比公路上高出10℃~15℃。我现在可以看到石子路终止于一个转盘，圈内种着草，边缘摆放了刷过石灰水的石头。我的左首是个空游泳池，没什么东西比没水的游泳池显得更加空荡。池子的三边原来是草皮，上面点缀着几张红杉木躺椅，椅子上有褪色很厉害的垫子。椅垫原本是五颜六色：蓝色、绿色、黄色、橙色、红铁锈色。其边缘缝合处到处绽线，纽扣绷开了，垫料在开口处鼓了出来。池子第四边是网球场的铁丝高围栏。空游泳池上的跳水板如同弯曲的膝关节，一副倦态。它的编席外罩变成了悬吊的残片，它的金属零件外层锈迹斑斑。

我开到转盘处，停在一幢红杉木建筑物前，它有人字形屋顶和宽阔的前门廊。入口有双层纱门。一些大黑蝇停在纱网上打瞌睡。屋外曲径通幽，穿过四季常青而永远灰尘蒙蒙的加利福尼亚橡树林，而在橡树林里有几所乡村小屋随意地散布在山坡上，有的完全被树影遮蔽。我能看见的几所都是不合时令的破败相。门都是关着的，窗口挂着僧侣布之类制作的抽带窗帘。你几乎感觉得到窗台上厚厚的灰尘。

我熄了火，双手放在方向盘上，静坐谛听。没有动静。这地方如法老墓地一般死寂，只有双层纱门后面的门扉开着，有什么东西在门后面的幽暗中移动。接着我听见了轻松而清晰的口哨声，一个男人的身影出现在纱门内，他打开纱门，慢慢走下台阶。这人可有些看头。

他头戴一顶黑色扁平的南美高楚牛仔帽，编织的帽带系在下巴下面。他身穿白绸衬衫，一尘不染，领口敞开，腕套紧扣，上面是泡泡袖。他的脖子上系着一条黑色流苏的围巾，结打歪了，弄得一头长一头短，长的那头几乎垂到腰部。他还系了一条黑色的宽腰带，穿一条黑裤，臀部包得紧紧的，黑如煤炭，外侧缝有金线，一直延伸到开裆处，然后沿裆口两侧缀有金扣，呈喇叭开口状。他脚上穿的是漆皮舞鞋。

他停在台阶底下，看着我，嘴上还吹着口哨。他苗条柔软得像根皮鞭。他有一对极大极空洞的烟雾色眼睛，生在丝一般的长睫毛下，是我从未见过的。他的容貌精致完美而不纤弱。他的鼻梁挺直，略窄，但并不细小，他的嘴有点翘，噘得很好看，下巴上有个酒窝，一对小耳朵优雅地贴着脑袋。他的皮肤重度苍白，好像从未经过阳光照射。

他摆出一副姿态，左手搭在臀部，右手在空中划了一道优美的弧线。

"问个好。"他说，"天气真好，是不是？"

"我觉得这儿太热。"

"我喜欢热天。"这话说得平淡而决绝，没有商讨余地。我喜欢的东西他不屑一顾。他在台阶上坐下，不知从哪里摸出一只长指甲锉，开始修指甲。"你从银行来？"他问话时连头也不抬。

"我找韦林杰医生。"

他停止移动指甲锉，眺望着热烘烘的远方。"他是谁？"他的问话没露出丝毫兴趣。

"他拥有这个地方。滴水不漏，是吗？装不知道呢。"

他又开始修指甲。"你听错了吧，亲爱的。这地方归银行所有。他们没收了这件抵押品，或者交第三方托管之类。我忘了细节。"

他抬头看我，他的表情属于从不关心细节的人。我钻出奥兹车，靠着发烫的门，然后从车门处移开，站到通风的地方。

"你说的是哪家银行？"

"既然你不知道，那你就不是从那儿来的。你不是从那儿来的，这儿就没你的什么事儿。快离开吧，亲爱的。快点儿滚！"

"我得找到韦林杰医生。"

"这地方不营业，宝贝。告示牌上说了，这是条私人道路。有只囊地鼠忘了锁大门。"

"你是看门人？"

"也算吧。别再问东问西了，亲爱的。我的脾气没个准。"

"你发火时会怎么干？——跟地松鼠跳探戈？"

他霍地站起身，动作还不失优雅。他微微一笑，笑容是空洞的。"看来我得把你扔回你那辆小小的破敞篷车里去。"

"先别忙。眼下我在哪里能找到韦林杰医生？"

他把指甲锉收进衬衫兜里，右手上换了件别的东西。他做了个简短的动作，就有了一只套上闪亮黄铜指节套的拳头。他脸颊骨上的皮肤绷得更紧了，他那烟雾色大眼睛的深处有一团火焰。

他慢慢向我走来。我往后退，多留出点空间。他继续吹口哨，但哨音变得尖厉刺耳。

"我们用不着打架。"我告诉他，"我们没什么事情要靠打架来搞定。搞不好你会弄破你这条漂亮的马裤。"

他快如闪电。他轻松一跳就到了我跟前，他的左手迅速抖出。我以为他会捅我，头一歪来了个漂亮的躲闪，没想到他的目标是我的右手腕，给他抓到了。而且他抓得很牢。他拽得我打了个趔趄，戴铜指节套的那只手以弧形上击拳的套路击打过来。后脑勺挨上这么一记，我会成为病人。如果我躲闪，他会打到我的侧脸，或者击中上臂靠肩处。不论这一击是在哪里得逞，不是手臂残废就是脸颊重伤。在这种紧急关头只有一条出路。

我随着他那一拽顺势而去。途中我从他背面钩住他的左脚，揪住他的衬衫。我听见了衬衫撕裂的声音。有什么东西击打了我的颈背，但不是那金属指节套。我向左转，他向旁边窜去，像猫一般落地，在我站稳之前，他已经站定了。他现在咧着嘴笑。他对一切都很开心。他欣赏着自己的杰作，向我猛扑过来。

一个气壮如牛的声音从什么地方发出吼叫："厄尔！马上住手！马上，听到没？"

这高楚牛仔停下了。他脸上有种病态的笑容。他做了个迅速的动作，黄铜指节套一下子便消失在他裤头的宽腰带里了。

我转过身，看到一个结实矮胖的男人，身着夏威夷衬衫，沿着一条小径朝我们疾步走来，一面挥舞手臂。他走近时有点儿喘。

"你疯了吗，厄尔？"

"千万别这么说，医生。"厄尔轻声说。接着他笑了，转身离开，走去坐在屋子的台阶上。他脱下平顶帽，摸出一把梳子，开始梳理浓密的黑发，表情显得心不在焉。过了一两秒钟，他开始轻吹口哨。

穿花哨衬衫的壮汉站着打量我。我也站着打量他。

"这儿发生了什么？"他吼道，"你是谁，先生？"

"我叫马洛。我要找韦林杰医生。你称之为厄尔的这个小伙子想跟我玩玩。应该是天气太热的缘故吧。"

"本人便是韦林杰医生。"他端着架子说。他转过头说，"进屋去，厄尔。"

厄尔慢吞吞地站起身。他对韦林杰医生若有所思地看一眼，面带探究之色，烟雾色的大眼里没有表情。接着他走上台阶，拉开纱门。一群苍蝇嗡嗡怒飞，门一关又趴在纱门上。

"马洛？"韦林杰医生重新把注意力转向我，"我能为你做什么，马洛先生？"

"厄尔说你这儿歇业了。"

"他说得对。我只是等着某些法律手续办完就会搬出去。这儿只有厄尔和我两人。"

"我失望了。"我说，露出失望的样子，"我以为有个叫韦德的人跟你们待在一块儿。"

他扬起两条会令富勒制刷公司感兴趣的眉毛。"韦德？我可能认识这个姓氏的某个人——这姓氏很普通，可他怎么会跟我们待在一起呢？"

"接受治疗。"

他皱了皱眉头。当一个家伙有两条这样的眉毛，他真有资格对你皱一皱眉。"我是医务人员，先生，但不再行医了。你想到的是哪一种治疗呢？"

"那家伙是个酒鬼。他时常精神失常并失踪。有时他靠自己的能力回了家，有时被人送回家，有时他需要别人花些时间寻找。"我掏出一张名片交给韦林杰。

他看了名片不大高兴。

"厄尔是怎么啦？"我问他，"他自以为是影星瓦伦蒂诺或别的大人物？"

他又皱了皱眉。那两条眉毛迷住了我。一部分眉毛完全是自行卷曲了三四厘米之多。他耸耸肥厚的肩膀。

"厄尔不会伤人，马洛先生。他有时候——有点脱离实际。活在游戏世界里吧，可不可以这么说？"

"这是你的说法，医生。从我的角度看他是要粗。"

"啧啧，啧啧，马洛先生。你肯定夸大其词了。厄尔喜欢打扮自己。那方面他像个小孩。"

"你的意思是他是个疯子。"我说，"这地方是某种疗养院，对吗？或者曾经是？"

"当然不是。当它营业的时候是个艺术村。我提供三餐、住宿、锻炼和娱乐设施，最重要的是与世隔绝。还有合理的收费。你可能知道，艺术家少有富人。我说的艺术家，当然包括作家、音乐家，等等。对我而言这是一份有回报的职业——在办得下去的时候。"

他说这话时显得伤心。眉梢朝外端耷拉下来，和嘴巴相呼应。假若眉毛再长点儿，就会掉进嘴巴里了。

"这我知道，"我说，"档案里都写着。还有你们这儿不久前发生的那起自杀事件。是桩毒品案，对吧？"

他不再伤心，被激怒了。"什么档案？"他厉声问道。

"我们有一套档案，叫作'铁窗病房'，医生。那是些疯病发作的人逃不出去的地方。小型私人疗养院，或者说治疗酒鬼、吸毒者和轻度躁狂症的地方。"

"那种地方必须有合法的许可证。"韦林杰医生厉声说。

"不错。按理说是这样。可他们有时会健忘。"

他挺直腰杆。这家伙毕竟还有种尊严。"这个暗示是侮辱，马

121

洛先生。我不知道为什么我的名字会出现在你提到的那种名单上。我必须请你离开。"

"让我们回头来谈韦德吧。他会顶着别的名字来这儿，也许？"

"这里除了厄尔和我自己没有别人。我们很孤独。好了，恕我不能继续奉陪——"

"我想四处看看。"

有时候你把他们惹火了他们就会讲漏嘴。但韦林杰医生不会。他仍然保持着尊严。他的眉毛一直跟他很配合。我向屋子那边望去。里面传出了音乐声，是舞曲。依稀能听到打响指的声音。

"我打赌他在里面跳舞，"我说，"那是探戈。我跟你打赌，他是一个人在那儿跳。小子真行。"

"打算走了吗，马洛先生？不然我得叫厄尔来协助我把你扔出我的私产？"

"好啦，我走。别动气，医生。我只有三个 V 打头的人名，你好像是其中可能性最大的一位。这是我们唯一靠得住的线索——V 医生。韦德先生出走前在一张纸上胡乱写下了'V 医生'。"

"一定有几打。"韦林杰先生镇定地说。

"噢，肯定。可我们的'铁窗病房'档案里却没有几打。多谢你花时间见我，医生。厄尔让我有些不安。"

我转过身，走向我的车，钻进车里。关车门时，韦林杰医生来到我身边。他把头探进车内，表情很愉快。

"我们用不着吵架，马洛先生。我意识到干你这一行往往得冒犯别人。厄尔有什么令你不安？"

"他非常明显是个假货。当你发现某个赝品时，你自然会以为附近的东西也是赝品。那家伙是躁狂抑郁症患者，对吧？眼下他正处于亢奋期。"

他默默盯着我。他显得严肃而礼貌。"很多既有趣又有才气的人在我这儿待过，马洛先生。他们当中不是所有人都像你这样头脑冷静。有才气的人往往神经过敏。可是我没有设备来照看疯子和醉鬼，哪怕我爱干那种工作。除了厄尔我没雇别人，而他几乎不是护理病人的料儿。"

"那你说他是适合干什么的料儿呢，医生？除了跳跳泡泡舞什么的？"

他靠着车门。他的声气压低了，语调变得私密。"厄尔的父母是我的好朋友，马洛先生。总得有人照顾厄尔，可他们已经不在了。厄尔必须过一种平静的生活，远离城市的喧嚣与诱惑。他不稳定，但基本不伤人。我很容易把他制住，正如你所见。"

"你勇气可嘉。"我说。

他叹了口气。他的眉毛轻轻波动，像某种怪异昆虫的触须。"这是一种牺牲，"他说，"相当重大的牺牲。我以为厄尔可以在这里帮我干些活儿。他打得一手好网球，游泳和潜水都是一流的，还可以通宵跳舞。他几乎总是和蔼可亲的化身。但偶尔会有——意外事故。"他大幅度挥手，仿佛要把痛苦的回忆推到身后。"到头来要么放弃厄尔，要么放弃这个地方。"

他把双掌朝上，向外摊开，然后翻转，让它们垂落于身体两侧。他的眼睛被噙着的泪水润湿了。

"我卖掉了。"他说，"这幽静的小山谷将成为一个房地产开发项目。会有人行道和路灯，有骑脚踏车的小孩，有发出声浪的收音机。甚至会有——"他发出一声凄声的叹息，"电视机。"他大幅度地挥着手。"但愿他们会饶过这些树，"他说，"可我恐怕他们不会。取而代之的是沿着山脊架设的电视天线。可是厄尔和我会远走高飞，我相信。"

"再见，医生。我的心为你流血。"

他伸出手。那手是湿润的，但很厚实。"感激你的同情和理解，马洛先生。很遗憾，我没法帮你寻找斯雷德先生。"

"是韦德。"我说。

"原谅我，是韦德，当然。再见，祝你好运，先生。"

我发动汽车，沿着来时驶过的碎石路开回去。我觉得难过，不过难过的程度不像韦林杰医生所希望的那么深切。

我驶出大门，沿着公路弯道开出一段路，足以把车停在从那张大门看不见的地方。我下了车，沿着路边走回从分界铁丝栅栏外可以望见大门的位置。我站在一棵桉树下等待。

大约五分钟过去了。一辆车搅动着碎石沿私家道路驶下，停在我这个角度看不见的地方。我往后退入灌木丛深处，听见一阵吱吱嘎嘎的声音，接着是沉重的门闩扣上时发出的咔嗒声和锁链的碰撞声。那辆车的马达加速了，车子又回到了路上。

当车声消失的时候，我走回自己的奥兹车，掉头面对城里的方向。路过韦林杰医生那条私家道路的入口时，我看见大门已上了一把链条挂锁。今天不再接待访客，谢谢你。

十七

我驱车二十多英里回市区吃午餐。当我进餐时，越来越觉得这整个是一件荒唐事。用我这种查法是不可能找到人的。你会遇见像厄尔和韦林杰医生这样有趣的人物，但你不会遇见自己要找的人。你在一个没有回报的游戏里浪费了车胎、汽油、口舌和紧张时的能量。这是把所有赌注全押于胜算不大的一处。我只有三个 V 起首的人名，我找到韦德的概率简直和在双骰子赌博中打败职业赌徒"希腊人"尼克的概率一样低。

不管怎样，第一个永远是错的，是死胡同，一条满心指望的引线在你面前炸裂了，却没有声响。可他不该把"韦德"误说为"斯雷德"。他是个聪明人，不会这么健忘，如果他健忘，就会全忘了。

也许是，也许不是。毕竟不是老熟人。我喝着咖啡，想着乌坎尼奇和瓦利两位医生。去还是不去？找他们会耗掉我大半个下午。到时候我可以打电话到空闲谷的韦德宅子，被告知一家之主已经回到了他的住所，暂时一切光明灿烂。

乌坎尼奇医生容易找。他在前往市中心那条路的半打街区之外。可是瓦利医生就远在天边了，他藏在阿尔塔迪纳山区，要开一段热烘烘无聊的长路。去还是不去？

最后答案是"去"。有三大理由：其一，你对暗影线路及其行走者永远不可能了解太多。其二，我能给彼得斯为我动用的那份档案增添点内容，就是我所表达的谢忱和善意了。其三，我没有别的事可干。

我买了单，把车留在原地，从街道北面行走到斯托克韦尔大楼。那是一栋古董楼，入口处有个雪茄柜台，和一架摇摇晃晃保持平衡的人工操作电梯。第六层的走廊是狭窄的，门上装有毛玻璃。它比我自己办公的那栋楼更旧，而且脏得多。里面充斥着混得不太好的医生、牙医、基督教科学派医生，还有那种你只希望官司对手聘请的律师，以及只能勉强糊口的医生和牙医。技术一般，不太干净，把握不大，三块钱，请付给护士；倦怠、泄气的男人们，准确地掂量出自己的斤两，明白他们能得到什么样的病人，从病人身上能榨出多少油水。"请勿赊账"，"医生在岗"，"医生不在"。你有颗好看的臼齿松动了，卡辛斯基太太。你如果用这种新型的丙烯酸酯充填材料，一点都不比镶金差，我用它给你补牙只收十四元。奴佛卡因另收二元，如果你想用麻醉剂的话。"医生在岗"，"医生不在"，"收费三元，请交护士"。

在这样一幢楼房里总有几个家伙是挣大钱的，但他们不显山不露水。他们融入了寒酸的背景，寒酸成了他们的保护色。他们当中有不择手段的律师，在保释金骗局中当合伙人来赚外快（所有被骗走的保释金中只有大约百分之二被追回）。有可以根据你的喜好伪装成任何身份的非法堕胎师，他们会随意讲解自己的装备。有假冒泌尿科、皮肤科或任何医学分科执业医生的毒贩，在那些医学分科中可以对患者进行频繁的治疗，而经常使用局麻不会引起怀疑。

莱斯特·乌坎尼奇医生有个陈设简陋的小候诊室，里面挤着坐了一打人，个个都不舒服。他们彼此相像，没有特征。反正你无法区分一个得到恰当控制的吸毒者和一个吃素的簿记员。我不得不等了三刻钟。病人通过两扇门进去。只要有足够的空间，一名勤奋的耳鼻喉科医生可以同时诊治四名病人。

终于轮到我了。我得坐上一张棕色的皮椅，旁边是一张铺了白毛巾的台子，上面摆着一套器械。贴墙有个消毒柜汩汩作响。身着白大褂的乌坎尼奇医生迅速走进来，他的圆镜子套在脑门上。他在我面前的一张凳子上坐下。

"鼻窦炎性头疼，对吗？很严重？"他看着护士交给他的纸夹。

我说疼得要命，疼得眼盲。尤其是早上刚起床时。他点点头表示理解。

"典型症状。"他说着，把一个玻璃帽套在一支看上去像自来水笔的东西上。

他把那东西塞进我嘴里。"请闭上嘴唇，但别合上牙齿。"他一面说着，一面伸手关了灯。房里没窗户。一台换气扇在什么地方呼呼作响。

乌坎尼奇医生抽回玻璃管，把灯开亮，认真地看着我。"根本没有充血，马洛先生。如果你有头疼，原因不会是鼻窦疾病。我冒昧猜一下，你一生中从未得过鼻窦病。你以前做过鼻隔膜手术，我看出来了。"

"是啊，医生。我打橄榄球时挨了一脚。"

他点点头。"有块架骨应该切除。不过，不大可能影响呼吸。"

他在凳子上往后仰，抱住一只膝头。"你究竟指望我为你做什么？"他问道。他是个脸颊瘦削的男人，苍白得了无趣味。他活像一只结核病白鼠。

"我想跟你聊聊我的一个朋友。他情况不妙。他是个作家。很有钱，但精神很差。需要帮助。他一连几天光喝烈酒。他需要额外加点儿东西。他自己的医生不肯再合作。"

"你所谓的'合作'究竟是什么意思？"乌坎尼奇医生问道。

"那家伙所需的只是偶尔打一针让他镇定下来。我想或许我们可以想出个什么法子。钱的方面是靠得住的。"

"抱歉，马洛先生。这毛病我可治不了。"他站起身，"我真想说，你这么来接近我实在不着调。你的朋友可以找我咨询，如果他选择了我。可他最好是患了什么病，需要治疗才行。诊疗费十元，马洛先生。"

"别装了，医生。名单上有你。"

乌坎尼奇医生靠墙坐着，点了一支烟。他在等我说下去。他喷出一口烟，看着烟雾。我递给他一张名片让他转移视线。他看了看名片。

"那是份什么名单？"他问道。

"'铁窗病房'名单。你可能早就认识我朋友了吧。他姓韦德。你有可能把他藏在别处某所小白屋里。那家伙从家里失踪了。"

"你个笨蛋！"乌坎尼奇医生对我说，"我才不搞四日醒酒治疗之类的小打小闹呢。他们治不好任何病例。我没什么小白屋，我也不认识你提到的那位朋友，如果真有他这么个人的话。诊疗费十元——现金——马上付。不然你就是想让我报警，告你向我索求麻醉药？"

"那可是好极了，"我说，"咱们报警吧。"

"滚出去，你个下流的骗子。"

我从椅子上站起身。"我应该是弄错了，医生。那家伙上次违反假释条例，藏在姓氏以 V 起首的医生那儿。严格来说这是一项秘密行动。他们深夜来把他接走，当他过了亢奋期后，再用同样方法送他回家。甚至没等到看着他进屋就溜了。所以当他再次逃脱禁闭，过了好一阵子还没回来，我们自然会去查档案寻找线索。我们查出三个姓氏以 V 打头的医生。"

"有趣。"他冷笑道。他还想让我说下去。"你们挑选的依据是什么？"

我盯着他。他的右手轻轻抬起，沿着左臂上部的内侧滑下。他脸上沁出一层汗珠。

"抱歉，医生。我们的运作是保密的。"

"失陪一下。我另有一个病人——"

他没把话讲完就出去了。他走后，一名护士在门口探头进来，飞快地看我一眼，离开了。

不一会儿乌坎尼奇医生迈着轻快的步子回来了。他笑着，很放松。他双眼放光。

"怎么？你还在这里？"他显得非常吃惊，或者假装如此。"我以为我们的小小访谈已经结束了。"

"我正想走呢。我以为你要我等。"

他咯咯笑起来。"你知道吗，马洛先生？我们生活在非常时期。为了区区五百块钱，我可以让你带着几根断骨住进医院。很搞笑，对吧？"

"搞笑死了，"我说，"你往自己静脉里打了一针，对吗，医生？好家伙，你真是劲头十足！"

我向外走。"再见，朋友。"他用西班牙语尖声尖气地说，"别忘了我的十块钱。交给护士。"

当我离开时，他走向一架对讲机，对着它讲话。候诊室里还是那十二个人，或者另外十二个和他们相像的人，正在不自在地候诊。护士正在忙活。

"诊疗费十元，请交钱，马洛先生。本诊所要求当场付现。"

我在一堆腿脚当中踩着空隙走向门口。护士从椅子上跳起来，绕过台子奔过来。我拉开了门。

"收不到钱你怎么办？"我问她。

"我怎么办？你等着瞧！"她气冲冲地说。

"当然。你只是尽你的职责。我也是。瞧瞧我留的名片吧，你会明白我的职责是什么。"

我继续往外走。那些候诊的病人用不以为然的目光望着我。对待医生不该这样。

十八

阿莫斯·瓦利医生是个大不相同的考察对象。他有一幢古老的大房子，一个古老的大花园，里面有古老的大橡树为花园遮阴。那是一所巨大的框架结构房舍，门廊的遮檐上都有繁复的涡卷雕饰，白色的门廊栏杆上有旋状凹槽的立柱，像一架老式大钢琴的四腿。几位羸弱的老人坐在门廊的长椅上，身上裹着毯子。

入口的门有两重，门上装嵌了彩色玻璃板。里面的大厅宽敞凉爽，镶木地板擦得锃亮，没铺地毯。阿尔塔迪纳夏天炎热。它紧靠山区，微风会从它这里掠过山峦。八十年前人们就懂得该怎么建造房子以适应这种气候。

一名服装挺括洁白的护士接过我的名片，我等了会儿，阿莫斯·瓦利医生屈尊见了我。他是个光头大个子，面带愉快的微笑。他的白大褂一尘不染，他穿着生胶底的鞋子，走路悄无声息。

"我能为你做什么，马洛先生？"他的声音浑厚柔和，可以舒缓痛苦，安慰焦虑的心。医生来了，没什么好担心的，万事大吉。他有临床医生的那种风度，举止得宜，千层甜蜜。他很了不起——而且他跟钢板一样坚韧。

"医生，我在找一个姓韦德的人，一个有钱的酒鬼，他最近从家里失踪了。他以往的经历表明他曾猫在某个不起眼的场所，那种地方可以熟练地帮他醒酒。我唯一的线索指向某位 V 医生。你是我找到的第三个 V 医生。我都快泄气了。"

他亲切地笑着。"才第三个，马洛先生？洛杉矶城内和周边肯定有一百名医生的姓氏起首字母是 V。"

"当然，可是其中没有多少人会有窗户装了铁栏的病房。我注意到这里的楼上有几间，在这所房子的侧面。"

"是老人。"瓦利医生哀伤地说，但这是一种浑厚饱满的哀伤。"孤独的老人，沮丧寡欢的老人，马洛先生。有时候——"他做了个表现力很强的手势，朝外划出一条弧线，停顿，然后轻轻落下，宛如一片枯叶飘落地面。"我这里不治疗醉鬼。"他明确地补充道，"现在如果你允许——"

"对不起，医生。你只是碰巧在我们的名单上。或许是个误会。几年前你跟缉毒局的人为了某件事有过一次冲突。"

"有这回事吗？"他显得迷惑不解，然后恍然大悟。"啊，不错，我一时糊涂，雇了个不守规矩的助手。时间很短。他大大滥用了我的信任。不错，确有其事。"

"我听到的可不是这样，"我说，"应该是我听错了。"

"你听到的是怎样，马洛先生？"他依然用他的微笑、他那醇熟的语调给我周到的款待。

"听说你被迫交出了麻醉药处方簿。"

这对他有点儿触动。他没有显出怒容，却剥掉了他的几层魅力。他的蓝眼里有了寒光。"这条荒唐的情报来自哪里？"

"来自一家大型侦探社，它有资质建立关于那类事情的档案。"

"一帮低档的勒索者，毫无疑问。"

"不低档，医生。他们的基本收费是每日一百元。他的经营者是一位宪兵队前上校。不是小打小闹的敲诈者，医生。他声望很高。"

"我倒是想跟他理论理论。"瓦利医生的语气带着冷冷的嫌恶，"他叫什么？"瓦利医生仪态中的太阳落山了。凉飕飕的黄昏渐渐到来。

"保密，医生。但别放在心上。都是日常工作。韦德这个姓你没一点儿印象，嗯？"

"你肯定知道怎么出去，马洛先生。"

一架小电梯的门在他身后打开了。一名护士推着一辆轮椅出来。轮椅上装着个衰弱老人的残躯。他闭着双眼，皮肤泛青，全身裹得严严实实。护士推着他默默走过光亮的地板，出了一扇边门。瓦利医生柔声说：

"老人。生病的老人。孤独的老人。别再来了，马洛先生。你会惹恼我。当我被惹恼时，我会让人相当难看。我甚至可以说让人非常难看。"

"我看可以，医生。谢谢你的时间。你把这儿弄成了不错的小型临终之家。"

"那是什么意思？"他朝我跨出一步，剥掉了剩下的几层甜蜜。他脸上柔和的线条变成了坚硬的山脊。

"你怎么啦？"我问他，"我看得出我要找的人不会在这里。我不会来这里寻找任何一个还没虚弱到无力反击的人。生病的老人。孤独的老人。这可是你自己说的，医生。没人要的老人，可是有钱，有饥渴的继承人。他们大多数可能已被法庭判定为无行为能力了吧。"

"我要发火了。"瓦利医生说。

"清淡的食物，少量的镇静剂，坚持不懈的治疗。把他们弄出去晒太阳，再把他们搬回床上。给一些窗户装上铁条，以防万一谁还有点儿余勇。他们爱你，医生，人人都爱。他们临死还拽着你的手，看见你眼里的悲哀。而且是真心的。"

"肯定是！"他用沙哑的低声吼道。他的双手现已成拳。我应该住口了。可是他开始令我感到恶心。

"当然是真的，"我说，"没人愿意失去一个付得起钱的顾客。尤其是你甚至不用去讨好他的富人。"

"总得有人做啊。"他说，"总得有人照顾这些伤心的老人，马洛先生。"

"总得有人去掏污水坑。细想一下，这还是一份干净诚实的工作呢。再见了，瓦利医生。当我的工作使我觉得肮脏时，我会想起你。这会使我马上振作起来。"

"你个卑鄙的家伙！"瓦利医生咬着他那排白皙的大门牙说，"我该打断你的脊梁。我这行是一个光荣行业的光荣分支。"

"是啊。"我不耐烦地看着他说，"我知道它是光荣的。只是有死亡的气味。"

他没揍我，于是我从他身边离开，走了出去。我从那宽阔的双重门回望。他没动。他有活儿要干，就是把千层蜜糖贴回脸上。

十九

我开车返回好莱坞，感觉自己像一截被嚼过的绳子。吃晚餐还太早，而且太热。我打开办公室的风扇。这没使空气变凉一点，只是流通了点儿。外面大道上的交通总是争先恐后。在我脑子里的思绪像捕蝇纸上的苍蝇粘成了一团。

三发子弹，三发没中。我所做的不过是见了太多的医生。

我给韦德家打电话。一个墨西哥腔调的人接电话，说韦德太太不在家。我找韦德先生。

那声音说韦德先生也不在。我留下姓名。他似乎毫不费事就听清楚了。他说他是用人。

我致电卡恩机构找乔治·彼得斯。也许他还知道更多的医生。他不在。我留下假名和真电话号码。一个小时像病蟑螂一般慢慢爬过去了。我是遗忘沙漠中的一颗沙子。我是刚把子弹打完的双枪牛仔。连射三发，三发没中。我痛恨三个一组的东西。你拜访 A 先生。一无所获。你拜访 B 先生，一无所获。你拜访 C 先生，还是一样。一周后你发现应该是 D 先生。只是你以前不知道有他存在，等你查出来时，委托人已改变主意，叫停调查了。

乌坎尼奇医生和瓦利医生被划掉了。瓦利太有钱了，不会去鼓捣酗酒病例。乌坎尼奇是窝囊废，一名高空钢丝表演者，居然在自

135

己诊所里注射毒品。助手一定知情。至少某些病人肯定是知道的。要让他完蛋，只需一个容易发怒的病人打一通电话就行了。韦德不会走进他的地盘，无论喝醉了还是清醒着。韦德也许不是世上最聪明的人——很多成功人士都远非智力巨人，但他不会愚蠢到跟乌坎尼奇瞎搞到一起。

唯一可能的是韦林杰医生。他有空间，有与世隔绝的环境。或许还有耐心。可是塞普尔维达峡谷远离空闲谷。接头地点在哪里？他们怎样互相认识的？如果韦林杰拥有那处产业，而且为它找到了买主，那他已经走上发财之路了。这给了我一个主意。我打电话给产权公司的一个熟人，调查那处产业的状态。没人接。产权公司下班了。

我也下班了，开车前往拉辛尼加路，去鲁迪蒙古烤肉店，把我的名字告诉了领班，坐在吧台凳上，点了一杯威士忌酸酒摆在跟前，听着"电台华尔兹之王"马雷克·韦伯的华尔兹音乐，等待重大时刻到来。过了会儿，我越过天鹅绒绳圈走进去，吃了一客鲁迪店里"举世闻名"的汉堡牛排，它是一块摆在烧焦厚木头上的汉堡牛肉饼，裹着一圈烤成焦黄色的土豆泥，配上炸洋葱圈和什锦沙拉，那种沙拉男人们在餐馆里会乖乖吃下去，不过如果他们的老婆试图在家里让他吃一口，他们可能就会大声抗议。

在那以后我开车回家。当我打开前门时，电话铃响了。

"我是艾琳·韦德，马洛先生。是你要我给你回电话，对吧？"

"只是想知道你那边有没有什么情况。我整天都在见医生，没交上朋友。"

"没有情况，很遗憾。他还是没露面。我禁不住有点着急了。那么你是没什么可以告诉我了，我想。"她的声音低沉而沮丧。

"咱们是个人口众多的大县，韦德太太。"

"今晚就是整整四天了。"

"是啊，可还不算太久。"

"对我来说很久了。"她沉默了半响。"我想了很多，设法记起什么事情。"她继续说，"一准有什么事情，某种暗示或记忆。罗杰很健谈，无所不及。"

"你对韦林杰这个姓氏有印象吗，韦德太太？"

"没有，好像没有。应该有吗？"

"你说过韦德先生有一次被一个穿牛仔套装的高个头小伙子送回家里。如果你再见到那个高个头小伙子，能不能把他认出来，韦德太太？"

"我想可以，"她犹豫不决地说，"如果环境相同的话。不过我只瞥见过他一眼。他姓韦林杰吗？"

"不，韦德太太。韦林杰是个体格健壮的中年人，他在塞普尔维达经营着——或者更精确地说，曾经经营着一家观光牧场。有个打扮得花里胡哨的年轻人为他工作，小伙子名叫厄尔。韦林杰自称医生。"

"好极了。"她热情地说，"你不觉得找对路子了吗？"

"我有可能比溺水的猫咪还要湿。等我知道了再给你打电话。我只是要确认罗杰有没有回家，确认你有没有找回任何确切的记忆。"

"我恐怕帮不上你什么忙，"她遗憾地说，"请随时给我来电话，多晚都没关系。"

我说我会这么做，我们挂断了电话。这次我带了一把枪和一只三节电池的手电筒。枪是结实的点三二小型短筒枪，装了平头子弹。韦林杰医生的打手厄尔可能除了黄铜指节环还有别的玩意儿。如果有，凭他那股子傻劲一定会拿出来玩玩。

我又上路了，有多大胆就开多快。这是个无月之夜，我到达韦

137

林杰医生庄园的入口时天会黑下来。黑暗是我之所需。

那道大门还拴着链条挂锁。我驶过大门，停在离公路很远处。树林下还有些天光，但不会延续多久了。我翻过大门，登上山坡，寻找一条徒步路径。我恍惚听见后方远处的山谷里有鹌鹑在叫。一只悲痛的鸽子正在抗议生命的悲惨。根本没有徒步路径，或我没能找到，于是我折回大路，沿砾石边缘行走。桉树渐少，让位给了橡树，我越过山脊，远远看见几点灯光。我足足花了三刻钟，才走到游泳池和网球场后方，来到道路尽头可以俯视主建筑的一个地点。屋里亮着灯，我听见里面有音乐声。再往远处，在树林里，另一间小屋亮着灯。树林里到处散布着黑黝黝的小屋。我现在沿一条小径行走，突然间主屋后面的探照灯亮了。我刹住脚步。探照灯没在搜寻什么。它笔直照着下方，在后门廊及其外面的坪地上映出一个宽阔的光池。接着一扇门吱呀打开，厄尔出来了。这时我知道我来对了地方。

厄尔今晚是个牛仔，而上次送罗杰·韦德回家的人就是个牛仔。厄尔正在让一根绳索旋舞。他穿一件镶白边的深色衬衫，一条圆点花纹的围巾松松地系在脖子上。他腰间束着一条宽皮带，上面有一大堆银饰，还佩有两只压有图案的皮枪套，套子里各插着一把象牙柄手枪。他穿着优雅的马裤，他穿的马靴有交叉的白线针脚，锃亮簇新。他的后脑勺上戴了一顶白色的墨西哥宽边帽，一条看上去像是编织银绳的东西松松地垂在衬衫上，两端都没系牢。

他一个人站在那儿，在白色的探照灯下，让绳索环绕自己旋舞，而他则跳进跳出，一个没有看客的演员，一个颀长、苗条、英俊的纨绔牧人，进行一场孑然一身的表演，陶醉于其中的每一分钟。双枪厄尔，科奇斯县之煞。有那么一些观光牧场，那里的人们都是为马发烧的马痴，连前台小姐都蹬马靴上班。厄尔就属于这样的一所观光牧场。

突然他听到一个声响，或者是假装听到了。绳索落地，他的双手从枪套中抽出那两把枪，平举时两只大拇指弯曲摁住击锤。他朝暗夜中窥探。我不敢动。那该死的双枪说不定装了子弹。可是探照灯晃盲了他的眼，他什么也看不见。他把枪插回枪套，拾起绳子，松松地团起，走回屋里。灯光退场了，我也退场。

我在林间迂回穿行，走近了坡上亮着灯的那间小屋。屋子里寂静无声。我走到一扇纱窗外，往屋里瞧去。光源是床边一只床头柜上的台灯。一个男人仰躺在床上，浑身软塌塌的，套在睡衣袖子里的两臂搭在被子外面，眼睛圆睁，盯着天花板。他是个大块头。他的脸有一部分隐在暗影里，但我看得出他脸色苍白，需要剃须，他没有剃须的时间刚好跟韦德失踪的时间两相吻合。他那张开的手指纹丝不动地悬在床外。他好像有几个小时没动过了。

我听见小屋另一头的小路上有脚步走来。纱门吱嘎响了，接着韦林杰医生结实的身形出现在门口。他手上端了一大杯东西，很像番茄汁。他开了一盏落地灯。他的夏威夷衬衫泛着黄光。床上的人甚至没看他一眼。

韦林杰医生把玻璃杯放在床头柜上，拉过一把椅子坐下。他伸手去摸那人的一只手腕，为他探脉。"你现在感觉怎么样，韦德先生？"他的语气和善而热心。

床上的人不搭理他，也不看他一眼，继续盯着天花板。

"好了，好了，韦德先生。咱们别怄气了。你的脉搏只比正常快了一丁点儿。你还虚弱，身子衰弱，但除此以外——"

"泰姬，"床上人突然说，"告诉那杂种，既然他了解我的现状，他就用不着费事来问我了。"他有清亮好听的声音，但语气辛辣。

"谁是泰姬？"韦林杰医生耐心地问道。

"我的代言人。她就在那边角落里。"

韦林杰医生抬头望去。"我只看到一只小蜘蛛。"他说，"别演了，韦德先生。跟我不必来这一套。"

"家隅蛛，普通跳蛛，老兄。我喜欢蜘蛛。它们几乎从来不穿夏威夷衬衫。"

韦林杰医生润了润嘴唇。"我没空闲陪你玩，韦德先生。"

"泰姬可不是闹着玩的。"韦德缓缓地转过头，仿佛脑袋重千斤，他鄙夷地盯着韦林杰医生。"泰姬是动真格的。她朝你爬上去。趁你没注意，她悄悄一跳。一会儿她就逼近了。她最后一跳。你被吸干啦，医生。吸得干巴巴的。泰姬不吃你，她只吸走汁液，直到你剩下一层皮。如果你打算继续穿这件衬衫，医生，我会说这事立马就会发生。"

韦林杰医生仰靠在椅背上。"我要五千块，"他平静地说，"我多快可以拿到？"

"你收了六百五十块，"韦德凶狠地说，"还有我身上那些零钱。这妓院的收费怎会高得这么见鬼？"

"一点鸡食钱而已。"韦林杰说，"我跟你说过我的收费涨了。"

"你没说涨到威尔森山顶了。"

"别跟我打马虎眼，韦德。"韦林杰医生予以反击，"你没资格在我跟前放肆。你还泄露了我的秘密。"

"我不知道你还有秘密。"

韦林杰医生慢慢地拍打着椅子扶手。"你在半夜把我叫起来，"他说，"你情况危急。你说如果我不去你会自杀。我不想这么干，你知道理由何在。我在本州没有行医执照。我正设法把这处产业脱手，免得全部失去它。我有个厄尔需要照顾，而他眼看就要大发作了。我告诉过你这要收你一大笔钱。你仍然坚持，我才去了。我要五千块。"

"我被烈酒烧坏了脑子，"韦德说，"你不能乘人之危放肆提价。你得到的酬劳太他×高了。"

"还有，"韦林杰医生慢慢地说，"你跟你妻子说了我的名字。你告诉她我会去接你。"

韦德一脸惊诧。"我没干过那种事。"他说，"我那晚甚至没见到她。她在睡觉。"

"那就是别的时候说的。有个私家侦探来这儿打听你了。如果没人告诉他，他怎么可能知道来这儿寻找？我把他打发走了，但他可能再来。你得回家了，韦德先生。但得先给我五千块。"

"你并非世上最聪明的人，是不是，医生？要是我妻子知道我在哪儿，她还需要侦探干什么？她会自己找上门来——假如她真是那么在乎我。她可以带着我们的用人阿帅过来。阿帅会把你那人妖劈成肉条，趁着你那人妖还在考虑今天要演哪部电影的时候。"

"你有一条毒舌，韦德。还有一个毒脑。"

"我还有五千元毒钞票，医生。试试来拿呀。"

"你给我写张支票，"韦林杰医生坚定地说，"现在，马上！然后你穿好衣服，厄尔会送你回家。"

"支票？"韦德几乎大笑起来，"当然我会给你一张支票。很好。你怎么兑现？"

韦林杰医生平静地笑着。"你以为你会止付，韦德先生。但你不会。我保证你不会。"

"你这肥猪骗子！"韦德朝他喊叫。

韦林杰医生摇摇头。"某些方面是骗子。但不全是。我跟大多数人一样是混合型人格。厄尔会开车送你回家。"

"不行！那小子让我起鸡皮疙瘩。"韦德说。

韦林杰医生轻轻立起身，伸手拍拍床上那人的肩膀。"对我来

141

说厄尔是完全无害的，韦德先生。我有办法控制他。"

"说一种听听。"一个新的声音说道，穿着牛仔影星罗伊·罗杰斯套装的厄尔穿门而入。韦林杰医生微笑着转过身子。

"别让那变态靠近我！"韦德喊道，第一次露出惧色。

厄尔把双手放在有银饰的皮带上。他面无表情。一阵轻微的口哨声从他齿缝里挤出来。他缓缓走进屋子。

"你不该说这种话。"韦林杰医生赶紧说，然后转向厄尔。"好吧，厄尔。我会亲自照顾韦德先生。我会帮他更衣，你去把车开过来，尽可能靠近这屋子。韦德先生很虚弱。"

"他还会更虚弱。"厄尔用类似呼哨的声音说，"让开，胖子。"

"喂，厄尔！"韦林杰医生伸手抓住那帅小伙的手臂，"你不想回卡玛里诺去，对吧？只要我一句话——"

他的话只说了这么多。厄尔挣脱手臂，右手挥了过来，金光一闪。戴着黄铜指节套的拳头击中韦林杰医生的下巴。他倒下了，仿佛心脏中了一枪。这一摔震动了小屋。我拔腿就跑。

我冲到门口，猛力把门拉开。厄尔转过身来，身子略微前倾，盯着我，却没认出是谁。他嘴里发出兴奋的叽咕声。他飞快向我扑来。

我拔出手枪，朝他晃了晃。这毫无效果。要不是他自己的枪没装子弹，就是他完全忘了他的双枪。他只要那些黄铜指节套就够用了。他继续扑来。

我冲敞开的窗户开枪，子弹从床的上方穿过。枪击声在那小屋里比预期的响得多。厄尔刹住了脚步。他的脑袋猛然转动，他望着纱窗上的弹孔。他又转过头来看我。渐渐地，他的面孔复活了，他咧嘴笑起来。

"出什么事了？"他乐呵呵地问道。

"脱下指节套。"我盯着他的眼睛说。

142

他吃惊地低头瞧着自己的手。他把指节套脱下，顺手往角落里一扔。

"现在脱下枪套皮带。"我说，"别碰枪，只解扣。"

"这枪没装子弹。"他笑着说，"见鬼，这两把枪根本就不是真的，只是舞台道具。"

"解皮带。快！"

他看看点三二短筒枪。"那是真枪？噢，当然是。那纱窗。是的，那纱窗。"

床上的人已不在床上。他站在厄尔身后。他飞快出手，将那两把亮晃晃的手枪抽出一把。厄尔对此不高兴。他怒形于色了。

"别动他。"我生气地说，"把枪放回去。"

"他说得不错，"韦德说，"是玩具枪。"他向后退，将那把亮晃晃的手枪放到桌上。"老天！我虚得像一支断臂。"

"解下皮带！"我第三次说。当你开始对厄尔这类人采取行动，就得把它完成。一意孤行，不改初衷。

他终于照办了，相当顺从。然后，他提着皮带，走到桌边，拿起另一把枪插回枪套，把皮带重新系上。我没有制止他。这时他才看见韦林杰医生曲着身子倒在墙边的地板上。他发出关切的声音，快步穿过房间，走进浴室，端着一玻璃罐水走回来。他把水浇在韦林杰医生头上。韦林杰医生喷着水翻过身来，发出呻吟。然后用一只手拍打下巴。接着他开始起身。厄尔去扶他。

"对不起，医生。我刚才一定是没看清是谁就出手了。"

"没关系，没伤到什么。"韦林杰说，挥手叫他走开。"去把车开过来，厄尔。别忘了下面那把挂锁的钥匙。"

"把车开过来，没问题。马上去开。挂锁的钥匙，我有。马上去开，医生。"

他吹着口哨走出房间。

韦德坐在床边，身子发抖。"你是他说的那个侦探？"他问我，"你是怎么找到我的？"

"只要到处向了解内情的人打听就行了。"我说，"如果你想回家，你不妨穿上衣服。"

韦林杰医生靠在墙上揉着下巴。"我会帮他。"他用沙哑的声音说，"我做的一切都是帮人，他们所做的一切是踹我的牙。"

"我明白你的感受。"我说。

我走出屋子，留下他们去办该办的事情。

二十

　　他们出来时，车子已停在附近，厄尔却离开了。他把车停好后，关了灯，没跟我说话，就走回大屋了。他仍然吹着口哨，寻索着某个依稀在记忆中的曲调。

　　韦德小心翼翼地爬进后座，我在他旁边坐下。韦林杰医生开车。如果他的下巴伤得很重，如果他头痛，他都没露声色。我们翻过山脊，下到碎石车道末端。厄尔已经下来了，打开了挂锁，把门拉开。我告诉韦林杰我的车停在哪里，于是他就近停车。韦德上了我的车，默默坐着，目光空洞。韦林杰下车，绕到韦德旁边，轻声跟他说话。

　　"说说我的五千块钱，韦德先生。你答应过给我支票。"

　　韦德身子下滑，把头靠在椅背上。"我会考虑。"

　　"你答应我的。我需要它。"

　　"胁迫，这个词的意思是，韦林杰，以伤害相威胁。现在我有庇护了。"

　　"我喂了你，清洗了你，"韦林杰纠缠道，"我在夜里到来。我保护你，我治好了你——至少在眼下。"

　　"不值五千块。"韦德嗤笑道，"你从我口袋里掏走的够多了。"

　　韦林杰不肯放手。"我在古巴有个亲戚答应帮我，韦德先生。你是有钱人。你应该在别人需要时伸出援手。我有厄尔要照顾。为

145

了获益于这个机会，我需要这笔钱。我会全额奉还的。"

我开始扭动身子。我想抽烟，但我担心会呛到韦德。

"你会奉还个屁！"韦德不耐烦地说，"你活不到那么久。这几天夜里人妖会趁你睡觉时把你干掉。"

韦林杰往回走。我看不见他的表情，但他的声音变冷了。"还有更不愉快的死法呢，"他说，"我想你的死法会是其中之一。"

他走回他自己的车旁，钻了进去。他驶进大门，消失在里面。我倒车，掉头，往市区驶去。走了一两英里，韦德嘟哝道："我凭什么要给那胖懒虫五千块？"

"完全没理由。"

"那我为什么觉得自己不给他就是卑鄙小人呢？"

"完全没理由。"

他把头转过来，刚好可以看着我。"他待我如小娃儿。"韦德说，"他很少丢下我一个人，担心厄尔会进来揍我。他搜走了我口袋里的每个子儿。"

"或许是你叫他拿走的。"

"你站在他那边？"

"瞎想。"我说，"对我来说这只是一件活儿。"

又沉默了两英里路。我们擦过一个偏远郊区的边缘。韦德又开口了。

"也许我会给他这笔钱。他破产了。那份产业被止赎了。他从中得不到一毛钱。全是为了那个变态。他何苦这么做？"

"我不知道。"

"我是个作家。"韦德说，"我应该懂得人们被什么驱动。可我对谁都没有一点该死的了解。"

我驶到了隘口，爬上一道坡，谷地里的灯光无边无际地展现在我们面前。我们驶下北边和西边通往文图拉的公路。过了一会儿我们穿过恩西诺。我停车等绿灯，抬头看着山丘高处的灯光，那些大房子就在那里。其中的一所房子是伦诺克斯夫妇住过的。我们继续前行。

"快到岔道口了。"韦德说，"或许你认得？"

"我认得。"

"对了，你还没告诉我尊姓大名。"

"菲利普·马洛。"

"好名字。"他的声音突然一变，说："等等！你是那个跟伦诺克斯混在一起的家伙？"

"是的。"

他在车内的黑暗中盯着我。我们经过了恩西诺主路上的最后一幢建筑。

"我认识他老婆。"韦德说，"有点儿熟。他本人我没见过。真叫怪，那事儿。差佬们把你整惨了，对吧？"

我没答话。

"也许你不想谈这个。"他说。

"有可能。你怎么会感兴趣？"

"见鬼，我是个作家。这肯定是个好故事。"

"今晚放假吧。你一定感到很虚弱。"

"好吧，马洛。好吧。你不喜欢我。我懂。"

我们开到了岔道口，拐了进去，开向那些矮丘，开到它们之间的空隙中，那就是空闲谷。

"我既不喜欢你，也不是不喜欢你。"我说，"我不认识你。你太太要我找到你，带你回家。当我把你送到你的住宅时，我就完工了。她为什么挑上我，我也说不上来。我说过，这只是一件活儿。"

我们绕过一座山包的侧翼，开上一条较宽较平整的铺石道。他说他的家再过一英里就到了，在右边。他把门牌号告诉我，其实我已经知道。对于处在他这种状况中的家伙而言，他算相当健谈的。

"她会付给你多少？"他问道。

"我们没谈过。"

"不论多少，都是不够的。我要对你千恩万谢。你的活儿干得漂亮，朋友。我不值得你大费周折。"

"那只是你今晚的心情。"

他笑了。"你知道吗，马洛？我可能会喜欢上你。你有点儿浑——像我。"

我们到了他家。这是一幢两层楼的全木瓦建筑，有个小柱廊和一条长草地，从入口延伸到白栅栏内一排浓密的灌木旁。

"你不用扶也能走吧？"

"当然。"他下了车，"你不进来喝杯酒什么的？"

"今晚不了，谢谢。我在这儿等到你进屋再走。"

他站在那儿费力地喘息。"好吧。"他简短地说。

他转过身，小心翼翼地沿着一条石板小径走到前门。他扶着一根白柱子歇息片刻，然后试着开门。门开了，他走进去。门没关上，灯光倾洒在青草地上。突然人声骚动。我开始借着倒车灯的照明从车道上倒车。有人朝外呼唤。

我瞧了瞧，看见艾琳·韦德站在敞开的门口。我继续倒车，她开始奔跑。我只得停车，熄了车灯，下了车。她走过来时我说道：

"我应该给你电话的，可我不敢撇下他。"

"当然。遇到了很多麻烦吧？"

"嗯——比按门铃麻烦点儿。"

"请进屋，把一切告诉我。"

"他应该躺到床上。明天他会恢复如新。"

"阿帅会扶他上床。"她说，"他今晚不会喝酒的，如果你担心这个的话。"

"我根本没想这事。晚安，韦德太太。"

"你一定累了。你自己不想喝一杯吗？"

我点燃一支香烟。好像几个星期没尝过烟草味似的。我把烟吞进体内。

"我能不能抽一口？"

她走到我身边，我把香烟递给她。她吸了一口，咳起来。她笑着把烟还给我。"你瞧，整个儿一菜鸟。"

"原来你认识西尔维娅·伦诺克斯。"我说，"那是不是你想雇我的原因？"

"我认识谁？"她显得大惑不解。

"西尔维娅·伦诺克斯。"现在我已拿回香烟。我对它狼吞虎咽。

"噢，"她吃惊地说，"被——被谋杀的那个女子。不，我不认识她。可我知道她是谁。我不是跟你说了吗？"

"抱歉，我忘了你跟我说过什么。"

她仍然静静地站在那儿，离我很近，身穿某种白衣，苗条修长。敞开的门口泻出的灯光勾勒出她的发际，让它发着柔光。

"你为什么问我，这跟我雇用你是否有关？我说雇用，是按照你的说法。"见我没有立刻答话，她又说："罗杰对你说他认识那个女子？"

"当我把自己的姓名告诉他时，他说了有关那个案子的事情。他没有立刻把我和那案子联系起来，接着他有了联想。他讲了那么多，我连他讲的一半都记不得。"

"明白了。我得进去了，马洛先生，我去看看我丈夫是否需要什么。如果你不愿进屋——"

"我给你留下这个。"我说。

我抱住她，把她拉近我，让她脑袋后仰。我使劲吻她的嘴唇。她没抗拒，她也没回应。她静静地抽身而退，站在那儿看着我。

"你不该这么做。"她说，"这是不对的。你是这么好的人。"

"当然，很不应该。"我赞同地说，"可我一整天都是这么一条忠实听话行为良好的好猎犬，我被迷得去陷身于有生以来最愚蠢的一次冒险，如果到头来发现此事并非有人事先编好了剧本，鬼才会相信！你知道吗？我相信你始终知道他在什么地方——至少知道韦林杰医生的名字。你只是要我跟韦德发生牵扯，跟他缠在一起，我就会有照顾他的责任感。莫非是我疯了？"

"当然是你疯了，"她冷冷地说，"这是我前所未闻的最过分的胡言乱语。"她开始转身离开。

"稍等片刻。"我说，"那一吻不会留下疤痕。只是你以为它会。别跟我说我是个大好人了。我宁愿是个混蛋。"

她回眸一望。"为什么？"

"如果我不在特里·伦诺克斯面前做好人，他就会还活着。"

"是吗？"她平静地说，"你怎能这么确定？晚安，马洛先生。非常感谢你做的几乎每一件事情。"

她沿着草地边缘往回走。我目送她进屋。门关了。门廊的灯灭了。我朝着虚无挥挥手，驾车离开。

二十一

　　第二天早晨我起得晚，因为前一晚赚了一大笔。我多喝了一杯咖啡，多抽了一根香烟，多吃了一片加拿大熏肉，而且第三百次发誓永远不会再用电动剃须刀。那使这一天恢复了正常。我十点左右到达办公室，拾取杂七杂八的邮件，裁开所有的信封，把那堆东西放在桌上。我把窗户大开，将夜里聚集起来仍然飘在空气中、房角和百叶窗叶片间的尘埃与污秽放出去。一只死蛾子脚翅伸展瘫在办公桌一角。窗台上一只翅翼残破的蜜蜂沿着木框爬行，发出疲惫细微的"嗡嗡"声，仿佛自知挣扎也是白搭。它已完蛋，它出过太多飞行任务，这次永远回不去蜂窝了。

　　我知道今天会是那种荒唐日子中的一天。人人都遇到过。这种日子里滚进来的不是正常人，而是松脱的车轮，把脑子和牙床搁在一块儿的野狗，找不到栗子的松鼠，总是落下一个齿轮的机械师。

　　第一位顾客是个金发大个头粗人，叫作库伊森宁，或类似的芬兰名字。他把硕大的臀部塞进顾客椅，把两只粗糙的大手搁在我的办公桌上，说他是铲土机操作员，住在斑鸠市，住他隔壁的那个该死的女人想要毒死他的狗。每天早晨他在放狗去后院溜达一阵之前，总得从这边围栏到那边围栏搜索有没有隔壁从土豆蔓上方抛过来的肉丸子。目前为止他已找到九颗肉丸，都掺了一种绿粉，他知道那

151

是砒霜除草剂。

"监视并抓住她要多少钱？"他盯着我，不眨眼，像鱼缸里的金鱼。

"你为什么不自己干？"

"我得干活糊口，先生。光是来这儿一趟问问你，我就有每小时四元二角五分的损失呢。"

"没试试报警？"

"我报过警了。他们可能要到明年某个时候才会着手处理。眼下他们忙着巴结米高梅。"

"没找动物保护组织？例如'摇尾宝贝'？"

"那是什么？"

我给他讲了讲"摇尾宝贝"。他毫无兴趣。他知道动物保护组织。动物保护组织见鬼去吧。他们看不见比马小的东西。

"门上写着你是个调查员。"他挑衅地说，"好啊，滚出去搞调查呀。如果你抓住她，我付五十块。"

"对不起，"我说，"我分不开身。何况在你家后院的地鼠洞里躲上几个星期，这活我干不来——哪怕你给五十块。"

他站起身，怒目圆睁。"大人物。"他说，"不差钱，嗯？懒得去救一只小不点狗的性命。去你的，大人物！"

"我也有麻烦，库伊森宁先生。"

"要是让我逮着她，我会扭断她那该死的脖子。"他说，而我不怀疑他干得出这种事。他扭得断大象的后腿。"那就是我要找别人的原因。就为了一有汽车从屋子外面经过那小淘气就会叫几声。那一副臭脸的老婊子！"

他向门口走去。"你确定她想毒杀的是你那只狗吗？"我冲着他的背问道。

"我当然确定。"他走到离门还有一半的地方，恍然大悟。接着他猛然转身。"再讲一遍，伙计。"

我只是摇摇头。我不想跟他打架。他可能会用我的桌子砸我的脑袋。他哼了一声，走到门外，差点把门拉走了。

盘子里的下一块饼子是个女人，不老，不年轻，不干净，不太脏，显然贫穷、寒酸，爱发牢骚而又愚蠢。跟她合住的女孩子从她钱包里偷钱。她那圈子里凡是外出工作的妇人都算女孩子。这里偷一块，那里偷五毛，加起来就多了。她估计她总计少了将近二十块钱。她损失不起。她也搬不起家。她雇不起侦探。她认为我应该会愿意打个电话什么的吓吓她的室友，而不提任何人的姓名。

她花了二十多分钟讲述这事。她讲话时不停地捏她的包。

"你的随便哪个熟人都能办这事。"我说。

"是啊，可你毕竟是个侦探。"

"我没有威胁陌生人的执照。"

"我会告诉她我来见过你。我用不着说是她偷的，只说你正在查。"

"换了我，我不会这么做。如果你提了我的名字，她会打电话给我。如果她打来了，我会把实情告诉她。"

她站起身，将她那破包包拍向肚子。"你不是绅士。"她尖声说。

"哪里规定我得做绅士？"

她咕咕哝哝地走了出去。

午餐后我见了辛普森·W.埃德尔魏斯先生。他有一张名片证实身份。他是一家缝纫机代理商的经理。他个头矮小，一副倦容，大约四十八到五十岁，小手小脚，穿一套袖子过长的咖啡色西装，黑钻石图案的紫色领带后面戴了白色的硬领。他坐在椅子边缘，毫无不安，一对忧伤的黑眼睛望着我。他的头发也是黑色的，又密又硬，我看不见其中有一丝白发。他有修剪整齐的小胡子，是红色调的。如果你没看他的手背，你会以为他只有三十五岁。

"叫我辛普好了，"他说，"别人都这么叫。报应啊。我是个犹太人，娶了个非犹太女人，才二十四岁，是个美女。她出走过好几次了。"

他拿出妻子的一张照片给我看。在他眼中妻子可能是个美人。在我眼里他妻子是头嘴唇无力的大块头邋遢母牛。

"你有什么麻烦，埃德尔魏斯先生？我不办离婚案。"我试着把照片还给他。他挥手不接。"顾客永远是我的老爷。"我补充说，"至少在他跟我讲一大堆谎话之前。"

他笑了。"撒谎对我没用。这不是离婚案。我只要玛贝尔回来。但在我找到她之前她不会回来。这大概是她的一种游戏。"

他跟我谈妻子，十分耐心，没有恨意。玛贝尔喝酒，爱玩耍，照他的标准不是很好的妻子，但他自己在成长过程中所受的教养可能过于严厉了。他说，玛贝尔的心胸大如宅院，他爱玛贝尔。他没有自欺欺人地以理想丈夫自居，他只是把薪水拿回家的可靠的劳动者。他们有个共享银行账户。玛贝尔把账户取空了，但他对此已有准备。他非常清楚玛贝尔是跟谁私奔的，如果猜得没错，那男人会把她榨干，留下她一筹莫展。

"姓克里根，"他说，"门罗·克里根。我不是贬损天主教。犹太人里也有很多坏人。这个克里根在干活的时候是个理发师。我也不是贬损理发师。可有好多理发师是流浪汉，经常赌马。不是真靠得住的。"

"当她被骗光的时候，她不会告诉你吗？"

"她会羞愧难当。她会伤害自己。"

"这是个人口失踪案，埃德尔魏斯先生。你应该跑去报警。"

"不，我不是贬损警察，可我不想那么做。玛贝尔会受到羞辱。"

世界上好像充满埃德尔魏斯先生不想贬损的人。他把一些钱放在办公桌上。

"两百块，"他说，"定金。我宁可照自己的办法来。"

"以后还会发生这种事。"我说。

"是的。"他耸耸肩，轻轻摊开双手，"可她二十四岁，而我快五十了。怎么可能不这样呢？过一阵子她就会认命了。麻烦是，没孩子。她生不了孩子。犹太人喜欢有儿女。于是玛贝尔知道了这一点。她觉得丢脸。"

"你是个非常宽容的人，埃德尔魏斯先生。"

"可我不是基督徒，"他说，"我不是贬损基督徒，你懂的。我是真的宽容大度。我不光嘴上说。我是实打实的。噢，我差点忘了最重要的东西。"

他掏出一张明信片，把它抵着那些钞票从桌上推过来。"是她从火奴鲁鲁寄来的。钱在火奴鲁鲁不经花。我有个叔叔在那边做珠宝生意，现在退休了，住在西雅图。"

我又把那张照片拿起来。"我得把这事包出去。"我告诉他，"我得把这张复印下来。"

"我料到你会这么说，马洛先生，来这儿之前就料到了。所以我有备而来。"他拿出一只信封，里面有五张照片复印件。"我还有克里根的，不过只是快照。"他把手伸进另一只口袋，摸出另一只信封交给我。我瞧了瞧克里根。他面相油滑而不诚实，我不感到意外。克里根的照片有三份复印件。

辛普森·W.埃德尔魏斯先生给了我另外一张卡片，上面有他的姓名、住址和电话号码。他说他希望费用不会太高，但若有增加经费的要求他会立刻回应，他希望收到我的消息。

155

"如果她还在火奴鲁鲁，两百块应该差不多够了。"我说，"眼下我需要的是对那两个人外貌的详细描述，以便写进电报。身高、体重、年龄、肤色，任何可见的疤痕或其他辨认记号，玛贝尔穿着、带了什么衣服，她提空的那个户头里有过多少钱。如果你有过同样的遭遇，埃德尔魏斯先生，你会明白我要的是什么。"

"我对这个克里根有一种怪异的感觉。我感到不安。"

我又花了半个小时从他身上挤线索，做了笔记。最后他平静地站起身，平静地握手，鞠躬，平静地走出办公室。

"告诉玛贝尔一切都好。"他出门时说。

这结果是一套例行程序。我拍了份电报给火奴鲁鲁一家侦探社，接着用航空邮件寄出那些照片和电报中没写的所有资料。他们发现玛贝尔在一所豪华饭店给客房女服务生打下手，刷洗浴缸和浴室地板之类。克里根的所为不出埃德尔魏斯先生所料，趁她熟睡时把她洗劫一空溜走了，抛下她为旅馆账单所纠缠。她当掉了一只戒指，那是克里根非用暴力拿不走的，她从典当铺得到的钱足以付清房费，却不够回家的路费。于是埃德尔魏斯搭乘飞机去找她。

他对玛贝尔好得过分了。我寄给他一张二十元的账单和长途电报费收据。火奴鲁鲁侦探社把那两百元攫走了。有一张"麦迪逊肖像"大钞躺在我办公室的保险柜里，收费过低我也玩得起。

就这样我打发了私人侦探生涯中的一天。不是足够典型的一天，但也并非足够不典型。天知晓是什么东西让你留在这种日子里。你发不了财，你不会经常玩得很开心。有时候你会挨揍、挨枪子或被扔进牢房。搞不好你还会送命。每隔一个月你会下一次决心放弃它，趁你走路还没颤巍巍摇头晃脑的时候换个现实一点的职业。然后门铃响了，你打开通往接待室的内门，那里站着一个新面孔，带着新的麻烦、一大堆新的悲伤和小小一笔钱。

"请进，某某先生。我能为你做什么？"

肯定会有个原因。

三天后，下午快收尾的时候，艾琳·韦德打电话给我，请我第二天傍晚去她家喝一杯。他们邀请了几个人喝鸡尾酒。罗杰想见见我，好好谢一谢我。我能把账单送过去吗？

"你没欠我什么，韦德太太。我做的那点小事已经得到回报了。"

"我一定显得很笨，对它的反应像个维多利亚时代的人，"她说，"如今一吻似乎没什么大不了。你会来的，对吗？"

"我想会的。虽然我明知我不该去。"

"罗杰又完全康复了。他在工作。"

"好啊。"

"你今天显得一本正经。我想你把人生看得太认真了。"

"偶尔这样。怎么了？"

她很轻柔地笑了，说了再见，挂了电话。我坐了会儿，认真地思考人生。然后我试图想一件好玩的事儿，让我能够笑破肚皮。两个办法都没奏效，于是我从保险箱里拿出特里·伦诺克斯的诀别信，重读一遍。这提醒了我，我还没去胜利者酒吧喝那杯他要我代他喝下的占列鸡尾酒。这正好是酒吧里一天中最安静的时候，如果他活着跟我一起去的话，正是他本人最喜欢的环境。我想起他，心里泛起一股朦胧的哀伤，还有一种干涩的苦酸。当我到达胜利者酒吧时，我差点继续前行。差点儿，但没成真。我得了他太多的钱。他愚弄了我，但他为这份特殊待遇付出了很多。

二十二

胜利者酒吧那么安静，进门时你仿佛听见了温度的下降。一张吧凳上坐着个孤身女人，身穿黑色的定制服装，在一年中的这个时节，她穿的不可能是别的料子，肯定是腈纶之类的合成纤维。她面前放着一杯浅绿色的酒，正用一支翡翠长烟嘴抽着香烟。她有一种微妙紧张的神情，那有时是神经过敏，有时是性饥渴所致，有时只是过度节食的结果。

我隔着两张吧凳坐下，酒保冲我点点头，但没笑。

"一杯占列鸡尾酒。"我说，"不加苦料。"

他把小餐巾放在我面前，一直看着我。"有件事该告诉你，"他用愉快的声音说，"有天晚上我听见你和你朋友谈话，我就进了一瓶那种玫瑰牌青柠汁。可你们没再来过了，我到今晚才打开它。"

"我朋友去外地了。"我说，"你不介意的话，给我来杯双份。多谢你费心了。"

他走开了。黑衣女子飞快地瞄我一眼，然后低头看她的酒杯。"这地方很少有人喝这东西。"她说得那么轻，我起初都没意识到她是对我讲话。接着她又往我这边瞧了瞧。她有一对很大的深色眼睛。她有我前所未见的最红的指甲。但她不像勾搭男人的女子，她的声音里也没有挑逗的意味。"我是指占列鸡尾酒。"

"有个伙计教会我喜欢这东西。"

"他一定是个英国人。"

"何以见得？"

"青柠汁啊。它是英国人喜欢的，就像那种放了凤尾鱼酱的水煮鱼，那种酱汁看上去活像厨师把血滴了进去。所以他们得了个'青柠佬'的绰号。我是说英国人——不是说鱼。"

"我还以为它更像热带饮料呢，大热天的玩意儿，马来亚之类的地方。"

"你有可能说对了。"她把脸转回去了。

酒保把酒放在我面前。掺入青柠汁后，它看起来是某种浅绿带黄的雾色液体。我尝了尝，又甜又烈，两种味道并存。黑衣女子望着我。接着朝我举杯。我们相对而饮。这时我知道她喝的是同样的酒。

下一个举动就该是老一套了，因此我没有那么做。我坐着没动。"他不是英国人。"过了会儿我说道，"我估摸他是战时去那儿的。我们过去间或会来这里，和现在一样来得早。赶在人声鼎沸以前。"

"这是个惬意的时段。"她说，"酒吧里几乎唯一惬意的时段。"她把酒喝干了。"说不定我认识你的朋友。他叫什么？"

我没有马上回答她。我点上一支烟，望着她把烟头从翡翠烟嘴里磕出来，往烟嘴里插上另一支。我把拿着打火机的手伸向她。"伦诺克斯。"我说。

她谢谢我为她点火，给了我探究的迅速一瞥。然后她点点头。"是的，我跟他很熟。或许太熟了一点。"

酒保慢步走过来，瞧了瞧我的杯子。"照样再来两杯。"我说，"送去厢座。"

我下了高凳，站着等候。她可能让我碰钉子，也可能不会。我并不特别在乎。在这个性意识过强的国家里，男人和女人也可以偶尔见面聊天而不把卧室扯进来。眼下可能就是如此，但她也有可能以为我在寻找性伙伴。若是如此，让她见鬼去吧！

她迟疑片刻，但终于起身了。她收起黑手套与镶了金边装了金搭扣的绒面革黑包，走进角落里的一个厢座，默默地坐下。我在小桌对面坐下。

"我姓马洛。"

"我叫琳达·罗林。"她平静地说，"你有点儿多愁善感，对吗，马洛先生？"

"就因为我来这儿喝一杯占列鸡尾酒？那你自己呢？"

"我也许是爱这种口味。"

"我也许也是。不过这岂不是太过凑巧了？"

她暧昧地朝我笑着。她戴着祖母绿耳环和一只祖母绿翻领别针。它们像真正的宝石，因为用了扁平加斜边的切割方式。即便在酒吧暗弱的灯光下，仍然有一种内蕴的光辉。

"原来你就是那个人。"她说。

酒吧侍者端来了酒水，放在小桌上。等他离开后，我说："我这个人认识特里·伦诺克斯，喜欢他，偶尔和他一起喝酒。这有点像一次私下交易，一种意外的友谊。我没去过他家，也不认识他妻子。我在停车场见过他妻子一次。"

"比你说的还多点儿什么吧，对吗？"

她伸手拿酒杯。她戴了一枚周边镶满小钻的祖母绿戒指。戒指旁边还有个白金细环，表明她已结婚。我估计她已过了三十五岁，但只是刚过而已。

"也许吧。"我说，"那家伙让我烦心。他现在还是这样。那么你呢？"

她用手肘支着脸颊看着我，脸上没有任何特殊的表情。"我说了我跟他太熟了一点。熟到认为无论他发生什么事都不大重要了。他有个富有的妻子，给他提供各种奢华。妻子所要求的回报只是别去管她。"

"好像合情合理。"我说。

"别这么挖苦，马洛先生。有些女人就是那样。她们身不由己。一开始他又不是不知情。如果他得维护自尊，门是敞开的。他用不着杀妻。"

"我同意你的看法。"

她挺直身子，冷冷地看着我。她的嘴唇噘了起来。"所以他逃走了，如果我听到的消息没错的话，是你帮了他。你肯定把那件事引以为荣吧。"

"才不呢。"我说，"我干那事只是为了钱。"

"这并不好笑，马洛先生。坦白说我不知道自己为什么坐在这里跟你一起喝酒。"

"你尽可以改变主意，罗林太太。"我伸手拿起酒杯，把酒灌入我的肉身舱门。"我原以为你会告诉我一些我所不知道的有关特里的事情。我没兴趣推测特里·伦诺克斯干吗要把他妻子的脸揍成一团血海绵。"

"这么描述太冷血了！"她气愤地说。

"你不喜欢这些字眼儿？我也不喜欢。如果我相信他做过那种事，我就不会来这里喝占列鸡尾酒。"

她瞪眼看我。过了一会儿她慢慢地说："他自杀了，留下一份完整的自白书。你还想要什么？"

"他有枪。"我说，"在墨西哥持有枪支就让神经过敏的警察有足够的借口把铅弹倾泻到他体内。很多美国警察也按同样的方式

161

进行杀戮，其中有些人把门打穿，因为门开得不够快，不容他们进门。至于那份自白书，我还没看到。"

"无疑是墨西哥警察伪造了那份自白书。"她尖刻地说。

"他们不懂得怎样伪造，在欧塔托克兰那种小地方。不，那份自白书或许是真的，但不能证明他杀了妻子。至少过不了我这关。自白书只说明他找不到出路。在那样的困境当中，一个某种类型的男人，你高兴的话可以说他懦弱，说他心软，说他感性，总之他可能做出抉择，要将其他某些人从不堪忍受的众目睽睽之下解救出来。"

"那是天方夜谭。"她说，"一个男人不会为了掩盖一桩小小的丑闻就去自杀或故意让自己被杀。西尔维娅已经死了。至于她的姐姐和父亲——他们完全能够把自己照顾得很好。拥有足够金钱的人总是能够自保的，马洛先生。"

"好吧，算我把动机弄错了。也许我全都弄错了。一分钟前你还对我抓狂。现在你要不要我走开，让你能独自享用占列鸡尾酒呢？"

她突然笑了。"我很抱歉。我现在看出来你是有诚意的。刚才我还以为你在试图为自己辩护，远不是为了特里。不知怎么，现在我不那么想了。"

"我不是自辩。我干了件傻事，为此吃了苦头。至少在某种程度上。我不否认他的自白书让我免于更严重的后果。如果他们把他押回来，加以审讯，我猜他们也会让我尝尝苦头。至少会有一大笔我根本负担不起的罚款。"

"更别提你的执照了。"她干巴巴地说。

"也许吧。有段时间随便哪个宿醉的警察都可以逮捕我。现在有点不同了。你会有一场听证会，当着本州执照授权委员会的面。

那些人可不怎么喜爱市警察局。"

她啜着酒，慢慢说道："把一切做个衡量，你不认为这是最好的结局吗？没有审判，没有轰动性的头条新闻，没有单纯追求报纸发行量的中伤毁谤，没有不顾事实、公道或无辜者心情的报道。"

"我刚才不就是这么说的吗？而你还说是天方夜谭。"

她往后靠，把头枕在厢座靠背衬垫凹下的弧线处。"说它是天方夜谭，是指特里·伦诺克斯的自杀竟然只是为了取得这种结局。说它不是天方夜谭，是指没有了审判对各方都会更好一些。"

"我要再来一杯。"我说着，朝侍者招手，"我觉得颈背有股冷飕飕的气息。你会不会碰巧跟波特家有亲戚关系吧，罗林太太？"

"西尔维娅·伦诺克斯是我妹妹，"她坦白地说，"我以为你知道。"

侍者缓步走过来，我叫他动作麻利些。罗林太太摇摇头，说她不想再喝了。侍者离开后，我说："有那个不许别人讲话的老头子遮掩这件事，我居然还能弄明白特里的妻子有个姐姐，真是够幸运的了。原谅我，我说的老头子，是指哈伦·波特先生。"

"你肯定夸大其词了。我父亲很难有那么强势，马洛先生，而且肯定没那么无情。我承认他对自己的个人隐私持有非常老派的观念。他从不接受采访，连他自己的报纸也不行。他从不拍照，从不演讲，他旅行时多数坐汽车，或乘自己的飞机，和他自己的机组人员一起。但尽管这样他还是相当有人情味的。他喜欢特里。他说特里一天二十四小时都是个绅士，而不是只在来宾进门到大家喝第一杯鸡尾酒之间的十五分钟里装绅士。"

"他最终稍有疏忽。我是说特里。"

侍者快步走来，端着我的第三杯占列鸡尾酒。我尝了尝味道，然后静坐着，把一只手指搁在圆形杯底的边沿。

"特里的死对他是个不小的打击，马洛先生。你又在冷嘲热讽了。请别这样。我父亲知道有些人会觉得这场面未免收拾得过于干净了。他倒是宁愿特里只是失踪了。如果特里曾向他求助，我想他会伸出援手。"

"噢，不会的，罗林太太。他自己的女儿被杀了呀。"

她做了个不耐烦的动作，冷冷地看着我。

"恕我唐突直言，家父早就跟我妹妹断绝了关系。他们见面时父亲也很少跟她说话。父亲对此事未曾表达看法，将来也不会表达，可他真要表达的话，我相信他会和你一样对特里的事情存疑。可是特里已死，追究这些还有什么用呢？他们也可能死于飞机失事、火灾或车祸。既然我妹妹早晚会死，这就是她死去的最好时机。再过十年，她会变成一个被性欲摆布的巫婆，就像你现在或几年前在好莱坞派对上见到的那些可怕的女人。国际名流人渣！"

我突然火冒三丈，说不清什么原因。我站起身，越过厢座望出去。隔壁的厢座还空着。再下一间有个家伙在独自看报，看得聚精会神。我一屁股坐下，推开酒杯，朝桌子对面探过身去。我还有足够的理智来压低嗓门。

"真是见鬼，罗林太太，你想叫我相信什么？相信哈伦·波特是这么个甜蜜可爱的人物，做梦也没想过对一个爱玩政治的地方检察官施加影响力，给凶杀案蒙上黑幕，使凶案调查根本没有真正进行？相信他并不认为特里有罪，却不让任何人哪怕动一个指头去找出谁是真凶？相信他并没有运用他的报纸、他的银行账户和那九百名下属所具备的政治影响力？他那些下属，在他还不知道自己需要什么之前就迫不及待地揣摩上意！相信他并没有做出安排，让当局派了个听话的律师，而没派别人，没派地检办公室或市警察局的人前往墨西哥，去确定特里是否真的把子弹射进了自己的脑袋，而不是被某个仅仅为了寻求刺激拿着枪手痒痒的印第安人击毙的？你家老爷子身家上亿，罗林太太。我不知道他的钱是怎么赚的，可我非常清楚如果他不为自己建立一个影响深远的组织，他是赚不到这么多钱的。他可不是怂蛋。他是个厉害的硬汉。这年头你得够狠才能挣到那种钱。你会跟九流三教做生意。你可以不见他们，不跟他们握手，但他们就在边缘那儿跟你做买卖。"

"你是个傻瓜。"她愤怒地说，"我受够你了！"

"噢，当然。我不演奏你爱听的曲子。让我告诉你吧。西尔维娅死去的当晚，特里跟你家老爷子谈过话。谈了什么？你家老爷子对他说了什么？'孩子，索性逃去墨西哥给自己一枪吧。家丑可别外扬。我知道我女儿是个荡妇，有一打醉醺醺的恶棍，他们中间谁都有可能勃然大怒，把她的漂亮脸蛋塞进她的喉管。但那是个意外，孩子。那家伙酒醒后会追悔莫及。你过了好日子，现在该你回报了。我们要维护波特家的名声，维护得和山上的紫丁香一样，又香又美。她嫁给你，因为她要撑个门脸。现在她死了，就比以往更需要这个门脸了。你就是门脸。如果你能玩失踪，一直失踪，那很好。如果你被人发现，你就玩完了。停尸间见。'"

"难道你真的以为，"黑衣女子以冷若冰霜的声音问道，"我父亲会说这种话？"

我向后仰靠，发出讨厌的笑声。"我们可以把对话润色一下，如果这能帮到你的话。"

她收拾自己的东西，沿着座位往外滑。"我想给你一句警告，"她缓慢而非常慎重地说，"一句非常简单的警告。如果你以为我父亲是那种人，如果你到处散布你刚才对我讲过的那种想法，你在本市干这一行或任何行业，职业生涯都会极为短暂，并且结束得很突然。"

"好极了，罗林太太。好极了。这种警告，执法人员给过我，流氓团伙给我，有钱的主顾也给过我。措辞各有不同，意思都是同样。罢了。我来这儿喝一杯占列鸡尾酒是因为有人要求我来。现在瞧瞧我。我实际上是在墓地里。"

她站起身，略一点头。"三杯占列鸡尾酒。双份的。也许你醉了。"

我往桌上扔了太多的钱，起身站在她身边。"你也喝了一杯半，罗林太太。为什么要喝那么多？是也有个人要求你喝，还是完全出于你的本意？你自己的舌头也有点儿松了。"

"谁知道呢，马洛先生？谁知道？谁又真知道什么事情？吧台那边有个人注视着我们。是不是你的什么熟人？"

我环顾四周，惊讶她竟然注意到了。一个深色皮肤的瘦子坐在离门最近的尾凳上。

"他叫奇克·阿戈斯蒂诺。"我说，"是赌徒曼宁德兹的枪托。我们来撞倒他，扑倒他。"

"你是真的醉了。"她快速地说着，迈开了步子。我跟随其后。尾凳上的人转过身来，看着前方。当我走到和他并排时，一步跨到他身后，飞快地把手插到他双腋之下。也许我是有点儿醉了。

他愤怒地转过身来，滑下吧凳。"别胡来，小子！"他咆哮道。我从眼角瞥见黑衣女子停在门口内侧往后瞧。

"没带枪，阿戈斯蒂诺先生？瞧你多鲁莽。天快黑啦。要是撞上个侏儒狠茬怎么得了？"

"滚开！"他凶狠地说。

"啊，你从《纽约客》里偷来了这句台词。"

他的嘴没闲着，人却没动。我撇下他，追着罗林太太出门走到遮雨棚下的空地。一名白发的有色人种司机站在那儿跟停车场的小

166

厮说话。司机用手触帽行礼，走开去，开着一辆过分花哨的凯迪拉克豪华轿车回来。他打开车门，罗林太太上了车。他关车门的动作仿佛合上一只珠宝盒的盖子。他绕到车身另一侧，钻进驾驶座。

罗林太太降下车窗，朝外看着我，似笑非笑。

"晚安，马洛先生。还算愉快——算还是不算？"

"我们大吵了一架。"

"你是指你自己——主要是跟你自己吵。"

"经常如此。晚安，罗林太太。你不是住在附近，对吗？"

"不很近。我住空闲谷。在湖尾那边。我丈夫是医生。"

"你会不会碰巧认识某个叫韦德的人？"

她皱了皱眉头。"是的，我认识韦德夫妇。怎么啦？"

"我为什么要问？他们是我在空闲谷仅有的熟人。"

"明白了。好吧，再道一次晚安，马洛先生。"

她仰靠到座位上，凯迪拉克礼貌地咕噜几声，驶开了，汇入日落大道的车流。

我转身时，差点撞到奇克·阿戈斯蒂诺。

"那洋娃娃是谁？"他嘲讽道，"下次你说俏皮话，躲远点儿。"

"不会是想要认识你的人。"我说。

"好，机灵鬼。我记住了车牌号码。曼迪喜欢了解这类小事。"

一辆车的车门砰然打开，一个身高约二米一、身宽约一米二的大汉跳下车，看了阿戈斯蒂诺一眼，然后跨出一大步，单手掐住他的喉咙。

"我得跟你们这些小流氓说多少次别在我吃饭的地方晃荡？"他大吼道。

他摇晃着阿戈斯蒂诺，把他推过人行道撞在墙壁上。奇克边喘咳边挣扎。

"下一次，"那巨人吼道，"我铁定会一枪把你崩了！相信我，小子，他们把你抬走的时候，你手上会拿着把枪。"

　　奇克摇摇头，一声不响。大汉斜眼看了看我，咧嘴笑道："晚上好。"他说着，溜达进了胜利者酒吧。

　　我望着奇克立起身子，惊魂甫定。"你那哥们儿是谁？"我问他。

　　"大个子威利·马贡，"他声音沙哑地说，"刑警队的一个娘炮。自以为是条硬汉呢。"

　　"你是说他并不是硬汉？"我礼貌地问他。

　　他茫然地看看我，走开了。我把车开出停车场，驱车回家。好莱坞什么事情都会发生，真是无奇不有。

二十三

　　一辆矮底盘的"美洲豹"绕过我前面的山丘，放慢了速度，免得空闲谷入口处那半英里久未修整的沙石路扬起的粉尘把我笼罩起来。他们好像有意让路面烂成这样，让那些在高速公路上兜风走惯了好路的二把刀司机知难而退。我偶然看见一条亮丽的围巾和一副太阳镜。有人漫不经意地朝我挥挥手，邻居跟邻居打招呼。然后尘土滑过路面，飘落在已经覆盖了灌木丛和干草地的那层白灰上。接着我绕过那片突出地表的岩层，路面恢复了正形，一切都很平顺，得到了养护。榆树朝着路面丛生，仿佛它们好奇，想看看是谁经过这里，玫瑰色脑袋的麻雀跳来跳去，啄取只有麻雀会认为值得啄取的东西。

　　接着有几棵三叶杨，却没了桉树。然后是一片茂密的卡罗来纳白杨，遮掩了一幢白屋。之后是一个女孩沿着路肩遛马。她穿着牛仔裤和鲜艳的衬衫，嚼着一根嫩枝。马儿显得很热，但没焦躁不安，女孩对它柔声哼唱。一面卵石墙后面有个园丁正在操作电动剪草机，修剪一大片波状起伏的草地，草地的末端在远处，那里是一栋威廉斯堡殖民时代公馆的门廊，宽敞豪华。某处地方有某个人正在大钢琴上弹奏左手练习曲。

　　然后所有这一切都往后退去了，湖面的闪光展示了热烈与明亮，而我开始注意门柱上的门牌号。我跟韦德家的房子只有一面之缘，而且是在夜里。它不如夜间看到的那么大。车道上停满了车，于是我把车泊在路边，步行进去。一名身穿白外套的墨西哥人管家为我开了门。他是个身材颀长、整洁英俊的墨西哥人，他的外套优雅合体，像个周薪五十元又没被重活儿摧残过的墨西哥人。

他用西班牙语说："晚安，先生。"说完咧着嘴笑，仿佛玩了个恶作剧。"请原谅，请问尊姓大名？"

"马洛。"我说，"你想跟谁抢风头，阿帅？我们在电话里交谈过，记得吗？"

他咧嘴一笑，我走了进去。这是个老套的鸡尾酒会，人人都提高嗓门讲话，却没人聆听，人人都舍命也不肯松手放那杯中物，两眼生辉，有的脸颊绯红，有的脸颊惨白冒汗，要视喝下的酒精量和个人的酒量而定。这时艾琳·韦德出现在我身边，穿一袭浅蓝的什么装，无损于她的优美。她也端着玻璃杯，但看来不过是一件道具而已。

"真高兴你能来。"她一本正经地说，"罗杰想在他的书房见你。他痛恨鸡尾酒会。他在工作。"

"这么吵也能工作？"

"这好像从来打扰不到他。阿帅会给你拿杯酒来——不过你可能宁愿自己去吧台——"

"我会去吧台。"我说，"那天夜里我造次了。"

她笑了。"我想你已经道过歉了。没什么大不了。"

"去他的没什么大不了。"

她保持着微笑，直到点头、转身、走开。我看到吧台在几扇高大的落地窗旁边的角落里。这是那种可以推来推去的吧台。我小心着别撞到人，穿行到房间中央时，有个声音说道："噢，马洛先生！"

170

我转过身，看见罗林太太坐在一张长沙发上，身边有个神情刻板的男人，他戴着无框眼镜，下巴上有团黑东西，有可能是山羊胡子。罗林太太手上端着酒，显得有些无聊。那男人呆坐着，双臂交叠，面有愠色。

我走过去。罗林太太朝我微笑，把手伸给我。"这是我丈夫罗林医生。这位是菲利普·马洛先生，爱德华。"

山羊胡子匆匆看我一眼，更加匆匆地点了下头。他再无其他举动。他似乎要保留精力去做更有意思的事情。

"爱德华很累了。"琳达·罗林说，"爱德华总是很累。"

"医生往往很累。"我说，"我能为你拿杯酒来吗，罗林太太？你呢，医生？"

"她喝得够多了，"那男人说，对我们两人都没看一眼。"我滴酒不沾。我越看喝酒的人，越庆幸自己没沾那东西。"

"回来吧，小舍巴。"罗林太太梦吆般说。

他转过身子，做出反应。我离开那儿，向吧台走去。丈夫在身边时，琳达·罗林好像变了个人。她的语调里有了锋锐，表情中有了嘲讽，这是她在生气时也不曾用在我身上的。

阿帅在吧台后面。他问我想喝什么。

"现在什么都不要，谢了。韦德先生要见我。"

"他很忙，先生。很忙。"

我应该不会喜欢阿帅。在我看着他不语时，他补充道："但我会去看一下。马上，先生。"

他灵巧地穿过人群，一眨眼工夫就回来了。"好，朋友，我们走吧。"他快活地说。

我跟随他穿过客厅，走向公馆的纵深处。他打开一扇门，我进到门内，他在我身后把门关上，闹哄哄的声音顿时减弱了。这是个

171

拐角上的房间，宽敞，凉爽，安静，建了落地窗，窗外种了玫瑰，一侧的窗户装了空调机。我能看见湖水，能看见韦德平躺在一张亚麻色皮子的长沙发上。一张漂白木材做的大写字台上摆了一台打字机，它旁边有一沓黄纸。

"多谢赏光，马洛。"他懒洋洋地说，"随便坐。你已经喝了一两杯吧？"

"还没呢。"我坐下了，望着他。他仍然显得有点苍白，有点病态。"工作进展如何？"

"好着呢，只是我太容易感到疲倦。可怜四天长醉要这么煎熬才能恢复。酒醉过后我往往工作状态最好。干我这行太容易绷得过紧，变得呆板迟钝。那就写不出好东西了。状态好的话出活就很顺。你读到或听到的相反说法都是胡扯。"

"也许要看作者是谁吧。"我说，"福楼拜出活不顺畅，他写的东西却很好。"

"讲得好。"韦德说着，坐了起来，"这么说你读过福楼拜，这么说那就使你成了个知识分子，成了评论家，成了文学界的行家。"他擦了擦额头，"我在戒酒，我讨厌戒酒。我痛恨每一个手上端着酒杯的人。我得走出去对那些小人微笑。他们当中每个该死的都知道我是个酒鬼。所以他们都揣摩着我在逃避什么。某个狗 × 养的弗洛伊德信徒把这变成了常识。现在每个十岁大的小屁孩都懂那一套。如果我有个十岁大的孩子，那小家伙就会问我：'爸爸，你酗酒是想逃避什么？'好在上帝禁止我有孩子。"

"就我所知，你说的这些都是近来的事吧。"我说。

"越来越糟了，可我一向是个倔强的酒鬼。年轻时身处逆境不可怕，你经得起许多折腾。当你年近四十，你就不能很快复原了。"

我往后靠，点了一支烟。"你要见我是为了什么？"

"你认为我在逃避什么，马洛？"

"不知道。我没有足够的情报。何况，每个人都在逃避什么东西。"

"可并非每个人都会喝醉。你在逃避什么呢？是你的青春，犯罪感，还是你的自知之明，清楚自己只是三流行业中的三流从业员呢？"

"我懂了。"我说，"你需要找个人来羞辱。继续吧，伙计。当我开始感到受了伤害的时候，我会告诉你。"

他嘿嘿笑了，挠着他那头浓密的卷发。他用一根食指戳戳心窝。"马洛，你正在瞧着一个三流行业中的三流从业员。所有作家都是废物，我便是其中最没用的之一。我写过十二部畅销书，如果我能把桌上那堆乱糟糟的东西拼凑完，我可能就写了十三部。其中没有一部该死的值得用炸药把它炸进地狱。我在一个只限富豪居住的严格限制住户资格的住宅区内拥有一个可爱的家。我有个爱着我的可爱的妻子，有个爱着我的可爱的出版商，而我最爱我自己。我是个自我中心的混蛋，一个文学娼妓或皮条客——你自己来比喻吧，而且是完全不讲道德的人。那么你能为我做什么呢？"

"对了，能做什么？"

"你为什么不大发雷霆呢？"

"没什么可恼火的。我只是在听你自怨自艾。这很乏味，却伤害不到我的感情。"

他粗声笑起来。"我喜欢你，"他说，"咱们喝一杯吧。"

"不在这里喝，伙计。不要你我关起门来喝。我不在乎看着你喝下第一杯。没人能阻止你，估计也没人会去尝试。可我不必怂恿你。"

他站立起来。"我们不必在这里喝。我们去外面，瞧瞧你赚够了臭钱时可以跟他们同住一个社区时不得不认识的那种人当中的精英翘楚吧。"

"喂，"我说，"别说了。闭嘴吧，他们跟其他人没什么不同。"

"对头，"他郁闷地说，"可他们应当与众不同。如果没什么不同，他们还有什么用呢？他们是本县的上等阶级，却不比满身廉价威士忌酒味的卡车司机强一点。甚至没那么好呢。"

"闭嘴吧，"我又说，"你要醉就去醉吧。可别当众发泄情绪，他们那些人喝醉了也用不着躺到韦林杰医生那儿去，更不会昏头昏脑把老婆推下楼。"

"对头。"他说着，突然平静下来，若有所思，"你通过考验了，伙计。来这儿住一阵子行不行？你光是待在这儿就对我有很大的好处。"

"我看不出怎么会有好处。"

"可我看得出。只要待在这儿。每月一千块你会有兴趣吗？我喝醉了是很危险的。我不想变成危险人物，我不想喝醉。"

"我没法阻止你。"

"先试三个月吧。我得写完这部该死的书，然后远行一阵子。躺在瑞士山区的某个地方，图个清静。"

"这部书，嗯？你非得挣这笔钱不可吗？"

"不是啊。我只是必须完成已经开始的工作。否则我就完蛋了。我是以朋友的身份请求你。你为伦诺克斯做的可不止这些。"

我站起身，走近他身边，狠狠瞪他一眼。"我害得伦诺克斯送命了，先生。我害他送命了。"

"无聊！别对我来软的，马洛。"他用掌缘顶住喉咙，"我身边可一直不缺温柔宝贝。"

"来软的？"我问道，"也许只是发善心吧？"

他往后退，绊到长沙发的边缘，但没失去平衡。

"去你的！"他流畅地说，"谈不拢。当然，我不怪你。有件

174

事我想弄明白，我必须弄明白。你不知道是怎么回事，我也拿不准我自己是否知道。我有把握的是肯定有什么蹊跷，我必须弄明白。"

"跟谁有关？你妻子吗？"

他用下嘴唇抿覆上嘴唇。"应该跟我自己有关。"他说，"咱们去拿酒喝吧。"

他走到门口，把门拉开，我们走了出去。

如果他存心弄得我不自在，那么他完全如愿了。

二十四

当他拉开门时，客厅里的喧哗迎面扑来。显得比先前更吵了，如果可以比喻的话，吵声升级了两杯酒的程度。韦德到处打招呼，大家似乎很乐意见到他。其实酒喝到了这份儿上，他们即便看到杀手"匹兹堡的菲尔"手持他定制的冰锥，同样会很高兴。人生只是一场盛大的杂耍表演。

在去吧台的路上，我们跟罗林医生夫妇迎面相遇。医生站起身，上前迎向韦德。他脸上一副厌恶得要吐的表情。

"很高兴见到你，医生。"韦德亲切地说，"嗨，琳达。最近你躲哪儿去了？不，这话问得太蠢。我——"

"韦德先生，"罗林医生用有些颤抖的声音说，"我有话对你讲。话很简单，希望响鼓不用重锤。离我妻子远点儿。"

韦德好奇地看着他。"医生，你累了。你手上都没酒呢。我去替你拿一杯。"

"我不喝酒，韦德先生。其实你很清楚。我来这里只有一个目的，我已经说出了那个目的。"

"好吧，我应该明白了你的意思。"韦德依旧亲切地说，"既然你是我家的客人，我不好说什么，不过你可能是误会了。"

附近的谈话声戛然而止。男男女女都变成了耳朵。好戏开场了。

罗林医生从衣兜里掏出一副手套,将它们抖直,捏住其中一只的指尖,把它朝韦德脸上狠狠甩去。

韦德没眨一下眼睛。"天亮时带枪去喝咖啡?"他平静地问道。

我看了看琳达·罗林。她气红了脸。她慢慢站起身,面对着医生。

"老天,你演得太过火了,亲爱的。拜托你别出糗了,行不行,亲爱的?难道你宁可杵在这儿等到有人来扇你耳光?"

罗林转向她,举起手套。韦德走到他跟前。"别冲动。医生,咱们这一带只会在私下里打老婆。"

"你讲的是你自己吧,我早就知道了。"罗林嗤笑道,"我不需要你来给我上礼仪课。"

"我只收有出息的学生,"韦德说,"真遗憾你得这么快就离开这里。"他提高嗓门用西班牙语喊道:"阿帅!罗林医生马上要走了!"他转回身子对罗林说:"担心你听不懂西班牙语,医生,我的意思是门在那边。"他指着门说。

罗林盯着他没动,冷冰冰地说:"我警告过你了,韦德先生。很多人都听见了,我不会再次警告你。"

"别警告了。"韦德断然说道,"但如果你要多言,就去中立地带理论,那样我行动起来就会自由些。对不起,琳达。可你嫁给了他。"他轻轻揉着脸颊上被手套击打过的地方。琳达·罗林苦笑着。她耸耸肩。

"咱们走吧。"罗林说,"来吧,琳达。"

琳达又坐下了,伸手去拿酒杯。她给了丈夫蕴含轻蔑的一瞥。"是你要走了。"她说,"别忘了,你有好几个电话要打呢。"

"你跟我一起走!"罗林暴怒地说道。

琳达转过背不理他。他突然伸手抓住妻子的胳膊。韦德一把抓住他的肩头,把他的身子扳过来。

"别生气，医生。你不可能什么都占上风。"

"把手从我身上拿开！"

"没问题，可你得放松点儿。"韦德说，"我有个好主意，医生。你干吗不去找个好医生瞧瞧？"

有人大笑起来。罗林紧张得像一头将要一跃而起的野兽。韦德感到了威胁，利索地转身走开了。这一来罗林医生骑虎难下。如果他去追韦德，他会显得比眼下更傻。对他而言唯有一走了之方为上策，而他真就离开了。他快步走过客厅，直视前方，阿帅拉开门在那里等着。他出去了。阿帅面无表情，关上门，回到酒吧。我走过去要了杯苏格兰威士忌。我没看见韦德去了哪里。他凭空消失了。我也没看见艾琳。我转身背对客厅，喝着我的苏格兰威士忌，任由他们叽喳不休。

一个小个子女孩突然来到我身边，把酒杯放到吧台上，轻声地说着什么。她的头发是泥土色，前额系着一条束带。阿帅点点头，又给她调了一杯酒。

女孩转向我。"你对共产主义感兴趣吗？"她问道。她目光呆滞，她的小红舌在嘴唇间舔来舔去，好像在找巧克力屑。"我以为人人都应该感兴趣。"她继续说，"可是当你询问这里的随便哪个男人，他们都只想摸你。"

我点点头，从杯子上方看着她的狮子鼻和晒太阳变得粗糙的皮肤。

"如果动作斯文点儿，我不会太在意。"她告诉我，伸手去拿新调的酒。她一口饮下半杯，朝我露出她的白齿。

"我也靠不住。"我说。

"你叫什么名字？"

"马洛。"

"带不带'e'？"

"带。"

"啊，马洛，"她吟咏道，"多么哀伤优美的名字。"她放下差不多空了的酒杯，闭上双眼，头往后甩，双臂伸出，差点戳到我的眼睛。她的声音因感动而颤抖，念道：

> 是这红颜，令千舟竞发，
> 烧毁特洛伊的摩天之塔？
> 海伦吾爱，请以一吻赐永生。

她睁开眼，抓起酒杯，向我眨眨眼。"你这诗写得真棒，老兄。最近还写诗吗？"

"不怎么写了。"

"如果你愿意，可以吻我。"她羞怯地说。

一个穿府绸夹克和开领衬衫的家伙来到她身后，越过她的头顶朝我咧嘴一笑。那家伙有一头红色短发，一张脸好似坍缩的肺叶。他是我一生所见最难看的家伙。他拍拍那姑娘的头顶。

"走吧，猫咪。该回家了。"

女孩怒气冲冲地转向他。"你是说你又得去浇那些该死的秋海棠了？"她吼道。

"啊，听着，猫咪——"

"手拿开，别碰我，你这该死的强奸犯！"女孩尖叫着，把杯中剩下的酒泼到他脸上。剩下的不过是一茶匙酒和两块冰。

"看在基督的分儿上，宝贝，我是你丈夫！"他以吼叫回应，伸手抓起一条手帕擦脸。"明白吗？是你丈夫！"

女孩剧烈地抽泣，投入他的怀抱。我绕过他们，离开吧台。每场鸡尾酒会都一样，连对话也相同。

现在这屋子里泄漏出一些宾客，他们走进晚风之中。声音在消退，汽车在启动，道别之声如同皮球一样四处弹跳。我走向落地窗，走到户外一个铺了石板的露台上。地面向湖畔倾斜，湖面安静得如同一只睡猫。下面有个木头的短码头，旁边用白缆绳系着一条划艇。一只黑色的水鸡懒洋洋地划着水，像个滑冰者，朝不很远的对岸游去。它连浅薄的涟漪都没搅起。

我躺在一张有衬垫的铝合金躺椅上，点上烟斗，悠然地抽着烟，寻思自己究竟来这里干什么来了。罗杰·韦德似乎有足够的控制力把握自己。他对付罗林很有分寸。如果他对着罗林那尖削的小下巴狠揍一拳，我也不会太吃惊。按常规他是出格了，但罗林的出格远得多。

如果规则还有什么意义，那就是你不该选择一屋子人来做威胁某人的场合，不该在你妻子站在你身边的时候用一只手套打这人的脸，这实际上是指责你妻子行为不端。以一个大醉之后大病一场情况尚不稳定的人而言，韦德的行为是得体的。何止得体。当然我没见过他醉酒。我不知道他醉酒后是个什么德行。我甚至不知道他是不是酒鬼。这里有个很大的差别。一个偶尔喝过头的人跟他清醒时是同样的人。一个酒鬼，一个真正的酒鬼，根本就不是同一个人了。你无法预测他一定会怎样做，只知道他会变成你未曾相识的人。

身后传来轻微的脚步声，艾琳·韦德来到露台上，在我身边一张躺椅的边缘坐下。

"喂，你做何感想？"她平静地问道。

"关于那位乱甩手套的绅士？"

"噢，不是。"她皱了皱眉头。接着大笑起来。"我讨厌人们搞出那种夸张的闹剧。倒不是说他不是个好医生。他跟这山谷里一半的男人演过那种闹剧了。琳达·罗林不是荡妇。她长得不像，谈话不像，行为也不像。我不懂是什么使得罗林医生表现得好像妻子是个荡妇似的。"

"说不定他是个改邪归正的醉鬼。"我说，"其中很多人变得吹毛求疵。"

"有可能，"她说着，望向湖水。"这地方非常宁静。你会以为一个作家在这里会很快活——如果作家终究能在某时某地感到快乐的话。"她回头看我，"看来没法劝你罗杰的请求去做了。"

"那么做起不了作用的，韦德太太。我无能为力。我先前就说过了。我不能保证刚好在需要我的时候出现在这里。我得每时每刻都守在这儿。那是不可能的，就算我没别的事可干也不可能。例如，如果他发疯了，那是一瞬间的事情。而我没看到他有任何发疯的征兆。我觉得他相当稳定。"

她低头看着手。"如果他能写完手头的书稿，我想情况就会好多了。"

"我可没法帮他写完。"

她抬起头，双手撑着躺椅的边沿。她把身子略略前倾。"他认为你能你就能。作用全在这儿。你是不是觉得在我们家做客又拿报酬不是个滋味？"

"他需要精神科医生，韦德太太。你是否认识某个并非冒牌游医的精神科医生？"

她好像吓了一跳："精神科医生？为什么？"

我把烟斗里的烟灰敲出来，拿着空烟斗坐着，要等烟丝锅凉了才收捡起来。

"你想听外行的意见，我提了这一条。他以为他脑子里藏着个秘密，却想不起来是什么。有可能是他自己犯罪的秘密，也可能是别人的。他认为那就是驱使他酗酒的原因，因为他无法想起这件事。或许他认为不论发生过什么，都是在他醉酒时发生的，他应该回到醉酒时的状态中去寻找——真正烂醉的状态，他进入过的状态。那是精神科医生的活儿。这是说得过去的。如果这说法不对，那他醉酒就是因为他想要喝醉，或身不由己，而有关那个秘密的想法只是他的借口。他没办法写书，或至少没法写完。因为他醉酒了。也就是说，似乎可以假设，没法写完那部书，是因为他通过喝酒来击垮自己。情况也可能相反。"

"噢，不，"她说，"不会的。罗杰极有天分。我很确定他的最佳作品还没问世。"

"我说过这是外行的意见。前几天早晨你说他可能不爱妻子了。这种情况不也可能正好相反吗？"

她朝屋内看了一眼，然后转过身来，背对着屋内。我也朝屋内望去。韦德站在门内，朝外看着我们。当我朝那边看时，他走到吧台后面，伸手去拿一只酒瓶。

"干涉是没用的，"她迅速地说，"我从不干涉，从不。我想你说得对，马洛先生。除了让他自己去摆脱他那个世界，别人干不了什么。"

现在烟斗凉了，我把它收好。"既然我们是在抽屉背面摸索，何不反过来看一看呢？"

"我爱我丈夫。"她直白地说，"或许不像少女的爱法。可是我爱他。女人一生只做一次少女。我那时爱的人已经死了。他死于战争中。他的姓名，非常奇怪，起首字母跟你的一样。现在无所谓了——只是有时候我还不完全相信他已不在人世。他的遗体还没找到。但很多人都是死不见尸。"

她用探究的目光注视我良久。"有时候——当然不是经常，当

182

我在夜深人静时走进一所安静的鸡尾酒酒吧，或是一家上等饭店的大堂，或者清晨或深夜走在邮轮甲板上，我总觉得仿佛看见他在某个幽暗的角落等着我。"她顿了顿，垂下眼帘，"这太傻了。我为此羞愧。我们曾非常相爱——那种狂野、神秘、难以置信的爱，一生仅有一次。"

她停止谈话，半恍惚地坐在那儿，眺望远处的湖面。我又扭头看看屋内。韦德端着酒杯刚好站在敞开的落地窗内侧。我回头看向艾琳。对她而言我已不存在了。我起身走进屋内。韦德端着酒站立不动，那酒看上去很烈。他的眼神不大对头。

"你怎么亲近我妻子的，马洛？"这话是从扭曲的嘴巴里迸出来的。

"还没得手呢，如果你说的是这个。"

"我正是说的这个。前几天夜里你吻了她。或许你自以为是个老手，但你在浪费时间，老兄。就算你对她的胃口，也是白搭。"

我想绕过他，但他用结实的肩膀挡住我。"别急着走呀，老兄。我们喜欢有你在身边。我们家太缺私家侦探。"

"我是多余的那个。"我说。

他举杯喝酒。他把杯子放低时，有些敌意地看着我。

"你该多给自己一点时间来增强抵抗力。"我告诉他，"空话，嗯？"

"好的，教练。小打小闹的性格塑造者，是不是？你居然想要教育一个酒鬼，你应该更理智一点。酒鬼不需要培养，我的朋友。他们会慢慢蜕变。有一部分过程很有乐趣。"他又从酒杯里喝了一口，酒杯快空了。"有一部分过程却吓死人。不过让我来引述那个杂种罗林医生的话，那个拎着一只小黑包的该死杂种的闪光名言：'离我妻子远点儿，马洛。'你肯定看上她了。他们都这样。你想睡她。

他们都想。你想分享她的梦，闻闻她记忆中的玫瑰。也许我也想。可是没什么好分享的，朋友——没有，没有，没有！你是孤零零地站在黑暗里。"

他把酒喝完，把杯底朝上翻转。

"空如此杯，马洛。里面什么都没有。我是知晓内情的那个人。"

他把酒杯搁在吧台边缘，腿脚僵硬地走向楼梯。他登了大约十二级楼梯，抓住栏杆，停步，倚栏而立。他咧嘴苦笑，俯视着我。

"原谅这老套的嘲讽，马洛。你是个好人。我不希望你出事。"

"出什么事？"

"或许艾琳还没抽出时间来回味她初恋的难忘魔力，那个去到挪威失踪的家伙。你不会想要失踪吧，对不对，老兄？你是我的专属私家侦探。当我迷失在塞普尔维达峡谷那个原始景象中时，你找到了我。"他用手掌在抛光木扶手上画了个圆圈，"如果你自己也失踪了，那会使我伤透心的。就像那个跟英国佬混过的角色。他完全蒸发啦，有时候简直怀疑他是否存在过。你来揣测一下，艾琳会不会只是为了有个玩具可玩，才捏造出来这个人？"

"我怎么会知道？"

他低头看我。他两眼间现在显出深刻的皱纹，他的嘴因痛苦而歪扭了。

"谁又会知道呢？也许她自己也不知道。宝宝累了。宝宝玩破玩具玩太久了。宝宝要说声拜拜走了。"

他继续登楼梯。

我站在那儿，直到阿帅进来，开始清理吧台四周，把玻璃杯放进托盘，查看酒瓶里的残酒，无视我的存在。至少我以为如此。然后他说："先生，剩下了一杯好酒。浪费可惜了。"他举起一个酒瓶。

"你喝掉吧。"

"谢谢，先生，我不要。至多一杯啤酒。我的量是一杯啤酒。"他用西班牙语夹杂着英语说。

"聪明人。"

"家里有一个酒鬼就够了。"他盯着我说，"我讲得一口好英语，对吧？"

"当然，很好。"

"但我用西班牙语思考。有时我用刀子思考。主人是我的人。他不需要帮助，老兄。我照顾他，懂吧。"

"你干的是大事，小流氓。"

"竖笛之子！"他从白牙齿缝里挤出一句西班牙语。他端起装满酒杯的托盘，一把举到肩膀边缘扛着，用另一只手托着，一副餐厅跑堂的做派。

我走向门口，出到门外，想不通"竖笛之子"这个词组在西班牙语里怎么会变成一句骂人的话。我没有多想。我还有太多别的事情要想。韦德家的问题不只是酗酒。酗酒只是一种经过伪装的反应。

当晚稍迟的时候，在九点半到十点之间，我拨了韦德家的电话号码。响了八声后我挂断了，可是我的手刚离开电话筒，电话铃就叫我了。是艾琳·韦德打来的。

"刚才听到电话铃响，"她说，"有种直觉告诉我可能是你打来的。我正要去沐浴。"

"是我，不过没什么要紧的，韦德太太。我离开时他好像头脑有点不清楚——我是说罗杰。我现在大概觉得对他是有点责任了。"

"他很好。"琳达说，"熟睡在床上。应该是罗林医生把他弄烦了，比他表现出来的还要严重。他肯定对你讲了一大堆胡话。"

"他说他倦了，想睡觉。这应该是很正常的吧。"

"如果他只说了这些，那是很正常的。好吧，晚安，谢谢你来电话，马洛先生。"

"我没说他只说了这些。我是说他这么说过。"

她顿了顿，说道："每个人都会偶尔冒出些古怪念头。别太拿罗杰的话当真，马洛先生。毕竟，他的想象力是高度发达的。这是很自然的。经过上次那件事，他不该这么快又开喝了。请尽量忘掉这一切。我猜除了这些，他还冒犯了你。"

"他没冒犯我。他很懂得平静的意义。你丈夫是这么个人，他可以长时间严厉审视自己，看出自己的本质。这可不是寻常的天赋。大多数人度过一生，要用一半精力努力维护他们从未拥有的尊严。晚安，韦德太太。"

她挂了电话。我拿出棋盘，填满烟斗，摆上棋子，检查完有无刮伤和松动的棋钮，下了一场戈尔恰科夫对曼宁金的冠军锦标赛，七十二步杀成平局，无坚不摧撞上铜墙铁壁的范本，一场不穿甲胄的搏斗，一场不流血的战争，一场人类智慧的精心浪费，如同你在广告公司以外随处可见的情景。

二十五

　　一周内没事发生，我只是出门办了几件在那当口算不上多大业务的事情。有天早上卡恩机构的乔治·彼得斯打电话给我，说他碰巧经过塞普尔维达峡谷那条路，出于好奇去看了看韦林杰医生的那块地方，可是韦林杰医生不在那儿了。六队土地测量员正在给那块土地绘图以便划分。跟他说过话的那些人连韦林杰医生的名字都未听说过。

　　"我查过了，"彼得斯说，"那可怜的家伙凭一纸信托契约就被扫地出门了。他们给了他一千元，让他放弃产权，以求节省时间和费用，现在有人打算把那地方分割为住宅产业，净赚一百万。这就是犯罪和做生意之间的区别。做生意你得有资金。有时候我觉得这是唯一的区别。"

　　"好一番愤世嫉俗的言论！"我说，"可是一流的犯罪也要资金。"

　　"那么资金从哪里来，老兄？不会是抢劫酒庄的家伙掏钱吧。就这样。回见。"

　　一个星期四的夜晚，十一点差十分，韦德打电话给我。他的声音含混不清，几近叽里咕噜，但我总算能辨识出是他的声音。我从电话里还能听见短促吃力的呼吸声。

　　"我情况不好，马洛。很糟。我挺不住了。你能不能赶紧过来一趟？"

　　"行——不过让我先跟韦德太太谈谈。"

他没答话。电话里传来撞击声，接着是一片死寂，过了一会儿又有一阵乒乒乓乓的闹腾。我对着电话喊了几声，没人应答。时间流逝。最后传来话筒轻轻放回原位的咔嗒声和断线后的嗡嗡声。

我五分钟后就上路了。我在路上行驶了半小时多点儿就到了，我至今还不明白那是怎么做到的。我插翅飞过隘口，开上文图拉大道时闯了红灯，强行左拐，在卡车之间闪避，总而言之让自己出尽了该死的洋相。我以近六十英里的时速穿过恩西诺，用一盏聚光灯照着停泊车辆的外缘，警告突然打算下车的人待着别动。我有那种唯有当你不在意的时候才有的运气。没撞见警察，没听见警笛，没看到红色警灯闪烁。脑子里只有韦德家可能发生的景象，令人高兴不起来的景象。艾琳和一个酒醉疯子独处一屋，她躺在楼梯脚，脖子折断了，她把自己锁在一扇门后，有人在门外号叫，想破门而入，她赤脚跑在洒满月光的小径上，一个黑人大汉手持砍肉刀在后面追赶。

其实根本没有那回事。当我开着奥兹拐进韦德家的车道时，屋子里灯火通明，她站在敞开的门口，嘴上衔着一支香烟。我下了车，踏着石板路走向她。她穿着宽松长裤和敞领衬衫。她平静地看着我。如果四周有任何不安的氛围，那是我自己带去的。

我说的第一句话和我其余的行为一样愚蠢。"我以为你不抽烟。"

"什么？不错，我平时不抽。"她取下嘴里的烟，看一眼，扔掉，将它踩灭。"很久才抽一次。他给韦林杰医生打了电话。"

这是一种悠远平和的声音，一种在夜里从水上飘来的声音。轻松自在的声音。

"不可能。"我说，"韦林杰医生不住在那儿了。他是打给我的。"

"噢，真的？我只听见他打电话，请求对方赶紧过来。我还以为肯定是韦林杰医生呢。"

"眼下他在哪儿？"

"他跌倒了。"她说，"他肯定是把椅子向后仰得太厉害。他以前也这么做过。他的脑袋磕到什么东西破了个口子。流了点儿血，不多。"

"嗯，那就好。"我说，"我们可不想看到一大摊血。眼下他在哪里？我问过你了。"

她一脸严肃地望着我，然后伸手一指。"在那边的什么地方。在路边，或者在围栏边的灌木丛里。"

我倾身向前，凝视着她。"老天！你都没去看看？"这时我断定她是吓蒙了。接着我回头看看草坪。我什么都没看见，但围栏边有团浓密的黑影。

"没有，我没去看。"她相当平静地说，"你去找他吧。能忍受的我都忍受了。我已经受不了啦。你去找他吧。"

她转过身，走回屋内，让门仍然敞着。她没走多远。进门后大约走了一米，她突然瘫倒在地板上，躺着不动了。我把她搀起来，看到屋里有两张相对摆放的大沙发，中间隔着一张金色鸡尾酒条桌，便将她平放在其中一张大沙发上。我摸摸她的脉搏，似乎不太弱，也并非不稳。她闭着两眼，眼皮发青。我把她留在那儿，又走回屋外。

她说得不错，韦德确实在那里。他侧卧在芙蓉花丛的暗影中。他的脉搏快而有力，呼吸不自然。他的后脑勺上有什么东西黏糊糊的。我对他讲话，轻轻摇晃他。我在他脸上拍了几下。他咕哝了一声，却没苏醒。我把他拽起来，让他坐起，把他的一条胳膊拉到我肩上，把我的背转向他，将他驮起，然后去抓他的一条腿。我没抓住。他重得像块水泥板。我们双双跌坐在草地上，我喘息一会儿，再试一次。我终于将他撑了起来，转换成消防员驮负的姿势，费力地走过草地，朝敞开的前门奋进。这距离多么漫长，无异于往返暹罗一趟。门廊的两级台阶仿佛高达三米。我蹒跚地走向长沙发，双膝跪地，让他从身上滚下。当我再次直起腰的时候，我感觉脊椎仿佛至少断了三处。

艾琳·韦德已经不在那儿了。客厅里只剩我一个人。那一刻我精疲力竭，没气力去管谁在什么地方。我坐下，看着他，等待他好转的迹象。然后我瞧瞧他的头。头上满是鲜血。他的头发也被血黏住了。看上去不算太糟，可是头部受伤总是很难讲的事情。

这时艾琳·韦德来到我身边，以那种冷漠的表情默然俯视着他。

"对不起，我昏倒了。"她说，"我不知道是怎么了。"

"我们最好还是叫个医生来。"

"我给罗林医生打过电话了。他是我的医生，你知道的。他不想来。"

"那就试试别人吧。"

"噢，他会来的。"她说，"他不想来。可他会尽快抽空过来。"

"阿帅在哪里？"

"今天他休假。星期四。厨子和阿帅星期四放假。这是这一带的惯例。你能把他弄到床上去吗？"

"没帮手不行。最好拿条膝毯或床毯来。今夜暖和，但像他这种情况很容易得肺炎。"

她说她会去拿条床毯来。我觉得她真是太好了。可我的脑子并不灵光。把韦德背进来耗尽了我的精力。

我们给韦德盖上一床轮船躺椅用的毯子，十五分钟后罗林医师来了，他戴了硬挺的衣领，架着一副无框眼镜，脸上是狗狗呕吐以后被请来搞清洁的人所有的那副表情。

他检查韦德的头部。"表皮伤口和瘀青，"他说，"不会脑震荡。应该说听了他的呼吸就能很清楚他的状况了。"

他伸手拿起帽子，提起皮包。

"要给他保暖。"他说，"你们可以替他轻轻擦洗头部，把血

190

洗掉。他睡一觉就没事了。"

"我一个人没法把他弄上楼去。"我说。

"那就让他留在这儿。"他漠然地看了看我，"晚安，韦德太太。你知道我不医治酒精中毒的病人。即便医治，你丈夫也不在我的病人之列。我相信你明白这一点。"

"没人请你医治他。"我说，"我是请求你搭把手把他弄进卧室，那样我就能给他脱衣了。"

"你又是什么人？"罗林医生冷冰冰地问道。

"我姓马洛。一周前我来过这里。你妻子介绍过我。"

"有趣！"他说，"你又是如何认识我妻子的？"

"见鬼，这有什么关系？我只是想要——"

"我对你想要什么没兴趣。"他打断我的话。他转向艾琳，匆匆点一下头，就往外走。我挡在他和房门之间，背对着门。

"稍等，医生。你一定很久没瞟一眼那篇叫作《希波克拉底誓言》的小文章了吧。这个人打电话给我，而我住在相当远的地方。我听出他的情况不妙，便违反了本州的每一条交通法规赶过来。我发现他躺在外面的地上，我把他扛进来，请相信他可不是一捆羽毛。仆人不在，这儿没有人帮我把韦德弄上楼。你觉得应该怎么办？"

"让开！"他咬着牙说，"否则我打电话给派出所，叫他们派个警官来。身为专业人士——"

"身为专业人士，你是一撮跳蚤屎。"我说着，给他让开路。

他脸红了——红得慢，却很明显。他气得讲不出话。接着他打开门，走了出去。他轻手轻脚地关上门。他把门拉上的时候朝屋里看了我一眼。那是一副我前所未见的恶毒的表情，呈现在一张我前所未见的恶毒的面孔上。

当我从门口转身朝向屋里的时候，艾琳正在微笑。

"有什么好笑的？"我吼道。

"你好笑呀。你对人说话口不择言，对吧？你不知道罗林医生是谁吗？"

"得了——我知道他是个什么东西。"

她看了看手表。"阿帅现在该到家了。"她说，"我去看看。他住在车库后面的一个房间。"

她穿过一条拱道走出去。我坐下，看着韦德。这个了不起的大作家继续打着呼噜。他脸上冒着汗，但我没取下盖在他身上的膝毯。一两分钟后艾琳回来了，她带来了阿帅。

二十六

　　墨西哥佬穿着黑白格子运动衫，褶皱很密的黑色宽松长裤，没系皮带，脚穿黑白双色鹿皮鞋，一尘不染。浓密的黑发向后梳得笔直，抹了闪光的发油或发膏。

　　"先生。"他用西班牙语说着，草草鞠了个嘲讽的小躬。

　　"帮马洛先生把我丈夫抬上楼，阿帅。他跌倒了，受了点轻伤。有劳你了。"

　　"没什么，夫人。"阿帅笑着讲出西班牙语。

　　"我得道晚安了。"她对我说，"我累坏了。你有什么需要尽管找阿帅。"

　　她款步上楼。阿帅和我目送她。

　　"好个漂亮娃娃！"他悄悄地说，"你留下过夜？"

　　"那怎么行？"

　　"可惜。她很寂寞，那一位。"

　　"别色眯眯的啦，小子。我们把这一位弄到床上去吧。"

　　他伤心地望着在长沙发上打鼾的韦德。"可怜啊，"他用西班牙语喃喃低语，好像在说真心话，"醉得跟个古巴人一样。"

　　"他也许醉得像头母猪，可他的身子肯定不小，"我说，"你抬脚。"

我们抬着韦德，即便对两个人而言，他也沉得像口铅棺。到了楼梯顶，我们沿着一条走廊经过一扇紧闭的门。阿帅朝那扇门努一努下巴。

"夫人的房间。"他悄声说，"你轻轻敲门，也许她会让你进去。"

我一语未发，因为我需要他。我们抬着那具躯体继续走，拐进另一扇门，将他扔到床上。这时我抓住阿帅上臂紧靠肩胛骨的地方，手指掐在那里会很疼。我用手指掐着让他疼痛。他稍稍退缩，面孔僵硬了。

"你真名叫什么，杂种？"

"手拿开！"他急促地说，"别叫我杂种。我可不是从墨西哥非法入境的湿背人。我叫璜·加西亚·德·索托·尤索托–马约尔。我是智利人。"

"好吧，唐璜。在这儿别乱来。当你谈起东家时，鼻子和嘴巴都放干净些！"

他挣脱我的手，退后一步，他的黑眼冒出怒火。他的手滑到衬衫下，抽出一柄薄刃长刀。他把刀尖放在手掌后端立稳，甚至都没看它一眼。然后他猛然把手垂下，在刀悬空的瞬间抓住了刀把。这套动作快如闪电，显得不费吹灰之力。他把手抬到齐肩高，接着向前一挥，那刀凌空飞出，刺进窗户的木框上，颤抖着。

"留心，先生！"他放肆地冷笑着说，"少管闲事。没人敢耍弄我。"

他轻巧地走到房间另一头，把刀子从木框中拔出，抛向空中，踮脚转身，在身后接住刀子。呼啦一下，长刀消失在他衬衫底下。

"利落，"我说，"只是有点华而不实。"

他面带讥诮向我走来。

"这说不定会害得你被扭断胳膊。"我说,"就像这样。"

我抓住他的右手腕,拉得他一个趔趄,然后转到一侧,稍微靠近他身后,弯起前臂,从下方钩住他肘关节的背面向上一提。我把前臂用作支点,压向他的肘关节。

"用力一扭,"我说,"你的肘关节就断了,咔嚓一声就完了。你会有好几个月做不了飞刀手。推扭时再加点儿劲,你就彻底完蛋了。把韦德先生的鞋子脱了吧。"

我放开他,他对我露齿而笑。"好招!"他说,"我会记住的。"

他转向韦德,伸手去脱他的一只鞋,接着停住。枕头上有一片血污。

"谁割伤了主人?"

"不是我,小子。他跌倒了,脑袋磕到了什么。只是浅伤。医生来过了。"

阿帅缓缓舒了口气。"你看见他跌倒的?"

"我来之前就跌倒了。你喜欢这家伙,对吧?"

他没答话。他脱下了韦德的鞋子。我们一步步给韦德脱衣,阿帅找出一套绿色搭配银色的睡衣裤。我们给韦德穿上睡衣裤,把他弄到床的内侧,全身盖上东西。他还在出汗,还在打鼾。阿帅伤心地俯视他,摇着他那油光发亮的脑袋,摇得很慢。

"得有人照顾他。"他说,"我去换衣服。"

"你睡会儿吧。我会照顾他。需要你时我会叫你。"

他面对着我。"你最好好生照顾他。"他轻声地说,"要非常用心。"

他走出房间。我走进浴室,拿出一条湿面巾和一条厚毛巾。我略略翻转韦德的身子,将毛巾铺在枕头上,擦掉他头上的血迹,动作很轻,以免再次流血。这时候我能看见利器造成的一道浅伤口,长约五厘米。这没什么大不了。罗林医生这点倒是讲对了。缝几针没害处，但可能没那个必要。我找出一把剪刀，剪去伤口旁的一些头发，以便贴上一条胶布。然后我把他翻过来，让他平躺着，给他洗脸。看来我做错了。

他睁开了眼睛。起初目光迷蒙，没有焦点，接着清亮起来，他看见我站在床边，他的手动了，挪到头部，触到了那条胶布。他的嘴唇嚅动，嘴里咕哝着什么，接着他的声音也清晰起来。

"谁打了我？你吗？"他的手摸着胶布。

"没人打你。你跌倒了。"

"跌倒？几时？在哪里？"

"在你打电话的地方。你打给了我。我听见你跌倒。在电话里。"

"我打给你？"他慢慢露出笑容，"随叫随到，对吧，伙计？现在几点？"

"过了凌晨一点。"

"艾琳在哪儿？"

"睡觉去了。她遭罪了。"

他默默体味这些话，眼里充满痛苦。"我有没有——"他顿住了，缩了缩身子。

"就我所知，你没碰她。如果你是想问这个的话。你只是出门走走，在围栏附近晕倒了。别讲话。睡吧。"

"睡觉，"他说得平静缓慢，像小孩子背书似的，"那会是什么呢？"

"一颗药丸也许会有帮助。有没有？"

"在抽屉里。床头柜。"

我打开抽屉，找到一个装了红色胶囊的塑料瓶。速可眠，一粒半。罗林医生的处方。那个讨厌的罗林医生。是为韦德太太开的处方。

我摇出两粒，将瓶子放回去，从床头柜上的保温瓶里倒了杯水。他说一粒就够了。他服了药，喝了水，躺回去，又盯着天花板。时间流逝。我坐在椅子上照看他。他好像没有睡意。接着他慢慢说道：

"我想起一件事。帮我个忙，马洛。我写了些不想让艾琳看到的疯话。在打字机上面，就在罩子底下。帮我撕掉它。"

"好的。你只记得这些？"

"艾琳没事吧？你能确定？"

"是的。她只是累了。顺其自然吧，韦德。别想了。我不该问你的。"

"别想了，这人说。"他声音里现在有了点睡意。他讲的话仿佛自言自语。"别想了，别做梦了，别爱了，别恨了。晚安，可爱的王子。我要服下另外那粒药。"

我把药递给他，给他加了点水。他又躺回去。这一次他转过头来，为了能够看见我。"喂，马洛，我写了些东西不想让艾琳——"

"你已经告诉过我了。等你睡着时我会去办。"

"噢，谢谢。有你在身边真好。非常好。"

又是一阵较长的停顿。他的眼皮越来越沉了。

"杀过人吗，马洛？"

"杀过。"

"感觉恶心，对吧？"

"有些人喜欢它。"

他的眼睛全闭上了。接着它们又睁开了，但迷迷瞪瞪。"他们怎么会喜欢？"

我没答话。他的眼皮又落下了，渐渐地，像戏院里徐徐降下的幕布。他开始打鼾。我又等了一会儿。接着我将房间里的灯光调暗，走了出去。

197

二十七

我停在艾琳房间的门外，听了听。我没听见屋里有任何动静，所以我没敲门。如果她想知道丈夫的状况，自己去看好了。楼下客厅里灯火通明，空无一人。我关掉几盏灯，从前门附近仰望到了二楼的走廊。客厅中央部分和宅子的墙壁等高，有裸露的横梁交叉于其间，同时支撑着走廊。走廊很宽，两侧装了坚固的栏杆，高约一米二。栏杆顶和立柱切削成四方形，以匹配交叉的横梁。去餐厅要穿过一条方形拱道，拱门上装了双扇百叶门板。我猜想餐厅楼上有个用人居住区。二楼的这个部分用一堵墙隔离了，所以会有另一道楼梯从宅子的厨房那边通上去。韦德的卧室在他书房楼上的角落里。我能看见灯光从他敞开的房门反射到高高的天花板上，我也能看见他卧室门框的上沿。

我关掉所有的灯，只让一盏落地灯开着，然后穿过客厅走向书房。书房门关着，却亮着两盏灯，一盏是靠皮沙发另一端的落地灯，另一盏是带灯罩的台灯。打字机就在灯下一个结实的座子上，在它旁边，书桌上有一大堆散乱的黄纸。我在一把有衬垫的椅子上坐下，审视书房的布局。我想知道的是，他是怎样磕破了脑袋。我坐上他书桌后面的椅子，电话机在我左首。弹簧的弹力非常弱。如果我向后靠，仰过了头，我的脑袋可能会磕到桌子角。我弄湿手帕，擦擦

198

木头。没有血，什么都没有。桌上有一大堆东西，包括两尊青铜大象夹着的一摞书，一个老式的方形玻璃墨水池。我擦了擦墨水池，没发现血迹。这么做反正没多大用处，因为若是他遭到别人的袭击，凶器未必会在这房间里。何况屋子里并没有任何外人。我站起身，开亮檐口灯。灯光射进幽暗的角落，答案自然就变得非常明白了。有个方形的金属废纸篓侧倒在墙边，纸片倒出来了。废纸篓不可能自己走到那儿去，所以是被人扔过去或踢过去的。我用湿手帕擦擦它的尖角。这次我擦到了红棕色的血渍。一点儿也不神秘。韦德跌倒了，脑袋磕在废纸篓的尖角上，很可能是划了一下，他自己爬起来，把那该死的东西踢到了房间另一头。简单。

接着他可能又喝了一杯快酒。他喝的酒就在沙发前面的鸡尾酒桌几上。一只空瓶，另一只还剩四分之三酒液的酒瓶，一只保温瓶和一只盛着水的银碗，那水原本是冰块。只有一只玻璃杯，而且是大号杯。

一杯酒下肚，他觉得好点儿了。他恍惚看到电话筒脱离了叉簧座，很可能已经不记得他刚才打了一通电话。于是他走过去，把电话筒放回座子。时间大致上吻合。电话机有某种让人上瘾的地方。我们这个时代饱受小玩意儿困扰的人，爱电话，恨电话，又怕电话。但他对电话机一向尊重，在他醉酒时也是如此。电话机是件物神。

任何一个正常人在挂断电话之前，为了确定对方挂没挂，会对着话筒说声"哈罗"。但是一个醉得恍恍惚惚并且跌了一跤的人就不见得了。这倒无关紧要。也可能是他妻子挂断的，她可能听见了跌倒声和废纸篓撞墙的响声，跑进书房来看看。大约就在那时最后一杯酒上头了，他跌跌撞撞地走出宅子，穿过门前草坪，晕倒在我发现他的地方。有人赶来找他。这时他已搞不清来者是谁了。也许是好心的韦林杰医生呢。

到这里为止还讲得通。那么他妻子会怎么做呢？艾琳应付不了他，没法跟他讲理，她很可能都不敢去尝试。那么她会叫个人来帮忙。用人都出门了，所以必须打电话叫人。对，她确实打给了某个人。她打给了那个令人反感的罗林医生。我只能假定她是在我抵达后才打给罗林的。她可没有这么说。

从这里再往下，就有点儿说不通了。你觉得妻子应该去寻找他，找到他，确认他没受伤。在一个温暖的夏夜里，在室外地上躺会儿不会伤害到他。做妻子的搬不动。我是费尽全力才办到的。但你很难料到竟会看见艾琳站在敞开的门口抽烟，不大清楚丈夫究竟在哪里。你能料到吗？我不知道她跟丈夫有什么过节，他在那种状况下究竟有多危险，她会有多么害怕靠近丈夫。"能忍受的我都忍受了，"我赶到时她曾对我说，"你去找他吧。"接着她就走进屋里晕倒了。

这仍然困扰着我，但我只得到此为止。我得假设当她经常面对这种情况的时候，她已经明白自己对此是无能为力的，只能听其自然，那么她也就听之任之了。就是这样，听其自然。让他躺在外面，躺在地上，直到有人带着医疗器械来处理他。

这仍然困扰着我。还有一件事我弄不明白：当阿帅和我把韦德抬上楼睡觉时，她离开了，回了自己的房间。她说过她爱这家伙。这人是她丈夫，他们结婚五年了，丈夫清醒时人很好——这可是她自己说的。醉了，丈夫就变了个人，成了要躲开的东西，所以他有危险。好吧，就此打住。但不知为什么这仍然困扰着我。如果她是真的害怕，她就不会站在敞开的门口抽烟。如果她只是委屈、孤寂和厌恶，她就不会晕倒。

还有别的什么。另一个女人，或许。那么她是刚刚发现。琳达·罗林？也许。罗林医生认为如此，而且是以非常公开的方式说过。

我不再想它，掀开打字机的罩子。那东西就在那儿，几页打了字的散乱的黄纸，我应该把它毁掉，免得艾琳看见。我把它们拿到沙发上，认定我做这阅读的功夫应该有杯酒做酬劳。书房外有个小盥洗室。我冲洗了那只高脚玻璃杯，倒了酒，端着它坐下阅读。我读到的东西是真正的疯话。全文如下。

二十八

　　距离月圆还有四天，墙上有一方月光，它像一只浑浊的大盲眼，一块角膜白斑，看着我。玩笑。愚蠢得该死的比喻。作家。每样东西都得像别的什么东西。我的脑袋像生奶油一样蓬松，却没它那么甜。又是比喻。一想到这讨厌的职业我就会吐出来。反正我会吐。我可能愿意吐。别逼我。给我时间。我腹腔神经丛里的虫子爬呀爬呀爬呀。我躺到床上去会好一些，但床下会有头黑兽，那黑兽会窸窸窣窣四处乱爬，弓起身子，撞到床板，然后我会发出一声喊叫，除了我没人听得见。一声梦吼，一声梦魇的叫喊。没什么可怕的，我不怕，因为没什么可怕的，但我一旦像那样躺在床上，同样的事情又发生了，那头黑兽又来折腾我，碰撞床板，我有了性高潮。这比我做过的其他任何龌龊事更叫我恶心。

　　我很脏。我需要剃须。我的双手颤抖着。我在出汗。我闻到自身的臭味。腋下的衬衫湿了，还有前胸与后背。袖子的肘弯处湿了。桌上的玻璃杯空了。现在得用两只手去倒那东西了。我可以从瓶子里再倒一杯，也许能提神。那玩意儿的味道叫我作呕。对我不会有什么帮助。到头

202

来我不能睡好，全世界都会呜咽，害怕那受折磨的神经。好东西，是吗，韦德？再来点儿。

　　头两三天都很好，接着就不行了。你痛苦，你喝一杯，有阵子好点儿了，可代价越来越高，效果却越来越差，然后总有一个临界点，到了那一步你除了恶心就一无所有了。然后你给韦林杰打电话。好吧，韦林杰，我来了。现在再也没有韦林杰了。他去了古巴，不然就是死翘翘了。那变态杀了他。可怜的老韦林杰，什么命啊，跟个变态死在床上——那种变态。来吧，韦德，我们起床，到处走走。去我们没到过的地方，去我们到过但永远不会回去的地方。这句话讲得通吗？讲不通。那好，我没打算收它的稿费。放了一部广告长片，短暂停顿。

　　好，我照办。我起床了。好一条汉子。我走向沙发，在这里我跪在沙发边，双手搁在沙发上，脸埋进手里，哭泣。接着我祷告，因为祷告而蔑视自己。三级酒鬼蔑视自己。你个傻瓜，你究竟向什么祷告？健康人祷告，那是信仰。病人祷告，他只是怕了。去他的祷告！这是你造的世界，你一手造的，你得到的那点外界帮助，嗯，那也是你造的。别祈祷了，你个傻子！站起来，拿起那瓶酒。现在干别的事情都来不及了。

　　好吧，我拿酒。双手。也把它倒进这只酒杯。几乎一滴不漏。我能端起杯子又不吐就好了。最好加点水。慢慢端起来。悠着点儿，一次别喝太多。暖起来了。热起来了。我能不流汗就好了。杯子空了。它又回到桌上了。

　　月光蒙着雾，但我不管它，放下酒杯，小心，小心，像高腰花瓶里的一束玫瑰。玫瑰带着露水点头。也许我是一朵玫瑰。老兄，我沾了露水吗？现在上楼去。也许要喝点烈酒直接上路。不行？好吧，你说怎么就怎么。我到了就把它带上楼。如果我到了，就有可指望的了。如果我到了楼上，我有资格得到补偿。我对自己的象征性问候。我对自己有这么美好的爱，还有它最美好的部分——没有情敌。

双倍空间。上去和下来。不喜欢楼上。高度让我心慌。可我继续在打字机的键盘上敲打。潜意识真是个厉害的魔术师。要是它能按时上下班就好了。楼上也有月光。可能是同一个月亮。月亮不会变化多端。它像送牛奶的人来来去去，月亮奶却总是一样。奶月亮总是——打住伙计。你跷起了二郎腿。现在不是卷入月亮个案史的时候。整个该死的山谷有够多的个案史需要你去操心了。

她侧身睡着，没有声音。她的双膝弓着。我觉得太静了。你睡觉时总会弄出点声响。也许没睡着，也许是想要入睡。我若走近点就知道了。也可能摔下来。她的一只眼睁着——是不是？她望着我，是不是？不是。是不是应该坐起来说，你病了吗，亲爱的？是的，我病了，亲爱的。但别放在心上，亲爱的，因为这病是我的病，不是你的病，你尽管静静地睡，美美地睡，永远别回忆，别让你沾上我的黏液，别让任何残忍、阴暗、丑陋的东西靠近你。

你是个烂人，韦德。三个形容词，你个烂作家。看在基督的分儿上，你这烂人不用三个形容词来表达就无法摆平意识流吗？我又扶着栏杆下楼。我的内脏随着脚步翻腾，我用诺言把它们团在一起。我到了主层，我到了书房，我到了沙发边，我等待心跳慢下来。酒瓶就在手边。

韦德的安排中有一点你可以确定，就是酒瓶总在手边。没人把它藏起来，没人把它锁起来。没人说：你不认为你喝得够多了吗，亲爱的？你会喝出病来的，亲爱的。没人说这话。只是温馨如玫瑰一般侧卧着。

我给了阿帅太多钱。错了。应该先给他一袋花生，逐步进展到给一只香蕉。然后有点真正的改变，缓慢而从容，一直吊着他的胃口。你一开始就给他一大块肥肉，很快他就有了赌本。他靠这边一天的开销，可以在墨西哥生活一个月，活得潇洒而下流。所以当他有了赌本，他会做什么呢？唉，如果一个人认为他能得到更多，他还会觉得自己的钱够花了吗？也许这没什么不对。也许我该宰了那个眼睛闪亮的杂种。曾有一个好人因我而死，为什么穿白夹克的蟑螂就不行？

忘了阿帅吧。总有办法把针尖磨钝。另外那个我永远忘不了。它用绿火刻在了我的肝上。

最好打个电话。控制不住了。感觉它们跳呀跳呀跳呀。最好趁那些粉红色的家伙爬上我的脸之前赶快给什么人打个电话。最好打电话，打呀，打呀。打给"苏城的苏"。喂，接线员，给我接长途。喂，长途台，给我接"苏城的苏"。她的号码是多少？没有号码，只有名字，接线员。你会发现她沿着第十街散步，在有树荫的一边，在伸长耳朵的高玉米秆下……好了，接线员，好了。取消整个节目，让我告诉你一件事，我的意思是，问你一件事。如果你取消我的长途电话，谁来为吉福德在伦敦举办的那些时髦派对付钱呢？嗯，你以为你捧了个铁饭碗。你以为。听着，我最好直接跟吉福德谈。找他听电话。他的男仆刚把他的茶端进去。如果他不方便接电话，我们就派个方便接的过去。

　　现在我写这些干什么？我不愿去想的是什么？电话。最好现在就打。变得很糟了，很糟，很糟……

　　这就是全部。我把那几页纸折成小块，塞到内胸袋的皮夹后面。我走向落地窗，把窗子开得大大的，跨到外面的露台上。月光有点变质了。但这是空闲谷的夏天，而夏天是绝不会变质得太厉害的。我站在那儿看着纹丝不动毫无色彩的湖面，思索着，揣摩着。这时我听见一声枪响。

二十九

阳台上两扇亮着灯的房门现在都打开了，那是艾琳的和罗杰的房间。艾琳房间里没人。罗杰房间里传来打斗声。我一个箭步冲进去，只见艾琳在床边俯身跟罗杰扭斗。一把枪的黑光射向它上方的空中，两只手，一只男人的大手，一只女人的小手，同时抓着那枪，都没握着枪柄。罗杰坐起在床上，身子朝前推压。艾琳穿一件浅蓝色的家常服，是加了衬垫的那种，披头散发，现在她两手抓住了枪，飞快地使劲一拽，从罗杰手上夺了过去。我为她有这份气力感到惊诧，尽管罗杰处于恍惚的状态。他往后倒去，瞪眼，喘息，而艾琳走开了，跟我撞个满怀。

她站住了，靠着我，双手握枪，紧贴在身上。她剧烈地喘息啜泣。我伸手抱住她，把手搁在枪上。

她扭转身子，仿佛直到此时才意识到我的存在。她两眼圆睁，她的身子瘫倒在我怀里。她松开了枪。这是一把笨重的武器，一把韦伯利双弹簧无撞针手枪。枪管是热的。我一手扶着她，一手把枪放进口袋，越过她的头顶看罗杰。没人说话。

这时罗杰睁开眼睛，嘴角泛起那种倦怠的微笑。"没人受伤，"他呢喃道，"只是胡乱射进了天花板。"

我感觉艾琳的身子变硬了。接着她挣开了。她的眼神聚焦了，很清晰。我放开她。

"罗杰，"她用比魔怔低语好不了多少的声音说，"难道非得这样吗？"

罗杰如猫头鹰一般瞪着眼，舔舔嘴唇，没有说话。她走过去靠着梳妆台。她的手机械地移动，把头发从脸上往后撩。她从头到脚打了个冷战，头朝两边摇晃。"罗杰。"她又低语道，"可怜的罗杰。可怜不幸的罗杰。"

罗杰现在直勾勾地仰视着天花板。"我做了个噩梦，"他慢吞吞地说，"有个人举着刀靠在床边。我不知是谁。有点像阿帅。不可能是阿帅。"

"当然不是，亲爱的。"艾琳柔声说。她离开梳妆台，在床沿坐下。她伸出手，开始轻抚罗杰的额头。"阿帅早就去睡了。阿帅怎么会带刀呢？"

"他是墨西哥佬。他们都有刀。"罗杰还是用那种不带情感的口吻说，"他们喜欢刀。而他不喜欢我。"

"没人会喜欢你。"我粗野地说。

艾琳飞快地转过头来。"拜托——拜托别这么讲话。他并不知道。他做了个梦——"

"哪来的枪？"我吼道，望着艾琳，压根儿不理睬罗杰。

"床头柜。在抽屉里。"罗杰转过头来，迎上我的目光。抽屉里根本就没枪，他明知我晓得这一点。抽屉里有药丸，和杂七杂八的东西，但没枪。

"也可能是在枕头下，"他补充道，"我不是很清楚。我开了一枪——"他抬起一只沉重的手，指了指。"打在那上面。"

我抬头看去。天花板石膏上好像确实有个洞。我走到可以看清那窟窿的地方。是的。是子弹可以打出的那种窟窿。从那把枪射出的子弹，可以穿透天花板，射进阁楼。我折回来，紧靠床边站着，俯视罗杰，让他承受严厉的目光。

"神经病。你想自杀。你根本没做噩梦。你只是在自怜的海洋里游泳。你的枪没放在抽屉里，也没放在枕头下。你起床了，拿到枪，回到床上，你做好了准备，想要一了百了。但你可能没这个胆子。你开了一枪，没打算射中任何东西。而你妻子飞奔而来——你要的就是这个。只要怜悯和同情，朋友。不要别的。就连扭打多半也是表演。如果你不让着她，她怎么可能从你手里把枪夺走？"

"我病了。"他说，"不过你可能没有说错。这有关系吗？"

"这会儿有点关系。他们会把你送进精神病院，相信我，经营那种地方的家伙，他们的同情心相当于佐治亚州用铁链锁住一群囚犯的看守。"

艾琳倏然起身。"够了！"她厉声说，"他有病，你知道的。"

"他想得病。我只是提个醒，让他知道要为此付出什么代价。"

"现在不是说这个的时候。"

"回你自己房间去吧。"

艾琳的蓝眼睛燃起了怒火。"你怎么敢——"

"回你自己房间去！除非你想要我叫警察。这些事情应该报警。"

罗杰几乎笑出声来。"对呀，报警。"他说，"就像你对特里·伦诺克斯做的一样。"

我没有理睬他。我仍然望着艾琳。她一副精疲力竭的样子，楚楚可怜，美丽动人。心中怒火转瞬熄灭。我伸手碰碰她的胳膊。"没事。"我说，"他不会再犯了。回去睡觉吧。"

艾琳看了他好一会儿，走出房间。当敞开的门口不见了她，我在床沿坐下，那是刚才艾琳坐过的地方。

"还要吃药吗？"

209

"不了，谢谢。我睡不睡都不要紧。我觉得好多了。"

"关于那一枪我说对了吧？只是一小段疯狂的表演？"

"多少是吧，"他把头别开，"我想我是昏了头。"

"没人能拦住你自杀，如果你真想的话。我明白这个。你也明白。"

"是的。"他还是看着别处，"你做没做我请你做的事情——打字机里的那几页东西。"

"嗯哼。真没料到你还记得。真是写了些大疯话。奇怪的是，字却是打得很清楚。"

"我一向能打清楚，不管醉没醉，好歹能够打出来。"

"别担心阿帅。"我说，"你说他不喜欢你是你弄错了。我说没人喜欢你是我说错了。我只是想刺激艾琳，让她抓狂。"

"为什么？"

"她今晚已经晕倒过一次了。"

他微微摇头。"艾琳从不晕倒。"

"那就是假装的。"

他也不以为然。

"你是什么意思——曾经有个好人因你而死？"我问道。

他皱起眉头，想着这事。"只是胡诌。我告诉过你我做了个梦——"

"我讲的是你打出来的那篇胡言乱语。"

现在他看着我，在枕头上扭转脑袋，仿佛头有千斤重。"另一个梦。"

"再提个问题。阿帅抓到你什么把柄了？"

"打住，老兄。"他说着，闭上眼睛。

我站起身，关上门。"你不能永远逃避，韦德。当然，阿帅可能是个勒索犯。轻而易举。他甚至可以干得很漂亮，既喜欢你，同时又拿你的钱。是什么把柄——一个女人？"

"你竟然信了那个蠢货，罗林。"他说着，闭上眼睛。

"不见得。是不是她妹妹——死了的那个？"

可以说这是歪打正着。他突然两眼圆睁，嘴边冒出个唾沫泡。

"难道这是——你来这儿的原因？"他慢慢问道，声音轻若耳语。

"你很清楚啊，我是应邀而来的。是你请来的。"

他的脑袋在枕头上来回滚动。尽管服了速可眠，他仍然很紧张。他脸上满是汗珠。

"拈花惹草的好丈夫我可不是头一个。别烦我了，你这该死的。别烦我。"

我走进浴室，拿出一条面巾，给他把脸擦干。我嘲弄地对他笑着。我是终结所有混蛋的混蛋。我一直等到那人倒下了，然后踢他，再踢他。他很虚弱了，他无力抵抗或还击。

"改天我们会为此聚一聚。"我说。

"我没疯。"他说。

"你只是希望自己没疯。"

"我一直活在地狱里。"

"嗯，的确是。很明显。我感兴趣的关键是为什么。喏——拿着。"我从床头柜里拿出另一粒速可眠，又给他倒了一杯水。他用一只胳膊支起身子，伸手接玻璃杯，却差十厘米没抓着。我把杯子放进他的手掌。他费力地喝了水，吞下药丸。接着他平躺回去，浑身塌陷了，脸上没有了表情。他的鼻子好像被人捏着。他差点就是个死人。今晚他不会把任何人推下楼梯。很可能从未如此。

当他的眼皮沉沉欲合时，我走出房间。那把韦伯利手枪顶着我的臀部，在我的口袋里沉甸甸地往下坠。我开始走回楼下。艾琳的房门开着。她的房间没开灯，但有足够的月光照进去，映出她立在门内的身影。她喊了一声，好像叫一个名字，但不是我的。我走近她。

"小点儿声，"我说，"他又睡着了。"

"我始终知道你会回来。"她柔声说，"哪怕过去了十年。"

我凝视着她。我们当中有个人是呆瓜。

"关上门，"她依旧用爱抚的语调说，"这些年我一直为你守身如玉。"

我转身关上门。此刻关门似乎是个好主意。当我面对她时，她已向我扑来。于是我抱住她。我没法不抱她。她紧贴着我，她的头发摩挲着我的脸。她的嘴唇凑上来要承接亲吻。她在颤抖。她嘴唇微启，她的牙齿张开，她的舌头探出。接着她垂下两手，把什么东西一拉，身上的袍子掀开了，里面一丝不挂，裸露如"九月之晨"，不过是一副少了些娇羞的该死光景。

"抱我上床。"娇喘吁吁。

我照办了。我用双臂搂着她，触到赤裸的肌肤，柔滑的肌肤，柔滑顺从的肉体。我把她举起，抱着她走了几步，到了床边，把她放下。她一直用手臂搂着我的脖子。她从喉咙里发出一种哨音。接着她摇扭，呻吟。这真要命。我欲火中烧，如一匹雄性种马。我要失控了。你不是在任何地方都能遇到此等女人的此等邀诱。

阿帅救了我。轻轻的一声吱嘎，我迅速回头，看见门把手在转动。我挣脱出来，跃向门口。我打开门，冲到门外，那墨西哥佬正沿廊道飞跑，奔下楼梯。跑到一半，他停下了，转过身子，斜睨我一眼。接着他就消失了。

我走回房门边，把门关上——这次是从外面关。床上的那个女人发出某种怪异的声响，但现在已不具有魔力。怪异的声响。魔咒失灵了。

我快步下楼，穿过客厅走进书房，抓起那瓶苏格兰威士忌，对着瓶口畅饮。当我实在吞不下更多的时候，我靠着墙，喘息着，任由酒精在体内燃烧，直到火焰蹿入脑袋。

　　正餐过后已有很久。一切正常的事情发生后已有很久。威士忌很快就上了头，来势凶猛，我继续狂饮，直到房间开始变得模糊一片，家具全部错乱了位置，灯光如同野火或夏日的闪电。然后我瘫倒在皮沙发上，竭力把酒瓶在我胸口摆稳。瓶子好像空了。它滚下去，"哐啷"一声落在地板上。

　　那是我能清楚记住的最后一件事。

三十

一束阳光触痒了我的一只脚踝。我睁开眼，看见一棵树的树冠衬着迷蒙的蓝天轻轻摇晃。我翻个身，脸颊碰到了皮革。利斧劈开了我的头。我坐起来。身上盖着一条膝毯。我把它掀开，把脚伸到地板上。我皱着眉头看钟。那钟说六点半还差一分钟。

我站起身，而这是需要个性的。这需要意志力。这费了我很大的潜力，我的潜力已大不如前。艰难沉重的岁月整垮了我的身体。

我吃力地走向小盥洗室，摘掉领带，脱去衬衫，用双手接了些凉水拍打脸颊，也把凉水拍到脑袋上。当我淋湿身体时，我用毛巾拼命擦拭自己。我穿回衬衫，打好领带，伸手去拿夹克，口袋里的枪碰到了墙上。我掏出枪，把弹夹从枪身退出，把子弹倒在手上，五颗是完整的，另一颗只是变黑了的弹壳。接着我想，有什么用呢？子弹用之不竭。于是我把它们装回去，拿着枪走进书房，把它收进书桌的一只抽屉里。

当我抬起头时，看见阿帅站在门口，整齐干净地穿着他的白外衣，头发往后梳，油光乌亮，目光冷峻。

"你要来点咖啡吗？"

"多谢。"

"我关了灯。老板很好。睡着了。我关了他的房门。你怎么喝醉了？"

"不得已。"

他对我哼了哼鼻子。"她没让你得手，嗯？被一股脑儿踢出来了，侦探？"

"随便你怎么想。"

"今天早上你可不硬，侦探。你一点儿也不硬。"

"去端该死的咖啡！"我对他吼道。

"婊子养的！"西班牙语。

我纵身跃起，抓住他的胳膊。他没动。他只是轻蔑地望着我。我大笑，放开他的手臂。

"你说对了，阿帅。我一点儿也不硬。"

他转过身，走了出去。转瞬间他就端着一个银托盘转来了，托盘上有一把银质咖啡壶，还有糖、奶油和一条整洁的三角形餐巾。他把托盘放在鸡尾酒桌几上，收走空酒瓶和其他酒器。他从地板上拾起了另一只酒瓶。

"新鲜。刚煮的。"他说着，走了出去。

我喝了两杯黑咖啡。接着我试着抽支烟。一切正常。我仍属人类。这时阿帅又回到书房。

"要不要早餐？"他问道，阴沉着脸。

"不要，谢了。"

"那好，滚出这里吧。我们不希望你在这儿。"

"谁是'我们'？"

他掀开一只盒子的盖子，给自己拿了一支香烟。他点上火，傲慢无礼地冲我吹烟。

"我照顾主人。"他说。

"这很值当吧？"

215

他皱了皱眉头，然后点点头。"对呀。很值当。"

"拿了多少外快——为了让你不透露所知的内情？"

他又讲回了西班牙语。"听不懂。"

"你全能听懂。你敲诈了他多少？我打赌不会多于两码。"

"两码，那是什么？"

"两百块。"

他咧嘴笑了。"你给我两码吧，侦探。那样我就不会告诉主人你昨夜从夫人房里出来。"

"两百块可以买一车你这样的湿背，就是非法入境的墨西哥佬。"

他耸耸肩膀。"主人大发雷霆时可厉害啦。最好花钱消灾，侦探。"

"墨西哥来的小流氓。"我鄙夷地说，"你能摸到的都是小钱。好多男人喝醉了会去鬼混。这一点太太心里完全有数。你根本没什么情报可卖。"

他的眼睛发亮了。"别再来这儿晃悠了，硬小子。"

"我要走了。"

我站起身，绕过鸡尾酒桌儿。他跟着挪动，保持和我面对面。我注意他的手，但他今天早上显然没带刀。当我离他够近时，我甩了他一个耳光。

"我不会让用人骂我是婊子养的，脏玩意儿。我在这儿办正事，我想来随时会来。从现在起嘴上要有把门的。当心挨枪子儿，你这张漂亮脸蛋就保不住了。"

他没做出任何反应，挨耳光也没反应。挨耳光和被叫作脏玩意儿对他而言肯定是要命的侮辱。但这次他站着没动，一脸茫然，呆若木鸡。接着他一语不发，拿起咖啡托盘，将它端了出去。

"多谢咖啡。"我冲着他的背影说。

他继续走着。当他消失时，我摸摸下巴上的胡楂儿，抖抖身子，决定上路。我受够了韦德一家。

当我穿过客厅时，艾琳正在下楼，身着白长裤、露趾凉鞋和浅蓝色衬衫。她看到我时露出一脸惊讶。"我不知道你在这儿，马洛先生。"听她的口气好像一个星期没见着我了，而我此时只是顺道进来喝杯茶。

"我把他的枪收进书桌了。"我说。

"枪？"接着她好像恍然大悟，"噢，昨晚有点忙乱，对吧？不过我以为你早就回去了。"

我走过去，靠近她一些。她脖子上挂着一条细细的金项链，套着个别出心裁的白蓝两色珐琅的镶金坠子。涂了蓝珐琅的那部分像一对翅膀，但没张开。和翅膀相映衬的是一道白色的宽珐琅，上面画着刺穿书卷的金匕首。我认不出上面的字。它是某种军徽。

"我喝醉了，"我说，"故意的，失态了。我有点寂寞。"

"你用不着这样。"她说，她的两眼清澈如水。眼里没有一丝奸猾。

"见仁见智吧。"我说，"我要走了，我不敢肯定还会回来。你听见我说那把枪的事情了吧？"

"你收在他书桌里了。收到别的地方说不定更好。可他不是真的要对自己开枪，对吧？"

"这我没法回答。但下一次他也许会。"

她摇摇头。"我觉得不会。我真的觉得不会。昨晚你帮了大忙，马洛先生。我都不知道怎样谢你才好。"

"你费心尝试过啦。"

她脸上飞红了。然后她大笑起来。"我晚上做了个好怪的梦，"

217

她慢声说，越过我的肩膀望着别处，"从前的一个熟人到了这所宅子里。一个十年前就去世了的人。"她的手指抬了起来，摸着那枚镶金的珐琅坠子。"所以我今天戴了这个。是他送给我的。"

"我也做了个怪梦，"我说，"可我不想说出来。罗杰情况有变的话请告诉我，有什么要我帮忙的尽管说。"

她把视线放平，望着我的眼睛。"你刚才说了你不会再来。"

"我是说我不敢肯定。说不定我还能再来。但愿不必吧。这所宅子里有些事很不对劲。其中只有一部分是杯中物惹的祸。"

她盯着我，紧锁眉头。"这是什么意思？"

"我想你明白我在说什么。"

她细细思量了一番。她的手指仍然轻抚着那枚吊坠。她发出一声缓慢而容忍的叹息。"总有另一个女人，"她平静地说，"此时或彼时。这倒未必是致命的。我们的交谈观点分歧，对吧？或许我们谈的根本不是同一码事？"

"可能吧。"我说。她还站在楼梯上，站在从下往上数的第三级。她仍然把手指放在吊坠上。她仍然像个金色的梦。"尤其是，如果你脑子里想到的另外那个女人是琳达·罗林的话。"

她把手从吊坠上放下，又走下一级楼梯。

"罗林医生似乎和我所见略同。"她漠然地说，"他一定有些消息来源。"

"你说过他跟这个山谷里的半数男性演过那一出。"

"是吗？嗯——当时也就是用了那种场合下惯用的说辞。"她又下了一级楼梯。

"我没剃须。"我说。

这话吓到她了。接着她大笑起来。"噢，我可没指望你跟我做爱。"

218

"你对我到底有什么指望，韦德太太？最初，当你第一次游说我去找人的时候？为什么是我——我有什么能给你的？"

"你守信用，"她平静地说，"在很难守信的情况下。"

"我被感动了。可我认为不是因为这个。"

她走下最后一级楼梯，然后她抬头看着我。"那是因为什么呢？"

"如果是因为这个的话——这也是个差劲得该死的原因。差不多是世界上最差劲的原因。"

她微微皱起眉头。"怎么讲？"

"因为我所做的——所谓守信用——就算是傻瓜干的，也不会犯第二次傻。"

"你瞧，"她轻巧地说，"这渐渐变成了一场非常令人费解的谈话。"

"你就是个非常令人费解的人，韦德太太。再见，祝你好运，如果你真的对罗杰有一点点关心，你最好给他找个对他有益的医生——而且要快。"

她又大笑。"哦，昨晚那是一次轻微的发作。你应该瞧瞧他严重发作时是什么样子。他今天下午就会起床工作的。"

"他会才怪。"

"可你要相信我，他会的。我太了解他啦。"

我要对准面门给她最后一击，而这话听起来相当恶毒。

"你并不是真想救他，对吧？你只是要装出你在努力救他的样子。"

"对我讲这话，"她不慌不忙地说，"真是用心非常险恶。"

她从我身边走过，走进餐厅的两道门，接着这个大厅里便空无一人了。我走向前门，走到门外。这是那个明亮幽静山谷里的一个完美的夏日早晨。山谷离城很远，雾霾进不来，而低矮的山峦又挡住了大洋的湿气。稍后天会变热，但热得舒服，热得斯文，热得独一无二，不会像沙漠之热那般严酷，不会像城市之热那般又湿又腥。空闲谷是过日子的完美之地。完美。好人，带着好家、好车、好马、好狗，甚至有可能带着好孩子。

可是仍然有个姓马洛的人一心想从这里出去。而且要快。

三十一

　　我回到家，冲澡、剃须、换衣，又感到了清爽。我做了些早餐，吃了，洗好碗盘，清扫了厨房和后门廊，填装了烟斗，拨了代客接电话服务公司的号码。没人给我打电话。干吗去办公室呢？除了另一只死蛾子和另一层灰尘什么都不会有。保险箱里会有我的"麦迪逊肖像"。我可以过去把玩一下，也把玩一下那五张仍然带着咖啡味的百元新钞。我可以这么干，可我不愿意。我心里有什么东西变酸了。它其实根本不属于我。它要买的是什么呢？一个死人用得着多少忠心？呸！我在隔着宿醉的迷雾看着人生。

　　这是那种好像永远过不完的早晨。我无精打采，倦怠，迟钝，过去的分分秒秒宛如落入了真空，带着软绵绵的呼呼声响，好像脱落的火箭。鸟儿在外面的灌木丛里叽啾，汽车在月桂谷大道上来来往往川流不息。通常我甚至听不见那些汽车。可我此刻忧思着，急躁着，刻薄着，过分敏感着。我决定以喝酒来消灭宿醉。

　　通常我不是个晨间饮酒者。南加州的气候温和得不适合晨饮。你的新陈代谢不够快。但这次我调了一大杯冷酒，坐在安乐椅上，敞开衬衫，挑出一本杂志，阅读一则荒唐的故事，讲的是一个家伙有着双重生活和两位心理医生，一个是人，另一个是蜂巢里的某种昆虫。这家伙老是在这两种生活里来回穿梭，整件事情跟性感女人

221

一样愚蠢，却有一种离谱的滑稽。我喝酒很小心，一次啜一小口，当心着自己。

中午时分电话铃响了，那边的声音说："我是琳达·罗林。我打到你办公室，代接电话公司叫我试试打到你家里。我想见你。"

"为什么？"

"我想当面解释。我猜你偶尔也去办公室吧。"

"对。偶尔。这事有钱挣吗？"

"我还没从那个角度想过。不过倘若你要收费，我不反对。我大约一小时后到你办公室。"

"好嘞。"

"你怎么啦？"她提高声气问道。

"宿醉。但我没麻痹。我会过去。除非你愿意来这里。"

"你的办公室更适合我。"

"我这儿既舒服又安静呢。死街，没近邻。"

"这暗示吸引不了我——如果我懂你的话。"

"没人懂我，罗林太太。我是很难搞懂的。好吧，我会勉为其难地去那只小笼子。"

"那就太感谢了。"她挂了电话。

我在去办公室的路上走得慢了些，因为中途停下来买了三明治。我给办公室通风，打开蜂鸣电铃，把头伸到连通门外，她已在接待室了，坐在曼迪·曼宁德兹坐过的那把椅子上，翻阅着什么，有可能是那同一本杂志。今天她穿一身棕褐色华达呢套装，显得相当优雅。她把杂志放到一边，正色看我一眼，说道：

"你的波士顿羊齿需要浇水了。照我看它还需要重新装盆。气根太多了。"

我拉着为她打开的门。让波士顿羊齿见鬼去吧。她进来以后，

222

我放手让门关上，为她把稳顾客椅，她习惯性地把办公室打量一圈。我绕到办公桌靠自己座位的那一边。

"你这机构确实不够宽敞。"她说，"你连个秘书都没有吗？"

"邋邋遢遢度日嘛，不过我习惯了。"

"我看挣不了多少钱吧。"她说。

"噢，我不知道。看情形吧。想不想看一张'麦迪逊肖像'？"

"一张什么？"

"一张五千元的钞票。预付款。我把它放在保险箱里面了。"我起身走过去。我转动把手，拉开箱门，开锁打开里面的抽屉，打开一只信封，将钞票扔到她面前。她盯着钞票，表情好像是惊愕。

"别让办公室骗了你。"我说，"有次我为一个老头办事，他的财产变现约值两千万元。就连你家老爷子都得向他问好。他的办公室不比我的强多少，只是他有点耳背，在天花板上装了那种隔音的东西。地板上铺的是棕色油毡，没铺地毯。"

她拾起那张"麦迪逊肖像"，夹在手指间将它拉直，翻个边。她将钞票放下。

"你从特里那儿得来的，对吧？"

"嗬，你无所不知嘛，是不是，罗林太太？"

她把那钞票推开，皱起眉头。"他有一张。他和西尔维娅复婚后，他就随身带着。他称之为他的备急零钱。在他尸体上没找到。"

"不在他身上也有可能是别的原因。"

"我知道。可世上有几个人会随身揣一张五千元大钞？有几个给得起你这么多钱的人会用这种大钞给你付款？"

这不值一答。我只是点点头。她唐突地往下说：

"为了它你原本应该去干些什么呢，马洛先生？你愿意告诉我吗？上次开车去蒂华纳，他有很多时间说话。那天傍晚你曾明确表示你不相信他的自白书。他有没有给你一份他妻子情夫的名单，好让你从中找出一名凶手？"

这问题我也没有回答，不过原因不同。

"罗杰·韦德的名字是不是碰巧也在名单上？"她厉声问道，"如果特里没杀妻子，凶手就得是个残暴而又不负责任的家伙，一个疯子，或野蛮的酒鬼。只有那种男人，套用一句你自己的鬼话，才会把她的脸打成一团血海绵。这是不是你让自己为韦德夫妇提供有效服务的原因？你成了随叫随到的常备'妈咪帮手'，韦德喝醉了就应召去看护他，韦德失踪了就应召去找他，韦德无助时就应召去带他回家？"

"有几点我要纠正你，罗林太太。特里可能给了我也可能没给我那张漂亮的雕版钞票。但他没给过我任何名单，也没提过任何人名。除了你似乎确信我干过的那件事，即开车送他去蒂华纳，他不曾要求我做任何事情。我跟韦德夫妇扯上关系，是一位纽约出版商的安排，他急着要罗杰·韦德写完他的书稿，这牵涉到要让他保持相当的清醒，而这又牵涉到要查一查是否有特殊的麻烦导致他酗酒。如果确有麻烦，而且能查出来，那么下个步骤就是设法消除麻烦。我说设法，是因为你很可能办不到。但你可以试试。"

"简单一句话我就可以告诉你韦德酗酒的原因。"她轻蔑地说，"就是他娶了那个贫血的金发花瓶。"

"噢，这可是我不知道的。"我说，"我没看出她贫血。"

"是吗？真有趣！"她眼里闪着光。

我拾起我的"麦迪逊肖像"。"别老琢磨我这句话，罗林太太。我不会跟那位女士上床。抱歉让你失望了。"

我走到保险箱旁，把我的钱收进一个带锁的隔间，我关上保险箱，旋动刻度盘。

"回头一想，"她冲着我的背说，"我很怀疑有谁会愿意跟她睡觉。"

我走回来，在办公桌的转角边坐下。"你变得尖酸刻薄了，罗林太太。为什么呢？难道你单恋着我们的酒鬼朋友？"

"我讨厌你这么说话。"她尖刻地说，"我讨厌。我想是我丈夫演出的那场白痴闹剧使你自以为有权侮辱我。不，我没有单恋罗杰·韦德。我从来没有——即使在他是个行为规矩的清醒男人的时候。照他现在这副德行就更不可能了。"

我重重地坐到椅子上，伸手去拿火柴盒，眼睛盯着她。她看了看手表。

"你们有钱人确实了不起。"我说，"你们认为，你们想说的话，不管多么恶心，都是完全正当的。你可以对一个不太熟的人大发嗤笑韦德夫妇的议论，可是如果我稍稍回敬一下，那就成了侮辱。好吧，咱们平心静气地谈谈。任何酒鬼到头来都会搭上一个荡妇。韦德是个酒鬼，可你却不是荡妇。那只是你那有教养的丈夫随口说出的想法，来为鸡尾酒会增色添彩。那不是他真实的想法，他只是说出来当笑料。所以我们把你排除在外，到别处去找个荡妇。我们得找多远呢，罗林太太？要走多远才能找到一个跟你关系够深、能劳驾你来和我相互嘲笑的女人呢？得是个很特别的人，对吧？否则你怎么会在乎呢？"

她默然不语地坐着，只是看着我。漫长的半分钟过去了。她的唇角发白，她的双手僵硬地搁在跟她套装搭配的华达呢提包上。

"你可是没浪费时间，对吧？"她终于说道，"那位出版商居然想到要雇用你，真是合适不过了！这么说特里没跟你提起任何名字！没一个名字！但这其实并不重要，对吧，马洛先生？你的直觉万无一失。我能否请问你下一步打算干什么？"

225

"不干什么。"

"嗨，多浪费才干！你怎样去完成你对'麦迪逊肖像'应尽的义务呢？肯定有什么事情是你能够干的。"

"说句仅限于你我之间的话，"我说，"你变得很俗套了。这么说韦德认识你妹妹。多谢你告诉我，虽然是拐弯抹角的。我已经猜到了。那又怎么样？你妹妹很可能有相当丰富的收藏品，他只是其中之一。我们别去管它了。我们抽点时间来谈谈你为什么要见我。东拉西扯反而把这事给忘了，对吧？"

她站起身，又看了看手表。"我有辆车停在楼下。我能说服你跟我坐车回家喝杯茶吗？"

"继续说，"我说，"看你能不能说服我。"

"我听起来就那么不可靠吗？我有个客人想认识你。"

"你家老爷子？"

"我不这么称呼他。"她淡然说道。

我站起身，把身子探向桌子对面。"宝贝，你有时候真是迷死人了。是真的。我带把枪没关系吧？"

"你肯定不会怕个老头子吧。"她向我努努嘴。

"干吗不怕？我打赌你也怕——怕得很。"

她叹了口气。"对，我怕他。我一向怕他。他有时相当吓人。"

"那我最好带两把枪。"我说道，话一出口就后悔了。

三十二

　　这是我所见过的外观最奇葩的宅子。这是一只三层楼高的四方形灰色盒子，有个双重斜坡式屋顶，坡度很陡，上面开了二三十个双扇天窗，窗子四周和之间有许多结婚蛋糕形状的装饰。入口两侧都有双石柱，但这个创意的精华所在，是一道装了石栏的露天螺旋梯，它的顶端有个塔楼式房间，从那里一定可以纵览全湖风光。

　　停车场铺了小石子。这个地方真正需要的似乎是一条半英里长的白杨车道，一所鹿园，一所野生植物园，一组三层次的露台，书房窗外的几百株玫瑰，从每扇窗户都可以望见的连绵不绝的愉快绿景，终结于树林、寂静和安谧的虚空。它已有的是一道粗石墙，圈着十到十五亩舒适的土地，它在我们这个拥挤的小地方算得上很大的一片产业。车道旁有一道树篱，由经过修剪的柏树排列而成。到处都有丛生的各种装饰树，它们不像加利福尼亚的树种。都是外来货。这所宅子的建造者，不论是谁，一心想把大西洋海滨拽过落基山脉。他努力尝试，却没成功。

　　阿莫斯，中年的有色人种司机，把凯迪拉克轿车悄悄停在有石柱的入口前面，跳下车，绕过来为罗林太太打开车门。我先下车，帮他把门，搀她下车。自从我们在我的办公楼前上车后，她就很少跟我讲话。她显得疲倦紧张。也许是这幢白痴建筑令她沮丧。它会使一只笑翠鸟垂头丧气，像哀鸽一般发出"咕咕"的叫声。

"这宅子谁建的？"我问她，"他存心跟谁过不去？"

她终于微笑了。"你以前没见过它？"

"从没深入山谷这么远。"

她领我走到车道另一侧，朝上一指。"建这宅子的人从那塔楼上跳下来，就落在你站的地方。他是位法国伯爵，名叫拉·图雷尔，和大多数法国伯爵不同，他很有钱。他妻子叫拉莫娜·德斯伯勒，她自己确实也不寒酸。在默片时代她一周赚三万。拉·图雷尔建了这个宅子做他们的家。它应该是法国布卢瓦城堡的缩微模型。这事你当然知道。"

"了如指掌。"我说，"现在我记起来了。它曾是某家星期天周报的新闻。妻子离开了丈夫，丈夫自杀了。还立了份古怪的遗嘱，对不对？"

她点点头。"丈夫留给前妻几百万车马费，剩下的冻结为信托财产。这份产业必须保持原状。一切都不许改变，餐桌每晚都要按规矩摆放餐具，地界内不许任何人进入，只有仆佣与律师除外。当然，遗嘱没能执行到底。最终这份产业被瓜分为几块，当我嫁给罗林医生的时候，父亲把它送给我当结婚礼物。光是把它整修到再能住人的程度，肯定就花了父亲一大笔钱。我讨厌这儿。从来就讨厌。"

"你不必待在这儿，对吧？"

她无奈地耸耸肩。"部分时间要住这儿，至少。总得有个女儿让父亲看到一些安稳的迹象。罗林医生喜欢这儿。"

"他会的。能在韦德家闹出那种场面的家伙，穿着睡衣还会戴鞋套的。"

她耸起了眉毛。"唔，谢谢你这么有兴致，马洛先生。可我认为这个话题已经谈得够多了。我们还是进去吧？我父亲不乐意别人让他等。"

我们再次穿过车道，登上石阶，双扇大门无声无息地打开了一扇，一个服饰昂贵神色倨傲的家伙站在一旁迎候我们进屋。门厅比我住所的整个建筑面积都要大。地板上是棋盘格子图案，屋子后部好像有彩绘玻璃，要是多少有点光线透过来，我也许能够看出门厅里还有些什么。过了门厅我们又穿过几道双扇雕花门，进入一个幽暗的房间，它的进深不会少于二十米。一个男人坐在那儿等候，一言不发。他冷冷地盯着我们。

"我回来晚了吗，父亲？"罗林太太急忙问，"这位是菲利普·马洛先生。这位是哈伦·波特先生。"

那人只看着我，他的下巴下跌了大约一厘米。

"按铃叫茶。"他说，"坐下，马洛先生。"

我坐下了，看着他。他望着我，如同昆虫学家观察一只甲虫。没人说一个字。场面一片死寂，直到茶被送来。茶壶摆在中国式茶几上面的一只银质大托盘里。琳达坐在茶几旁边倒茶。

"两杯。"哈伦·波特说，"你可以去别的房间喝茶，琳达。"

"好的，父亲。你的茶要加什么，马洛先生？"

"怎么都行。"我说。我的声音仿佛荡到了远处，显得细小而孤单。

她递给老头一杯茶，接着给我一杯。然后她默默起身走出房门。我目送她离开。我呷了口茶，掏出一支香烟。

"请别抽烟。我会犯哮喘。"

我把香烟放回烟盒。我盯着他。我不知身家上亿是什么滋味，但从他的样子看得出他活得并不开心。他块头极大，身高一米九五，比例适中。他身穿一套无垫肩的灰色粗花呢套装。他的肩膀用不着衬垫。他穿了件白衬衫，打深色领带，没带装饰手帕。外胸袋口露出一只眼镜盒。黑色的，跟他的鞋一样。他的头发也是黑色的，没一丝白发。头发往一边梳，罩住头颅，这是麦克阿瑟的梳法。我预感到头发下面是光秃秃的脑袋。他的眉毛又粗又黑。他的声音好像从远处传来。他喝茶的样子仿佛跟茶有仇似的。

"如果我当着你的面说出我的立场，马洛先生，就能节省时间。我相信你正插手管我的私事。如果我没猜错的话，我打算加以阻止。"

"我对你的私事所知有限，不可能插手，波特先生。"

"我不这么想。"

他又喝了口茶，把茶杯搁下，仰靠在他坐的大椅子上，用他那对无情的灰眼将我割成碎片。

"我自然知道你是谁。知道你怎么谋生——如果你有营生的话，知道你是怎么牵扯上特里·伦诺克斯的。我收到报告说你帮助特里出国，你对他的罪责有疑问，后来又接触了一个认识我已故女儿的男人。目的何在，我没得到解释。解释一下吧。"

"如果那个男人有名字，"我说，"说出来吧。"

他难以察觉地笑了，却不像对我有好感。"韦德，罗杰·韦德。算个作家吧，我想。是个作家，他们告诉我，是个写些我不会想读的淫书的作家。我又进一步了解到那人是个危险的酒鬼。那也许使得你突发了什么奇想。"

"也许你最好让我有自己的想法，波特先生。我的想法自然不重要，但它们是我的全部所有。首先，我不相信特里杀了妻子，因为杀人的手法，因为我不认为他是那种人。第二，我没有主动找上韦德。我受邀住在他的宅子里，尽我所能在他完成一项写作计划期间让他保持清醒。第三，如果说他是个危险的酒鬼，我并没有看出这种迹象。第四，我的初次接触是应他的纽约出版商之请，那时我根本料不到罗杰·韦德认识你女儿。第五，我拒绝了这个聘请，然后韦德太太请我去找她离家在某处接受治疗的丈夫。我找到了他，把他带回了家。"

"头头是道嘛。"他干巴巴地说。

"我的头头是道还没完呢，波特先生。第六，不知是你本人还是某个听命于你的人派了个名叫休厄尔·恩迪克特的律师来把我弄出监狱。他没说谁派他来的，可是没别的人知情。第七，当我出狱后，有个叫作曼迪·曼宁德兹的流氓跑来恐吓我，警告我少管闲事，小题大做地对我讲述特里如何救过他的命，如何救过一个名叫兰迪·斯塔尔的拉斯维加斯赌徒的命。就我所知这故事可能是真的。曼宁德兹假装吃醋，说特里没请他帮忙逃往墨西哥，却求助于我这样的窝囊废。他，曼宁德兹，只消竖起一根手指头，就能四两拨千斤，把事儿办成，而且比我办得漂亮很多。"

"嗬嗬，"哈伦·波特冷笑道，"你不会有一种印象，以为我会把曼宁德兹先生和斯塔尔先生算在我的相识之中吧？"

"我不知道，波特先生。一个人用我所能理解的任何方式都挣不到你那么多的钱。接下来劝我别去踩法院大楼草坪的是你的女儿，罗林太太。我们偶然在酒吧相遇，我们搭讪是因为我们两人都喝占列鸡尾酒，那是特里最爱的饮品，但在我们这里却是冷门。我不知道她是谁，她说出来我才知道。我跟她讲了一点我对特里的感觉，她提醒我如果我把你惹恼了，我的职业生涯会变得短暂而糟糕。我把你惹恼了吗，波特先生？"

"你把我惹恼的时候，"他冷冷地说，"你就不必问我了。你会有切身的体会。"

"跟我想的一样。我有点期待打手队过来串门，可他们到目前为止还没现身。警察也没来烦我。他们可以来找我的麻烦。我可能会吃苦头。我想你所要求的只是清净，波特先生。我究竟干了什么

231

搅了你的清净呢？"

　　他咧嘴笑了。这是变味的笑，但那仍然是笑。他把发黄的长手指交叉在一起，跷起二郎腿，安逸地往后靠去。

　　"讲得很好，马洛先生，我已经让你表演过了。现在你听着。你认为我只求清静，你讲得很对。你跟韦德夫妇的接触出于偶然、意外、巧合，是很有可能的。那就维持原状吧。我是个看重家庭的人，生活在一个家庭变得几乎毫无意义的时代。我的一个女儿嫁给了波士顿的一名道学先生，另一个搞出了一连串愚蠢的婚姻，最后嫁给了一个听话的贫民，纵容她过一种毫无价值又不道德的生活，直到那人突然无缘无故失去自制，把她杀死了。你认为这种讲法不能接受，因为作案手法的凶残。你错了。他用一支毛瑟自动手枪射中了妻子，就是他随身带去墨西哥的那把枪。射杀她以后，他所干的事情是为了掩盖枪伤。我承认这是残暴的手法，但要记住那人打过仗，负过重伤，受过不少罪，也见过别人受罪。他可能不是故意杀我女儿。可能还厮打过一阵，因为枪是我女儿的。那把枪体积虽小功效却大，七点六五毫米口径，型号叫作 P.P.K.。子弹完全射穿我女儿的头，嵌在印花棉布窗帘后面的墙里。勘查现场时起初没有发现，这件事完全没有公布。现在我们来斟酌一下局面。"他突然中断，盯着我，"你非抽烟不可吗？"

　　"对不起，波特先生。我是下意识拿出来的。习惯成自然。"我第二次把香烟放回去。

　　"特里刚刚杀死了他的妻子。根据警方相当局限的观点，他有充足的动机。但他也有很棒的辩解——那是我女儿的枪，在我女儿手上，他试图从我女儿手里夺下来，没能抢到，我女儿用它打死了自己。高明的辩护律师可以借此大肆发挥。他可能会被无罪开释。如果当时他给我打了电话，我会帮他。但他为了掩盖弹痕把凶杀变成了一桩凶残的案子，他使我没法帮他了。他只得逃亡，连逃也逃得那么笨。"

"他确实干得不漂亮，波特先生。但他首先给身在帕萨迪纳的你打过电话，是不是？他告诉我他打了。"

这大块头男人点点头。"我叫他消失，我再看看我能做些什么。我不想知道他在哪儿。这是至关重要的。我不能窝藏罪犯。"

"听起来不错，波特先生。"

"我是不是听出了一点弦外之音？没关系。当我得知细节后，我就无能为力了。我不能容忍那种血腥杀戮将会导致的那种审判。坦率地讲，当我得知他在墨西哥冲自己开了枪，并且留下了一份自白书，我是非常高兴的。"

"这我能理解，波特先生。"

他冲我耸起眉毛。"留点神儿，年轻人，我不喜欢冷嘲热讽。你现在理解我为什么不能容忍任何人进行任何形式的任何进一步调查了吧？还有我为什么运用了所有的影响力尽可能缩短原来的调查，尽量减少曝光度了吧？"

"当然理解——如果你相信是他杀了你女儿的话。"

"当然是他杀了我女儿。意图如何是另一码事。这不再重要了。我不是公众人物，也不想去当。我总是费尽周折来避免任何方面的曝光。我有影响力，但我不滥用。洛杉矶县的地方检察官是很有抱负的人，他头脑非常清醒，不会为了名噪一时而自毁前程。我在你眼里看见了闪光，马洛。别这样。我们生活在所谓的民主社会，由多数人统治。如果能够付诸实施，这是个完美的理想。人民选举，却由政党机器提名，政党机器要有效运作得花很多钱。得有某人把钱捐给他们，那个'某人'，无论是一个人，一个财团，一个同业公会还是你能想到的什么，期望着作为交换的某种报偿。我和我这

233

类人所期望的是别人允许我们在得体的隐私中过自己的日子。我拥有报纸，但我不喜欢报纸。我把它们视为对我们所剩隐私权的持续威胁。他们不断叫嚣要新闻自由，想要的是兜售丑闻、犯罪、性、哗众取宠、仇恨、含沙射影、利用宣传机器从事政治和金融活动的自由，只有少数的自由是体面的。报纸是力图通过广告收入赚钱的生意。广告的基础是发行量，而你知道发行量要靠什么。"

我站起身，绕着我的座位走动。他以冷冰冰的目光注视着我。我又坐下。我需要一点运气。见鬼，我需要一卡车运气。

"好吧，波特先生，接下来又如何呢？"

他没在听。他皱着眉头沉浸于自己的思绪。"金钱有个特性，"他继续说，"数目大时趋向于有其自己的生命，甚至有其自己的良知。金钱的力量变得很难掌控。人永远是容易贪财的动物。人口增长，战争的巨大开销，没收性税收的持续压力，使得人越来越容易贪财。一般人疲惫而心惊，一个疲惫而心惊的人是玩不起理想的。他得养家糊口。在我们的时代我们在公德和私德两方面都看到了惊人的衰退。那些在生活中甘心于缺乏质量的人，你不能指望他们给你提供质量。你无法指望大规模生产注重质量。你不要高质量的东西，因为它过于经久耐用。于是你用不同的款式来取代它，这是人为制造废弃品的商业骗局。大规模生产必须使它今年售出的东西从现在算起一年后就落伍过时了，否则它就卖不掉下一年的产品。我们有世界上最洁白的厨房和最明亮的浴室。可是在那可爱的白色厨房里一般的美国主妇做不出一顿可口的饭菜，而那迷人的明亮浴室主要是一个贮藏所，收捡除臭剂、泻药、安眠药，以及美其名曰'化妆品产业'的哄骗你增强自信心的产品。我们有全世界最精美的包装，马洛先生。包装里面的东西大部分是垃圾。"

他掏出一条白色大手帕，用它触一触鬓角。我张口结舌坐在那

234

儿，诧异这家伙的动力何在。他憎恶一切。

"我觉得这一带太暖和了。"他说，"我习惯于凉爽些的气候。说到这里我听上去像一篇跑题千里的社论了。"

"我完全懂了你的意思，波特先生。你不喜欢如今的世道，所以用你所有的权力隔离出一个私密的角落并活在其中，尽可能承袭你记忆中五十年前还没有大规模生产时人们的生活方式。你有一亿美元，而它带给你的只有难受的日子。"

他扯着手帕的两个对角将它拉紧，然后揉成一团，塞进口袋。

"还有呢？"他突兀地问道。

"就这些，没别的了。你不在乎是谁杀了你女儿，波特先生。你早就把她当作不良少女断绝了关系。就算特里·伦诺克斯没有杀她，而真凶仍然逍遥法外，你也不在乎。你不希望真凶被缉拿归案，因为那会使丑闻再起，而且势必会有一场审判，而他的辩护词会把你的隐私吹到帝国大厦那么高。当然了，除非他非常善解人意，在审判前就自杀了。最好死在塔希提、危地马拉或撒哈拉沙漠中央。只要是县政府不愿花钱派人去验证真相的地方就行。"

他突然笑了起来，一种开朗粗犷的笑，带有适量的友善。

"你想要我给你什么，马洛？"

"如果你是指多少钱，我分文不要。我不是自己要来这儿的。我是被领来的。我讲了认识罗杰·韦德的真实经过。但他确实认识你女儿，他确实有过暴力记录，只是我没亲眼见证。昨晚那家伙企图朝自己开枪。他有严重的负罪情结。如果我碰巧在找一个合格的嫌犯，他是可以对上号的。我明白他只是许多嫌犯中的一个，但他碰巧是我唯一遇见的一个。"

他站起身，起身后块头委实很大，也很强壮。他走过来，站在我面前。

235

"一通电话，马洛先生，就可以使得你的执照被吊销。别跟我打马虎眼，我可不会容忍。"

"两通电话，我就会在醒来时亲吻阴沟，后脑勺不知去了哪里。"

他粗声大笑。"我不会那么做。大概是因为你干的行业太奇葩，自然会朝那方面想。我已经在你身上花了太多的时间。我要按铃叫管家送你出去了。"

"不必按铃，"我说着，站立起来，"我来过了，挨过了训。多谢你的时间。"

他伸出手来。"多谢你能来。你可能是个相当正直的家伙。别逞英雄，年轻人。逞英雄没好处。"

我跟他握手。他的手劲像管钳。他现在对我笑得很亲切。他是老大，是赢家，一切都在掌控之中。

"近日也许我能甩给你一笔生意。"他说，"别想偏了，别以为我收买政客或执法官员。我用不着。再见，马洛先生。再次谢谢光临。"

他站在那儿，目送我走出房间。我伸手去开前门时，琳达·罗林从某个阴暗角落里冒了出来。

"怎么样？"她悄声问我，"跟我父亲合得来吗？"

"还行。他给我阐释了文明。我是指他眼里的文明。他想让文明再多活些日子。但文明最好小心点儿，别干扰他的私生活。要不然，他会打电话给上帝取消订单。"

"你没救了。"她说。

"我？我没救？夫人，看看你家老爷子吧。跟他比我就是个拿着崭新拨浪鼓的蓝眼小宝贝呢。"

我继续往外走，阿莫斯已经备好凯迪拉克轿车等在那儿。他送我回到好莱坞。我给他一块钱小费，他不肯收。我说要给他买本T.S. 艾略特的诗集。他说他有一本了。

三十三

　　一星期过去了，我没听到韦德夫妇的消息。天气又热又闷，雾霾的刺鼻气味渗透到了远在西边的贝弗利山。从穆赫兰大道顶上可以看见它平坦地笼盖着全城，宛如地面的轻雾。当你身在其中时，你能尝到它，闻到它，它会刺痛你的眼睛。人人都在抱怨它。在帕萨迪纳，自以为是的百万富翁们在那群电影人为了他们而把贝弗利山弄得乌烟瘴气以后，便躲到了这里，市政官员们气得大喊大叫。一切都是雾霾的错。如果金丝雀不唱歌了，如果送奶人迟到了，如果哈巴狗生跳蚤了，如果穿着硬领的老傻瓜在去教堂的路上心脏病发作了，那都是雾霾惹的祸。我的住处通常在清晨是干净的，在夜间几乎也总是如此。偶尔一整天都干净，没有人很清楚是为什么。

　　就在那样的一个日子里，碰巧是星期四，罗杰·韦德给我打电话了。"你好吗？我是韦德。"听起来他状况不错。

　　"还行吧，你呢？"

　　"应该算得上清醒吧。挣点辛苦钱。我们应该聊聊。我想我欠你一笔钱。"

　　"没欠。"

　　"喂，今天来吃午餐如何？你能在一点钟左右到这里吗？"

　　"估计可以。阿帅怎么样？"

237

"阿帅？"他似乎迷惑不解。那晚他一定昏迷了很久。"噢，那晚是他帮你把我弄上床的？"

"对呀。他是个乐于助人的小家伙——在某些方面。韦德太太好吗？"

"她也很好。今天她进城购物去了。"

我们挂断了电话。我坐着，在转椅上摇晃。我应该问问他书写得怎样了。也许跟作家交谈总该问问他书写得怎样了。但话说回来，也许这个问题他已经听得烦死了。

不一会儿我接到另一通电话，是个陌生的声音。

"我是罗伊·阿什特菲尔特。乔治·彼得斯叫我打电话给你，马洛。"

"噢，好的，谢谢。你就是在纽约认识特里·伦诺克斯的那个伙计吧？当时他自称马斯顿。"

"对的。他那会儿肯定酗酒了。不过肯定是同一个人。你不大可能把他认错。在这儿，有天晚上我看见他和他妻子在蔡森酒吧。我跟客户在一起。那客户认识他们。恐怕不能告诉你客户的姓名。"

"我明白。我想现在这不很重要了。他取了个什么名字？"

"等会儿，我想想。啊对了！保罗——保罗·马斯顿。还有一件事，不知你是否感兴趣。他戴着一枚英军徽章。他们的荣誉退伍章。"

"明白。他身上发生了什么事情？"

"我不知道。我来西部啦。后来我又见到了他，也是在这儿——娶了哈伦·波特那个有点野的女儿。不过那些你都知道。"

"现在他俩都死了。但还是谢谢你告诉我。"

"不客气。乐意效劳。这对你有价值吗？"

"一点也没有。"我说，而我是说谎。"我从没向他打听过他的事情。有次他告诉我他是在孤儿院长大的。你有没有可能弄错了？"

"那一头白发，还有那张疤脸，还会弄错吗，老兄？不可能。我不敢说自己从不会忘记我见过的脸，但我不会忘记那张脸。"

"他看见你了吗？"

"就算他看见了，他也没表现出来。在那种情况下很难指望他相认。反正他可能不记得我了。我说过，回到纽约后他总是烂醉如泥。"

我再次感谢他，他说很荣幸，我们挂断了电话。

我把这事琢磨了一会儿。办公楼外大道上的车流声成为我思考的非音乐性伴奏。它太吵了。夏季的热天气里万物都太嘈杂。我站起身，关了窗户的下半截，打电话给凶案队的格林探长。他亲切地接听了电话。

"喂，"我在寒暄之后说道，"我听到有关特里·伦诺克斯的一件事，感到困惑。有个熟人以前在纽约认识他，他用的是另一个名字。你查过他的战时记录吗？"

"你们这些家伙永远学不乖。"格林厉声说，"你就是学不会少管闲事。那案子已经结了，加封了，绑上铅块扔进大洋了。明白吗？"

"上星期我跟哈伦·波特在空闲谷他女儿家共度了下午的部分时光。要查吗？"

"去干吗？"他尖酸地说，"假设我相信你的话。"

"谈事情。我是应邀去的。他喜欢我。对了，他告诉我，他女儿是被七点六五毫米毛瑟P.P.K.打死的。这对你是条新闻吧？"

"说下去。"

"他女儿自己的枪，老兄。也许这就让案情有所不同了。不过别误会。我不想去调查任何隐情。这是一桩私事。他的伤是打哪儿来的？"

格林沉默着。我听见背景里有关门声。然后他悄声说："说不定是在边境南部卷入械斗时造成的。"

"啊！见鬼，格林。你有他的指纹。照常规你会把它们送去华盛顿。你会收到报告——照常规。我想了解的只是有关他兵役档案的一些事情。"

"谁说他有兵役档案？"

"嗨，曼迪·曼宁德兹就说过。好像是伦诺克斯救过他一命，那伤就是这么来的。他被德国人俘虏了，他们把他的脸弄成现在这样。"

"曼宁德兹，嗯？你信那个杂种？你自己的脑袋上有个洞！伦诺克斯没有战时档案。没有任何名字下的任何种类的任何档案。你满意了吧？"

"你说没有就没有吧。"我说，"可我不懂曼宁德兹为什么要费神来这儿给我讲故事，还警告我少管闲事，说伦诺克斯是他和拉斯维加斯兰迪·斯塔尔的朋友，他们不希望任何人瞎掺和。毕竟伦诺克斯已经死了。"

"谁知道一个流氓会打什么算盘？"格林恨恨地问道，"或为什么要打？也许伦诺克斯在娶那笔财富改变地位之前跟他们混过一阵。他在维加斯那边斯塔尔的赌场里干过一段楼面主管。就是在那里他认识了那个女的。微笑，鞠躬，晚礼服。不断哄顾客开心，监视雇来的托儿。他干那种活儿应该会很有风度。"

"他有魅力。"我说，"人们在警察行业里用不着这个。非常感谢，探长。最近葛瑞戈里厄斯队长怎么样？"

"退休前休假。你没看报纸？"

"不看犯罪新闻，探长。太脏了。"

我正要说再见，他截断我的话头。"财富先生找你干什么？"

"我们只是一起喝杯茶。社交拜访。他说他可能会给我一笔生意。他还暗示哪个警察要是不用正眼瞧我那他就要面对灰蒙蒙的前途了。只是暗示，话没这么多。"

"警察局可不是他开的。"格林说。

"这他承认。他说他甚至没有收买局长或地方检察官。他们好像只是在他打盹时蜷偎在他膝头。"

"见鬼去吧！"格林说完，挂了电话。

差佬难当啊。你永远搞不清把谁的肚皮当跳板上蹿下跳可以不惹麻烦。

三十四

　　从公路到山包拐弯处那段坑坑洼洼的碎石路在正午的热浪中跳荡，散布在碎石路两旁干渴土地上的低矮灌木到这时已被沙尘蒙上一层面粉的白色。杂草的气味几乎令人作呕。一小股刺鼻的热风吹来。我脱了外套，挽起袖子，但车门烫得放不了手臂。一匹被拴着的马在槲树丛下困乏地打盹。一个棕色皮肤的墨西哥人坐在地上认真地看报，好像要从报纸上吃出点什么东西。一株风滚草懒洋洋地滚过路面，停靠在一片露出地表的岩层边，眨眼工夫，之前还在那儿的一只蜥蜴没动一下就凭空消失了。

　　然后我在柏油路上绕过山包，到了另一片乡野。五分钟后我拐进了韦德宅屋的车道，停好车，走过石板地，按响门铃。韦德亲自来应门，穿着棕白两色格子的短袖衬衫，浅蓝色的劳动布裤子，脚上趿着居家拖鞋。他的皮肤晒黑了，气色很好。他手上有墨水痕，一侧鼻翼上沾了烟灰。

　　他领着我走进书房，把自己泊在书桌后面。桌上堆着一沓厚厚的黄色打字稿。我把上衣放在一把椅子上，在长沙发上坐下。

　　"谢谢你能来，马洛。喝一杯？"

　　我脸上露出那种表情，一个酒鬼请你喝一杯时你会有的那种表情。我能感觉到自己的表情。他咧嘴一笑。

"我喝可乐。"他说。

"你转变很快嘛。"我说，"我现在不想喝酒。我陪你喝可乐。"

他用脚踩了个什么东西，过了一会儿阿帅来了。他显得不友好。他身穿蓝衬衫，戴橘色领结，没穿白外套。下身是黑白双色鞋，优雅的高腰华达呢裤。

韦德要了可乐。阿帅狠狠瞪我一眼，走开了。

"书？"我指着那堆纸说。

"对呀。写得臭。"

"我不信。写了多少？'

"大约三分之二吧——好不好就不管了。简直一钱不值。你了解一个作家怎么会晓得自己到了才思枯竭的时候吗？"

"我对作家的事情一无所知。"我填装烟斗。

"当他开始到自己的旧作里去寻找灵感的时候。绝对是这样。我这儿有五百页打字稿，大大超过了十万字。我的书都写得很长。读者喜欢大部头。那些该死的傻瓜以为页数多金子就多。我不忍卒读啊。其中的内容我连一半都记不得。我简直怕看自己的作品。"

"你本人倒是好气色。"我说，"根据那晚的情况我不敢相信你会这么好。你的胆量超过了自己的想象。"

"我眼下需要的不只是胆量。我需要某种不是想要就能得到的东西。我需要自信。我是个被宠坏了的作家，不再有信仰。我有个漂亮的家，有个漂亮的妻子，有份漂亮的销售记录。可我真正想要的只是喝醉和忘却。"

他用组合成杯状的两手托腮，望着桌子对面。

"艾琳说我企图朝自己开枪。有那么严重吗？"

"你不记得？"

他摇摇头。"记不得任何该死的事情，只记得我摔倒了，碰破了头。过了一会儿我就在床上了。你是在场的。是艾琳打电话给你的吗？"

"对。她没说吗？"

"这个星期她没怎么跟我说话。我猜她是受够了。到这儿了。"他把一只手的掌缘搁到脖子上连着下颏的地方，"罗林在这里上演的那场闹剧把事情弄得更糟了。"

"韦德太太说那不说明什么。"

"嗯，她会这么说的，对不对？那件事确实说明不了什么，但我想她说这话的时候心里并不相信。那家伙只是个大醋坛子，你跟他老婆在角落里喝上一两杯，大笑几声，道别一吻，他立马就臆断你睡了她。一个原因是他没睡自己的老婆。"

"我喜欢空闲谷的地方，"我说，"就是人人都过着舒适的正常生活。"

他皱了皱眉头，这时门开了，阿帅拿着两瓶可乐和两只玻璃杯进来，把可乐倒进杯子。他把一杯放在我面前，眼睛不看我。

"半小时后开餐，"韦德说，"你的白外套呢？"

"今天我休假。"阿帅板着脸说，"我不是厨子，主人。"

"冷盘或三明治加啤酒就行了。"韦德说，"厨师今天休假，阿帅。我邀了朋友共进午餐。"

"你当他是朋友？"阿帅讥笑道，"最好问问你妻子。"

韦德在椅子上向后靠，朝他微笑。"管住你的嘴，小子。你在这里舒服惯了。我不常请你帮忙，对吧？"

阿帅低头看着地板。过了片刻他抬起头，咧嘴笑了。"好吧，主人。我去穿白外套。我去弄午餐。"

他轻轻转身，走出书房。韦德注视着门关上。接着他耸耸肩，看着我。

"我们过去称他们为仆佣。现在我们称他们为家政助理。我想知道再过多久我们就得把早餐给他们送到床前了。我给了这家伙太多的钱。他被惯坏了。"

"是薪水——还是秘密贴补？"

"什么贴补？"他厉声问道。

我站起身，交给他几张折好的黄纸。"你最好读一读。显然你不记得你曾要求我把它毁掉。它们本来在你的打字机上，在罩子下面。"

他展开那些黄纸，靠在椅背上阅读。那杯可乐在他前面的桌上发出嘶嘶的声响，没引起他的注意。他读得很慢，皱着眉头。当他读完后，他把那些纸折好，手指顺着折边滑动。

"艾琳见过这个了？"他小心地问道。

"我不知道。她可能看过。"

"很荒唐，对吧？"

"我喜欢。尤其是写一个好人因你而死的那段。"

他又展开那些纸，恼恨地把它们撕成一条一条，把纸条条丢进废纸篓。

"我认为一个醉汉什么都写得出来、说得出来、做得出来。"他慢条斯理地说，"这对我毫无意义。阿帅没勒索我。他喜欢我。"

"也许你最好再喝醉一次。你可能会记起你有过什么想法。你会记起很多事情。我们以前经历过这个——在你开枪的那晚。我想是速可眠让你断片了。那时听上去你很清醒。可你现在假装不记得写了我刚才交给你的那些东西。难怪你写不成你的书，韦德。你还活着都是个奇迹。"

他向一旁伸出手，打开书桌的一个抽屉。他的手在抽屉里摸索着，拿出一本三联支票簿。他翻开簿子，伸手拿笔。

"我欠你一千元。"他平静地说。他在支票簿上写字。然后在票根上写。他撕下支票，拿着它绕过书桌，把它扔在我面前。"这行了吗？"

我靠向椅背，抬头看着他，没去碰支票，也不答话。他的脸绷紧了，拉长了。他的眼睛深邃而空洞。

"我估计你以为是我杀了那个女人，让伦诺克斯背黑锅。"他慢慢地说，"她确实是个荡妇。可你不会仅仅因为一个女人是荡妇就砸烂她的脑袋。阿帅知道我有时候去那儿。这件事滑稽的部分是我不认为他会说出去。我可能弄错了，但我就是这么想的。"

"就算他说了也没关系。"我说，"哈伦·波特的那些朋友不会听他的，何况，她不是被那尊青铜玩意儿打死的。她是被自己的枪射穿了脑袋。"

"她也许有把枪。"他几乎和讲梦话一样，"但我不知道她是被枪杀的。这事没公开报道。"

"是不知道还是不记得了？"我问他，"是的，这事没公开报道。"

"你想把我怎么样，马洛？"他的声音仍然是软滑的，几近温柔。"你要我怎么办？告诉我妻子？告诉警方？这有什么好处？"

"你说过一个好人因你而死了。"

"我的意思只是，如果当初有人认真展开调查，我也许会被指认为嫌犯——仅仅是可能的嫌犯之一。这会在几方面使我完蛋。"

"我来这里不是为了指控你是个凶手，韦德。啮咬你神经的是，连你自己也不敢确定你是不是凶手。你有过对妻子施暴的记录。你醉酒时神志不清。说什么你不会仅仅因为一个女人是荡妇就砸烂她的脑袋，这不是理由。这恰恰是有些人暴打女人的原因。在我看来，为这事背上罪名的那个家伙远比你更不可能干这事。"

246

他走到敞开的落地窗前，站立着，眺望湖面上的热光。他没有回答我。他不动不语几分钟之后，响起了轻轻的敲门声，阿帅推着一辆茶车进来，上面铺着洁净的白布，摆着银盖餐盘、一壶咖啡和两瓶啤酒。

"要开啤酒吗，主人？"他冲着韦德背后问道。

"给我拿瓶威士忌来。"韦德没有转身。

"对不起，主人。没有威士忌。"

韦德转过身来，对他大声吼叫，可阿帅不肯让步。他低头看着鸡尾酒桌几上的支票，歪扭脑袋读着上面的字。然后他抬头看我，从牙缝里发出唏嘘的声音。接着他看着韦德。

"我要走了。今天我休假。"

他转过身，走了。韦德大笑起来。

"那我自己去拿。"他愤怒地说着，走了。

我揭开一只盖子，看见几块切得整整齐齐的三角三明治。我拿起一块，倒了些啤酒，站起来吃三明治。韦德拿了一瓶酒和一只玻璃杯回来。他在长沙发上坐下，倒了个满杯，一口吞下。有汽车驶离宅子的声音，可能是阿帅从后勤车道离开了。我又吃了一块三明治。

"坐下，不用拘礼。"韦德说，"我们有整个下午要消磨呢。"他已经满面红光了。他的声音颤抖而欢快。"你不喜欢我，对吧，马洛？"

"这个问题已经问过了，也回答过了。"

"你知道我怎么想吗？你是个没心没肺的杂种。你会不择手段查出你想查的事情。你甚至趁我在隔壁房间醉得无法自保时跟我老婆做爱。"

"那飞刀手不论对你讲什么你都信？"

247

他又往自己杯子里倒了些威士忌，举杯向着光亮。"不是每句话都信，不是。这威士忌的颜色真漂亮，对吧？淹死在金色的洪水里——那并不太糟。'逝于午夜，毫无伤痛。'接下去是什么？噢，对不起，你不会知道。太文学了。你好像是个私家侦探，对吧？介意告诉我你为什么在这儿吗？"

他又喝了些威士忌，朝我咧着嘴笑。这时他瞥见了躺在桌上的支票。他伸手拿起来，越过酒杯去读上面的字。

"好像是开给一个姓马洛的人。我想不通干吗要开，为了什么。好像是我签署的呢。我真傻。我是个容易上当的家伙。"

"别演啦。"我粗暴地说，"你妻子在哪里？"

他礼貌地抬头看着我。"我妻子会及时回家的。到那时我肯定失去知觉了，她可以从容不迫地款待你。这宅子归你了。"

"那把枪在哪里？"我突然问道。

他好像蒙了。我告诉他我曾把枪收进他的书桌里。"眼下不在那儿了，我肯定。"他说，"如果你乐意搜，请便吧。可别偷橡皮筋。"

我走到书桌前搜查。没有枪。这非同小可。或许是艾琳把它藏起来了。

"喂，韦德，我问你你的妻子在哪里。我认为她该回家了。不是为我，朋友，是为你好。必须有人照看你，如果要我来照看，我可就惨了。"

他眼睛迷瞪着，还拿着那张支票。他放下酒杯，把支票撕成两半，然后撕了又撕，让碎片撒落一地。

"这数目显然太少。"他说，"你的服务收费真高啊。连一千块加我老婆都没法满足你。太糟啦，可我出不起更高的价码了。除了这个。"他拍拍酒瓶。

"我要走了。"我说。

"可是为什么呢？你要我回忆。嗯——我的记忆在这酒瓶里。留下吧，朋友。当我喝得够高的时候我会跟你讲讲我杀过的所有女人。"

"好吧，韦德，我在你家多待一会儿。但不是留在这里。如果你需要我，只要往墙上摔一把椅子就行了。"

我走出去，让房门敞着。我穿过大客厅，出至露台，把一张躺椅拉到飞檐的阴影下，伸展手脚躺在上面。湖水对岸有蓝霾贴着山峦。海风开始渗过西边的矮山吹向西边。它抹净了空气，也扫除了多余的暑热。空闲谷有了完美的夏天。这是有人精心规划的。天堂乐园公司，而且是高度有限。只限优异人士。绝无中欧人。只限精英，社会顶层人群，可爱又可爱的人。就像罗林夫妇和韦德夫妇。十足真金。

三十五

　　我在那里躺了半个小时，琢磨着往下该怎么做。我心里有一部分想要听任他一醉方休，看看会不会发生什么。我并不认为他在自己宅子里，在他自己的书房里，会出什么大问题。他可能会再跌一跤，但那还要过好一阵子才会发生。这家伙有酒量。再说，不知为什么，酒鬼从来不会把自己伤得太重。他的内疚或许会卷土重来。更可能的是，这次他光会呼呼大睡。

　　我的另一部分想要置身事外，但这是我从不听从的那一部分。因为如果我听从了，我会待在我出生的那个小镇上，在五金行工作，娶老板的女儿，生五个孩子，星期天早上给他们读报上的漫画和滑稽故事，当他们淘气时就拍打他们的脑袋，跟老婆争论该给孩子们多少零花钱，该让他们听什么广播或看什么电视节目。我甚至有可能发财——做个小镇富人，住一幢八个房间的宅子，有两辆车停在车库，每个星期天吃鸡肉，客厅茶几上摆着《读者文摘》，老婆有一头完美的烫发，而我有个如同一袋波特兰水泥般的脑袋。你去过那种日子吧，朋友。我愿意待在这个污秽肮脏畸形的城市。

　　我站起身，走回书房。他坐在那儿没动，眼神空洞，威士忌酒瓶空了一大半，他眉头略皱，眼里有一丝呆滞的光亮。他看着我，仿佛一匹看着围栏外面的马。

"你想要什么？"

"什么都不要。你还好吧？"

"别烦我。有个小人儿站在我肩头给我讲故事呢。"

我又从茶车上拿起一块三明治和一杯啤酒。我靠着他的书桌嚼着三明治，喝着啤酒。

"你知道吗？"他忽然问道，他的声音突然显得清晰多了，"我请过一名男秘书。经常对他口授文字。让他走人了。他坐在那儿等着我创作把我弄烦了。错了。应该留下他。会有传言说我是个同性恋。那些因为写不出别的文章而去写书评的聪明人会抓住这一点，开始为我大造舆论。得关照他们自己的同类，你懂的。他们全是男同。他们当中该死的每一个人。同性恋是我们时代的艺术仲裁者，老兄。性倒错者如今成了顶级人物。"

"是这样吗？老是阴魂不散，对吧？"

他没看我。他只顾自己讲话。但他听见了我的话。

"没错，几千年了。尤其在所有伟大的艺术时代。雅典，罗马，文艺复兴，伊丽莎白时代，法国浪漫主义运动——充斥着这种人。同性恋到处都是。读过詹姆斯·弗雷泽的《金枝》吗？没有，对你来说太长了。不过有缩写版。应该读读。证明我们的性行为习惯纯粹是约定俗成的，就像——晚礼服配黑领带一样。我，我是个写性的作家，但有遮掩，而且是写异性恋者。"

他抬眼看我，冷笑一声。"你知道吗？我是个骗子。我的男主角个个身高二米四四，我的女主角臀部磨起了老茧，因为老是弓起膝盖躺在床上。蕾丝与褶边，刀剑与马车，典雅与悠闲，决斗与英勇死亡。全是骗人的。他们用香水而不是肥皂，他们的牙烂了因为他们从不洁牙。他们的指甲有馊肉汤的气味。法国贵族在凡尔赛宫的大理石走廊上对着墙撒尿，当你好不容易从那迷人的女侯爵身上

251

脱下几套内衣时，你注意到的第一件事情就是她需要洗个澡。我应该这么写。"

"为什么不这么写呢？"

他咯咯笑起来。"可以这样写，那就只能在康普顿住只有五间陋室的宅子了——还要看我是否走运。"他向下伸手，拍拍那只威士忌酒瓶。"你很孤单，老兄。你需要个伴儿。"

他站起身来，相当稳当地走出书房。我等着，脑子里一片空白。一艘快艇驶来，从湖边传来一阵轰鸣声。当它驶入视线时，我能看见它在行进时高高地跳离水面，拖着一块冲浪板，一个晒黑了的健壮小子立在冲浪板上。我走到落地窗前，看着快艇疾转。转得太快了，快艇差点儿翻边。冲浪手在板上跳着独脚舞试图保持平衡，然后跃入水中。快艇漂流着停住了，落水的人懒洋洋地爬上快艇，顺着拖绳游回去，翻身滚上冲浪板。

韦德拿着另一瓶威士忌回来了。快艇重新发动，驶往远处。韦德把新酒瓶放在原来那只酒瓶旁边，坐下来思索。

"老天爷，莫非你要把这些酒全喝下去？"

他眯起眼睛看我。"走开，捣蛋鬼。回家去，拖拖厨房地板什么的。你挡着我的光线了。"他的声音又含混起来。按照老习惯，他在厨房已经灌下两杯了。

"如果你需要我，呼唤一声。"

"我不会消沉到需要你。"

"那好，谢了。我会在你家里待到韦德太太回家。听说过保罗·马斯顿这个人吗？"

他的头慢慢抬起。他的眼睛聚焦了，但有些费劲。我看出他竭力控制自己。他暂时胜利了。他的面孔变得毫无表情。

"从没听说过。"他小心翼翼地说，语速很慢，"他是谁呀？"

我下一轮进来看他时他已经睡着了，张着嘴，头发汗湿，散发着威士忌酒味。他的嘴唇后缩露出牙齿，成了不经意的鬼脸。他那有苔的舌头表面显得干燥。

有个威士忌酒瓶倒空了。桌上的一只玻璃杯里还剩下大约五厘米高的威士忌，另一个酒瓶里大约还有四分之三的液体。我把空酒瓶放在茶车上，把茶车推出书房，然后转来关上落地窗，闭合百叶窗板。那快艇也许会驶回来，把他吵醒。我关上书房的房门。

我把茶车推到厨房，厨房的色调是蓝白两色搭配，宽敞通风，空无一人。我仍然饥饿。我又吃了一块三明治，喝光残剩的啤酒，然后倒了一杯咖啡，喝着咖啡。啤酒走气了，但咖啡还是热的。接着我走回露台。过了颇长一段时间，那艘快艇才再度驶来划破湖水的平静。差不多四点钟，我听见它那遥远的摩托声增大为震耳欲聋的轰鸣。应该有一条法律。或许有，但快艇上那家伙不当一回事。他乐于让自己讨人嫌，和我遇见的其他人一样。我步行到了湖边。

这次他成功了。驾驶员在转弯处减速恰到好处，冲浪板上那个褐色皮肤的小子把身子向外斜出很远以抵消离心力。冲浪板几乎离开了水面，但有一边还留在水里，接着快艇打直方向，冲浪板上的人还在，他们走来时的原路回去，余下的毋庸赘述。快艇激起的波浪向我脚下的湖岸涌来。波浪用力拍打短栈桥码头，冲得系在桥旁的那只小船上下晃荡。我掉头回屋时，波浪还在拍打它。

当我到达露台时，听见铃声从厨房那边传来。当铃声再度响起时我断定只有前门会有铃声。我穿过客厅走去，把门打开。

艾琳·韦德站在门外看着宅子外面。她转过头时说道："抱歉，我忘了带钥匙。"这时她看到了我。"噢，我还以为是罗杰或阿帅呢。"

"阿帅不在。今天星期四。"

她进了屋，我关上门。她把一只包放在两张长沙发中间的桌几上。她显得冷静而淡漠。

　　她脱下一副猪皮白手套。

　　"出什么事了？"

　　"嗯，喝了点酒。还不错。他在书房的沙发上睡着了。"

　　"他打电话给你了？"

　　"对，但不是因为这个。他请我来吃午餐。可他自己恐怕一点都没吃。"

　　"噢，"艾琳缓缓地在一张长沙发上坐下，"你瞧，我完全忘了今天是星期四。厨子也不在。笨死了！"

　　"阿帅临走前弄了午餐。我想我现在该走了。希望我的车没挡你的路。"

　　她笑了。"没有。地方大得很。你不想喝点儿茶吗？我要来点儿。"

　　"行啊。"我不懂自己为什么要这么说。我并不想喝茶。我只是脱口而出。

　　她脱下亚麻外衣。她没戴帽子。"我进去一下，看看罗杰好不好。"

　　我注视着她走向书房门口，把门打开。她伫立片刻，关上门，走回来。

　　"他还睡着呢。睡得很熟。我得上楼一会儿。我会马上下来。"

　　我注视着她拿起上衣、手套和包，登上楼梯，走进她的房间。门关上了。我走向书房，想把那瓶烈酒拿走。如果他还熟睡着，他就不需要酒了。

三十六

落地窗关闭后书房变得很闷，百叶窗闭合后光线变得黯淡。空气中有股子刺鼻的气味，而室内的沉寂过于凝重。从门口到沙发不过五米，而我走了不到一半就知道有个死人躺在沙发上。

他侧卧着，面朝沙发靠背，一条手臂曲在身下，另一条手臂的前肘几乎搁在双眼之上。在他的胸部和沙发靠背之间有摊血，在那摊血泊中躺着那把韦伯利双弹簧无撞针手枪。他的半边脸成了个血迹斑斑的面具。

我俯下身子看他，细看他圆睁着的那只眼睛的眼眶，和他那裸露的艳红色的手臂，在手臂的内弯处我能看见他头上那个肿胀发黑的窟窿，从那里还有血慢慢渗出。

我让他保持原状。他的手腕有余温，但他无疑已经死透了。我四下环顾，寻找字条或涂鸦之类的东西。除了桌上那堆书稿什么都没有。自杀的人并非总会留下遗书。打字机在座子上，没上罩子。上面没有夹纸。除此以外一切都显得很自然。自杀的人为自己预备下各种各样的东西，有的喝酒，有的吃精致的香槟正餐。有人穿晚礼服，有人不穿衣。人们自杀的场所有墙顶、水沟、浴室，在水里，在水上，在水面。他们在酒吧里上吊，在车库里开煤气毒死自己。这一位看上去没那么费事。我没听见枪响，但那一枪肯定是我在下面湖边观看冲浪手调头时打响的。当时轰鸣声很大。罗杰·韦德为什么会在乎这一点，我不明白。也许他并不在乎。只是最终的冲动与快艇的轰鸣偶然重合了。我不喜欢这个巧合，但没人在乎我喜欢什么。

支票碎片还在地板上，但我没动它们。前几天晚上他写的那篇东西被撕碎后的纸条还在废纸篓里。这些我没留下。我把它们拾起来，确保一条也没落下，将它们塞进我的衣兜。废纸篓几乎是空的，所以没费什么事儿。为那把枪本来放在哪里去伤脑筋是徒劳的。有太多地方可以藏它了。可能是一把椅子，或者是那张沙发，藏在其中一只坐垫下。也可能在地板上，在书本后面，在任何地方。

我走出去，关上门。我倾听着。厨房那边有声响传来。我走过去。艾琳系着一条蓝围裙，水壶刚好开始发出哨音。她把火关小，向我投来短促淡漠的一瞥。

"你喜欢怎样喝茶，马洛先生？"

"从茶壶里倒出来就行了。"

我靠着墙，拿出一支烟，只是为了不让手指闲着。我揉揉烟，捏捏烟，将它掐成两截，将一截扔在地板上。她的目光跟随香烟下落。我弯腰将它拾起。我把两截烟捏在一起揉成一个小球。

她在沏茶。"我一向加奶加糖。"她扭头说，"奇怪，我喝咖啡却是什么都不加。我是在英国学会喝茶的。他们用糖精而不用糖。当然，战争爆发时他们没有奶油。"

"你在英国住过？"

"我在那边工作。德国空袭期间我一直在。我遇见一个男人——不过我跟你讲过了。"

"你在哪里遇见罗杰的？"

"在纽约。"

"在那里结婚吗？"

她转过身来，皱着眉头。"不，我们没在纽约结婚。怎么啦？"

"只是讲讲话等茶泡出味道。"

她越过水槽眺望窗口外面。她从那里可以看到下方的湖面。她靠着滴水板的边缘，手指抚弄着一条叠好的茶巾。

"这事得终止了，"她说，"可我不懂该怎么办。或许得把他交给某个机构。不知为什么我狠不下心来亲手去做那种事情。我得签署什么，对吧？"

她问话时把身子转了过来。

"这事他自己办得了。"我说，"我是说，到前一刻为止他还有能力去办。"

泡茶计时器响铃了。她转回水槽边，将茶水从一只茶壶倒入另一只。接着她把新壶放在她已摆好茶杯的托盘上。我走过去，端起托盘，将它送到客厅里那两张长沙发之间的鸡尾酒桌几上。她在我对面坐下，倒了两杯茶。我伸手拿我的，放在我面前，等它凉点儿再喝。我注视着她往自己那杯茶里加了两块糖和一些奶油。她尝了一口。

"你最后那句话是什么意思？"她忽然问道，"你的意思是直到前一刻为止他还能够把自己交给某个机构，对吗？"

"这就是随口一说。你有没有把我跟你说的那把枪藏起来？你懂的，他在楼上闹那一出之后的那个早晨。"

"把枪藏起来？"她皱起眉头重复道，"不，我从来不做那种事情。我不信这有什么用。你为什么要问这个？"

"而你今天忘了带自家的钥匙？"

"我告诉过你我忘了。"

"但没忘带车库钥匙。通常在这种宅子里外面的钥匙是通

257

用的。"

"我不需要钥匙来开车库，"她激动地说，"车库是由开关控制的。前门内侧有个继电器开关，你出门时往上扳一下就行了。然后车库旁边另有一个开关控制那道门。我们经常让车库门开着。或者由阿帅出去关门。"

"明白了。"

"你在发一些奇怪的议论，"她用尖酸的声音说，"那天早上你也是如此。"

"我在这栋屋子里遇见过几件很怪的事情。夜里有人开枪，醉酒的人躺在外面的门前草坪上，来了个医生却袖手旁观。可爱的女人用双臂搂着我，对我讲的话好像把我当成了别人，墨西哥用人耍弄飞刀。那把枪的事情真叫人遗憾。可你并不是真爱你的丈夫，对吧？我以前应该也说过这话。"

她缓慢地站起身。她镇静得有如一碗蛋羹，但她那双紫罗兰色的眼睛好像变了色调，平日的温柔也没剩下多少了。接着她的嘴唇开始哆嗦。

"是不是——是不是那里出了什么事？"她非常缓慢地问道，她把目光投向了书房。

我还没来得及点头，她就奔跑过去。她眨眼间就到了书房门前。她把门推开，冲了进去。如果说我以为她会放声尖叫，那我就失算了。我没听到任何声响。我感觉糟糕极了。我应该阻止她进去，从容不迫地用老一套方法报告噩耗：请做好心理准备，你要不要坐下，恐怕有件很糟糕的事情发生了……套话，套话，套话。当你好不容易走完了套路，你并未减轻任何人的伤痛。往往你把事情弄得更糟了。

我站起身，跟随她进了书房。她正跪在沙发旁，把罗杰的脑袋拉到她的胸口，她身上沾上了罗杰的血。她没发出任何声音。她紧闭着双眼。她把罗杰抱得紧紧的，跪在地上使劲前后摇晃。

我走回客厅，找到电话机和电话簿。我给看上去最近的派出所打电话。不要紧，他们反正会用无线电传达消息。接着我走到厨房，扭开水龙头，从衣兜里掏出那些黄纸条喂进电动垃圾粉碎机。随后我把另一个茶壶的茶叶也倒了进去。几秒钟后那些东西就不见了。我关了水，关掉马达。我走回客厅，打开前门，走了出去。

一定是有个副警长在附近巡逻，因为他在大约六分钟后就赶来了。当我把他领进书房时，韦德太太仍然跪在沙发边。他立刻向韦德太太走去。

"抱歉，女士。我理解你的心情，可你不该触碰任何东西。"

韦德太太转过头来，接着从地上爬起来。"这是我丈夫。他被枪杀了。"

副警长脱下帽子，放在书桌上。他伸手拿起电话。

"他名叫罗杰·韦德。"韦德太太用高亢刺耳的声音说，"他是著名小说家。"

"我知道他是谁，女士。"副警长说着，一边拨号。

韦德太太低头看了看自己衬衫的前襟。"我可以上楼把这个换掉吗？"

"当然。"副警长朝她点点头，继续对着话筒讲话，然后挂断电话，转过身来。"你说他被枪杀了。意思是别人向他开枪吗？"

"我认为是这个男人杀了他。"她说话时眼睛没看我，她快步走出了房间。

副警长看着我。他掏出一个笔记本。他在上面写了些什么。"我还是记下你的名字吧。"他漫不经心地说，"还有地址。打电话报案的就是你吗？"

"是的。"我把姓名和地址告诉了他。

259

"少安毋躁，等奥尔斯警督来了再说。"

"伯尼·奥尔斯？"

"对。你认识他？"

"当然。老相识啦。他过去隶属地检办公室。"

"最近不是了。"副警长说，"他是凶案队的副队长，隶属洛杉矶警察局。你是这家人的朋友吗，马洛先生？"

"听韦德太太的口气，她没把我当朋友。"

他耸耸肩，似笑非笑。"少安毋躁，马洛先生。没带枪，对吧？"

"今天没有。"

"我还是确认一下吧。"他搜了我，然后朝沙发望去，"这种场合你不能指望做老婆的很讲理。我们还是去外面等吧。"

三十七

奥尔斯是个中等身材的粗壮男人，淡金色的头发剪得短短的，眼睛是淡蓝色的。他有两道硬直的白眉毛，在他放弃戴帽之前的那些日子里，每当他脱下帽子时你都会略感惊讶——脑袋比预料中的大得多。他是个硬汉警察，具有冷酷的人生观，内心却是个非常正派的家伙。他几年前就该升警监了。他已有六次通过考试拿到前三名。可是局长不喜欢他，他也不喜欢局长。

他挠着腮帮走下楼来。书房里镁光灯已经啵啵噗噗闪烁好一阵子了。人进人出。我跟一名便衣侦探一起坐在客厅里干等着。

奥尔斯在一把椅子的边缘坐下，两臂晃荡着。他嘴里嚼着一支没点火的香烟。他若有所思地看着我。

"还记得他们在空闲谷设了门楼和私警的老时光吗？"

我点点头。"还有赌博。"

"没错。你制止不了。这整个山谷仍是私产。就像以前的箭头湖，还有翡翠湾。我查案时没有记者在四周跳来跳去，是很久以前的往事了。肯定有人悄悄朝彼得森治安官耳朵里吹了风，他们没让这事发电报稿。"

"他们倒是想得周到。"我说，"韦德太太还好吗？"

"没事人一个。她一定是抓了些药丸吞下了。那上面有一打不

261

同的药丸——甚至有杜冷丁。那玩意儿很糟糕。你这些朋友近来可都不怎么走运，对吧？他们动不动就死了。"

对此我无话可说。

"开枪自杀总能引起我的兴趣。"奥尔斯随口说道，"太容易做假。那位太太说是你杀了他。她干吗这样说？"

"她想表达的不是字面上的意思。"

"这里可没别的人。她说你知道那把枪放在哪里，知道她丈夫会喝醉，知道前几天夜里她丈夫曾开过那把枪，当时她只得跟丈夫扭打才把枪夺过来。当晚你也在场。好像没帮上什么忙，对吧？"

"今天下午我搜过他的书桌。枪不在。我告诉过她枪在哪里，叫她收好。她现在却说她不信那有什么用处。"

"你说的'现在'究竟是什么时候？"奥尔斯生硬地问道。

"她回家以后，我给派出所打电话以前。"

"你搜过书桌。为什么？"奥尔斯抬起两手，撑在膝上。他漠然地望着我，仿佛他并不在乎我说什么。

"他醉了。我想把枪挪到别的地方会更保险。但他前几天夜里并不是企图自杀。那只是显摆。"

奥尔斯点点头。他从嘴里取出嚼过的香烟，扔进一个托盘，把一支新的塞进嘴里。

"我戒烟了。"他说，"害我咳得太厉害。可这该死的东西还没放过我。嘴里不嚼一根就觉得不对劲儿。你是有责任在那家伙落单时守着他的吧？"

"才不是呢。他请我过来吃午餐。我们聊天，他有点为自己的写作进展不顺感到沮丧。他决定拿酒撒气。你觉得我该从他手中把酒夺走吗？"

"我还没去觉得呢。我只是试图得到一幅场景。你喝了多少？"

"啤酒。"

"你在这儿算你倒霉，马洛。那张支票是干什么的？他写好签了名又撕掉的那张？"

"他们都要我过去,住在这儿,让他别胡来。'他们'是指他本人、他妻子和他的出版商,一个名叫霍华德·斯潘塞的男人。他在纽约,我猜。你可以找他核实。我拒绝了。后来他妻子来找我,说她丈夫醉酒失踪了,她很担心,要我找到他,带他回家。我照办了。接下来我所了解的事情,就是我把他从他家的前门草坪扛进屋里,把他弄上床。这些事我都不想去管,伯尼。可事情老是在我身边发生。"

"跟伦诺克斯一案毫无关系,嗯？"

"唉,行行好吧。根本就没什么伦诺克斯案。"

"千真万确。"奥尔斯干巴巴地说。他捏捏膝盖。有个家伙从前门进来,跟另外那个警探说话,然后走向奥尔斯。

"外面来了个罗林医生,副队长。说是有人打电话叫他来的。他是那位太太的医生。"

"让他进来。"

那警探走出去,罗林医生拎着个整洁的黑包走进来。他很酷,很优雅,身着热带精纺毛纱套装。他经过我身边,没看我一眼。

"在楼上？"他问奥尔斯。

"对——在她房间里。"奥尔斯站起身,"你干吗给她开杜冷丁,医生？"

罗林医生对他皱起眉头。"我给病人开我认为恰当的药。"他冷冷地说,"我没有义务解释理由。谁说我给韦德太太开杜冷丁了？"

"我说的。药瓶在楼上,瓶子上有你的签名。她在浴室里有个常备药房呢。也许你不知道吧,医生,我们在市中心办了个相当齐全的展览,包罗了各种小药丸。冠蓝鸦,红雀,小黄蜂,兴奋球,凡是上了单子的应有尽有。杜冷丁大约是全套中最糟糕的。戈林靠那玩意儿活命，我记得在哪儿听说过。他被逮住时每天要吃十八颗。军医们花了三个月才让他减量。"

"我不懂那些名词是什么意思。"罗林医生冷淡地说。

"你不懂？可惜！冠蓝鸦是阿米妥钠。红雀是速可眠。小黄蜂是宁比泰。兴奋球是一种含有苯丙胺的巴比妥酸盐。杜冷丁是非常容易上瘾的合成麻醉药。你只管胡乱开出去，嗯？难道那位夫人患了什么重病吗？"

"酒鬼丈夫对敏感的女人来说确实算得上非常严重的病痛。"罗林医生说。

"你没工夫给她丈夫看病，嗯？可惜！韦德太太在楼上，医生。耽搁你的时间了，谢谢。"

"你对我无礼，长官。我要投诉你。"

"好，请便。"奥尔斯说，"不过你在投诉我之前，先干点别的吧。让那位太太保持头脑清醒。我有话要问。"

"我只会做我认为对她的病情最有利的事情。你或许知道我是谁吧？你要搞清楚状况，韦德先生可不是我的病人。我不治疗酒鬼。"

"只治疗他们的老婆，嗯？"奥尔斯冲他吼道，"对，我知道你是谁，医生。我吓得内出血了呢。我叫奥尔斯，奥尔斯警督。"

罗林医生走上楼梯。奥尔斯又坐下，朝我咧嘴笑着。

"对这种人你得玩点手腕。"他说。

一个男人走出书房，朝奥尔斯这边走来。他是个表情严肃的瘦子，戴眼镜，有个聪明的前额。

"副队。"

"说。"

"伤口是接触性的，典型的自杀型，气压造成了大面积肿胀。

眼球因同样原因突出。我想枪的外部不会有任何指纹。有太多的血流到枪上。"

"如果那家伙睡着了或者醉酒昏迷了，有没有可能是他杀呢？"

"当然，但没有他杀迹象。那把枪是韦伯利双弹簧无撞针式的。通常，这种枪要使劲去抠才能扳起枪机，但轻轻一抠就能发射。后坐力解释了枪的位置。到目前为止我没看到任何不支持自杀的证据。我估计酒精浓度数值会很高。如果足够高的话——"那人打住了，意味深长地耸耸肩，"我也许会倾向于怀疑自杀。"

"谢谢。有人叫了验尸官吗？"

那人点点头，走开了。奥尔斯打个哈欠，看看手表。接着他看着我。

"你要撤了？"

"当然，如果你放我走的话。我以为我是嫌疑犯呢。"

"我们稍后也许会请你尽义务。待在能找到你的地方吧，如此而已。你也当过刑警，你懂他们怎样办案。有些案子你得趁证据还没消失赶紧查。这案子刚好相反。如果是他杀，谁想要他死呢？他妻子吗？她不在场。你吗？不错，宅子里只有你一人，而且你知道枪在哪儿。完美的安排。万事皆备，只欠动机，我们或许会借重一下你的经验。我想如果你要杀个人，你也许会干得不这么明显。"

"谢谢，伯尼。我能办到。"

"家仆不在这儿。他们出去了。所以肯定是某个碰巧来串门的人。那个某人得知道韦德的枪在哪里，得发现他醉得睡熟或昏迷了，得趁着快艇发出足以掩盖枪声的轰鸣时扣扳机，得在你回到宅子之前溜走。凭我现在掌握的情况我没法相信这个。唯一既有办法又有机会的人是不会利用它们的——理由很简单，因为他是唯一拥有办法和机会的人。"

我起身要走。"好吧，伯尼。我整晚都会在家。"

"只有一件事。"奥尔斯沉思地说，"韦德这人是个当红作家。很有钱，很有名。我本人不喜欢他那种蹩脚小说。你在妓院里都可以找到比他书里那些角色更棒的人物。那是个人品位问题，与我的警察身份无关。有了这么多钱，他在乡间一个最好的地段拥有一个美丽的家。他有个美丽的妻子，有很多朋友，根本没有烦恼。我想知道的是什么事情把一切弄得这么糟，使得他不得不扣下扳机？十拿九稳发生了什么事情。如果你了解，你最好拿定主意和盘托出。回见。"

我走到门口。守在门边的人回头看看奥尔斯，得到信号后，便放我出去。我上了自己的车，不得不在草地上徐徐前进，绕过堵塞了车道的各种公务车。到了大门口，另一名副警长把我打量一番，但什么也没说。我戴上墨镜，驶回大路。路上空空的，一派安宁。午后的太阳把强光辐射到修剪整齐的草地，以及它们后面那些高大宽敞的豪宅。

一个并非无名之辈的人死在空闲谷一幢宅子里的血泊中了，但这懒洋洋的静谧并未受到打扰。从报界的动静来看这事好像发生在西藏。

在公路的一个拐弯处有两处产业的围墙延伸到了路肩，一辆深绿色的警车停在那儿。一名副警长下了车，举起一只手。我停下了。他来到车窗边。

"请出示驾照。"

我掏出钱夹，打开递给他。

"只看驾照，谢谢。我无权碰你的钱夹。"

我把驾照拿出来，交给他。"出什么事了？"

他朝车内看了一眼，把驾照还给我。

"没出事。"他说，"只是例行检查。抱歉麻烦到你。"

他挥手叫我前进，走回停着的警车。警察就这副德行。他们干任何事情都不会告诉你为什么。那样你就不会发现他们本身都不知道为了什么。

我开车到家，为自己买了两杯冷饮，出去吃了晚餐，回来，敞开窗户和衬衫，等着有事情发生。我等了很长时间。到了九点钟伯尼·奥尔斯打来电话，叫我去警局，别在路上停车采花。

三十八

　　他们已让阿帅坐在治安官接待室里靠墙的一把硬椅上。当我从他身边经过时，他的眼睛仇视着我。我走进彼得森治安官审案的那个方形大房间，四壁都挂着感恩的公众赠送的纪念品，感谢他二十年来兢兢业业为公众服务。墙上挂满了马匹的照片，彼得森治安官在每幅照片中都有亲自亮相。他那张雕花书桌的四角都雕成了马头。他的墨水池是一只精心安装的抛光马蹄，他的笔都插在灌满白沙的同款式马蹄形笔筒里。两只马蹄上各有一块金牌，刻着某个日期发生的某件事。在一块一尘不染的书桌吸墨板的中央摆着一只达勒姆公牛牌的皮包和一包棕色卷烟纸。彼得森自己卷烟抽。他能在马背上单手卷烟，常这么做，尤其是当他骑着大白马坐在一副缀满漂亮的墨西哥银饰的马鞍上引导游行的时候。在马背上他戴一顶平顶墨西哥宽边毡帽。他的骑术棒极了，他的坐骑总是懂得什么时候该安静，什么时候该顽皮，火候拿捏得非常精准，好让治安官带着平静而高深莫测的微笑单手把坐骑置于控制之下。治安官很会表演。他的侧面像只俊美的鹰，眼下下巴有点松垂了，但他懂得怎样昂着头才不会暴露得太明显。他花了不少工夫让摄影师为自己拍出好照片。他的年纪已经五旬过半了，而他的父亲，一个丹麦人，给他留了一大笔钱。治安官不像丹麦人，因为他的头发是深色的，他的皮肤是棕色的，而且他有雪茄店门前印第安木雕人的那种淡泊镇定，以及跟它们相差无几的脑子。不过从来没人叫过他骗子。他的机关里有过几个骗子，他们骗了公众，也骗了他，但没有一桩欺骗行为沾上彼得森治安官。他甚至不用努力就顺利当选了，他只要骑着白马走在游行队伍前头，他只要在照相机前审讯疑犯。"审讯"是照片说明文字的说法。其实他从没审过任何人。他不懂得怎么审问。他只是呆坐在办公桌后面，严厉地盯着嫌犯，将他的侧面对着照相机。闪光灯会闪亮，摄影师会谦恭地感谢治安官，嫌犯会在还没开口时就被带走，而治安官会回家去，回到他在圣费尔南多山谷的牧场去。在那里他是随时可以联络到的。如果你找不到他本人，你可以跟他的某匹马儿聊天。

偶尔，选举时间到来，会有一些被误导的政客企图去抢彼得森的宝座，动不动就用"天生一副好侧面的家伙"或"自冒烟火腿"等绰号称呼他，但这对他毫无影响。彼得森治安官就是能稳稳当当顺利连任，这活生生地证明了一个事实：在我们国家你可以永远担任一份重要的公职，不需要任何资格，只要不卷入是非，有一副上相的面孔，一张紧闭的嘴巴。最重要的是你在马背上显得英姿飒爽，你就是难以战胜的了。

当奥尔斯和我进门时，彼得森治安官正站在办公桌后面，几名摄影人员从另一扇门鱼贯而出。治安官戴着他那顶斯泰森牌的白色毡帽。他正在卷烟。他已经做好准备要回家了。他严厉地看着我。

"这是谁？"他用浑厚的男中音问道。

"他叫菲利普·马洛，治安官，"奥尔斯说，"韦德对自己开枪时唯一在凶宅的人。你想要一张照片吗？"

治安官打量着我。"我想不必了。"他说着，转向一个铁灰色头发满面倦容的大块头。"如果你有事找我，我会在牧场，埃尔南德斯队长。"

"明白，长官。"

治安官用一根点煤气炉的粗火柴把烟点燃。他是在拇指指甲上划着的。彼得森治安官不用打火机。他完全属于"自卷自抽单手点烟"的类型。

他道声晚安，走了出去。一个板着面孔两眼黑森森的家伙陪着他，是他的贴身保镖。门关上了。他离去后埃尔南德斯队长移到办公桌边，坐进治安官那把巨大的椅子里，角落里的一个速记打字员把工作台从墙边挪出来，好让腿脚有充分的活动空间。奥尔斯坐在办公桌末端，带着顽皮的神情。

"好了，马洛，"埃尔南德斯轻快地说，"我们谈谈吧。"

"怎么不给我拍照？"

"你听见治安官的话了。"

"对呀。可是为什么？"我抱怨道。

奥尔斯大笑。"你太清楚为什么了。"

"你是说因为我个头高，皮肤黑，长得帅，可能会有人看上我？"

"住嘴！"埃尔南德斯冷冷地说，"我们来给你做笔录吧。从头开始。"

我对他们从头说起：我跟霍华德·斯潘塞的会见，我和艾琳·韦德的相遇，她要我去找罗杰，我找到了他，艾琳请我去他们家，韦德要求我做什么，我如何发现他昏倒在芙蓉树丛旁边，等等。速记员都记录下来。没人打断我。全部属实。除了事实还是事实。但并非所有的事实。我省略掉的是我的业务。

"很好，"埃尔南德斯末了说道，"但不太完整。"这是个冷静能干危险的家伙，这个埃尔南德斯。治安官办公室里得有这样的人。"韦德在他卧室里开枪那天晚上你进了韦德太太的房间，关着

270

门在里面待了一段时间。你在那里干什么？"

"她叫我进去，问我她丈夫怎样了。"

"干吗关门？"

"韦德半睡半醒，我不想弄出声响。而且家仆伸长耳朵在附近转悠。还有是她叫我关门的。我没想到这事会有这么严重。"

"你在那里待了多久？"

"我不知道。也许三分钟吧？"

"依我看你在里面待了两个小时。"埃尔南德斯冷冷地说，"我说得够清楚了吧？"

我看看奥尔斯。奥尔斯什么也没看。他照常在嚼一支没点燃的香烟。

"你收到的情报不准确，队长。"

"会搞清楚的。你离开她的卧室后，下楼到了书房，在沙发上过夜。或许我应该说下半夜。"

"他打电话到我家是十一点差十分。那晚我最后一次进书房时早就过了两点。你要说下半夜也行。"

"把家仆带进来。"埃尔南德斯说。

奥尔斯走出去，回来时带着阿帅。他们叫阿帅坐在一把椅子上。埃尔南德斯问他几个问题，确认他的身份，等等。接着他说："好了，阿帅——为了方便起见我们就这么叫你，在你帮着马洛把罗杰·韦德弄上床后，发生了什么事情？"

我多少知道回答是什么。阿帅以一种沉稳凶狠的语气讲述他的故事，很少带墨西哥口音。他的乡音好像可以随意打开和关闭。他的说法是，他在楼下逗留，以备主人再次找他，部分时间他在厨房，给自己弄了点吃的，部分时间待在客厅。在客厅时他坐在靠近前门的一把椅子上，他看见艾琳·韦德站在卧室门口，他看见女主人脱

271

掉衣服。他看见女主人披了一件袍子，里面一丝不挂，他看见我走进女主人的房间，我关了门，在里面待了很长时间，他认为有两个小时。他走上楼梯细听。他听见床铺弹簧发出声响。他听见窃窃私语。他把自己的意思讲得非常明显。他讲完后，向我投来狠辣的一瞥，他的嘴巴因仇恨而抿得紧紧的。

"带他出去。"埃尔南德斯说。

"稍等，"我说，"我想向他提问。"

"这里由我提问。"埃尔南德斯高声说。

"你不晓得怎么问，队长。你没在场。他在撒谎，他知道，我也知道。"

埃尔南德斯往后一靠，拿起治安官的一支笔。他把笔杆折弯。笔杆又长又尖，是用经过硬化的马鬃做的。当他松开尖头时，笔杆又弹了回来。

"问吧。"他终于说。

我面对阿帅。"当你看见韦德太太脱衣时你在什么位置？"

"我坐在靠近前门的一把椅子上。"他用不友好的语气说。

"在前门和那两张相对摆放的长沙发之间吗？"

"我是这么说的。"

"韦德太太在什么位置？"

"就在她房间的门边。门是开着的。"

"客厅里亮着什么灯？"

"一盏灯。他们称之为桥灯的立柱灯。"

"阳台上亮着什么灯？"

"没亮灯。灯光在她卧室里。"

"她卧室里亮着哪种灯？"

"灯光不强。是床头柜灯吧，我猜。"

"没亮顶灯？"

"没有。"

"在她脱衣之后——就站在她卧室的门边，你说的，她披上一件袍子。什么样的袍子？"

"蓝袍。长袍，就像家常服。她用腰带将袍子束拢。"

"那么，如果你并没有真切地看见她脱衣，你就不会知道她在袍子下面穿了什么吧？"

他耸耸肩，显出些微的焦虑。"对。你说对了。可我看见她脱衣了。"

"你撒谎。客厅里没有任何位置可以看见她在门道里脱衣，更不要说在她房间里面了。她得走出来，到走廊边缘，你才看得见。如果她到了走廊边缘她会看见你。"

他愣怔地盯着我。我转向奥尔斯。"你见过那个宅子。埃尔南德斯队长没有，对吗？"

奥尔斯微微摇头。埃尔南德斯皱起眉头，没有说话。

"假设韦德太太的位置远远靠后，是在她房间的门口或在房间之内，那么在那个客厅里就没有一个视点，埃尔南德斯队长，是他哪怕可以看见韦德太太头顶的地方，就算他是站着的也不行，而他说他是坐着的。我比他高十厘米，当我站在那所宅子前门内侧的时候，我只能看见她房间的门框上缘。她得出至走廊边缘，才能让阿帅看见他自称见过的情景。韦德太太干吗要那么做呢？甚至可以问，她干吗要在门外脱衣呢？这完全讲不通。"

埃尔南德斯单是看着我。然后他看看阿帅。"时间问题怎么讲？"他轻声发问，是对我讲话。

"那是他对我的诬陷。我所讲的是能得到证实的。"

埃尔南德斯对阿帅讲西班牙语，讲得太快，我听不懂。阿帅只

273

是闷闷不乐地瞪着他。

"带他出去。"埃尔南德斯说。

奥尔斯把大拇指一翘，把门打开。阿帅出去了。埃尔南德斯掏出一盒香烟，塞一支到嘴上，用一只金打火机将它点着。

奥尔斯回到房间里。埃尔南德斯平静地说："我刚才告诉他，如果有庭审，而他在证人席上讲那个故事，他就会落得个因伪证罪在圣昆丁监狱蹲上一到三年的下场。他好像没怎么放在心上。很容易看出是什么使他不安。老掉了牙的好色病。如果他在主人家里，而我们又有理由怀疑是谋杀，那么他倒是个很明确的嫌疑人——不过他应该会用刀子作案。先前我得到的印象是他对韦德的死感到很难过。你有什么话要问吗，奥尔斯？"

奥尔斯摇摇头。埃尔南德斯看着我，说道："明早再来一趟，在你的口供上签字。到时候我们会将它打出来。我们应该在十点钟做午后报告，好歹有个初步结论。这安排合不合你的意，马洛？"

"你能改一改措辞吗？你提问的方式暗示我可能会对你们的某些安排感到真心满意。"

"好啦。"他不耐烦地说，"撤吧。我要回家了。"

我站起身。

"当然，我从没相信过阿帅那家伙对我们耍的花招。只是拿它当开瓶器用用。没往心里去吧，我希望。"

"没往心里去，队长。没往心里去。"

他们注视着我走出门，没说晚安。我沿着长廊走到希尔街入口，上了自己的车，开车回家。

"没往心里去"是准确无误的表述。我空洞、空虚如同星辰之间的太空。到家时我调了杯烈酒，站在客厅里敞开的窗前，啜饮着，谛听着月桂谷大道上车流的激涌，凝视着悬挂于那些截断大道的山

274

包肩上的那座愤怒大都市发出的刺目强光。远处警笛或消防车警报器的女鬼哀号此起彼落，绝无长时间的彻底沉寂。一天二十四小时都有人在逃，另有一些人则在努力抓捕。在外面那个千罪之夜中，人们奄奄一息，沦为残废，被飞来的玻璃片割伤，在方向盘前被撞死或在沉重的轮胎下被轧死。人们挨打，遭抢，被勒死，被强暴，被谋杀。人们挨饿，生病；厌烦，因寂寞、悔恨或恐惧而绝望，愤怒，残忍，狂热，啜泣颤抖。一座不比别的都市糟糕的都市，一座富有、活跃、充满自豪的都市，一座失落、挫败、布满空虚的都市。

这完全取决于你坐在什么位置，你自己的个人得分是多少。我没有得分。我不在乎。

我把酒喝完，上床睡觉。

三十九

　　验尸调查是一场彻底的失败。验尸官在医学证据还不完整的时候就大咧咧地举行聆讯，生怕公众的注意力会在他身上消逝。其实他不必心焦。一名作家的死亡，即便是名头很响的作家死了，都不会是长效的新闻，而那个夏天的新闻又有太多的竞争。一位国王退位了，另一位被暗杀了。一周内有三架大型客机坠毁。芝加哥有家大电报公司的总裁在自己的汽车里被枪打成了马蜂窝。一场监狱大火烧死了二十四名囚犯。洛杉矶县的验尸官运气不好。他错过了人生的良辰美景。

　　当我走下证人席时我看见了阿帅。他脸上挂着灿烂恶毒的笑容，我想不通是为什么。他照常穿得有点太考究，身着可可棕色的华达呢套装，配上白色尼龙衬衫和深蓝色的蝴蝶结。在证人席上他很文静，给人以好印象。是的，主人最近烂醉过多次；是的，楼上枪响的那晚他曾帮忙把主人抬上床；是的，主人在他阿帅最后一天临走前要了威士忌，但他拒绝去拿；不，他一点儿不了解韦德先生的文字工作，但他知道主人已经泄气了；他不断地把文稿扔掉，然后又从废纸篓里捡回来；不，他从未听到韦德先生跟任何人吵架；等等。验尸官对他挤牙膏，但挤出的是空气。有人已经把阿帅调教得很好了。

艾琳·韦德身着黑衣白裤。她脸色苍白，话音低沉清晰，连扩音器也无法让它走调。验尸官对她非常和蔼。他跟艾琳讲话时好像难以止住声音里流露出哽咽。当艾琳走下证人席时他起立鞠躬，艾琳送给他一抹瞬间即逝的淡淡微笑，弄得他差点被自己的唾液呛住。

艾琳往外走经过我身边时几乎没看我一眼，而在最后一刻把头朝我转动了五厘米微微颔首，仿佛我这个人肯定是她很久以前在某处有过一面之缘的，却没有在她脑子里留下清晰的记忆。

验尸调查结束后我在外面的台阶上碰见了奥尔斯。他正在注视下面的车流，或者是假装在看。

"干得不错。"他头也不回地说，"恭喜。"

"你对阿帅指点有方呀。"

"不是我，老弟。地检断定性事与本案无关。"

"他说的是什么性事？"

他这时看着我。"哈，哈，哈，"他说，"我不是指你。"接着他的表情变得疏远了。"我看着他们有太多年了。这令人腻味。这瓶'私藏老酒'只供上流社会的主顾享用。回见，冤大头！你什么时候穿上了二十块钱一件的衬衫，就打电话给我。我会顺道过来，伺候你穿外套。"

从我们身边绕过的人流上着台阶，下着台阶。我们站着不动。奥尔斯从衣兜里掏出一支香烟，看了一眼，扔到水泥地上，用脚跟把它踩成无形。

"浪费。"我说。

"只是一支烟，朋友。它不是一条命。过阵子你也许会跟那女的结婚，嗯？"

"去你的！"

他使坏地大笑。"我找对了人，却谈错了话题。"他挖苦道，

"有异议吗？"

"没异议，副队长。"我说罢，走下台阶。他在我身后说了些什么，但我继续前进。

我去了福劳沃街一家咸牛肉块小吃店。这适合我的心情。门口有块简陋的招牌写着："只限男客。狗与女人莫入。"里面的服务同样文雅。把食物甩给你的侍者满脸胡楂儿，不待你表示打赏的意思就扣下了他的小费。食物简单但很好吃，他们有一种棕色的瑞典啤酒，能有马提尼那样的烈性。

我刚回到办公室就听见了电话铃声。奥尔斯说："我会去你的办公室。我有话要说。"

他一准是在好莱坞派出所或在那附近，因为不到二十分钟他就走进了我的办公室。他在顾客椅上坐下，跷起二郎腿，低声吼道：

"我刚才过头了。对不起。忘了吧。"

"干吗要忘？我们来揭伤疤吧。"

"正合我意。不过得用帽子遮掩。在有些人心目中你是个坏东西。我却从不知道你做过伤天害理的事情。"

"'二十块钱一件的衬衫'那句俏皮话是什么意思？"

"啊！见鬼，我只是心里不爽罢了。"奥尔斯说，"我在想波特那老头。他像吩咐自己的秘书一样，打发一名律师去叫地方检察官施普林格告诉埃尔南德斯队长你是他的私人朋友。"

"他才不会费这周折呢。"

"你见过他。他抽空见了你。"

"我见过他，句号。我不喜欢他，但或许只是妒忌。他派人叫我去给我一些忠告。他是大块头，他是硬汉，其他我就不得而知了。我并不认为他是个坏蛋。"

"没有干净的办法可以赚到一亿块钱。"奥尔斯说，"也许大

278

老板认为他的双手是干净的，可是赚钱的过程中总有某个环节会有人被逼到绝境，体面的小生意被挖了墙脚无法站稳，只得贱卖，正派人丢了饭碗，股票价格在市场上被操纵，代理权被当作一两克重的旧金器出售，抽头百分之五的掮客和大律师行因为打败了人民需要但富人不需要的法律便得到数以十万元计的酬劳。富人不喜欢那些法律，是因为它会削减他们的利润。大钱就是大权，大权会被滥用。这就是体制。也许这是我们能够得到的最好体制，但它仍然不是什么'象牙香皂'买卖。"

"你说话像赤党。"我说，存心刺激他。

"我才不管呢。"他不屑地说，"我还没被调查过。你赞成自杀裁定，是吧？"

"不然还会是什么？"

"我想不会是别的。"他把他那双结实的笨手放在办公桌上，看着手背上的大褐斑。"我老了。他们把这些褐色斑点称为角化病。要过了五十岁才会长这种斑。我是个老警察，老警察就是老混蛋。关于这个韦德之死，我觉得有几处不对劲。"

"比方说？"我往后靠，注视着他眼睛四周太阳晒出来的鱼尾纹。

"你凭经验闻得出犯罪的气味，哪怕你明知自己对此他 × 的无能为力。然后你只好坐着，像现在这样空谈。他没留遗书我觉得不对劲。"

"他醉了。或许只是突发的疯狂冲动。"

奥尔斯抬起苍白的眼睛，把两手从桌面挪下。"我搜过他的书桌。他常给自己写信。他写呀，写呀，写呀。不管醉了还是醒着他都敲着打字机的键盘。有些东西写得荒唐，有些文字带点滑稽，有些文字很哀伤。那家伙有心事。他老是绕着心事写，却从没有真正触碰它。如果他要干掉自己，他会留下两页纸的遗书。"

"他醉了。"我又说道。

"对他来说这没关系。"奥尔斯不耐烦地说，"接下来我觉得不对劲的事情是他在那个房间里自杀，让他妻子去发现他。没错，他喝醉了。可我仍然觉得不对劲。还有一件事我感觉不对，就是他恰好在快艇声音淹没枪声的那一刻扣了扳机。这对他来说有什么差别呢？又是巧合，嗯？更巧的是他妻子竟在家仆休假日忘了带前门钥匙，得按门铃才进得了宅子。"

"她可以绕到后面去。"我说。

"对，我知道。我谈的是一个处境。除你之外没人会去应门，而她在证人席上却说她不知道你在她家。如果韦德还活着并在书房工作，他也不会听见铃声。他的门是隔音的，家仆不在。那是星期四，她竟忘了，就像她忘了带钥匙。"

"你自己也忘了一件事，伯尼。我的车停在车道上。所以在她按铃前，她知道我在她家——或者有人在她家里。"

他咧嘴笑了。"我忘了这个，对吧？好，当时的情形是这样。你在下面的湖边，那只快艇发出很大的轰鸣——顺便告诉你，那是从箭头湖那边过来的两个家伙，用拖车载着快艇来的，只是来玩玩。那时韦德在他书房里睡着了或者昏迷了，有人已从他的书桌里取了枪，而韦德太太知道你把枪放在书桌里面了，因为你上次告诉了她。现在假定她没有忘带钥匙，她进了屋里，朝外面望去，看见你在下面的湖边，再朝书房里一望，看见韦德睡着了，她知道枪在哪儿，便拿出来，等到合适的时机，朝他射击，然后把枪扔在它被我们发现的地方，走回宅子外面，等了一会儿，当快艇驶远时，才按响门铃等你来开门。有异议吗？"

"动机是什么？"

"对呀，"他郁闷地说，"这就讲不通了。如果她想抛弃那家伙，很容易。她已让韦德落在下风了，习惯性酗酒，对她施暴的记录。大笔赡养费，肥得流油的财产分割。动机全无。不过机缘太凑巧。早五分钟她就不可能办到，除非你参与其中。"

我开口想要说话，但他举手拦阻。"放心吧。我不是指控任何人，只是推想。如果晚五分钟你也会得出相同的答案。她有十分钟取得成功。"

"十分钟，"我烦躁地说，"那是不可能预见到的，更不可能计划出来。"

他仰靠到椅背上，叹了口气。"我知道。你得出了所有的答案，我也得出了所有的答案。可我还是感觉不对。总之你究竟在跟这些人搞些什么？那家伙给你写了一张一千块钱的支票，然后撕掉了。你说是生你的气。你说反正你也不想要，不会拿的。也许吧。他是不是认为你睡了他老婆？"

"打住，伯尼。"

"我不是问你做没做，我问的是他是不是认为你做了。"

"答案一样。"

"那好，换个问题。那墨西哥佬拿住他什么把柄了？"

"据我所知没什么。"

"那墨西哥佬太有钱。银行存款有一千五百多块，还有各种衣服，一辆崭新的雪佛兰。"

"也许他贩毒。"我说。

奥尔斯从椅子上腾身而起，皱眉俯视我。

"你是个运气极好的小子，马洛。两次你都侥幸逃脱了重罪。你会变得过于自信。你帮了那些人的大忙，而你没挣到一分钱。你也曾对一个姓伦诺克斯的家伙鼎力相助，我听说的就是这样。那次

281

你也是一分钱没挣。你靠什么挣饭钱，朋友？难道你存了一大笔所以用不着再干活了吗？"

我站起身，绕过书桌，与他正面相对。"我是浪漫派，伯尼。我在夜里听见有人喊叫，就去看看怎么回事。干这种事挣不到一分钱。你是不会去做的。你有理智，你会关上窗户，把电视音量调大。或者踩下油门，远离那个地方。不去管别人的麻烦。管闲事只会沾上一身腥。我最后一次见特里·伦诺克斯的时候，我俩一起喝我在家里亲手煮的咖啡，我们抽了一支烟。所以当我听说他死了，我便去了厨房，煮了些咖啡，给他倒上一杯，为他点一支烟，当咖啡凉了，香烟燃尽了，我就对他说了再见。那么做挣不到一分钱。你不会那么做。所以你是个好警察，而我是个私探。艾琳·韦德担心她丈夫，我就出去找他，把他带回家。另一次他有了麻烦打电话给我，我去了，把他从草地上扛进屋，然后把他抬上床，我没从中挣到一分钱。没拿一点好处。没有，除了有时脸上挨一拳，或被扔进号子，或被曼迪·曼宁德兹那一类来钱快的小子威胁一番。可是没拿钱，一分都没有。我保险箱里有一张五千元大钞，但我绝不会花其中的一分钱。因为我得到它的方式有些不当。起初我拿它把玩一会儿，现在还偶尔把它取出来，看上几眼。但如此而已——没挣到一分可以花的钱。"

"肯定是假钞，"奥尔斯干巴巴地说，"只不过他们一般不做那么大的面额。你叭叭了这么多，到底想表达什么呢？"

"不表达什么。我跟你说过我是浪漫派。"

"我听见了。而且你这么做没挣一分钱。那个我也听见了。"

"但我随时可以叫一个警察去见鬼。见鬼去吧，伯尼。"

"如果我把你关在密室的灯光下，你就不会叫我去见鬼了，伙计。"

"总有一天我们会见分晓。"

282

他走到门口，用力把门拉开。"你知道吗，小子？你自以为俏皮，可你只是愚蠢。你是墙上的一个影子。我当差二十年了，没留下任何污点。我什么时候被人涮了，什么时候有个家伙对我隐瞒，我都会知道。聪明人永远愚弄不了别人，只能愚弄他自己。记住我的话，伙计。我懂的。"

他把脑袋从门口往后缩，让门扉关闭。他的鞋后跟一路敲打着走廊。当我桌上的电话开始响铃时我仍然听得见他的脚步声。电话里的声音用清晰的专业腔调说："纽约找菲利普·马洛先生。"

"我是菲利普·马洛。"

"谢谢你。请稍等，马洛先生。对方上线了。"

接下来的声音我认得。"我是霍华德·斯潘塞，马洛先生。我们听说了罗杰·韦德的事情。当头一棒啊。我们没有得知完整的细节，但你的名字好像牵涉其中了。"

"事情发生时我在现场。他只是喝醉了，朝自己开了枪。韦德太太回家晚了一步。仆人都不在——星期四休假。"

"只有你跟他在一起？"

"我没跟他一起。我在宅子外面，在附近转悠，等他妻子回家。"

"明白了。嗯，应该会有一次验尸调查吧？"

"已经结束了，斯潘塞先生。是自杀。而且极少报道。"

"真的吗？那就奇怪了。"他的语气确切地说不是失望——更像是困惑和吃惊，"他这么有名望。我还以为——嗯，别管我怎么想的。我想我最好飞过去，可我要到下周末才能成行。我会拍电报给韦德太太。也许我能为她做些什么——也谈谈那本书。我的意思是，也许稿子完成得差不多了，使我们能找个人把它写完。我猜你终究还是接下了那份差事。"

"没有。尽管他亲自邀请我。我坦白地告诉他我无法阻止他

283

喝酒。"

"显然你连试都没试。"

"听着，斯潘塞先生，你对情况没有最起码的了解。干吗在你有所了解之前就贸然下结论呢？我并非毫不自责。出了这种事，作为唯一在场的人，我想自责是难免的。"

"当然。"他说，"抱歉我失言了。讲得很不恰当。艾琳·韦德这个时间会在家吗？——或许你不了解吧？"

"我不了解，斯潘塞先生。为什么你不直接打给她呢？"

"她可能还不想跟任何人讲话。"他慢慢地说。

"为什么不想？她跟验尸官谈了，连眼睛都没眨一下。"

他清了清嗓子。"你的话里完全听不出同情。"

"罗杰·韦德死了，斯潘塞。他是有点混账，或许也有点天才。那超出了我的理解力。他是个任性的酒鬼，他对自己恨之入骨。他给我惹了大把的麻烦，末了留给我大把的悲哀。我他 × 的干吗要有同情心？"

"我说的是韦德太太。"他干脆地说。

"我也是。"

"我到了会给你电话。"他突兀地说，"再见。"

他挂断了。我也挂断了。我对着电话机盯了两分钟，一动不动。然后我把电话簿拿到桌上，查找一个号码。

四十

　　我把电话拨到休厄尔·恩迪克特的办公室。有人说他在出庭，要到近黄昏时才能联系到。要不要留下姓名？不用。

　　我拨了日落大道附近曼迪·曼宁德兹那家场子的号码。今年那地方叫埃尔塔帕多，名字倒也不错。在美洲西班牙语中意思是"鱼目混珠的宝藏"。它过去取过别的名字，一大堆别的名字。有一年它的名字只是日落大道南面一堵空白高墙上悬挂的一个蓝色霓虹数字，背对着山包，有条车道拐弯绕过从街上看不见的那一侧。非常高档。除了缉毒扫黄警员、黑社会成员和吃得起三十块钱大餐的人，以及在楼上幽静的大包间里挥霍五万元的高消费者，没人对它有多少了解。

　　接电话的是个一问三不知的女人，接着来了个带墨西哥口音的领班。

　　"你想跟曼宁德兹先生说话？你是谁？"

　　"不提名字，朋友。私事。"

　　"请稍等。"他用西班牙语说。

　　让我好等了一阵。这次讲话的是个野蛮小子。听上去他仿佛是透过一辆装甲车的缝隙讲话。这或许只是他脸上的一道裂缝。

　　"说吧！谁找他？"

"我叫马洛。"

"马洛是谁？"

"你是奇克·阿戈斯蒂诺？"

"不，不是奇克。快讲，报暗号。"

"去油炸你的脸。"

传来咯咯的笑声。"别挂。"

终于另一个声音说话了："哈罗，便宜货。这段时间好吗？"

"边上没人？"

"尽管说，便宜货。我正在审查几场歌舞表演。"

"你可以做个自己抹脖子的节目。"

"要我加演我咋办？"

我大笑。他也大笑。"没再管闲事了吧？"他问道。

"你没听说？我另外交的一个朋友也自杀了。从此他们得叫我'丧门星'了。"

"倒是挺滑稽的，嗯？"

"不，这不滑稽。还有前几天下午我跟哈伦·波特喝了茶。"

"混得不错嘛！我可是从不喝那玩意儿。"

"他说你得对我好点儿。"

"我没见过那家伙，我也不打算见。"

"他投的影子可长啊。我所要的只是一点小情报，曼迪。比如保罗·马斯顿的事。"

"从没听说过这人。"

"你答得太快了。保罗·马斯顿是特里·伦诺克斯来西部前在纽约一度用过的名字。"

"所以呢？"

"通过联邦调查局档案馆查过他的指纹。没记录。那意味着他从来没在军队服役。"

"所以呢？"

"我得给你画图解释吗？你那套散兵坑的奇谈要么全是胡说，要么发生在别的地方。"

"我没说过发生在哪里，便宜货。听我一句好心话，把这事整个儿抛到脑后吧。我劝过你了，你最好照着去做。"

"嗯，当然。我做了你不喜欢的事，我就会扛着一辆有轨电车游泳去卡塔利纳。别想吓唬我，曼迪。我跟老手过过招。你到过英格兰？"

"放聪明些，便宜货。在这个城市你随时可能出事。像大块头威利·马贡那样高大健壮的家伙都随时可能出事。看看晚报吧。"

"既然你这么说了，我会去买一份。报上说不定还登了我的照片呢。马贡怎么啦？"

"我说过的——人有旦夕祸福。除了报上看到的我也不清楚是怎么回事。好像有辆挂内华达牌照的车，马贡想要查查车上的四个家伙。车就停在他家门口。内华达车牌上的号码是他们州没有的大数字。一定是为了搞笑。只是马贡并没觉得好玩，因为他双臂都打了石膏，下巴缝了三处，一条腿吊得老高。马贡再也狠不起来了。你也可能会是这个下场。"

"他碍着你了，嗯？我见过他把你手下的奇克推到胜利者酒吧门前的墙边。我是不是应该打个电话给治安官办公室的一个哥们儿，把这事知会他一声？"

"你试试看，便宜货。"他一字一顿地说，"你试试看。"

"我还会提到当时我刚和哈伦·波特的女儿一起喝了一杯。铁证，可以算得上，你觉得呢？你打算也把她打残？"

"仔细听好，便宜货——"

"你去过英格兰吗，曼迪？你和兰迪·斯塔尔和保罗·马斯顿或者叫特里·伦诺克斯或别的什么名字？或许在英军待过？在伦敦索霍区搞点小诈骗惹了麻烦，以为参军就可以避避风头？"

"别挂。"

我保持在线。什么都没发生，我干等着，手臂都举酸了。我把话筒换到另一边。他终于回来了。

"现在仔细听好，马洛。你要搅和伦诺克斯案你就死定了。特里是我兄弟，我也有感情。你同样有感情。我只会陪你走这么远了。那是一支突击队。那是英军。事情发生在挪威，发生在某个离岸海岛上。那里的近海岛屿不计其数。1942 年 11 月。现在你愿意躺下放松一下你那疲惫的脑瓜子了吗？"

"谢谢你，曼迪。我会休息的。你的秘密在我这儿很安全。除了我认识的人，我不会告诉任何人。"

"去给自己买份报纸，便宜货。读一读，还要记住。高大健壮的威利·马贡。在他自家门前挨揍了。小子，他从麻醉中醒来时大吃一惊！"

他挂断了。我下楼买了份报纸，报上讲的跟曼宁德兹说的完全一致。报上登了大块头威利·马贡在医院病床上的照片。你能看见他的半张脸和一只眼睛。其余就是绷带了。伤得很重但不致命。那帮家伙下手时很有分寸。他们要他活着，毕竟他是个警察。在我们的城市里暴徒不杀警察。他们把那种事留给青少年去做。一个被塞进绞肉机里吐出来仍然活着的警察有更好的宣传效果。到头来他会复原并回去工作。但从此以后有些东西消失了——起关键作用的那最后一截钢铁被磨掉了。他是个活生生的教训，告诫别人不能把那些诈骗团伙逼得太狠，尤其当你在刑警队当差、在最好的饭店吃饭、开一辆凯迪拉克的时候。

我坐在那儿把这件事思索了一会儿，然后拨了卡恩机构的号码，找乔治·彼得斯。他出去了。我留下自己的姓名，说有急事。他要到五点半左右才会回来。

我去了好莱坞公共图书馆，在资料室里提了些问题，但没能找到我需要的资料。于是我得回去开我的奥兹，驱车去商业闹市区的中心图书馆。我在那里找到了，在一本英国出版的红皮小册子里。我复印了里面我想要的东西，开车回家。我又打电话给卡恩机构。彼得斯还在外面，于是我请那女生提醒他回电到我家。

我把棋盘放到咖啡桌上，摆出名为"人面狮身"的残局。这盘残局印在英国象棋鬼才布莱克本写的一本棋谱的末页，布莱克本是历来最有活力的棋手，不过他在如今人们所玩的冷战型对弈中不会一上手就下赢。"人面狮身"是一盘十一步的残局，名副其实。象棋残局很少达到四五步以上。超过这个限度解题的难度就几乎是以几何级数上升了。十一步残局纯粹是不折不扣的折磨。

偶尔当我不痛快的时候我会摆出这个残局，寻找破解的新招。这是一种愉快而安静的发疯方式。你甚至不会尖叫，但你跟疯狂只隔着一层纸了。

乔治·彼得斯在五点四十分给我来电话了。我们互相调侃慰问了一番。

"看来你把自己弄进另一个困境了。"他开心地说，"你怎么不去试着干干某个类似尸体防腐这样太平的行业？"

"学习时间太长啦。听着，我想成为你们机构的客户，如果收费不太高的话。"

"取决于你叫我们干什么，老伙计。而且你得跟卡恩谈。"

"不。"

"好吧，说出来。"

"伦敦有很多像我这样的人，可我没法分辨他们的优劣。他们称之为私家调查员。你们团队会有这方面的关系。可我只能随便挑个人，那我就有可能受骗。我需要一些应该很容易查到的信息，而且要快。下周末以前必须得到。"

"把话挑明吧。"

"我想了解特里·伦诺克斯战时服役的情况，他可能又叫保罗·马斯顿，不管他用的是什么名字。他加入过那边的突击队。1942年11月他在突袭挪威的某个小岛时负伤被俘。我想了解他是受哪支部队委派，他身上发生了什么事情。陆军部会有全套档案。这不是机密，至少我认为不是。我们就说是牵涉到继承问题吧。"

"你不需要找私探来办这事。你可以直接拿到。写封信给他们吧。"

"得了，乔治。我也许得等上三个月才能收到回信。可我在五天内就要情报。"

"这一点你动了脑子，伙计。还有别的事吗？"

"还有一件。那边的人把至关重要的档案都存在他们称之为萨姆塞特宫的地方。我想知道他的名字是否因为某种关系也保存在那里——出生、婚姻、国籍，任何关系。"

"为什么？"

"你什么意思，还问为什么？忘了是谁买单？"

"万一没他的名字呢？"

"那我就被卡住了。如果有他的名字，你们的人找到的任何东西，我都需要经过认证的复印件。你要榨我多少钱？"

"我得去问问卡恩。他也许会竖起拇指把整件事推掉。我们不想要你已得到的那种名声。如果他交给我打理，而你同意不提这层关系，我就开个三百块的价钱吧。按美元来算，那边的那些家伙得不到多少。他可能赚我们十畿尼，还不到三十块呢。加上可能发生的一切开销。就算总共五十块吧，而卡恩少于两百五是不会开档的。"

"专业收费标准。"

"哈，哈。他从没听说过这玩意儿。"

"等你电话，乔治。要吃个晚餐吗？"

"罗曼诺夫餐馆？"

"行啊，"我嚷道，"如果他们会给我留位的话——但我怀疑。"

"我们可以用卡恩的座位。我刚巧知道他今晚要吃个清静饭。他是罗曼诺夫的常客。咱们这行里混高层的有回报啊。卡恩在市里是个有头脸的人物。"

"对，肯定。我认识一个人——是私交，他可以让卡恩消失在他的小指甲底下。"

"你真行，小子。我向来知道你在紧要关头能够化险为夷。七点前后在罗曼诺夫餐馆的酒吧见。告诉领班你在等卡恩上校。他会为你开道，你就不会被电影编剧或电视演员之类人渣的胳膊肘撞到了。"

"七点见。"我说。

我们挂断电话，我回到了棋盘上。但"人面狮身"好像再也引不起我的兴趣。不一会儿彼得斯给我回话，说只要他们机构的名字不牵扯到我的麻烦，卡恩没有异议。彼得斯说他会立刻发一份夜间电报给伦敦。

四十一

霍华德·斯潘塞在随后那个周五的早晨给我来电话了。他在丽兹－贝弗利大饭店，建议我顺路去那儿的酒吧喝一杯。

"最好在你的房间喝。"我说。

"很好，只要你乐意。828 房。我刚和艾琳·韦德通过话。她似乎很认命。她已经读过罗杰留下来的手稿，说她认为很容易就能写完。它会比罗杰的其他作品短很多，但宣传价值可以抵消一点。你大概会认为我们出版商是一帮相当冷酷无情的家伙。艾琳整个下午都会在家。自然她想见我，我也想见她。"

"我半小时后到，斯潘塞先生。"

他住在饭店西头一个宽敞怡人的套房里。客厅有扇高窗，朝向一个装了铁栏杆的狭窄阳台。家具的装饰用了某种条纹图案的材料，配上地毯繁花似锦的设计，赋予套房一种旧式的氛围，不过凡是你能摆放酒水的地方全都盖上了玻璃板，套房里散布着十九个烟灰缸。饭店房间能够很清晰地表明宾客的教养。丽兹－贝弗利大饭店不奢望宾客有任何教养。

斯潘塞跟我握手。"请坐。"他说，"你想喝什么？"

"随便，不喝也行。我不是非喝酒不可。"

"我想来一杯阿蒙蒂拉多雪利酒。加利福尼亚在夏天不是适合喝酒的地方。在纽约你可以对付掉四倍的量，宿醉却只有这儿的一半。"

"我喝一杯黑麦威士忌酸酒。"

他走向电话机，点了酒。然后他在一把条纹图案的椅子上坐下，摘下无框眼镜用手帕擦着。他把眼镜戴回去，小心扶正，看着我。

"我估计你脑子里有些想法。所以你要上这儿来见我，而不愿在酒吧。"

"我会开车送你去空闲谷。我也想见见韦德太太。"

他显出少许的不安。"我不确定她想不想见你。"他说。

"我知道她不想。我可以随着你的票入场。"

"那我就有失于礼节了，对吧？"

"她跟你说过不想见我吗？"

"没有明言，没讲得这么直接。"他清了清喉咙，"但我得到的印象是她把罗杰的死怪在你头上。"

"对。她说得很直接——对罗杰去世那天下午赶来的副警长说的。她或许还对治安官手下调查死因的凶案队副队长讲过。不过她没对验尸官说这话。"

他靠向椅背，用一根指头挠着手心，动作缓慢。这只是一种信手涂鸦的姿态。

"你去见她会有什么好处呢，马洛？对她而言那是相当可怕的体验。我想象她的整个生活有段时间是相当糟糕的。干吗让她重温伤心事？难道你还想让她相信你毫无过失？"

"她对副警长说我杀了罗杰。"

"她不可能是字面上的意思。否则——"

门铃响了。他起身走去打开门。客房服务侍者端着酒进来，以

293

花哨夸张的动作放下，仿佛他在侍候一顿七道菜的大餐。斯潘塞签了支票，给了他五十分小费。那家伙离开了。斯潘塞端起他的雪利酒走开了，似乎不想把我的酒递给我。我让它留在原处。

"否则什么？"我问他。

"否则她会跟验尸官说些什么，对不对？"他对我皱起眉头，"我想我们是在瞎扯。你想见我到底为了什么？"

"是你想见我。"

"仅仅是，"他冷冷地说，"仅仅是因为我从纽约打电话给你的时候，你说我下结论有些仓促。那是暗示我你有事情要解释。那么，是什么事？"

"我想当着韦德太太的面解释。"

"我不喜欢这个主意。我想最好由你自己另做安排。我非常看重艾琳·韦德。身为商人我想抢救韦德的作品，如果可能做到的话。既然艾琳对你的感觉如你所说的那样，我就不能成为把你弄进她家里的工具。讲点儿道理吧。"

"那没关系，"我说，"算了。我想见她一点也不难。我只是想要有个人和我一起去当个见证。"

"见证什么？"他几乎是在呵斥我。

"你会当着她的面听到，否则就别想听了。"

"那我压根儿不想听。"

我站起身。"也许你做得对，斯潘塞。你想要韦德的那本书——如果它能用的话。而且你想当好人。两个心愿都是可嘉的。这两个心愿我都没有。祝你好运，再见。"

他突然起身向我走来。"稍等片刻，马洛。我不知道你脑子里想些什么，但你似乎对此耿耿于怀。难道罗杰·韦德的死有什么蹊跷吗？"

"一点也不蹊跷。他被一把韦伯利双弹簧无撞针左轮射穿了脑袋。你没看有关验尸调查的报道吗？"

"当然看了。"现在他站得离我很近了，他显得不安，"东部的报纸登过的，两天后洛杉矶的报纸上有更完整的讲解。他独自在屋里，不过你在不远处。仆人都不在，也就是阿帅和厨子。艾琳去小区购物，刚出事后就回家了。当时湖面上碰巧有一艘摩托艇发出巨大的轰鸣声，盖过了枪声，所以连你都没听见。"

"说得对。"我说，"然后摩托艇开走了，我从湖边走回去，进了宅子，听见门铃响了，打开门，发现艾琳·韦德忘了带钥匙。罗杰已经死了。她从门口朝书房里探头看去，以为罗杰在沙发上睡着了，就上楼去了自己的房间，然后去厨房煮茶。在她瞧过书房以后没过多久我也朝书房里打探，注意到没有呼吸声，并发现了原因。我及时打电话报了警。"

"我看不出什么蹊跷，"斯潘塞平静地说，所有的尖刻从他的语气里不翼而飞，"那是罗杰自己的枪，仅仅一周前他还在自己房间里开过枪。你看见艾琳从他手里夺过来。他的精神状态，他的行为，他对工作的沮丧——全都显露出来了。"

"艾琳告诉你那东西写得不错。罗杰干吗要对它感到沮丧呢？"

"那只是艾琳的看法，你懂的。有可能很糟。至少是罗杰自以为很糟，而其实不然。说下去吧。我不傻。我看得出你还没说完。"

"调查此案的凶案队警探是我的老朋友。他既是斗牛犬又是大猎犬，还是个精明的老警察。有几件事他感觉不对。为什么罗杰没留下遗书——他是个写作狂啊。为什么他会这样对自己开枪，而把发现死亡的打击留给妻子？为什么他要煞费苦心地挑选一个我听不见枪响的时刻呢？为什么他妻子忘了带前门的钥匙，必须有人为她开门她才能进屋？为什么他妻子要在家仆休假的日子留下他单独在家？记住，艾琳说过她不知道我会在她家里。如果她知道，这两条可以删除。"

"我的上帝！"斯潘塞低声地抱怨道，"你是在告诉我那个该死的笨蛋警察怀疑到艾琳了？"

"如果他能揣摩出动机，他会的。"

"太可笑了。干吗不怀疑你呢？你有整个下午。她要动手的话就只可能有几分钟——而且她忘了带家里的钥匙。"

"我能有什么动机？"

他把手伸向后方，抓起我的威士忌酸酒，一口吞下。他小心翼翼地放下玻璃杯，掏出手帕，擦擦嘴唇和被冰凉的玻璃沾湿的手指。他收好手帕，盯着我。

"调查仍在进行吗？"

"不好说。有件事可以确定。他们现在已经弄清楚他究竟是不是喝了足以令他昏迷的那么多烈酒。如果他喝了那么多，也许还会有麻烦。"

"而你想跟她谈话，"斯潘塞慢慢地说，"当着见证人的面。"

"你说对了。"

"依我看这意味着非此即彼的两种可能性，马洛。要么是你吓坏了，要么是你认为她应该吓坏了。"

我点点头。

"哪一种？"他冷峻地问道。

"我没吓坏。"

他看了看手表。"我祈求上帝是你疯了。"

我们默然对视着。

四十二

　　向北穿过凉水谷，天气就开始变热了。当我们驶上坡顶，开始朝着圣费尔南多谷盘旋下行时，就感到窒息和炽热了。我侧眼看了看斯潘塞。他穿了马甲，但暑热似乎并没使他不安。另有事情令他深为焦虑。他透过挡风玻璃直勾勾地看着前方，一言不发。山谷里有厚厚一层雾霾轻轻朝下游移，从它上方看去就像地面的轻雾，然后我们驶入其中，这把斯潘塞拽出了沉默。

　　"我的上帝，我还以为南加利福尼亚气候不错呢。"他说，"他们在干什么——焚烧旧卡车轮胎吗？"

　　"到了空闲谷就好了。"我用安慰的语气说，"他们那边有海风。"

　　"我很高兴他们除了酒鬼还有别的。"他说，"从我在城郊富人区所见过的当地居民看来，我认为罗杰搬到这儿来居住是个悲剧性的错误。作家需要激励——而不是他们装在酒瓶里的那种。这一带什么都没有，只有一个被阳光晒黑的宿醉大酒鬼。我当然是指上流社会的人。"

　　我拐了弯，减速驶过那一段通往空闲谷入口的灰扑扑的路面，然后又驶上柏油路。不一会儿，海风就让我们感觉到了它穿过湖水远端山峦间的缝隙飘下来。高杆喷水装置在平滑的大草坪上旋转，水滴拍打草叶时发出"嗖嗖"的声响。这个时段，大多数富人都去了别处。只要看那些宅子关上了百叶窗的样子，以及园丁的卡车戛然停在车道中央，你就知道了。然后我们抵达韦德家，我拐弯穿过门柱，停在艾琳的美洲豹后面。斯潘塞下了车，不动声色地踩着石板地走向宅子的门廊。他按了铃，门几乎是应声而开。阿帅站在门口，穿着白夹克，俊美的深色面孔，一双敏锐的黑眼。一切井然有序。

斯潘塞进屋了。阿帅朝我投来一瞥，冲着我的脸把门关上，几乎碰到我的鼻子。我等着，毫无动静。我靠在门铃上，听见了铃音。门被使劲拉得大开，阿帅大声嚷着走出来。

"滚蛋！去死吧。你想在肚子上挨一刀？"

"我来见韦德太太。"

"她才懒得见你呢。"

"别挡道，乡巴佬。我来这里办事的。"

"阿帅！"这是艾琳的声音，而且声音严厉。

阿帅沉下脸瞪我最后一眼，便回屋内。我进了屋，关上门。艾琳站在那两张相对摆放的大沙发其中一张的末端，斯潘塞站在她身边。她真是美呆了。她穿了一条白色宽松长裤，裤腰很高，一件中袖白色运动衫，一方丁香色手帕从她左胸衣兜里探出尖角。

"阿帅最近变得有点蛮横了。"她对斯潘塞说，"非常高兴见到你，霍华德。有劳你大老远的过来。我没想到你会带个人一同来。"

"马洛开车送我出城。"斯潘塞说，"而且他想见你。"

"我想不出是为什么。"她冷冷地说。她终于看了看我，但并不像一周未见如隔三秋的模样。"什么事呢？"

"要花点时间才能说清楚。"我说。

她款款坐下。我在另一张长沙发上坐下。斯潘塞皱着眉头。他摘下眼镜，擦着镜片。这使他有机会皱眉时显得比较自然。接着他在我这张沙发的另一头坐下了。

"我相信你会赶得上午餐的。"艾琳笑眯眯地对他说。

"今天不了，谢谢。"

"不了？好吧，如果你太忙，当然。那你只是想看那份手稿啦。"

"如果可以的话。"

"当然。阿帅！嗨，他走了。手稿在罗杰书房的书桌上。我去拿。"

斯潘塞站起身。"我去拿可以吗？"

没等回答，他就开始向书房走去。他在艾琳身后三米处停住了，向我投来紧张的一瞥。然后他继续前行。我枯坐无语，一直等到艾琳的头转过来，她的眼睛冷静而漠然地盯着我。

"你要见我是为了什么？"她开门见山地说。

"种种事情。我见你又戴那个坠子了。"

"我常戴。是很久以前一位非常亲密的朋友送我的。"

"对啊。你跟我说过。这是英军的某种徽章吧？"

她拈起挂在细链末端的坠子。"这是珠宝匠仿制的军徽。比原件小，用了黄金和珐琅。"

斯潘塞从客厅另一头回来了，再度坐下，把厚厚一堆黄纸放在他前面鸡尾酒桌几的角上。他漫不经心地瞄一眼手稿，接着他的眼光注视着艾琳。

"能让我靠近一点看看吗？"我问艾琳。

艾琳把项链扯动一圈，直到她能解开搭钩。她把坠子递给我，或者不如说是扔到我手上。接着她把双手交叠在膝头，显得非常好奇。"你怎么会这么感兴趣？它是一个名为'艺术家步枪团'的地方保安团的团徽。把它送给我的那个男人后来很快就失踪了。在挪威的安道尔森尼斯，那恐怖年份 1940 年的春天。"她微笑了，单手做了个简短的手势，"他爱上了我。"

"大空袭期间艾琳一直在伦敦。"斯潘塞用一种空洞的嗓音说，"她没法离开。"

我们都不理斯潘塞。"你也爱上了他。"我说。

她低下头，然后抬起头来，我们视线交织了。"那是很久以前了。"她说，"而且有战争。怪事连连。"

"这件事比你说的还多了一点儿料，韦德太太。我想你忘了自己曾暴露过多少对他的情怀。'那种狂野、神秘、难以置信的爱，一生仅有一次。'我是引述你的话。在某种程度上你仍然爱着他。我真是太荣幸了，我的姓名缩写首字母和他一样。我想那跟你挑选了我是有关系的。"

"他的名字跟你的没一点儿相似。"她冷冷地说，"而且他死了，死了，死了。"

我把那黄金珐琅坠子递给斯潘塞。他不大情愿地接下了。"我以前见过它的。"他嘟哝着说。

"关于它的设计，看我讲得对不对。"我说，"它包含一把白珐琅镶金边的宽匕首。匕首尖朝下，刀身平面在上翘的浅蓝珐琅翅膀前面穿过，然后又插入一个卷轴背面。那卷轴上有'勇者得胜'字样。"

"好像是对的。"斯潘塞说，"这有什么要紧呢？"

"她说这是地方部队'艺术家步枪团'的军徽。她说这是那支部队里的一个男人送给她的，那人于1940年春天在安道尔森尼斯参加英军的挪威战役时失踪了。"

我引起了他们的注意。斯潘塞目不转睛地注视着我。我不是对着鸟儿扯闲篇，他懂的。艾琳也懂的。她那茶褐色的眉毛扭成了一个困惑的结，那可能是真正不解的表情。这也是不友好的流露。

"这是一枚袖章。"我说，"它之所以存在，是因为'艺术家步枪团'被改编、并入或不论怎么被弄进了另一支部队，其正确的番号是空军特种部队。他们原本是地方步兵团。这种军徽在1947年以前甚至都不存在。因此没有人在1940年把它送给韦德太太。况且，在1940年的挪威没有什么'艺术家步枪团'在安道尔森尼斯登陆。'谢尔伍德森林人团''莱斯特郡团'是有的。都是地方部队。'艺术家步枪团'，没有。我是不是弄得别人不高兴了？"

斯潘塞把坠子放在咖啡桌几上，慢慢推着它，一直把它推到艾琳面前。他一语未发。

"你以为我不了解？"艾琳不屑地问我。

"你以为英国陆军部不了解吗？"我反唇相讥。

"显然肯定有什么误会。"斯潘塞委婉地说。

我转过身子，狠狠瞪他一眼。"那只是一种说法。"

"另一种说法就是我撒谎了。"艾琳冷冰冰地说，"我从不认识名叫保罗·马斯顿的人，从没爱过他，他也没爱过我。他从没送过我他们部队军徽的仿制品，他从未在战斗中失踪，他从没存在过。我自己在纽约一家专卖进口英国奢侈品的商店里买了这枚徽章，那家商店出售皮货、手工皮鞋、军服和校服领带、板球运动夹克、带有纹章的小饰品之类。这样的解释你满意吗，马洛先生？"

"后面部分会让我满意。前面部分不会。无疑有人告诉过你这是一枚'艺术家步枪团'的军徽，却忘了讲述它属于哪一类，或者是不了解。但你确实认识保罗·马斯顿，他确实曾在那支部队服役，而且在挪威的作战中失踪了。但这不是发生在1940年，韦德太太。它发生在1942年，他当时在突击队，不是在安道尔森尼斯，而是在突击队闪电突袭的一座离岸小岛上。"

"我看没必要为这事搞得这么敌对。"斯潘塞用打官腔的声调说。此刻他把玩着面前的那沓黄纸。我不知道他究竟是想为我帮腔，还是仅仅有些恼火。他拿起一沓黄色手稿，在手上掂了掂分量。

"你打算称重论磅来买那东西？"我问他。

他显得吃惊，然后勉强挤出一点儿笑容。

"艾琳在伦敦过得很苦，"他说，"有些事在人的记忆里会变得混乱。"

我由衣袋里掏出一张折叠的纸。"不错，"我说，"例如你跟谁结过婚也记不清了。这是一份经过认证的结婚证复印件。原件存在卡克斯顿市政厅登记处。结婚日期是 1942 年 8 月。男女双方名叫保罗·爱德华·马斯顿和艾琳·维多利亚·桑普塞尔。韦德太太的话也有几分是对的。保罗·爱德华·马斯顿其人并不存在。这是个假名，因为军中必须得到批准才能结婚。男方便假造了一个身份。在军中他用的是另一个名字。我有他的整套从军履历。我感到诧异的是人们似乎从来没有意识到你需要做的仅仅是去打听一下。"

斯潘塞现在非常平静了。他仰靠着，瞪着眼。但他不是盯着我。他盯着艾琳。艾琳面带女人非常擅长的那种半带歉意半带引诱的浅笑回望着他。

"可他死了，霍华德。在我遇见罗杰之前很久。这能有什么关系呢？罗杰了解这一切。我从未停止使用我婚前的姓名。在那种情况下我必须如此。它写在我的护照上。接着在他作战捐躯之后——"她停下，慢慢吸口气，让她的手慢慢地轻轻地落在膝头，"全结束了，全完了，全失去了。"

"你确定罗杰知道？"斯潘塞拖泥带水地问她。

"他知道一些。"我说，"保罗·马斯顿这个名字对他是有含义的。我有次问过他，他眼里露出踧踖的神情。但他没告诉我原因。"

艾琳忽略我的话，冲着斯潘塞讲话。

302

"哎呀，罗杰当然全都知道。"现在她冲着斯潘塞耐心地微笑，仿佛对方的理解力有点迟钝。女人的一贯伎俩。

"那么干吗要在日期上撒谎呢？"斯潘塞干巴巴地问道，"那人是在1942年失踪的，干吗要说他是在1940年失踪的？干吗戴一枚不可能是他送给你的军徽，还非要说确实是他送给你的？"

"或许我迷失在梦里了。"她柔声说，"更确切地说，是迷失在噩梦里。好多朋友在大轰炸中丧命。那些日子当你道晚安时要努力让它听上去不像是告别。可那往往就是告别。而你跟军人说再见时，那就更像生离死别了。死于非命的总是和善可亲的人。"

斯潘塞什么也没说。我什么也没说。她低头望着躺在她前面桌几上的坠子。她把坠子拾起来，将它扣回挂在她脖子上的项链，镇定地朝沙发背靠去。

"我明白我没有权利盘问你，艾琳。"斯潘塞拖拉地说，"我们忘了这事吧。马洛拿军徽和结婚证之类大做文章。有那么一瞬他把我都弄得起了疑心。"

艾琳平静地对他说："马洛先生小题大做。可是当真有大事发生的时候，例如救人一命，他却到湖边观看什么傻乎乎的快艇了。"

"而你再也没有见过保罗·马斯顿？"我说。

"他死都死了我怎么还能见到他？"

"你并不知道他死了。红十字会没出他的死亡报告。他也许是被俘了。"

艾琳突然打了个哆嗦。"1942年10月，"她慢吞吞地说，"希特勒签发了一道命令：英军突击队的全部俘虏都得移交给盖世太保。我们应该都知道那意味着什么。在盖世太保的某间地牢里遭受折磨或被秘密处死。"她又哆嗦了一下。接着她怒视着我。"你是个可怕的人。你逼我重温往事，来惩罚我撒了个小谎。假设你爱的人被那些人抓住了，你知道发生了什么，那么你爱的那个男人或女人定然躲不过怎样的遭遇？我试图建立另一种记忆——哪怕是假的，难道就很奇怪吗？"

"我需要喝一杯，"斯潘塞说，"我非常需要喝一杯。我可以喝一杯吗？"

艾琳拍拍手，阿帅照例不知从哪里冒了出来。他向斯潘塞鞠躬。

"你想喝什么，斯潘塞先生？"

"纯苏格兰威士忌，多来点儿。"斯潘塞说。

阿帅走到角落里，从墙边拉出吧台。他拿起一瓶酒放在吧台上，往杯子里倒酒，倒得满溢出来。他走回来，把酒放在斯潘塞面前，抬腿要走。

"或许，阿帅，"艾琳平静地说，"马洛先生也会想喝一杯。"

阿帅停下，看着艾琳，他的表情阴沉而执拗。

"不，谢谢，"我说，"我不喝。"

阿帅鼻子里哼了一声，走开了。又是一阵静默。斯潘塞放下他喝剩的半杯酒。他点了一支香烟。他对我讲话，眼睛却不看我。

"我相信韦德太太或阿帅会开车送我回贝弗利山。否则我能叫辆出租车。我估计你的话已经讲完了。"

我重新叠好那张经过认证的结婚证复印件。我把它收进衣兜。

"你确定这么做？"我问他。

"换了谁都会这么做。"

"行。"我站起身，"看来我真是够傻，才会用这种方式来处理此事。你是个一流的出版商，你有与之相配的头脑，如果干这行需要头脑的话。你也许估计到了我来这里不是为了演反派角色的。我翻出陈年旧事，或者自掏腰包去查明真相，不是为了把它们缠到某人的脖子上。我调查保罗·马斯顿，不是因为盖世太保杀害了他，不是因为韦德太太戴错了军徽，不是因为她搞混了日期，不是因为她在那些露水夫妻式的战时婚姻中嫁给了他。当我开始调查他的时候，我对这些事情一无所知。我所知道的只有他的名字。现在你们猜我是怎么知道的？"

"肯定是有人告诉你了。"斯潘塞不经意地回答。

"说对了，斯潘塞先生。告诉我的这个人，战后在纽约认识了他，后来又在此地的蔡森餐馆看见了他和他的妻子。"

"马斯顿是个很普通的姓氏。"斯潘塞说着，呷了一口威士忌。他把头转向侧边，他的右眼皮垂下不到一厘米。于是我又坐下。"就连保罗·马斯顿这个名字也不是独一无二的。举个例子，大纽约区电话簿里共有十九个霍华德·斯潘塞。其中四个就叫霍华德·斯潘塞，中间没有缩写字母。"

"对啦。那你说说会有多少位保罗·马斯顿半边脸被延时迫击炮弹炸毁，而且还露着伤疤和修复性整形外科手术留下的痕迹？"

斯潘塞的嘴巴不知不觉张开了。他发出某种沉重的呼吸声。他拿出一方手帕，用它轻拍太阳穴。

"你说说会有多少位保罗·马斯顿在那颗炮弹爆炸时救了两个硬汉赌徒的性命，他们一个叫曼迪·曼宁德兹，另一个叫兰迪·斯塔尔？他们还活着，他们有很好的记性。他们乐意的时候是会开口说话的。干吗还要装腔作势呢，斯潘塞？保罗·马斯顿和特里·伦诺克斯是同一个人。这能够得到证明，不会有一丝可疑之处。"

我没指望会有人向空中跳起两米高并发出尖叫，事实上也没人这么做。但有一种沉默比叫喊更加喧嚣。我感觉到了。我感到它包围了我，浓厚而猛烈。我能听见厨房里有水流声。我能听见外面有一沓折好的报纸砰然落在车道上，然后一个男孩骑着自行车离开时轻声吹着音调不准的口哨。

305

我感到颈背有芒刺袭来。我扭身躲开它，转过身去。阿帅手握刀子站在那儿。他那黝黑的面孔表情木然，但他眼中有种我从没见过的东西。

"你累了，朋友。"他柔声说，"我给你弄杯酒。不要吗？"

"波本威士忌加冰块，谢谢。"我说。

"马上来，先生。"他用西班牙语说道。

他啪的一声合上小刀，将它塞进白夹克的侧袋，轻手轻脚离开了。

然后我终于看了看艾琳。她的坐姿是身体前倾，双手紧握在一起。她面孔下倾隐藏了表情，如果她有什么表情的话。当她讲话时她的声音中有一种透明的空洞，如同电话里给你报时的机械腔调，人们不会一直听下去，因为没有理由这么做，但如果继续听下去，它会一直向你报告流逝的分分秒秒，丝毫没有抑扬顿挫的变化。

"我见过他一次，霍华德。仅仅一次。我根本没跟他讲话。他也没对我讲。他变得太厉害了。他的头发白了，他的脸——再也不是原来的那张脸。不过我当然认得他，他当然也认得我。我们彼此对望着。如此而已。然后他走出房间，第二天他就从他妻子家里消失了。我是在罗林夫妇家里看见他的——还有他妻子。那是在快到傍晚的时候。你在场，霍华德。罗杰也在场。我想你也看见他了。"

"有人介绍我们认识了。"斯潘塞说，"我知道他娶的是谁。"

"琳达·罗林告诉我，他就那么人间蒸发了。他没讲理由。没吵过架。然后没过多久那女人跟他离婚了。又过了一阵我听说那女人又找到了他。他穷困潦倒。而他们复婚了。天知道为什么。我估计他没钱，而且这对他不再重要。他知道我嫁给了罗杰。我们错过了彼此。"

"为什么？"斯潘塞问道。

阿帅一言不发地把酒放在我面前。他看看斯潘塞，斯潘塞摇头。阿帅悄然走开。没人注意他。他就像中国戏剧里的道具员，在戏台上把东西搬来搬去，演员和观众都只当他不存在。

"为什么？"她重复道，"噢，你不会懂的。我们曾经拥有的已经失去了。它永远不可能复原。盖世太保终究没有抓到他。一定是某个好心的纳粹没有服从希特勒针对英军突击队所下的命令。所以他活了下来，他回来了。我过去骗自己说我还会找到他，他还像往日一样，热情、年轻、完好无损。但我发现他娶了那个红发娼妇——那让我恶心。我已经知道她和罗杰有一腿。我肯定保罗也知道。琳达·罗林也知道，她自己也有点浪，但不是十分淫荡。他们都是一丘之貉。你问我为什么不离开罗杰，回到保罗身边。在他已经投入那女人的怀抱，而罗杰也投入了同一个诱人的怀抱之后？不，谢了。我需要比那更能让人振奋的东西。罗杰是我能原谅的。他酗酒，他不知道自己在干什么。他为自己的作品焦虑，他恨自己只是个唯利是图的平庸作家。他是个软弱的男人，心有不甘，人生失意，但可以理解。他只是个丈夫而已。保罗要么更重要，要么什么都不是。结果他什么都不是。"

我喝了一大口酒。斯潘塞喝完了他那杯。他在刮着长沙发的面料。他已经忘了面前的那一摞黄纸，那位已经一了百了的著名作家未完成的小说。

"我不会说他什么也不是。"我说。

她抬起眼睛，茫然地看了看我，又把眼睛垂下。

"比什么都不是更渺小。"她说，她的声音里有一种新的挖苦腔调，"他明知那女人是什么货色，还跟她结婚。然后由于那女人是他已知的那种货色，他又杀了那女人。接着逃跑，并结果了自己。"

"保罗没有杀她，"我说，"你心知肚明。"

她以平滑的动作直起了身子，直愣愣地盯着我。斯潘塞发出某种声息。

"罗杰杀了她，"我说，"你也心知肚明。"

"他告诉你了？"她平静地问我。

"不必由他告诉我。他的确给过我两次暗示。他迟早会告诉我或某个人。不说出那件事他会被内疚撕成碎片。"

她微微摇了摇头。"不，马洛先生。那不是他把自己撕成碎片的原因。罗杰不知道自己杀死了她。他完全失去了意识。他知道有什么不对劲，他努力让事情浮到表面，但他办不到。震惊毁掉了他对那件事的记忆。或许以后会想起来，或许在他生命的最后时刻他确实想起来了。不过此前没有。此前没有。"

"这种事是不可能有的，艾琳。"斯潘塞连说带吼。

"哦，有的，有过先例。"我说，"我知道两个公认的事例。一个是一名失去意识的醉汉杀死了他在酒吧搭上的一个女人。他用女人脖子上系的围巾勒死了她，围巾本来是用一只花式别针扣住的。女人跟他回家，后来发生的事情没人知道，只知道女人死了。当警方抓到这个醉汉时，那只花式别针别在他自己的领带上，他完全想不起那只别针是从哪里来的。"

"一直想不起？"斯潘塞问道，"还是仅仅一时想不起？"

"他一直没承认。也没人能够再去问他了。他们用毒气将他处死了。另一个案子是头部受伤。一个男人和一个有钱的性倒错者同居，就是那种收集初版书、搞些古怪烹调、在墙板后面有个非常昂贵的秘密图书室的家伙。这两人打了一架。他们满屋子打斗，从这间房打到那间房，屋里弄得一团糟，有钱的家伙最终落败了。那个凶手，当他们抓到他时，身上有几十处瘀伤，还断了根手指。他能确认的就是他自己头痛，他找不到回帕萨迪纳的路。他不断绕圈子，在同一个加油站停下来打听方位。加油站的人断定他是个疯子，打电话报警。兜完下一圈时警察正在等他。"

"我不相信罗杰会这样。"斯潘塞说，"他不比我更加神经错乱。"

"当他醉酒时他会失去意识。"我说。

"我在场。我见到他失去意识。"艾琳冷静地说。

我朝斯潘塞咧嘴笑了。这是说不明白的笑容，也许算不上欢快的笑，但我能感到自己的面孔尽力而为了。

"她要告诉我们真相了。"我对斯潘塞说，"只管听着。她要告诉我们了。她现在忍不住了。"

"对，的确如此。"她严肃地说，"有些事情哪怕事关敌人也没人愿意说出来，何况事关自己的丈夫。如果我必须在证人席上公开讲述这些事，你是不会高兴去听的，霍华德。你那位优秀、有天赋、永远大受欢迎又有利可图的作者会显得很可耻。性感极了，对吧？那是在纸上。那可怜的傻瓜多么努力地想做到文如其人！那个女人对他而言只是个奖杯。我暗中监视他们。我应该为此羞愧。你不得不这么说话。可我根本不感到羞愧。我看到了整个下流场面。她用来偷情的客寓碰巧非常静僻，自家用的车库和入口开在侧街上，是条死路，有一些大树荫庇。终于到了那一刻，罗杰这样的人肯定会有这样的时刻，他不再是令人满意的情人了。他醉得有点过头了。他想离开，但那女人尖叫着追出来，一丝不挂，挥舞着不知是什么的小雕像。她使用了太脏太堕落的语言，我无法勉强自己来重述。接着她想用那小雕像砸罗杰。你们两位都是男士，你们一定知道没什么会比听到一位理应是淑女的女子满口喷出贫民窟和公厕的语言更令男人震惊的了。罗杰醉醺醺的，他有过突发暴力的历史，当时他发作了。他从那女人手里夺下小雕像。其余的你们都能猜到。"

"一定流了不少血。"我说。

"血？"她痛苦地大笑，"你们真该看看他回家时是个什么样子。当我跑向我的车去开车逃跑时，他还站在那儿俯视着那个女人。然后他弯下腰，把那女人抱在怀里，送进客寓。那时我才知道他所受的惊吓部分唤醒了他。他在大约一小时后回到家里，显得很平静。当他看到我在等门时他吓了一跳。但他那时没有醉。只是头昏眼花。他的脸上、头发上、整个上衣前襟都有血迹。我扶他去书房外的盥洗室，帮他脱衣，大体上清洗好了，扶着他上楼淋浴。我安顿他上了床。我找出一只旧手提箱，拎下楼，收拢沾血的衣服，塞进手提箱。我清洗了脸盆和地板，然后拿出一条湿毛巾，确保他车上没留下痕迹。我把车开进来，把我的车开出去。我开到查特沃斯水库，你们猜得出我会怎么处理那个装有血衣和毛巾的手提箱。"

她停顿片刻。斯潘塞挠着左手掌。艾琳给了他飞快一瞥，继续往下说。

"我出门在外的时候，他起来喝了很多威士忌。第二天早晨他记不起任何事情。就是说，他对此没提半个字，或者说，他表现得好像脑子里除了宿醉一无所有。我也没说什么。"

"他一定会发现那套衣服不见了。"我说道。

她点点头。"我想他终究是发现了——但他没说出来。那段时间似乎所有事情都凑到一块儿了。报上谈的都是那件事，接着保罗失踪了，然后他死在墨西哥。我怎么知道会出这种事情？罗杰是我丈夫。他做了一件可怕的事情，但对方是个可怕的女人。而且他并不知道自己做了什么。然后报纸几乎和开始报道此事的时候一样突然，对此事只字不提了。琳达的父亲肯定插手这事了。当然，罗杰看了报纸，他发表的那些议论，正是全世界都指望一个碰巧刚认识涉案当事人的无辜旁观者会说的话。"

310

"你不害怕吗？"斯潘塞轻声问她。

"我都吓病了，霍华德。万一他记起来了，他可能会杀了我。他是个好演员，大部分作家都是，或许他已经知道了，只是在等机会。但我不敢确定。他也许，只是也许，已经永远把那件事全忘了。而且保罗也死了。"

"如果他从没提过你扔进水库的那些衣服，那证明他起了疑心。"我说。"记住，上次，就是他在楼上走火开枪而我发现你奋力把枪从他手里夺走的那次，他在纸上打了一篇东西搁在打字机上，其中有句话：一个好人因他而死了。"

"他这么说了？"艾琳的眼睛瞪得恰到好处。

"他写下来的，在打字机上写的。我把它撕毁了，他叫我做的。我估计你已经看过了。"

"我从来不读他在书房里写的东西。"

"你读了韦林杰带走他那次他留下的字条。你甚至从废纸篓里搜出了什么东西。"

"那有所不同。"她冷冷地说，"我是在找线索，想知道他去了哪里。"

"好吧，"我说着，靠向沙发背，"还有要说的吗？"

她慢慢摇头，带着深切的哀伤。"我觉得没有了。在最后一刻，在他自杀的那个下午，他也许记起来了。我们永远都不会知道了。难道我们想知道吗？"

斯潘塞清了清嗓子。"你想要马洛在这一切事情里做些什么？把他请到这儿是你的主意。你说服我去办的，你懂的。"

"我怕得要命。我怕罗杰，我也为他害怕。马洛先生是保罗的朋友，几乎是他的熟人中最后见到他的人。保罗也许跟他说过什么。我得弄清楚。如果他是危险人物，我要他站在我这边。如果他查出

311

了真相，也许还会有什么办法能救罗杰。"

突然间，由于我无法看出的原因，斯潘塞变得强硬了。他把身子前倾，下巴外突。

"让我搞明白这一点，艾琳。这里有一位已经跟警方交恶的私家侦探。他们曾把他关进牢里。据估计他曾帮助保罗越境逃往墨西哥。我叫他保罗，是因为你这么称呼他。如果保罗是凶手，那可是重罪。所以就算他查出了真相，能洗清自己的罪名，他也会袖手旁观。这是你的想法吗？"

"我害怕，霍华德。这你都不明白吗？我跟凶手同居一屋，而他可能是个疯子。大部分时间我都是跟他独处。"

"这我明白。"斯潘塞说，态度仍然强硬，"可是马洛没有接受雇请，你仍然是单独和他相处。后来罗杰失手开了枪，此后一周你也是独自面对他。然后罗杰自杀了，顺便一说那回单独面对他的可是马洛。"

"说得对。"她说，"那又怎么样？我有什么办法？"

"很好。"斯潘塞说，"事情有没有可能是这样？你认为马洛会发现真相，在枪已响过一次的背景下，他会把枪递给罗杰说：'听着，老家伙，你是个杀人凶手，我知道，你妻子也知道。她是个好女人。她受够了。更别提西尔维娅·伦诺克斯的丈夫了。何不行行好，扣下扳机，人人都会以为这只是纵酒过度的案子。我这就去湖边散步抽支烟，老家伙。祝你好运，别了。噢，枪在这里。装了子弹，全交给你了。'"

"你变得可怕了，霍华德。我才不会动那种脑筋。"

"你对警官说马洛杀了罗杰。那是什么意思呢？"

她匆匆看我一眼，近乎胆怯。"我大不该那么说的。我都不知道自己在说什么。"

"也许你认为是马洛向他开了枪。"斯潘塞沉着地诱导说。

她的眼睛眯缝起来。"噢，不会，霍华德。为什么？他为什么要那么做？这是个恶劣的暗示。"

"为什么？"霍华德想知道，"这哪里恶劣了？警方也有相同的想法。阿帅还给了他们一个动机。他说罗杰把天花板射出一个窟窿的那晚，马洛在你房里待了两个小时——在罗杰服了安眠药被安顿睡觉以后。"

她脸红了，一直红到头发根。她默默地盯着斯潘塞。

"而且你没穿衣服。"斯潘塞毫不留情地说，"那是阿帅告诉他们的。"

"可是在验尸调查——"她开始以乱了方寸的语气说话。斯潘塞把她打断。

"警方不相信阿帅。所以验尸调查时他没再说了。"

"噢。"这是一声如释重负的叹息。

"还有，"斯潘塞冷冷地继续说道，"警方怀疑你。他们仍在怀疑。他们缺少的只是一个动机了。在我看来他们现在好像能把动机凑齐了。"

她腾身站起。"我想你们最好都离开我家。"她气愤地说，"越快越好。"

"好吧，你究竟做没做？"斯潘塞沉着地发问，没有挪动，只是伸手去拿酒杯，发现酒杯空了。

"我做没做什么？"

"向罗杰开枪？"

她呆呆地站着，盯着斯潘塞。脸上的红色消退了。她的脸转为白色，紧绷着，表情气愤。

"我只是向你提出你在法庭上会被问到的问题。"

"我出门了。我忘了带钥匙。我得按铃才进得了家门。我到家时他已经死了。这些是众所周知的。你究竟中了什么邪，看在上帝的分儿上？"

斯潘塞掏出一方手帕，擦擦嘴唇。"艾琳，我在这个宅子里逗留过二十次。我从来不知道前门在白天会上锁。我没说是你对他开了枪。我只是问你。别告诉我这是不可能的。要办到这一点很容易。"

"我对自己的丈夫开枪？"她的语速很慢，语气很惊讶。

"假定他是你丈夫。"斯潘塞依旧用冷漠的语气说，"你嫁给他时另有一个丈夫。"

"谢谢你，霍华德。非常感谢你。罗杰的最后一本书，他的绝唱，就在你的面前。拿着它走人吧。我想你最好打电话给警察，把你的想法告诉他们。这将是我们友谊的愉快结局。愉快极了。再见，霍华德。我很累了，我头疼。我要去自己的房间躺下。至于马洛先生，我估计是他把你教唆成这样的，我只能对他说，就算他没有名副其实地杀死罗杰，也肯定是他把罗杰逼上绝路的。"

她转身走开。我高声说："韦德太太，稍等片刻。让我们把事情做完。没理由生气嘛。我们都是想做正确的事情。你扔进查特沃斯水库的那只手提箱，它重不重？"

她转身盯着我。"那是只旧箱子，我说过的。是的，它很重。"

"你怎样才能把它甩过水库四周那高高的铁丝网呢？"

"什么？铁丝网？"她做了个无奈的手势，"一个人在危急关头应该会有异乎寻常的力气去做必须做的事情。反正我办到了。如此而已。"

"那儿根本没有铁丝网。"我说。

"没有铁丝网？"她迟钝地复述一遍，仿佛这话没有任何意义。

"而且罗杰的衣服上并没有血迹。西尔维娅·伦诺克斯不是在客寓外面遇害，而是死在客房里面的床上。事实上没有流血，因为她已经死了，是被枪打死的，当那座雕像被用来把她的脸砸成肉酱时，它砸的是个死人。而死人，韦德太太，是很少流血的。"

她轻蔑地努努嘴唇。"看来你在场。"她嘲讽地说。

接着她离开了我们。

我们目送她离开。她缓步登上楼梯，动作从容优雅。她消失在她的房间里，门在她身后轻柔而牢稳地关上了。

一阵静默。

"有关铁丝网的对话是怎么回事？"斯潘塞迷糊地问我。他前后晃着脑袋。他满面通红，流着汗。他在勇敢地接受事实，但这一切是他很难接受的。

"只是恶作剧。"我说，"我从没靠近过查特沃斯水库，不知道它长成什么样子。它四周也许有围栏，也许没有。"

"明白了。"他闷闷不乐地说，"问题是她也不知道。"

"当然不知道。那两人都是她杀的。"

四十三

这时有东西轻轻移动，阿帅站在沙发末端看着我。他手里握着弹簧刀。他一按按钮，刀刃弹出。他再摁按钮，刀刃又缩回手柄。他眼中有一线圆滑的光亮。

"一百万个请原谅，先生。"他说，"我错怪你了。她杀了主人。我想我——"他打住了，刀刃又弹了出来。

"不行。"我起身，把手伸出，"刀给我，阿帅。你只是个好心的墨西哥家仆。他们乐得把罪名推到你身上。正是这种烟雾弹会使他们高兴得咧开嘴笑。你不知道我说的是什么，可是我知道。他们把事情搞得一团糟，就算现在想把它理顺也来不及了。何况他们不想理顺。你还来不及把自己的名字说出来，他们就会飞快地从你身上轰出一份供述。星期二过后三周内你就会被判处终身监禁，在圣昆丁监狱蹲一辈子。"

"我跟你说过我不是墨西哥人。我是来自瓦尔帕莱索附近维尼亚德尔马的智利人。"

"刀给我，阿帅。那些我全知道。你是自由身。你存了钱。你在家乡可能有八个兄弟姐妹。放聪明些，从哪儿来回哪儿去。这里的工作完蛋了。"

"工作多得很。"他平静地说。然后他伸出手，把刀放在我手

316

上。"我这么做是看你的面子。"

我把刀放进衣兜。他抬头看着二楼走廊。"夫人——现在咱们怎么办？"

"不怎么办。我们什么也不做。夫人很累了。她一直承受着很大压力。她不想被打扰。"

"我们得报警。"斯潘塞坚定地说。

"为什么？"

"噢，我的上帝，马洛——得报警。"

"明天吧。拾起你那堆未完成的小说，咱们走吧。"

"我们得报警。有种东西叫法律。"

"我们不必做那种事情。我们没有足够的证据去拍死一只苍蝇。让执法人员去干他们自己的脏活儿吧。让律师们去解决问题。他们撰写法律以供其他律师在另一帮名叫法官的其他律师面前详加分析，好让其他法官说第一批法官搞错了而让最高法院可以说错在第二批法官。确实有种东西叫法律。我们齐脖子深陷于其中。它所做的一切大约就是给律师制造生意了吧。如果没有那些律师向黑帮大佬们解说运作方法，你想想那些不法之徒如何能够蹦跶这么久？"

斯潘塞气愤地说："你扯太远了。一个男人在这所宅子里被杀了。他碰巧是个作家，而且是个很成功、很重要的作家，但这也扯远了。他是个人，你我都知道是谁杀了他。有种东西叫作正义。"

"明天吧。"

"假如你让她逍遥法外，你就和她一样坏了。我开始对你有点看不透了，马洛。如果你警觉的话，本来能够救罗杰一命的。某种意义上是你对她姑息纵容。而就我所知今天下午的整个表演仅仅是一场表演而已。"

"说得对。一场伪装的爱情戏。你能看出艾琳为我而痴狂。当

317

事情平息下来时我们说不定会结婚呢。她应该阔得流油。我还没从韦德一家挣到一块钱呢。我等不及啦。"

他摘下眼镜,擦着镜片。他擦掉下眼窝处的汗水,重新戴上眼镜,看着地板。

"对不起。"他说,"今天下午我备受打击。得知罗杰杀死自己就够惨的了。可这另外的版本令我感到堕落——光是知情就降格了。"他抬头看着我,"我能信任你吗?"

"要我做什么?"

"做正确的事情——无论是什么。"他伸手拾起那堆黄纸手稿,夹在腋下。"不,算了。我想你有自己的分寸。我是个很不错的出版商,但这方面我不在行。我想我真的只是一个该死的自命不凡的家伙。"

他从我身边走过,阿帅给他让路,然后快步走到前门,拉开门等着。斯潘塞经过他身边时略一点头。我跟随其后。我停在阿帅身边,凝视着他那深色闪亮的眼睛。

"别玩花样,朋友。"我说。

"夫人很累了。"他平静地说,"她回房去了。她不愿被打扰。我一无所知,先生。我什么都不懂……我听从吩咐,先生。"最后两句话他讲的是西班牙语。

我从口袋里掏出那把刀,我把刀递给他。他笑了。

"没人信任我,但我信任你,阿帅。"

"彼此彼此,先生。非常感谢。"

斯潘塞已经上了车。我上车,发动,在车道上倒车,送他回贝弗利山。我让他在饭店的侧门前下车。

"回来这一路我一直在想。"他下车时说,"艾琳肯定有点精神失常。我估计他们不会判她有罪。"

"他们都不会开庭审理。"我说,"但她不知道这一点。"

318

斯潘塞拉扯着夹在腋下的那沓黄纸，努力把它弄整齐，一边朝我点点头。我注视着他推门而入。我松开车闸，奥兹溜出白色的画线。那是我最后一次见到霍华德·斯潘塞。

我很晚才回到家里，疲惫而压抑。这是那样一个夜晚，空气沉重，夜的喧嚣好像是从远方传来的闷响。头上高悬着一轮朦胧冷漠的月亮。我在地板上踱步，放了几张唱片，却几乎没听到耳里。我仿佛听见某处有持续的嘀嗒声，但屋子里并没有什么东西嘀嗒作响。嘀嗒声在我脑子里。我是一支单人临终看护队。

我想起初次见到艾琳·韦德的情形，以及第二次、第三次、第四次。但从那以后她身上有些东西成了画中人。她不再显得那么真实了。一个凶手在你知道他是凶手时总会变得不真实。有人为怨恨、为恐惧或为贪婪而杀人。有些狡猾的凶手计划并指望能够逍遥法外。有些愤怒的凶手根本不经思索。有些凶手迷恋死亡，他们觉得谋杀就是一种远程自杀。在某种意义上他们都是精神失常，但不是斯潘塞意指的那种。

当我终于上床时天已经快亮了。

电话铃声把我从睡眠的深井里拽了起来。我从床上翻身而起，摸索拖鞋，意识到我睡了不过两小时。我觉得自己如同在经济小吃店吃下的一块只消化了一半的肉。我的眼皮黏在一起，我嘴里满是泥沙。我摇摇晃晃站起来，拖着步子走进客厅，从座子上抓起话筒，冲着它说："别挂。"

我放下电话，走进浴室，用冷水拍脸。窗外有咔嚓的声响，有什么东西在剪、剪、剪。我茫然地朝外面看去，见到一张没有表情的黄脸。那是每周来一次的日本园丁，我叫他"硬心肠哈瑞"。他在修剪黄钟花，遵循日本园丁修剪你家黄钟花的方式。你问了四次他才说"下周",然后他在早晨六点钟光临,在你卧室窗外修剪黄钟花。

我擦干脸,走回电话机旁。

"谁呀?"

"我是阿帅,先生。"

"早上好,阿帅。"

"夫人死了。"他用西班牙语说。

死了。在任何语言中它都是一个那么冰冷黑暗无响动的字眼。那位女士死了。

"不是你干的,我希望。"

"我想是药物。它叫杜冷丁。我估计瓶子里有四十粒,或者五十粒。现在空了。昨晚没进餐。今天早上我爬上梯子往窗里瞧。衣着和昨天下午一样。我砸开防护网。夫人死了。冷得像冰水。"

冷如冰水。"你打电话叫人了吗?"

"打了,给罗林医生。他报了警。警察还没到。"

"罗林医生,嗯?正是那个到得太迟的人。"

"我没让他看信。"阿帅说。

"给谁的信?"

"斯潘塞先生。"

"交给警察,阿帅。别让罗林医生拿到它。就给警察。还有一件事,阿帅。别隐瞒任何事情,别对他们撒谎。我们到过那儿。说实话。这次说实话,全照实说。"

小有停顿。然后他说:"好,明白了。再见,朋友。"他挂断了。

我把电话拨到丽兹-贝弗利饭店,找霍华德·斯潘塞。

"请稍等。我给你转前台。"

一个男人的声音说:"这是前台。我能为你效劳吗?"

320

"我找霍华德·斯潘塞。我知道时间早了点儿，但事情紧急。"

"斯潘塞先生昨天傍晚退房了。他乘八点的飞机去了纽约。"

"哦，对不起，我不知道。"

我走进厨房去弄咖啡——大量咖啡。味浓，强烈，苦涩，滚烫，无情，堕落。疲惫男人的生命之血。

两小时后，伯尼·奥尔斯给我来电话了。

"好吧，自作聪明的家伙，"他说，"来这儿受罪吧。"

四十四

　　和上次一样，不过这回是在白天，而且我们是在埃尔南德斯队长的办公室，而治安官去圣巴巴拉为嘉年华周举行开幕式去了。埃尔南德斯队长在场，还有伯尼·奥尔斯、一个来自验尸官办公室的家伙和罗林医生，后者一副做堕胎手术被抓了现行的样子，加上一个姓劳福德的男人，是来自地检办公室的助理，高高瘦瘦，面无表情，隐约有传言说他的兄弟是中央大道区日日开奖非法彩票的老板。

　　埃尔南德斯面前放着几张手写的字条，肉红色纸张，毛边，字是用绿色墨水写上去的。

　　当每个人都尽可能舒适地在硬椅上就座以后，埃尔南德斯说："这是非正式的，没有速记打字员或录音设备。畅所欲言。怀斯医生代表验尸官决定是否需要举行验尸调查。怀斯医生？"

　　他是个胖子，乐呵呵的，但显得干练。"我认为不用举行验尸调查。"他说，"麻醉药中毒的表征完全具备。当救护车抵达时，那女人还有非常微弱的呼吸，处于深度昏迷，对刺激无任何反应。在那个阶段百人中救不活一个。她的皮肤冷了，要仔细检查才能看出还有呼吸。家仆以为她死了。她死于大约一小时之后。我明白那位女士偶然会有支气管哮喘急性发作。杜冷丁是罗林医生作为急救措施开具的处方。"

"关于杜冷丁的摄入剂量有什么数据或结论吗，怀斯医生？"

"要迅速判定致命的剂量，"他说着，微微一笑，"必须明了病史与后天或先天的耐药性。根据她的自白，她服下了二千三百毫克，对无瘾吸毒者而言为最低致命剂量的四到五倍。"他用质询的眼光看了看罗林医生。

"韦德太太不是吸毒者。"罗林医生冷冷地说，"处方剂量是五十毫克药丸一至二片。在二十四小时周期内服用三至四片是我容许的最大剂量。"

"可你一次就给了她五十片。"埃尔南德斯队长说，"这种药片有这么多搁在手头是相当危险的，你不觉得吗？这个支气管哮喘究竟有多糟糕，医生？"

罗林医生不屑地笑了。"它是间歇性的，和所有的哮喘一样。从没达到我们术语所谓的持续气喘状态，那种病发作时患者可能有窒息危险。"

"有什么高见，怀斯医生？"

"嗯，"怀斯医生慢条斯理地说，"假定没有那张字条，假定我们没有其他证据表明她服下了多少剂量，那就可能是意外的用药过量。安全范围并不怎么宽泛。我们明天就能确定了。看在彼得的分儿上，你不要封杀那张字条好不好，埃尔南德斯？"

埃尔南德斯皱眉看着桌上。"我刚才还诧异呢。我还不知道用麻醉药治哮喘是常规疗法呢。人哪，每天都能长点儿见识。"

罗林涨红了脸。"是急救措施，我说过，队长。医生不可能及时出现在每个地方。哮喘病的发作可能是非常突然的。"

埃尔南德斯对他投去短促的一瞥，转向劳福德。"如果我把这封信交给新闻界，你的办公室会有什么问题？"

地检助理以空洞的眼神看着我。"这家伙在这儿干什么，埃尔南德斯？"

"我请他来的。"

"我怎么知道他会不会跟某个记者转述这儿说的话？"

"对，他是个大嘴巴。是你发现的。你叫人抓他的那次。"

劳福德咧嘴笑了，然后清清喉咙。"我看过那份传说中的自白。"他字斟句酌地说，"我一个字都不信。你有了一个背景，情感耗尽，伤亲之痛，服用毒品，在英国处于大轰炸之下的战时生活的压力，秘密婚姻，男方回归此处，等等。她无疑养成了一种负罪感，想通过移情来把它从自己身上洗刷掉。"

他停顿下来，环顾四周，但他看到的只是毫无表情的面孔。"我不能为地检代言，但我自己的感觉是，哪怕那女人还活着，你那份自白书也不足以作为起诉的依据。"

"既然已经相信了一份自白书，你就不会乐意再相信另一份跟它相矛盾的自白书了。"埃尔南德斯挖苦道。

"别激动，埃尔南德斯。任何执法机构都得考虑公共关系。如果报纸刊出这份自白我们就有麻烦了。这是肯定的。我们有不少如同海狸一般勤奋的热心的改革团体就等着这种机会朝我们捅一刀。我们有个大陪审团已经对你的副队长获准将调查延期十天左右感到不安了。"

埃尔南德斯说："好吧，这宝贝儿是你的。给我签份收据吧。"

他把那几张肉红色的毛边纸拢齐，劳福德俯身签了一份表格。他拿起那几张肉红色的纸，折叠好，放进胸前衣兜，走了出去。

怀斯医生站起身。他坚定，温厚，稳重。"上次对韦德家的验尸调查我们办得太仓促。"他说，"我估计这次我们根本不会劳神去举行验尸调查了。"

他朝奥尔斯和埃尔南德斯点点头，礼节性地跟罗林握手，走了出去。罗林起身要走，接着犹豫了。

"我应该可以通知某个对此案感兴趣的人士，此案不会有进一步的调查了吧？"他生硬地说道。

"抱歉，把你跟病人分开了这么久，医生。"

"你还没答复我的问题。"罗林高声说，"我应该警告你——"

"消失吧，老兄。"埃尔南德斯说。

罗林医生吃惊得差点站不稳。然后他转身笨手笨脚地赶紧走出了房间。门关上了，有半分钟没人讲话。埃尔南德斯摇摇头，点燃一支烟。接着他看着我。

"满意吗？"他说。

"满意什么？"

"你在等什么？"

"那么这就结束了？完了？卡壳了。"

"告诉他，伯尼。"

"对，确实结束了。"奥尔斯说，"我准备好了要传她来问话。韦德没对自己开枪。他脑子里有太多酒精。可就像我对你说的，动机在哪里？她的自白在细节上可能有出入，但证明了她在监视丈夫。她了解恩西诺那所客寓的布局。伦诺克斯少妇从她身边夺走了她的两个男人。那所客寓里发生的事情跟你的想象完全吻合。有个问题你忘了问斯潘塞。韦德有没有一把毛瑟 P.P.K.？对，他有一把小型毛瑟自动枪。我们今天已在电话里跟斯潘塞交谈过。韦德是个失去意识的醉汉。这可怜的倒霉鬼要么是以为自己杀了西尔维娅·伦诺克斯，要么就是他真杀了那个女人，或者他有一些理由认为是他妻子杀的。不管是哪种情形，他最终都会和盘托出。不错，他很久以前就酗酒了，但他娶的是个空心大美人。那墨西哥佬了解全部内情。那小混蛋了解该死的几乎每一件事情。那是个梦幻女子。她的身子

325

在此时此处，但她的心却在彼时彼处。如果她有过炽热的情欲，那也不是为她丈夫。懂我的意思吧？"

我没有回答他。

"差点就把她弄到手了，对吧？"

我给他的是同样的沉默。

奥尔斯和埃尔南德斯都咧嘴坏笑。"咱们这伙人不是真的没脑子。"奥尔斯说，"我们知道关于她脱衣服的那个故事里是有些真材实料的。你讲得比阿帅多，而他对你让步了。他伤心了，困惑了，但他喜欢韦德，他想确定到底发生了什么。当他确定了他会动刀子。这是他的私事。他从未泄露韦德的秘密。韦德的妻子却相反，她故意把水搅浑，把韦德弄糊涂。这把事情弄得更糟。最后我估计她怕韦德了。韦德从来没把她推下楼。那是个意外。她绊倒了，那家伙想抓住她。阿帅也看见了。"

"这些都不能解释她为什么要我待在他们身边。"

"我想得出几个理由。其一是老套。每个警察都会撞上一百次。你是个未解之谜，是帮助伦诺克斯逃跑的那个家伙，是他的朋友，或许还算得上他的知己。他了解多少？他对你说了什么？他拿走了杀死那个女人的枪，他知道那把枪已经发射过。韦德太太会以为伦诺克斯这么做是为了她。这想法使她认为伦诺克斯知道她用过那把枪。当伦诺克斯自杀后她确定了此事。但是你呢？你仍然是未解之谜。她想套你的话，而她有魅力可以施展，还有一个现成的状况可以用作接近你的借口。假如她需要一只替罪羊，你是理想人选。你可以说她正在收集替罪羊。"

"你把她想得太多心机了。"我说。

奥尔斯把一支香烟掰成两半，开始咀嚼其中的半支。另半支他夹在耳后。

"另一个理由是她需要一个男人，一个高大、强壮的家伙，可以把她搂在怀里，让她重温旧梦。"

"她恨我。"我说，"我不信这一条。"

"当然，"埃尔南德斯冷冰冰地插嘴，"你拒绝了她。但她会克服那种挫败感。然后你当着她的面把一切抖搂出来，有斯潘塞旁听。"

"你们两个家伙最近看过精神科医生吗？"

"耶稣啊！"奥尔斯说，"你没听说吗？眼下这些精神科医生像跳进了我们的头发一样阴魂不散。我们同事里面就有两名。这不再是警察干的活儿了。它变成了医疗业的一个分支。他们出入监狱、法庭和审讯室。他们写的报告长达十五页，大谈某个不良少年为什么会去抢劫酒类商店或强暴女学生或向高年级同学兜售大麻。再过十年，埃尔南德斯和我这样的人得去搞罗夏墨迹测验和词汇联想测验，而不再做俯卧撑和打靶练习了。我们出去办案时会拎个小黑包，里面装着手提测谎仪和几瓶吐真剂。真是糟透了，我们没逮到把大块头威利·马贡狠揍一顿的那四只猛猴。不然我们可以矫正他们，让他们爱自己的母亲。"

"我可以撤了吧？"

"你还有什么没想透彻的吗？"埃尔南德斯问道，啪的扯起一根橡皮筋。

"想透彻了。案子已结。她死了，他们都死了。走了顺理成章面面俱到的程序。除了回家忘了这事发生过，没什么可做的了。我会这么做的。"

奥尔斯伸手从耳后取下那半截香烟，看着它，仿佛想不通它怎么会在那儿，然后把它扔到肩后。

"你抱怨什么？"埃尔南德斯说，"如果她不是没别的枪可用，她说不定会得个满分。"

"还有，"奥尔斯严肃地说，"昨天电话是可以打通的吧。"

"嗯，当然。"我说，"你们会飞奔而来，你们听到的将是一个混淆不清的故事，她什么都不会承认，只承认撒了几个愚蠢的谎。今天早晨你们拿到的东西我估计是一份完整的自白。你们没让我看到它，但如果它只是一纸情书，你们是不会把地检叫来的。如果当初就伦诺克斯一案做过任何扎实的功课，就会有人挖出他的战时档案，查出他在何处受伤，还有其余的一切。沿着这条线就能查到和韦德夫妇的关联。罗杰·韦德知道保罗·马斯顿是谁。我碰巧咨询过的另一位私家侦探也知道。"

"这有可能。"埃尔南德斯承认，"可是警方查案不是那样运作的。即便没有压力逼着你结案和忘却，你也不会拿个一目了然的案子瞎捣鼓。我查过几百桩凶杀案。有些是完整的，干净，有条理，照章办事。其中大多数这里讲得通，那里却讲不通。可是当你有了动机、手段、机会，而嫌疑人企图逃跑、写下了书面供词而随后立即自杀了，你就会把它放下。世界上没有一所警局有人力和时间去质疑明显的答案。证明伦诺克斯不是凶手的唯一理由就是有人认为他是个心慈手软的家伙，干不出这种事情，而且还有另外的人同样可能是凶手。可是另外那些人远走高飞了，没写供状，也没有拿枪去轰自己的脑袋。他做了。至于说他心慈手软，我估计在毒气室里、在电椅或绞索上终结生命的凶手中有百分之六十至七十在邻居眼中都和富勒牙刷的推销员一样无害。如同罗杰·韦德太太一样无害、文静、有教养。你想看她写的遗书吗？行，你看吧。我得去楼下大厅了。"

他站起身，拉开一只抽屉，把一只文件夹放在桌面上。"里面有五份复印件，马洛。别让我逮着你偷看。"

他向门口走去，接着回头对奥尔斯说："你不想和我一起跟派绍瑞克谈谈吗？"

奥尔斯点点头，跟随他走出去。办公室只剩我一人时我打开文件夹的封皮阅读那些黑白复印件。接着我拈着纸张一角数了一下。共有六份，每份都有好几页用回形针别在一起。我拿起一份，卷起来塞进衣兜。然后我阅读那叠文件中的下一份。看完后我坐下来等待。过了大约十分钟埃尔南德斯一个人回来了。他又在办公桌后面坐下，将文件夹里的复印件标上数字，将文件夹放回办公桌抽屉。

他抬起头，面无表情地看着我。"满意了吗？"

"劳福德知道你有这些复印件？"

"不会从我这儿知道。也不会从伯尼那儿。伯尼亲手复印的。怎么啦？"

"如果丢了一份会怎样？"

他露出不愉快的笑容。"不会丢。但若是真丢了，不会是治安官办公室的人丢失的。地检也有复印机。"

"你不太喜欢地方检察官施普林格，对吧，队长？"

他显出吃惊的样子。"我？我喜欢每个人，甚至你。滚吧。我有活儿要干。"

我起身要走。他突然说："这些日子你都带枪？"

"有时候带。"

"大块头威利·马贡带了两支。我想不通他干吗不用枪。"

"他可能是以为每个人都怕他。"

"可能是吧。"埃尔南德斯漫不经心地说。他拿起一个橡皮圈，用两个大拇指将它拉长。他把橡皮圈拉得越来越长。最后橡皮圈"啪"的一声断了。他揉揉大拇指被断头回弹碰到的地方。"谁都可能绷得太紧，"他说，"不管他貌似多么强硬。再见。"

我走出门，快步离开那幢楼房。一朝替罪羊，永远替罪羊。

四十五

　　回到卡文葛大楼六楼我的那间狗屋里，我拿晨间邮件玩一遍例行的"双杀"游戏。从邮箱到办公桌到废纸篓。廷克传给埃弗斯再传给钱斯。我在桌面清出一块空间，把那份复印件摊开。我先前把它卷起来是为了不弄出折痕。

　　我又把它读了一遍。内容相当详细，相当合理，足以满足没有偏见的头脑。艾琳·韦德妒火中烧一怒之下杀死了特里的妻子，后来又制造机会杀死了罗杰，因为她确信罗杰知情。那晚在罗杰卧室走火开枪射进天花板也是安排的一部分。没有得到答案且永远无法得到答案的问题是为什么罗杰·韦德会袖手旁观让她完成计划。罗杰一定明白了事情会怎样结局。那么他是自暴自弃，毫不在乎了。文字是他的事业，他用文字把几乎所有的事情都记载下来，但没有记载此事。

　　"我上次开的杜冷丁还剩下四十六片。"她写道，"我现在打算全部服下，然后上床躺下。门锁好了。很快我就会没救了。霍华德，这是我要让世人了解的。我写的东西是临终遗言。句句属实。我不后悔，或许只有一个遗憾，我没能在将他们捉奸在床时将他们一起杀死。我对保罗也不后悔，他就是你听到别人称之为特里·伦诺克斯的那个人。他是我爱过并嫁过的那个男人的空

330

壳。他对我毫无意义。当我在那个下午唯一一次见到从战争返回的他时，起初我没有认出他。接着我认出来了，而他立刻也认出了我。他应该年纪轻轻死在挪威的雪中，我献给死神的情人。他回来成了赌徒的朋友、富家娼妇的丈夫，一个被宠坏被毁掉的男人，可能在此之前还干过坑蒙拐骗的勾当。光阴使一切变得卑贱、破烂、满是皱纹。人生的悲剧，霍华德，不是美丽事物的夭折，而是它们变得衰老而下作。这不会在我身上发生。别了，霍华德。"

我把复印件收进办公桌的抽屉锁起来。午餐时间到了我却没有胃口。我从抽屉深处取出办公室备用酒，倒了一小杯，然后把电话簿从桌边的挂钩上取下，查找《新闻报》的号码。我拨了号，请接线女生叫朗尼·摩根接电话。

"摩根先生要到四点左右才会来。你不妨试试市政厅的新闻发布室。"

我打去市政厅找到他了。他对我记忆犹新。"听说你是大忙人呢。"

"我有东西给你，如果你想要的话。我认为你不会想要。"

"是吗？譬如说？"

"两起凶杀案的自白书复印件。"

"你在哪儿？"

我告诉了他。他想要进一步的消息。我在电话里不会多给他一个字。他说他不跑犯罪新闻。我说他仍然是个报人，而且供职于本市唯一的独立报社。他还想争辩。

"不管这是什么玩意儿，你是从哪儿弄来的？我怎么知道这值不值得我花时间？"

"地检办公室有原件。他们不会发布。它曝光了他们雪藏起来的两件事情。"

"我会给你打过去。我得跟上头商量一下。"

我们挂断了。我去了杂货店，吃了一客鸡肉沙拉三明治，喝了些咖啡。咖啡熬过头了，三明治充满浓郁的香味，如同从旧衬衫上撕下来的一块布。美国人什么都吃，只要是烤过并用两根牙签串起来的，有生菜叶从边上伸出来，最好是有点儿蔫了的。

三点半左右朗尼·摩根来见我。他还是开车送我从监狱回家那晚的样子，是个疲惫而面无表情的瘦长人类电线杆。他无精打采地跟我握手，从一个皱巴巴的香烟盒里找烟。

"谢尔曼先生——就是总编辑，说我可以来找你，看看你手上有什么。"

"你得同意我的条件，否则不供发表。"我打开办公桌抽屉，拿出那份复印件递他。他飞快地读完那四页纸，然后放慢速度再看一遍。他貌似非常兴奋——兴奋得有几分像参加廉价葬礼的殡葬业者。

"给我电话。"

我把电话机推到桌子对面。他拨了号，等了会儿，然后说："我是摩根。让我跟谢尔曼先生讲话。"他等着，电话转给了另一位女性，然后找来他要找的人，他请对方在另一条线路上回拨过来。

他挂断电话，坐着，把电话机捧在膝头，食指按压着舌簧。电话铃响了，他把听筒举到耳边。

"我念给你听，谢尔曼先生。"

他读得很慢很清晰。最后是一阵停顿。接着他说："稍等，先生。"他放低话筒，看着桌子这头，"他想知道你是怎么拿到的。"

我伸手到桌子对面从他手上收回那份复印件。"告诉他我怎么拿到的根本不关他的狗屁事。从哪里拿来的是另一回事。每一页背面盖的印章不是摆明了吗？"

"谢尔曼先生，这显然是洛杉矶治安官办公室的官方文件。我们应该不难核查其真实性。还有这是有代价的。"

他又听了一会儿，然后说："是的，先生。就在这儿。"他把话筒推过桌面，"要跟你谈。"

这是一个无礼而权威的声音。"马洛先生，你想开什么条件？记住，《新闻报》是洛杉矶唯一哪怕只是考虑一下碰不碰这件事的报纸。"

"你们没怎么报道伦诺克斯案件，谢尔曼先生。"

"我懂你的意思。但在当时它纯粹是个为丑闻而丑闻的问题。不存在是谁有罪的问题。如果你手上的资料是真的，我们现在掌握的东西可就大不相同了。你想开什么条件？"

"你得用摄影复制的方式完整刊出这份自白书。否则你就别在报上提及此事。"

"它得经过核实。这你明白吗？"

"我不明白怎样才能核实，谢尔曼先生。如果你去问地检，他要么会否认，要么会将它分发给市内的每一家报社。他不得不这么干。如果你去问治安官办公室，他们会把事情推给地检。"

"这你不用操心，马洛先生。我们自有法子。你的条件呢？"

"我刚才告诉你了。"

"噢。你不指望酬金？"

"不谈钱。"

"嗯，你的事情你做主。我能再跟摩根讲话吗？"

我把电话交还给朗尼·摩根。

他简短讲了几句就挂断了。"他同意了。"他说，"我拿走这份复印件，由他去核实。他会照你说的做。把它的尺寸缩小一半大约会占半个头版。"

我把复印件交还给他。他拿着文件，伸手拉一拉他那长鼻子的尖头。"我说你就是个该死的傻瓜，你介意吗？"

　　"我有同感。"

　　"你改变主意还来得及。"

　　"不变了。还记得你从本市巴士底狱开车送我回家的那晚吗？你当时说我有个朋友要去道别。到现在为止我还没真正跟他道过别呢。假如你们刊出这份复印件，那就是我的道别。时间过去很久了——很久很久了。"

　　"好吧，伙计。"他狡猾地咧嘴笑了，"但我仍然觉你就是个该死的傻瓜。要我说说理由吗？"

　　"但说无妨。"

　　"我对你的了解比你想象的多。这就是报社工作叫人沮丧的地方。你总会掌握那么多不能见报的内幕。你变得愤世嫉俗。如果这份自白书上了《新闻报》，会惹恼很多人。地方检察官、验尸官、治安官办公室那帮人，一位有权有势叫作波特的普通公民，还有名叫曼宁德兹和斯塔尔的两名硬汉。你的结局或许是被抬进医院或再次入狱。"

　　"我不这么想。"

　　"你高兴怎么想就怎么想吧，老兄。我只是告诉你我的想法。地检会生气，因为他对伦诺克斯案件捂了盖子。即便伦诺克斯的自杀和自白使得地检貌似有正当理由，但很多人会想了解，伦诺克斯，一个无辜者，怎么会写下自白书，他是怎么死的，他是真自杀还是被杀，为什么警方没调查过这些情况，整件事怎么会那么快就被人遗忘了。还有，如果他握有这份复印件的原件，他会觉得自己被治安官手下的人出卖了。"

　　"你们不必刊出背面的标记印章。"

"我们不会。我们跟治安官是朋友。我们认为他是个正人君子。我们不怪他没能制止曼宁德兹那样的家伙。只要赌博在某些地方完全合法，而在所有地方都是半合法的，那就没人能够禁止赌博。你从治安官办公室偷来这份东西。我不知道你是怎样侥幸成功的。想告诉我吗？"

"不想。"

"好吧。验尸官会生气，因为他胡乱认定了韦德的自杀。地检在那件事上面也帮了他一把。哈伦·波特会生气，因为他运用了很多权力封杀的某种东西被人重新揭开了。曼宁德兹和斯塔尔会生气，理由我不确定，但我知道你收到过他们的警告。那些家伙对谁动了气，谁就会遭殃。你可能会得到大块头威利·马贡所受的待遇。"

"马贡或许是干活儿太卖力了。"

"为什么？"摩根拉长声调说，"因为那些家伙必须让别人记住他们定的规矩。如果他们不辞烦劳叫你放手，你就得放手。如果你没放手而他们让你侥幸逃脱，他们就是示弱了。经营此道的硬汉们，那些大人物、理事会，绝对不用软蛋。软蛋是会惹祸招灾的。然后还有克里斯·马蒂。"

"听说他几乎掌管着内华达。"

"你听到的没错，伙计。马蒂是个好人，但他懂得什么东西适合内华达。在雷诺城和维加斯运作的流氓阔佬小心翼翼不去惹恼马蒂先生。否则他们的税金会飞速提高而警方跟他们的合作会同样飞速地下降。于是东部的头头们会觉得必须做些改变。跟克里斯·马蒂合不来的经营者都会经营不善。把那该死的从那儿弄走，换个人进去。把那该死的从那儿弄走对他们而言只意味着一件事情，装在木箱里运走。"

"他们没听说过我。"我说。

335

摩根皱皱眉，上下挥动一条手臂，做了个没有意义的手势。"他们不必听说你。马蒂在塔霍湖靠内华达的那边有产业，旁边就是哈伦·波特的庄园。兴许他们偶尔会打声招呼呢。兴许马蒂员工薪水表上的某个家伙听到波特员工薪水表上的另一个家伙说有个姓马洛的混蛋为了跟他毫不相干的事情吵得叫人头痛。兴许这段闲聊传到了洛杉矶某所公寓里响起电话铃的地方，一个肌肉发达的家伙得到暗示，就找了三两朋友出去活动筋骨。如果有人想要打倒你或击碎你，那些肌肉男用不着了解其中的原委就会动手。这对他们只是家常便饭。一点也不反感。坐那儿别动，等咱们来折断你的手臂。这个你要收回去吗？"

　　他把复印件递过来。

　　"你明白我想要什么。"我说。

　　摩根慢吞吞地站起来，把复印件放进内衣兜。"可能是我错了。你对此也许比我知道得更多。我不了解哈伦·波特那样的人如何看待世事。"

　　"绷着脸看世事。"我说，"我见过他。但他不会动用一帮打手来运作。他没法把这种手法跟他的人生观融合起来。"

　　"照我看，"摩根高声说，"打一通电话阻止命案调查和干掉证人来阻止调查只是方法有所不同。回头见——但愿还能见到。"

　　他慢悠悠地走出办公室，如同随风飘零的物件。

四十六

　　我怀着想喝一杯占列鸡尾酒的念头开车去了胜利者酒吧，坐在那里等到晨报的傍晚版上市。但是酒吧拥挤，了无趣味。当我认识的酒保来到我身边时他叫了我的名字。

　　"你喜欢在酒里加一撮苦料，对吧？"

　　"平时不喜欢。不过今晚要加两撮苦料。"

　　"最近我没见到你朋友。要加绿冰的那个。"

　　"我也没见到他。"

　　他走开了，端着我的酒回来。我慢啜细饮，想拖久点儿，因为我不喜欢脸泛红光。我宁愿要么真正大醉一场，要么就保持清醒。过了会儿我又叫了一杯同样的酒。报童走进酒吧时刚过六点。一个酒保吆喝着叫他出去，但他灵巧地迅速绕着顾客走了一圈，才被侍者逮住，将他推搡出门。我就是他的顾客之一。我打开《新闻报》，瞄一眼头版。他们刊登了。全登在上面了。他们把复印件反转了，变成白底黑字，缩小了尺寸，刚好嵌入那一版的上半部。另一版刊了措辞强硬的短篇社论。还有朗尼·摩根署名的半栏文章，刊在另外一版。

　　我把酒喝完，离开，去另一家店吃晚餐，然后开车回家。

　　朗尼·摩根的文章是对伦诺克斯案与罗杰·韦德"自杀"案相

关事实和事件的真实概述——概述那些已经公布的事实。它什么也没加，什么也没减，没做任何原因分析。它是清晰具体务实的报道。社论就是另一码事了。它提出了质问——公务员被当场抓住把柄后报纸会向他们提出的那种质问。

九点半左右电话铃响了，伯尼·奥尔斯说他会在回家路上顺道来访。

"看了《新闻报》吗？"他遮遮掩掩地问道，不等回答就挂断了。

他到来后，抱怨阶梯难爬，说如果我有咖啡的话，他会喝一杯。我说我会去煮。我熬咖啡的时候他在屋里四处走动，完全像在他自己家里。

"对你这种能讨人嫌的家伙来说，你活得相当寂寞。"他说，"山背面是什么？"

"另一条街。怎么了？"

"随口一问。你的灌木丛该修剪了。"

我把咖啡端进客厅，他停止走动，啜饮咖啡。他拿了我的香烟点燃，吞云吐雾了一两分钟，然后将它弄熄。"我越来越不喜欢这玩意儿了。"他说，"有可能是电视广告弄的。他们推销什么你就会厌恶什么。上帝，他们一定以为公众都是笨蛋。每次有个穿着白上衣脖子上挂个听诊器的蠢蛋举着一管牙膏或一包香烟或一瓶啤酒或一瓶漱口水或一罐洗发精或一小盒能使肥胖摔跤手的体味变得如同丁香花香气的什么玩意儿，我总会拿笔记下来，让自己记住永远别去买其中任何一样东西。见鬼，就算有我喜欢的产品我也不会去买。你看过《新闻报》了，嗯？"

"我的一个朋友提醒我看了。一个记者。"

"你还有朋友？"他惊讶地问，"没告诉你他们是怎样拿到那份材料的，对吧？"

338

"没有。在这种情况下他不必说出来。"

"施普林格气得跳脚。劳福德，就是今早拿到那份自白的地检助理，声称他直接交给了他的老板，但这叫人生疑。《新闻报》刊出的东西好像是拿原件直接复制的。"

我啜着咖啡，不吱声。

"他是活该。"奥尔斯继续说，"施普林格应该会亲自处理。我个人认为不是劳福德泄露的。他也是个政客。"他木然地盯着我。

"你来这儿是为了什么，伯尼？你不喜欢我。我们过去是朋友——差不多任何人都能和硬汉警察交朋友。可惜交情有点发酸了。"

他身子前倾，笑了——有点狰狞。"一个普通公民背着警察干警察的活儿，没有哪个警察会喜欢的。韦德死去时如果你能为我把韦德和伦诺克斯少妇联系起来我就可以查明真相。如果你把韦德太太和这位特里·伦诺克斯联系起来我就能把她捏在掌心里——捏个活人。如果你从一开始就把一切和盘托出韦德就可能还活着。更别说伦诺克斯了。你以为自己是只相当机灵的猴子，对吧？"

"你想要我说什么？"

"不想。太迟了。我对你说过，聪明人愚弄不了别人，只会愚弄自己。我说得明明白白。看来这不管用。眼下你离开本市就算你精明。没人喜欢你，还有两个家伙看谁不顺眼就会干点什么。我从一个线人那里收到的消息。"

"我没那么重要，伯尼。我们别再相对吼叫了吧。韦德死前你都没参与办案。他死后这事对你对验尸官对地检或对任何人都好像无关紧要。也许我做错了一些事。但真相大白了。你本来在昨天下午就可以抓住她——但凭什么呢？"

"凭你得告诉我们的有关她的情况。"

"我？凭我背着你们干的警察活儿？"

他猛地站起身。他的脸涨得通红。"好吧，自作聪明的家伙。她本来还会活着。我们可以把她列为嫌犯，你却要她死。你个混蛋，而且你心知肚明。"

"我想要她有充足的时间平静地好好反省自己。她要怎么做是她自己的事情。我要为一个无辜的男人洗冤。我他 × 根本不在乎我该怎么做，现在也不在乎。如果你想对我采取什么行动我不会走远。"

"那些难缠的家伙会关照你，伙计。不用我来操心。你以为你人微言轻，不足以惹恼他们。作为一个姓马洛的私家侦探，这没错。但你不是。你是已经得到警告要你赶紧收手却还要在报上公然对他们脸上啐一口的那个家伙，这就不同了。这伤了他们的自尊。"

"那太可怜啦。"我说，"套用一句你自己的话，只要想到这个我就会内心流血。"

他走向门边，打开门。他站住，俯视红杉木台阶，平视马路对面山上的树林，然后仰视街道尽头的斜坡。

"这里舒适安静。"他说，"够安静了。"

他接着走下台阶，上车离去。警察从不说再见。他们总是希望在辨认犯人的队列里再见到你。

四十七

第二天事态一度显得活跃起来。地方检察官施普林格召开了早场记者招待会，发表了一份声明。他是那种大块头红光满面眉毛黝黑早生华发的类型，政治手腕总是要得高明。

我读了据称是最近自杀的那位可怜而不幸的女子写下的自白书，这份文件真假尚未辨明，但若是真的，也显然是精神错乱的产物。我愿意假定《新闻报》公布这份文件是本着诚意，而不去追究它的诸多荒谬和矛盾，而这些我就不一一列举以免令大家厌烦了。我的办公室与我可尊敬的助手彼得森治安官手下的班子会很快确定这些文字是否出自艾琳·韦德之手，如果是的，那么我要告诉你们：她写这些文字时既无清醒的头脑，也无稳定的手笔。仅仅在几周前，这位可怜的夫人发现自己的丈夫躺在他自己的血泊中，而血是因他自杀而溢出。设想一下那种打击，那种绝望，那种彻底的孤独，一定会跟随如此惨烈的灾祸而来！如今她已加入丈夫死亡的苦难。搅动死者的骨灰能得到什么呢？能得到什么，我的朋友，除了卖出几份严重滞销的报纸？什么都得不到，我的朋友，什么都得不到。让我们听之任之吧。就像不朽文豪威廉·莎士比亚的伟大戏剧杰作《哈姆雷特》中的奥菲莉娅一样，艾琳·韦德怀着与众不同的懊悔。我的政敌会想充分利用那个与众不同，但我的朋友和选民不会上当。他们知道本办公室一向代表精明而成熟的执法，代表宽严并济，代表坚实、稳定、持重的政府。《新闻报》代表什么我不知道，它代表什么我也不甚或不大关心。让有觉悟的公众自己来判断吧。

《新闻报》在其早晨版上刊出了这个东西(它是一份全天报纸)，而总编辑亨利·谢尔曼用一篇署名文章反击施普林格。

地方检察官施普林格先生今天早晨状态良好。他是个优秀的大人物，讲话声如洪钟，非常动听。他没用任何事实来烦扰我们。不论何时施普林格先生愿让我们证实讨论中的那份文件的真实性，《新闻报》都极为乐意照办。我们不指望施普林格先生采取任何行动重启经他批准或在他指示下被正式结办的案子，正如我们不期待施普林格先生倒立在市政厅塔楼上一样。正如施普林格先生用非常巧妙的措辞所表达的，搅动死者的骨灰能得到什么呢？或者，如同《新闻报》用有欠优雅的措辞所表达的，被害人已死，找到真凶能得到什么呢？什么也得不到，当然，除了正义和真相。

《新闻报》愿意代表已故的威廉·莎士比亚，感谢施普林格先生好意提到《哈姆雷特》，也感谢他虽不准确但大体正确地提及奥菲莉娅。"你须怀着与众不同的悔恨"不是对奥菲莉娅而言，而是出自奥菲莉娅之口。她究竟是什么意思，我们这些没那么博学的人从来没有吃透。就此不谈了。那句话听起来不错，有助于混淆视听。或许我们能够得到允许，也从那个得到官方认可的戏剧产品《哈姆雷特》中引用碰巧由恶人嘴里吐出的金玉良言："让巨斧落在罪犯头上吧。"

朗尼·摩根中午时分打电话给我，问我感想如何。我告诉他我不认为这对施普林格会有什么伤害。

"只有书呆子会那么想，"朗尼·摩根说，"而且他们清楚他的底细。我是指你觉得怎么样。"

"我没觉得怎么样。我正坐在这里等着一只皮靴来踩上我的面颊。"

"你误解了我的意思。"

"我还健康着呢。别再吓唬我啦。我得到了我想要的。如果伦诺克斯还活着的话他会直接走到施普林格面前对着他的眼睛吐口水。"

"你帮他吐过口水了。现在施普林格明白了这一点。他们有一百种方法陷害他们不喜欢的家伙。我想不通是什么使你认为值得为此花费时间。伦诺克斯也不是多么了不起的人物。"

"跟这有什么关系？"

他沉默片刻。然后他说："抱歉，马洛。我不该多嘴。祝你好运。"

和往常一样道了再见以后，我们挂断了电话。

下午两点左右琳达·罗林打电话给我。"别提姓名，拜托。"

343

她说，"我刚从北边那个大湖飞过来。有个人正在为昨晚《新闻报》上的什么报道大发雷霆。我的准前夫眉心挨了一拳。当我离开时那可怜人儿还在流泪呢。是他飞过去报告的。"

"你什么意思，准前夫？"

"别傻了。这次我爸点头了。巴黎是个好地方，能悄悄离婚。所以我立马要动身去那儿。如果你脑子还管点用，你就应该把你给我看过的那张雕版钞票花掉一点点用来远走高飞。"

"这跟我有什么关系？"

"这是你提的第二个傻问题。你除了自己愚弄不了任何人。你知道他们是怎么射杀老虎的吗？"

"我怎会知道？"

"他们把一只山羊拴在木桩上，然后埋伏起来。这下子那只山羊可惨了。我喜欢你。我很清楚我并不了解原因，但我就是喜欢。我不忍看到你成为那只山羊。你拼了命去做正确的事情——一意孤行。"

"你真好。"我说，"如果我把脖子伸出去而被斩断了，它仍然是我的脖子。"

"别逞英雄，你这傻瓜。"她高声说，"你不必仅仅因为我们认识的某个人选择了去当替罪羊就去模仿他。"

"如果你肯在这边多逗留一会儿，我请你喝一杯。"

"去巴黎请我喝吧。巴黎秋天很迷人。"

"我也愿意那么做。可我听说巴黎春天更美。我没去过，所以不知道。"

"你照这么下去永远去不了。"

"再见，琳达。希望你找到你要的东西。"

"再见。"她冷冷地说，"我想要的我总能找到。可是当我找

344

到时，我就不再想要了。"

她挂了电话。这天剩下的时间是个空白。我吃了晚餐，把奥兹车留在一家通宵服务的车房检查刹车片。我坐出租车回家。街道和平时一样空荡。在木制邮箱里有一张免费肥皂购物券。我慢慢登上台阶。这是个温柔的夜晚，空中有点薄雾。山上的树纹丝不动。没有风。我开了门锁，把门推开一些，接着停住了。门扇距离门框只打开了大约二十五厘米。屋里漆黑一团，没有声响。但我感觉对面的房间不是空的。或许有根弹簧吱嘎轻响了一下，或许我看见了白色夹克在房间里一闪而过。或许在这样一个温暖安宁的夜晚门对面的房间还不够温暖，不够安宁。或许空气中飘着一个男人的气息。或许我只是神经过敏。

我从侧边走下门廊到了平地，猫腰贴着灌木丛。什么事都没发生。屋内没有亮灯，我四下探听都没有动静，我左腰的皮带枪套里有支枪，枪托朝前，是短筒警用点三八手枪。我把它拔出来，它没帮上我。寂静依旧。我断定自己是个该死的笨蛋。我直起身子，抬脚朝前门走过去，这时一辆车突然从街角拐过来，朝山上快速行驶，几乎无声无息地停在我的台阶下。这是一辆黑色大轿车，线条像凯迪拉克。有可能是琳达·罗林的车，但有两点不像。没人打开车门，靠我这边的车窗都是紧闭的。我等待着，谛听着，蹲在灌木丛边，却没什么可听，没什么可等。只有一辆黑车停在我的红杉木台阶下不动，车窗紧闭着。如果它的马达仍在转动，我也听不见。这时一只红色的聚光灯咔嗒亮起，光柱射出六米越过了屋角。接着那辆大轿车非常缓慢地倒退，让大灯能够扫亮宅子前部，扫亮屋檐及其上空。

警察不开凯迪拉克，配备红色聚光灯的凯迪拉克属于大人物：市长和警察局长，或许还有地方检察官。或许还有流氓。

聚光灯斜向移动。我趴倒在地，但灯光还是找到了我。它定在我身上了。如此而已。车门还是没开，宅子里仍然没有声响没有灯光。

这时一个警报器低声响了一两秒钟。然后屋子里终于灯火通明，一个穿白色晚宴礼服的男人走到台阶顶上，朝旁边扫视墙壁和灌木丛。

"进来吧，便宜货。"曼宁德兹咯咯笑道，"你家有客人。"

我本来可以轻而易举地射中他。但他紧接着退进了门内，来不及了——尽管我本来可以办到。接着一扇后车窗打开了，我能听见开窗时沉闷的响声。一把自动手枪开火了，在很短的时间内把一串子弹射入离我九米远的岸坡。

"进来吧，便宜货。"站在门口的曼宁德兹再次说道，"没别的路可走了。"

于是我站立起来，开步走，聚光灯紧跟着我移动。我把枪插回皮带上的枪套。我登上红杉木台阶的小平台，走进门，停在门边。有个家伙跷着二郎腿坐在房间尽头，大腿上斜放着一把枪。他四肢修长，身体强壮，他的皮肤干巴巴的，如同那些在太阳晒黑皮肤的气候中生活的人。他身穿深棕色华达呢风衣，拉链几乎敞开到腰部。他正注视着我，眼睛和枪都没动，镇定得像月光下的一堵土坯墙。

四十八

　　我注视他的时间太长。我这边仅仅隐约看到一个短促的动作，我的肩胛骨顿时感到一阵麻痛。我的整只手臂一直麻到指尖。我转过身去，看见一个凶相毕露的墨西哥壮汉。他没张嘴，只是注视着我。他那棕色的手握着一把点四五手枪垂在身旁。他留了一撮小胡子，顶着个圆鼓鼓的脑袋，一头油亮的黑发往上梳，朝后包过脑袋，再往下梳。他的后脑勺上扣着顶脏兮兮的宽边毡帽，皮质的下巴托带分为两股松松地垂在发出汗酸味的手缝衬衫的前襟。没什么比凶狠的墨西哥人更凶狠，正如没什么比温和的墨西哥人更温和，没什么比真诚的墨西哥人更真诚，最重要的是没什么比悲哀的墨西哥人更悲哀。这家伙是个狠角色。天下找不到比他更狠的人了。

　　我揉揉手臂。它有点儿刺痛，但原来的痛感和麻感还没消失。如果我试着拔枪或许我会失手让它掉下去。

　　曼宁德兹把手伸向那个打手。那家伙好像看都没看就把枪扔过去，而曼宁德兹接住了。他走到我面前站下，容光焕发。"你喜欢哪里挨揍，便宜货？"他的黑眼珠上下转动。

　　我只是望着他。那样的问题是没有答案的。

　　"我问你话呢，便宜货。"

　　我润润嘴唇，反问一句："阿戈斯蒂诺出什么事啦？我以为他才是给你拿枪的人。"

"奇克怂了。"他轻声说。

"他本来就怂——像他老板。"

椅子上的那人眨了眨眼睛。他似笑非笑。把我手臂拧得发麻的那个狠角色没动也没吱声。我知道他在呼吸。我闻得出来。

"有人撞到你胳膊了，便宜货？"

"我绊到了一块辣椒肉馅玉米饼。"

漫不经心地，连看都没看我，他抡起枪筒击打我的面孔。

"别拿我开心，便宜货。你想做什么都晚了。你得到过警告，得到过郑重的警告。当我不厌其烦亲自上门叫一个人放手的时候，他就得放手。否则他就躺下站不起来了。"

我能感到一股鲜血在脸颊上流淌。我能充分感到对我颧骨的这一击造成的麻痛。它扩散着，直到整个脑袋都痛起来。他下手并不重，但他使的凶器太硬。我还能讲话，没人试图阻止我。

"你怎么亲自动手了，曼迪？这种苦力活好像应该交给修理大块头威利·马贡的那帮家伙来干吧。"

"这是个人行为，"他柔声说，"因为我出于私人恩怨要教训你。马贡那件事完全是公事。他自以为能摆布我，我给他买衣服买汽车，我填满他的银行保管箱，清偿他的房屋抵押借据，他却要摆布我！缉毒扫黄队这些宝贝都是一个德行。我连他孩子的学费都替他付了。你会以为那混球总该知恩图报吧。可他干了什么？他走进我的私人办公室，当我手下的面掴我耳光。"

"因为什么？"我问他，隐约想要惹他对另外的人发火。

"因为某个涂脂抹粉的婊子说我们使用灌铅的骰子。那有胸无脑的骚货可能是他的一个床伴。我把她撵出了俱乐部——连同她带进来的每一分钱。"

"好像能理解。"我说，"马贡应该知道没有哪个职业赌徒会玩骗局。这用不着。可我是怎么得罪你了？"

他又给了我一下，然后沉思地说："你让我很没面子。在我这行里不会对一个家伙发出两次警告。对狠角色也不例外。他走出去就得照办，否则你就没法控制他了。你没法控制了，你就没法经营了。"

"我预感到事情不是这么简单。"我说，"对不起我要伸手拿手帕。"

我拿出手帕轻擦脸上血迹的时候那把枪一直指着我。

"一个不值钱的探子，"曼宁德兹慢吞吞地说，"以为他能把我曼迪·曼宁德兹当猴耍。以为他能让我成为笑柄。以为他能让我成为大笑话——我，曼宁德兹。我应该对你动刀子，便宜货。我应该把你切成一片片生肉。"

"伦诺克斯是你哥们儿。"我盯着他的眼睛说，"他死了。他像只狗一样被埋了，在他们掩埋他尸体的泥土上连个墓碑都没有。我有点小办法可以证明他的清白。所以那让你丢了面子，嗯？他救过你的命，他自己送了命，这对你没有任何意义。对你有意义的只是你要扮大人物。你对谁都他 × 的不在意，只在意你自己。你人物不大，你只有嗓门大。"

他的面孔冻住了，他把胳膊朝后摆，准备给我第三次打击，这次暗藏了力道。抢在他的胳膊抢起之前，我朝前跨出半步踢向他的胸口。

我没思考，我没计划，我没预估胜算或究竟有没有机会。我只是受够了他的啰唆，我疼痛，我流血，或许此刻我只是被揍得有点晕头转向。

他弯下腰，喘息，枪由手中滑落。他伸手去抓枪，使得喉咙发出紧张的声音。我用膝头顶他的脸。他尖叫起来。

椅子上那家伙大笑起来。那使我大吃一惊。这时他站起身，他手上的枪随之上升。

"别打死他。"他温和地说，"我们要用他做活饵。"

接着前厅的阴影里有了动静。奥尔斯从门外走进来，眼神空洞，面无表情，极为镇定。他俯视着曼宁德兹。曼宁德兹头磕地板跪着。

"软蛋，"奥尔斯说，"软得像玉米粥。"

"他不是软，"我说，"是受伤了。任何人都会受伤。大块头威利·马贡怂吗？"

奥尔斯看着我。另外那个家伙也看着我。门口那凶狠的墨西哥佬没弄出一点声响。

"把那该死的香烟从你脸上取下来，"我对奥尔斯吼道，"要么抽，要么别碰它。我看见你就恶心。我讨厌你，句号。我讨厌警察。"

他显得吃惊。然后他咧嘴笑了。

"那是个陷阱，伙计。"他开心地说，"你伤得很重？那些下流胚打你脸蛋了？依我看你这是活该，你挨这一下真他×挺管用。"他低头看了看曼迪。曼迪把膝盖压在身下。他在攀爬一口水井，一次爬高十来厘米。他在张口喘息。

"他真是个喋喋不休的家伙。"奥尔斯说，"得有三个讼棍跟班来提醒他住口。"

他把曼宁德兹提溜起来。曼迪的鼻子在流血。他哆嗦着从身上的白色晚宴上装里摸出手帕捂住鼻子。他一言不发。

"你被告发了，亲爱的。"奥尔斯认真地告诉他，"我不会为马贡伤心欲绝。他活该。但他是个警察，你们这些流氓别招惹警察——始终，永远！"

曼宁德兹放下手帕，瞧了瞧奥尔斯。他瞧了瞧我。他瞧了瞧一直坐在椅子上的那个人。他慢慢转身，瞧了瞧门口那个凶狠的墨西哥佬。他们都看着他。他们脸上没有表情。这时一把刀凭空闪现出来，曼迪朝奥尔斯扑去。奥尔斯向旁边闪避，一手扼住他的喉咙，轻松地把刀从他手中劈落，几乎没当一回事。奥尔斯分开双足，伸背，略微屈腿，一只手捏着曼宁德兹的脖子把他提溜得双脚离地。他把曼迪提举到房间另一头，将他按在墙上。他把曼迪放下，却没从曼迪喉咙上放手。

"敢碰我一指头，我就宰了你。"奥尔斯说，"一指头。"然后他放下了双手。

曼迪冲他轻蔑地微笑，低头看看手帕，将它重新折叠以掩藏血迹。他再次用手帕捂住鼻子。他低头看看他刚才用来揍我的那把枪。椅上人用随便的口气说："没装子弹，就算你拿到了也不顶用。"

"告发。"曼迪对奥尔斯说，"我是头一次听说你。"

"你预订了三名打手，"奥尔斯说，"你得到的是来自内华达的三名警官。维加斯有人不喜欢你忘了请示他们就擅自行动。那人想跟你谈谈。你可以跟这些警官走，也可以跟我去市中心被铐在门背后。那里有几个伙计会乐意看到你歇菜。"

"天佑内华达。"曼迪平静地说，再次回头去看门边的墨西哥硬汉。接着他飞快地在胸口画了个十字，从前门走了出去。那墨西哥硬汉跟着他。接着另外那个晒干了的沙漠型男人拾起刀枪也走了出去。他把门关上了。奥尔斯静默地等着。传来车门砰然关闭的声响，接着一辆汽车朝夜色中驶去。

"你确定那几个打手都是警官？"我问奥尔斯。

他转过身来，似乎为我在场感到惊讶。"他们都有警徽。"他干脆地说。

"干得漂亮，伯尼。非常漂亮。想想他能活着到维加斯吗，你这冷血的混蛋！"

351

我走进浴室放冷水，把一条湿毛巾敷在我抽痛的脸颊上。我照着镜子。面颊肿得变了形，发青，有枪管击打颧骨的力道留下的锯齿状伤痕。我的左眼下方也变色了。我会有好几天不再漂亮。

　　这时奥尔斯出现在镜子里。他在嘴唇上滚动他那该死的没点燃的香烟，活像猫在逗一只半死不活的老鼠，打算让它再逃一次。

　　"下次别再跟警察比脑瓜灵了。"他生硬地说，"你以为我们让你偷走那份复印件是闹着玩的？我们有预感曼迪会来整治你。我们把事情跟斯塔尔谈透了。我们告诉他我们没法在县里禁赌，但我们可以使赌博很难挣到钱。在我们辖区里没有一个暴徒打了警察能够逍遥法外，就连黑警也不能打。斯塔尔向我们保证他跟此事不沾边，他们的组织对这事不高兴，曼宁德兹会受到警告。所以当曼迪要找几个外地打手来收拾你的时候，斯塔尔就给他派了自己认识的三个家伙，用他自己的开销，开他自己的一辆车过来了。斯塔尔是维加斯的一名警察局长。"

　　我转过身，看着奥尔斯。"沙漠里的土狼今晚会有食物了。恭喜。警务是令人惊奇和振奋的理想职业，伯尼。警务唯一不对劲的就是其中的警察。"

　　"你太惨了，英雄。"他用突如其来的冰冷粗暴的口气说，"当你走进自己的客厅来挨揍的时候我忍不住笑了。我因此升官了，伙计。这是件脏活儿，这活儿得干得很脏。为了让这些家伙开口你得给他们一点权力感。你伤得不重，但我们得听任他们给你一些伤害。"

　　"对不起，"我说，"非常抱歉让你这么难过了。"

　　他把绷紧的面孔凑近我。"我痛恨赌徒，"他粗声说道，"我痛恨他们如同痛恨毒贩。他们助长一种完全和吸毒一样堕落的疾病。你以为雷诺城和维加斯那些赌窟只是为了让人们来寻些无伤大雅的小乐子？去你的！他们在那里招待小人物、梦想不劳而获的家伙、口袋里揣着薪水在回家途中停留一下便把周末要去杂货店买东西的钱输个精光的小伙子。阔绰的赌徒输了四万美元，一笑置之，回头再赌。可是大赌窟不是阔绰的赌徒支撑起来的，伙计。窃取的大头是由十分、二十五分、五十分以及偶尔下注的一块、五块凑起来的。大赌窟钱的来源如同你家浴室水管里的水，是永不间断的稳定水流。不论什么时候，有谁要打击职业赌徒，我都赞成。这是我的愿望。不论什么时候，一个州的政府向赌博业收钱并美其名曰征税，那个政府就是有助于维持那些歹徒的生业。理发师或美容院的小姐拿两块钱去撞撞运气。那是给赌博集团的，那是真正的盈利。民众需要正直的警察，对不对？为了什么？保护那些持有特别优待卡的人？本州有合法的跑马场，我们全年都有跑马。他们正派经营，州政府得到抽成，跑马场每投入一块钱，赌马客都会下注五十块。一张卡上有八九场赛马，其中一半是没人关注的小赛局，只要有人开口，随时可以作弊。骑师只有一种办法赢得比赛，却有二十种方法输掉，只要骑师在行，尽管每八根柱子都有个管理员守着，却他 × 的拿他没一点法子。这就是合法赌博，老兄，干净诚实的事业，州政府批准的。所以它是正当的，对不对？我认为不是，它不是。因为它是赌博，它培育赌徒，当你把它们都加起来就只有一种赌博——不正当的那种。"

"感觉好些了吗？"我问他，一边往伤口上搽些白碘酒。

"我是个年老疲惫的破警察。我只有牢骚。"

我转身盯着他："你是个该死的好警察，伯尼，但你还是全弄错了。从某种角度讲警察全是一个样。他们弄错了责怪的对象。如果有个家伙在赌桌上输掉了薪水，你就禁止赌博。如果他酗酒了，你就禁酒。如果他在车祸中撞死了人，你就禁止制造汽车。如果他带个女孩子去饭店开房被捉奸了，你就禁止性交。如果他跌下楼梯，你就禁止建房。"

"啊，住口！"

"一定的，我会住口。我只是个平头百姓。算了，伯尼。我们有流氓恶棍、犯罪集团和打手喽啰，并不是因为我们有奸诈的政客和他们在市政厅与立法机构里的那些傀儡。犯罪不是病，它是病兆。警察就像大夫，给你开阿司匹林治脑瘤，不过警察宁愿用棍棒来治愈它。我们是粗鲁、富有、狂野的人民，犯罪是我们为此付出的代价，有组织犯罪则是我们为组织化付出的代价。犯罪会在很长时间里伴随着我们。有组织犯罪只是暴富肮脏的一面。"

"干净的一面是什么？"

"我还没见过呢。也许哈伦·波特能告诉你吧。咱们喝一杯吧。"

"你进门的时候看上去不错。"奥尔斯说。

"曼迪拔刀向你扑去时你貌似更棒。"

"握个手。"他说着，伸出手来。

我们喝完酒，他从后门离开了，刚才他就是撬开这扇门进来的，头天晚上他顺道来访是为了踩点。后门是有求必应的，如果你能找到它，而且它旧得木头都干缩了。你把门闩的插销敲掉，其余就容易得手了。奥尔斯指给我看了门框上的一处凹痕，然后离开，回到山包的另一边，他在那边把车停在邻街上了。他几乎可以同样容易地打开前门，但那就得破坏门锁。那就太明显了。

我目送他爬过树林，前方有手电筒射出一束光柱，消失在山丘那边。我锁好门，又调了一杯清淡的酒，回到客厅，坐下。我看看手表，时间还早。只是感觉我回家以后过去了很长时间。

我走到电话机旁，拨给接线员，把罗林家的号码报给她。管家问了是谁打来电话，接着去看罗林太太是否在家。她在。

"我的确是那只诱饵羊。"我说，"不过他们活捉到老虎了。

我有点儿擦伤。"

"你一定要找个时间把这事给我讲讲。"她的声音显得遥远，仿佛她已身在巴黎。

"我可以在喝酒时给你讲——如果你有时间。"

"今晚？噢，我正收拾东西要搬出去。今晚恐怕不行。"

"好吧，我明白。嗯，我只是觉得你或许会想听听。非常感谢你这么好心提醒我。这事跟你家老爷子毫不相干。"

"你确定？"

"确定。"

"噢，稍等片刻。"她离开了一会儿，然后回来，口气热情多了。"或许我能挤出时间喝一杯。在哪儿？"

"地方你定。我今晚没车，但我可以打的。"

"胡扯，我来接你，不过要等上一小时或更久。你那地方叫什么地址？"

我告诉了她，她挂断了，我打开门廊灯，然后站在敞开的门前吸入夜晚。天气变得凉爽多了。

我回到屋里，试着给朗尼·摩根打电话，但找不到他。接着纯粹是为了寻开心，我把电话打到了拉斯维加斯的淡水龟俱乐部，找兰迪·斯塔尔先生。他或许不会接听。但他接听了。他有一种镇定、干练、属于企业家的声音。

"很高兴接到你的电话，马洛。特里的朋友就是我的朋友。我能为你做点什么？"

"曼迪已经上路了。"

"上路去哪儿？"

"去维加斯，跟你派来找他的三个打手同坐一辆装有红色聚光灯和警报器的黑色凯迪拉克大轿车。车是你的，我猜？"

355

他大笑起来："在维加斯，正如某个报人所说，我们把凯迪拉克当拖车使。这究竟是怎么回事？"

"曼迪带着两个硬汉来我家蹲守。他的想法是把我狠揍一顿，说得难听点儿，就为了报上的一篇文章，他似乎认准了那是我捅的娄子。"

"是你捅的吗？"

"我可没开报馆，斯塔尔先生。"

"我也没养凯迪拉克车上的硬汉，马洛先生。"

"他们可能是警官。"

"我说不好。还有别的事吗？"

"他用枪把敲我。我踢了他的胸口，用膝盖顶了他的鼻子。他似乎不大满意。但我仍然希望他能活着到达维加斯。"

"如果他往这边来，我确定他会活着的。现在我得中断这次通话了。"

"耽搁一秒钟，斯塔尔。你参与了欧塔托克兰的那出恶作剧吗——要不就是曼迪一个人搞的？"

"再说一遍？"

"别糊弄人，斯塔尔。曼迪对我生气的理由不是他说的那样，为了那点儿事不至于来我家蹲守并且像对付大块头威利·马贡那样招呼我。不是充分的动机。他警告我别管闲事，别深挖伦诺克斯案件。可我深挖了，因为事情碰巧进展到了那一步。于是他做了我刚才告诉你的事情。所以有一个更充分的理由。"

"我明白了，"他说得慢条斯理，仍然温和而平静，"你认为特里的死法有什么不大对头吧？例如，你认为他没向自己开枪，而是别人干的？"

"我想细节会说明问题。他写了一份自白书，那是假的。他写了一封信给我，竟然寄出来了。旅馆侍者或服务生会偷偷夹带出去替他邮寄。他藏在旅馆里无法脱身。信里夹了一张大钞，信写完时正好有人来敲门。我想知道随后是谁进了房间。"

"为什么？"

"如果敲门的是个服务生或侍者，特里会在信末添加一行说明。如果是个警察那封信就寄不出来了。那么是谁呢？——特里干吗要写那份自白书呢？"

"不知道，马洛。一无所知。"

"抱歉打扰你了，斯塔尔先生。"

"别客气，很高兴接你的电话。我会问问曼迪看他是否知道些什么。"

"好的——如果你还能再见到他——活着。如果你见不到他——还是查查吧。否则别人会查。"

"你？"他的口气现在转硬了，但仍不失平静。

"不，斯塔尔先生。不是我。是不用吸一口长气就能把你吹出维加斯的人。相信我，斯塔尔先生。请相信我。这完全是大实话。"

"我会见到活人曼迪的。别为这事操心，马洛。"

"我想你对一切都了如指掌。晚安，斯塔尔先生。"

四十九

当车在前门外面停下而车门打开的时候，我走出去，站在台阶顶部朝下面嚷嚷。可是那名中年有色人种司机正扶着门等琳达下车。接着他提着一只小旅行包跟随琳达拾级而上。于是我只好干等着。

琳达登上台阶顶，转身对司机说："马洛先生会开车送我去酒店，阿莫斯。谢谢你做的一切。我会在早上打电话给你。"

"是，罗林太太。我能向马洛先生提个问题吗。"

"当然可以，阿莫斯。"

他把旅行包放在门内，琳达经过我身边走进屋里，留下我和他。

"'我老了……我老了……我将要穿裤脚卷起到臀部的长裤。'这是什么意思，马洛先生？"

"没什么了不起。只是好听而已。"

他笑了。"这句话出自《J.阿尔弗雷德·普鲁弗洛克的情歌》。还有一句。'在这屋里女人来来去去 / 谈论米开朗基罗。'你从这里听出了什么意思吗，先生？"

"听出了——我听出那家伙不太懂女人。"

"我所见略同，先生。尽管如此我还是非常崇拜 T.S.艾略特。"

"你说了'尽管如此'？"

"怎么了，我是说了。马洛先生。那不对吗？"

"不是，但别在百万富翁面前这么说。他会以为你要震他一下。"

他忧伤地笑了。"我做梦都没想过要震谁。你是不是出了什么意外，先生？"

"没有。是故意要受点儿伤。晚安，阿莫斯。"

"晚安，先生。"

他踏着台阶走回下面，我则回到屋内。琳达·罗林站在客厅中央环顾四周。

"阿莫斯是霍华德大学的毕业生。"她说，"就你这么个危险的男人而言，你住的地方可不太安全，对吗？"

"没什么地方是安全的。"

"瞧你这张可怜的脸。谁对你下手这么狠？"

"曼迪·曼宁德兹。"

"你对他做了什么？"

"也没怎么他。踢了他一两脚。他中了圈套。他正在去内华达的路上，有三四名硬汉派内华达警察陪同。别提他了。"

她在那张坐卧两用沙发上坐下。

"你想喝什么？"我问道。我拿出一盒香烟，伸手递给她。她说她不想抽烟。她说喝什么都行。

"我想到了香槟。"我说，"我没有冰桶，但酒是冷的。我存放好几年了。两瓶。红带。我估计不错。可我不是品鉴师。"

"存它干什么？"她问道。

"等你。"

她笑了，但她仍然盯着我的脸。"你满脸是伤。"她朝上伸出手指，轻轻触碰我的脸颊。"存着等我？不太可能。我们相遇才两个月。"

"那我就是存着它等我们相遇。我去拿来。"我拎起她的旅行包，提着它向房间另一头走去。

359

"你要把包拎去哪儿？"她高声问道。

"这里面装着过夜的东西，对吧？"

"把它放下，回这儿来。"

我照办了。她的两眼既是明亮的，同时又是困乏瞌睡的。

"这倒是件新鲜事。"她慢慢地说，"是件相当新鲜的事情。"

"怎么个新鲜法？"

"你没碰过我一手指头。没送过秋波，没说过暗示的话，没有动手动脚，什么都没有。我以为你强硬、辛辣、刻薄、冷酷。"

"我可能正是这样——有时候。"

"现在我送上门来，我猜不会有序幕，你打算在我们喝了足量的香槟之后就一把抓起我扔到床上。是不是这样？"

"坦白说，"我说道，"类似这样的念头确实曾在我脑海深处翻腾。"

"我受宠若惊，但假设我不想这么做呢？我喜欢你。我非常喜欢你。但这并不等于我想跟你上床。你不会是有点草率地下结论了吧——只因为我碰巧随身带了一只过夜旅行包？"

"可能是我弄错了。"我说。我走过去把她的旅行包拎回来，放回前门边上。"我去拿香槟。"

"我不想伤害你的感情。或许你会宁愿把这香槟留到某个更吉利的场合。"

"只有两瓶，"我说，"真正吉利的场合需要一打。"

"噢，我明白了。"她说，突然生气了，"我只是个临时补缺的，直到有更漂亮更迷人的女人出现。非常感谢你。现在你伤了我的感情，不过了解到我在这里很安全也就值了。如果你以为一瓶香槟就能让我变成荡妇，我可以向你保证你大错特错了。"

"我已经认错了。"

"我告诉你我要跟丈夫离婚，我让阿莫斯把我扔在这儿，手里还提着一只旅行包，这并不等于说我变得多么随便了。"她仍然气呼呼地说。

"该死的过夜包！"我吼道，"让这过夜包见鬼去吧！再提它一句我就把这该死的东西扔下前门台阶。我邀请你来喝一杯。我要去厨房把酒拿来。如此而已。我根本没起心要把你灌醉。你不想跟我上床，我完全理解。你没理由想那么做。但我们仍然可以喝上一两杯，对吧？至于谁想被引诱上钩，在何时何地，又是在喝了多少香槟之后，都不必变成一场争吵。"

"你也不必发火呀。"她说着，涨红了脸。

"这只是另一个招数。"我吼道，"我掌握了五十招，但我痛恨所有招数。它们全是假的，它们都有一种斜抛的媚眼。"

她站起身，走近我身边，用指尖轻抚我脸上的伤口和隆肿。"对不起。我是个疲惫失望的女人。请对我好一点。我不会随便把自己交给任何人。"

"你不疲惫，你不比大多数人更失望。想来想去你都应该和你妹妹一样是个被宠坏了的肤浅而淫乱的妹子。由于某种奇迹你竟然不是。你拥有你们家族全部的实诚和大部分的胆识。你不需要任何人善待你。"

我转身走出房间，沿着门廊走到厨房，从冰箱里拿出一瓶香槟，"啵"一声打开软木塞，迅速倒满两只浅底高脚酒杯，喝下一口，呛得眼泪都出来了，但我喝干了这杯。我又把杯子倒满。然后我把全套酒具放在托盘上，端进客厅。

她不在。那只过夜包也不在。我放下托盘，打开前门。我没听见前门打开的声响，而她没有车。我根本没听到任何声响。

这时她从我背后讲话了。"傻瓜，难道你以为我逃走了？"

我关上门，转过身去。她已松了头发，她光脚穿着簇绒拖鞋，身披夕照色的日本印花丝袍。她朝我缓缓走来，面带一种我意料不及的羞涩微笑。我递给她一杯酒。她接了酒杯，呷了两口香槟，把酒杯交还给我。

"非常好喝。"她说。然后非常平静地，没有一丝做作或刻意，她投入我的怀抱，将她的嘴贴上我的，唇齿微启。她的舌尖触及我的。良久，她把脑袋回缩，但手臂仍缠在我脖子上。她眼里充满美好的幻想。

"我一直想这样。"她说，"我只是得让你觉得难缠。我不知为什么。或许只是神经过敏吧。我其实根本不是浪女人。遗憾吗？"

"如果我以为你是，我第一次在胜利者酒吧遇见你时就会挑逗你了。"

她慢慢地摇头，笑了。"我不这么想。那是我来这儿的理由。"

"或许那晚不会。"我说，"那个夜晚另有所属。"

"或许你从未在酒吧跟女人调情。"

"不常。灯光太暗。"

"可是很多女人去酒吧只是为了有人跟她们调情。"

"很多女人早上起床时就有这种念头。"

"但烈酒是春药——在某种程度上。"

"医生们还推荐烈酒呢。"

"谁跟你聊医生了？我要香槟。"

我又亲了她几下。这是轻松愉快的活儿。

"我要亲你可怜的面颊，"她说着，做了。"像火烧一般。"她说。

"我的其他部分却冰冻了。"

"才不呢。我要我的香槟。"

"为什么？"

362

"我们不喝它就没泡泡了。再说我喜欢它的味道。"

"好吧。"

"你非常爱我吗？或者要我跟你上床你才会非常爱我？"

"或许。"

"你不必跟我上床，你懂的。这个我并不绝对坚持。"

"谢谢你。"

"我要我的香槟。"

"你有多少钱？"

"加起来？我怎么知道？大约八百万元。"

"我决定要跟你上床了。"

"唯利是图。"她说。

"香槟是我出钱买的。"

"让香槟见鬼去吧。"她说。

五十

一小时后她伸出一条赤裸的手臂来挠我的耳朵，说："你会考虑娶我吗？"

"这延续不了六个月。"

"好吧，看在上帝的分儿上，"她说，"就算延续不了吧。那不是也值吗？你指望从人生中得到什么——万无一失的保险？"

"我四十二岁啦。独立生活把我惯坏了。你有点被钱宠坏了——不太严重。"

"我三十六岁了。有钱不丢脸，跟钱结婚也不丢脸。有钱人大多数不配有钱，不知道怎样和钱相处。但这不会长久。我们会有另一场战争，战争结束时谁都不会有钱了——除了骗子和投机者。我们都会被课税弄得一文不名，我们其余的人。"

我抚摩她的头发，将一绺发丝缠在我的手指上。"你也许是对的。"

"我们可以飞去巴黎过几天神仙日子。"她用手肘支起身子，俯视着我。我能看见她眼里的光亮，但我看不清她的表情。"你对婚姻有什么反感吗？"

"一百个人中有两人婚姻美满。其他人只是点卯上班。二十年后所有男人只剩下车库里的一张工作台。美国女孩子了不起。美国

主妇们占了太他 × 多的地盘。何况——"

"我要点儿香槟。"

"何况,"我说,"这对你只是一段插曲。第一次离婚是唯一艰难的一次。此后就只是一个经济问题了。对你来说是不成问题的。十年过后你或许会在街上和我擦肩而过,记不起你以前究竟在哪里见过我。如果你终究注意到了我的话。"

"你这自给自足、自满自信、难以捉摸的混蛋。我要点儿香槟。"

"这样你才会记得我。"

"还自高自大。一大堆自高自大。眼下略有瘀伤。你以为我会记得你?无论我嫁过多少睡过多少男人,你以为我都会记得你?我凭什么?"

"抱歉。我高估了自己。我去给你拿点儿香槟。"

"我们不是很亲爱很明理吗?"她嘲讽地说道,"我是个富婆,亲爱的,我还会富得无边。只要值得买我会给你买下世界。你现在有什么?只有一所空宅可回,连一只猫一条狗都没有,只有一间又窄又闷的办公室供你坐在里面等待。就算我跟你离婚了我也绝不会让你重新落到这步田地。"

"你要怎么阻止我?我不是特里·伦诺克斯。"

"拜托,我们别谈他。也别谈那根金色冰柱,韦德家的那个女人。也别谈她那醉醺醺沉沦的可怜丈夫。你想做唯一拒绝我的男人?那算哪门子自尊?我已给了你我懂得如何给予的最大恭维。我请求你娶我。"

"你给过我更大的恭维。"

她哭了起来。"你个傻瓜,你个大傻瓜!"她的脸颊湿了。我能感觉到两颊的泪水。"假定它延续半年、一年或两年吧。你会有什么损失呢?不过是损失了办公桌上的灰尘,百叶窗帘上的尘埃,在相当空虚的生活中感到的寂寞。"

"你要再来点儿香槟吗？"

"好吧。"

我把她拉近些，她贴着我的肩膀哭泣。她没有爱上我，我们都知道。她不是为我哭。只是到了她该掉几滴泪的时候。

接着她抽开了身子，我下了床，她走进浴室去化妆。我拿来了香槟。当她回来时她满面笑容。

"我很抱歉哭得这么厉害。"她说，"六个月后我会连你的名字都想不起来。把它拿去客厅吧。我想看见灯光。"

我照她说的做了。她和先前一样在坐卧两用沙发上坐下。我把香槟端到她面前。她看看玻璃杯，但没去碰。

"我会自我介绍。"我说，"我们会一起喝一杯。"

"像今晚这样？"

"再也不会像今晚了。"

她举起她那杯香槟，慢慢喝了点儿，在沙发上转过身子，把剩下的酒泼在我脸上。接着她又哭了起来。我掏出一条手帕，擦干我的脸，替她擦干她的脸。

"我不知道我为什么那么做。"她说，"可是看在上帝的分儿上，别说我是个女人，别说女人永远搞不清楚她为什么要做什么事情。"

我给她杯子里又倒了一些香槟，笑话她。她慢慢喝着，然后转向我这边，伏在我的膝头。

"我累了。"她说，"这次你得抱我过去。"

过一会儿她睡着了。

早上她还熟睡着，我起床，煮咖啡。我冲澡，剃须，更衣。这时她醒了。我们共进早餐。我叫了出租车，把她的旅行包拎下台阶。

我们说了再见。我目送出租车消失。我往回走，登上台阶，走

366

进卧室，把床铺弄乱，重新整理。一只枕头上有一根深色长发。我的心窝里有一块铅。

　　法国人对此有句成语。那些混蛋对每件事都有句成语，而他们总是说得很贴切。

　　说声再见，等于死了一点点。

五十一

休厄尔·恩迪克特说他会工作到很晚，我可以在傍晚七点半左右顺道去找他。

他有个铺了蓝地毯两面临窗的高级办公室，有张四角雕花的红色桃花心木办公桌，非常古老而且显然非常贵重，几个常见的玻璃门书架上摆着芥末黄色的法律书籍，几幅由英国讽刺画家斯派所绘的英国著名法官们的漫画，以及挂在南墙上的大法官奥利弗·文德尔·福尔摩斯的一幅孤零零的巨幅肖像。恩迪克特的座椅缝了黑皮革。他身边有一张塞满了文件的没合盖的拉盖书桌。这是一间任何装修师都没有机会加以美化的办公室。

他只穿了衬衫，显得疲倦，但他天生就是那副面孔。他正在抽他那种没味的香烟。烟灰落在他松开的领带上。他那柔软的黑发到处可见。

我坐下以后他默默地盯着我。接着他说："你是个顽固的混蛋，我从没遇见过。别告诉我你还在深挖那堆烂事。"

"有些事叫我有点担心。如果我假定你到鸟笼里来看我时代表的是哈伦·波特先生，现在说出来没关系了吧？"

他点点头。我用指尖轻触一下我的侧脸。伤口已经痊愈，隆肿也消了，但那几次击打肯定有一拳伤到了神经。部分脸颊还是麻木的。我忍不住要去碰它。到时候它就会痊愈吧。

"你前往欧塔托克兰时是临时代理地检班子的一个成员？"

"是的，但你别揪住不放，马洛。这曾是很有用的关系。或许我对它看得太重了些。"

"希望现在还是。"

他摇摇头。"不，已经完了。波特先生现在通过旧金山、纽约和华盛顿的律师行处理法律事务。"

"我估计他对我恨之入骨——当他想到这件事的时候。"

恩迪克特笑了。"非常奇怪，他全怪在了他女婿罗林医生头上。哈伦·波特这样的人必须把错误归于某个人。他自己是不可能犯错的。他觉得要不是罗林给那女人服用危险药物，那么一切都不会发生。"

"他弄错了。你在欧塔托克兰见过特里·伦诺克斯的尸体吗？"

"我的确见过。在一家家具工场的后面。他们那儿没有正式的殡仪馆。工场老板也做棺材。尸体是冰凉的。我看见了太阳穴上的伤口。死者的身份没问题，如果你追寻这些线索是有什么想法的话。"

"不，恩迪克特先生，我没想法，因为他的身体特征是几乎不可能误认的。不过他化了装，对吗？"

"脸和手颜色变深了，头发染黑了。但疤痕还很明显。还有指纹，当然啦，很容易根据他在家里碰过的东西进行比对。"

"他们那边的警察怎么样？"

"很原始。领导可能只是粗通文墨。但他懂指纹。天很热，你懂的。相当热。"他皱起眉头，拿下嘴上的香烟，不经意地丢进一只仿玄武岩黑色陶瓷的大容器里。"他们得从旅馆里取来冰块，"他补充道，"大量冰块。"他又看看我，"那里没有防腐处理。事情得快办。"

"你会讲西班牙语吗，恩迪克特先生？"

"只会几句。旅馆经理当翻译。"他笑了，"一个衣着考究的斯文人，那家伙。外表强硬，但他很有礼貌，愿意帮忙。很快就办完了。"

"我收到特里的一封信。我估计波特先生知道这事。我告诉了他女儿罗林太太。我还给他女儿看了。信里夹带了一张'麦迪逊肖像'。"

"一张什么？"

"五千元大票。"

他扬起眉毛。"确实，嗯，他肯定花得起。他妻子给了他整整二十五万，在他们第二次结婚的时候。他可能是打算去墨西哥混日子吧——远离过去的一切。我不了解那些钱的走向。我不掌握那个情况。"

"这就是那封信，恩迪科特先生，如果你乐意读一读。"

我掏出信来递给他。他读得很仔细，律师阅读任何文件都这样。他把信放到办公桌上，身子后仰，盯着虚空。

"有点儿文绉绉，对吧？"他平静地说，"我想不通他为什么这么做。"

"是指自杀、自白还是写信给我？"

"当然是指自白和自杀，"恩迪克特高声说，"这封信是可以理解的。你为他做的事情——还有后来所做的，至少得到了合理的回报。"

"那个邮箱困扰着我。"我说，"他在信中说他窗户下面有个临街的邮箱，旅馆侍者在把信投进信箱之前会举起来给他看看，让他能够看到信被寄出了。"

恩迪克特眼里有了睡意。"所以呢？"他漠不关心地问。他从一只方盒里拿出另一支过滤嘴香烟。我把打火机凑到桌子对面给他点烟。

"欧塔托克兰那种地方街道上不会有邮箱。"我说。

"说下去。"

"起初我没想到。后来我查了查那地方。它只是个村庄。人口大约一万到一万二。一条街道只有一半铺了柏油。警察头目有一辆A型福特用作公务车。邮局在一家店铺角上，那是一家肉铺。一家旅馆，两家酒吧，路都不好走，有个小机场。有人去附近的山里打猎——很多人。所以有机场。前往那里唯一合适的途径。"

"说下去。打猎的事我知道。"

"所以要说那条街上有个邮箱，就好比说那里有个跑马场、赛狗场、高尔夫球场、回力球场和带彩色喷泉与露天音乐台的公园。"

"那么是他弄错了。"恩迪克特冷冷地说，"有可能那是个在他看来像只邮箱的东西——例如一只垃圾桶。"

我站起身。我伸手把那封信拿过来，将它重新折好，放回口袋。

"一只垃圾桶。"我说，"没错，就是垃圾桶。涂了墨西哥色彩，绿、白、红，还有一行标语，用醒目的印刷体大字印在上面：'维护本市清洁。'是西班牙文，当然。垃圾桶四周还躺着七条癞皮狗。"

"别卖弄聪明了，马洛。"

"抱歉我展示了自己的头脑。另一个小问题我已经向兰迪·斯塔尔提过了。这封信怎么可能寄得出来呢？照信上的说法，办法是事先安排好的。所以有人跟他谈过那个邮箱。所以有人撒谎了。所以还是有人寄出了这封夹带了五千元钞票的信。引人入胜，你不觉得吗？"

他喷着烟雾，望着它袅袅飘散。

"你的结论是什么——干吗把斯塔尔也扯进来呢？"

"斯塔尔和一个叫作曼宁德兹的混蛋是特里在英军中的战友，那个曼宁德兹现在有人把他从我们中间剔除了。他们在某个方面走错了道，我应该说是几乎在每个方面都走错了道，但他们仍然为自尊之类的东西留下了空间。这里使了个障眼法，理由很明显。在欧

371

塔托克兰使了另一种障眼法，原因却完全不同。"

"你的结论是什么？"他再次问我，语气更尖锐。

"你的是什么？"

他没回答我。于是我感谢他抽时间见我，向他告辞。

我把门打开时他皱起了眉头，但我觉得这是真正困惑不解的皱眉。或许他在努力回忆那家旅馆外面究竟是个什么样子，那里究竟是否有只邮箱。

这是另一个轮子开始转动了——如此而已。它转动整整一个月才会显山露水。

然后在某个星期五的早晨，我发现有个陌生人在我的办公室等我。他是个衣冠楚楚的墨西哥人或某种南美人。他坐在敞开的窗前抽一支气味很浓的褐色香烟。他是高个头，身体修长，温文尔雅，留着整齐的浅黑胡须，一头黑发留得比一般人稍长，身着松织面料的淡黄褐色套装。他戴了那种绿色太阳镜。他礼貌地站起身来。

"马洛先生？"

"我能为你做什么？"

他递给我一张折叠的纸，用西班牙语说："这是拉斯维加斯的斯塔尔先生给你的信，先生。你会讲西班牙语吗？"

"会，但讲不流畅。讲英语更好。"

"那就英语吧。"他说，"对我都是一样。"

我接过那张纸读信。"兹介绍奇斯科·马约拉诺斯，我的一个朋友。估计他能解答你的疑问。S。"

"我们进去吧，马约拉诺斯先生。"我说。

我替他把着打开的门。他从我身边走过时发出香水味。他的眉毛也秀气得吓人。但他或许不像看上去那么优雅，因为他的两边脸颊上都有刀疤。

五十二

他在顾客椅上坐下，跷起二郎腿。"听说你想了解有关伦诺克斯先生的某些情况。"

"只要最后一幕。"

"当时我在场，先生。我在那家旅馆有个职位。"他耸耸肩，"不重要，而且当然是临时的。我是日班知客。"他的英语讲得完美，但带有西班牙语的节律。西班牙语，那是美洲的西班牙语，抑扬分明，在美国人的耳朵里似乎和语义无关。它像海洋的浪涌。

"你不像那种人。"我说。

"人总有难处。"

"是谁给我寄信的？"

他递过来一盒香烟。"试一支这个。"

我摇摇头。"对我来说太烈了。哥伦比亚香烟我喜欢。古巴香烟呛死人。"

他微微一笑，自己又点了一支，吐出烟雾。这家伙太他×斯文，开始惹恼我了。

"我知道那封信，先生。有卫兵来把守以后，那男服务生不敢上楼去那位伦诺克斯先生的房间。警察或侦探，用你们的话讲。于是我亲自把信交给邮差。是在开枪之后，你懂的。"

"你应该瞧了信封里面。它夹带了一大张钞票呢。"

"信是封了口的。"他冷冷地说，"荣誉不像螃蟹可以横行，先生。"后面这句话他讲了两遍，先讲西语，后讲英语。

"我道歉。请继续。"

"当我走进房间面对卫兵关上门时，伦诺克斯先生左手捏着一张一百比索的钞票。他的右手握着一把手枪。他前面的桌上摆着那封信。还有另一张纸，我没看上面写了什么。我拒收那张钞票。"

"钱太多了。"我说，但他对讽刺没有反应。

"他坚持要给。所以我还是收下了，后来给了那个男服务生。我把信放在先前送咖啡的托盘上，藏在餐巾下面带出去。那侦探紧盯着我，但他没说话。我走楼梯下到一半就听见了枪响。我急忙藏好信奔回楼上。那侦探正想把门踢开。我用了钥匙。伦诺克斯先生已经死了。"

他沿着办公桌的边缘轻轻移动指尖，叹息一声。"其余的你肯定都知道了。"

"旅馆客满了吗？"

"没有客满，没有。有半打客人。"

"美国人？"

"两个北美人。猎人。"

"真正的外国佬还是墨西哥移民？"

他把一个指尖缓缓滑过膝头的淡黄褐色布料。"我想其中一位很可能是西班牙裔。他讲边境西班牙语，非常粗俗。"

"他们根本没靠近过伦诺克斯的房间？"

他猛然抬起头，但那副绿色的眼镜没让我看到他的眼神。"他们干吗要靠近呢，先生？"

我点点头。"好吧，你跑来告诉我这些，你真是太他 × 好心了，马约拉诺斯先生。请转告兰迪我对他感激不尽。"

"不足挂齿，先生。不足挂齿。"

"过阵子要是他有空，他不妨派一个明白自己在说什么的人来见我。"

"先生？"他的声音很柔和，却是冷冰冰的，"你不信我的话？"

"你们这些家伙老谈荣誉。荣誉是贼盗的斗篷——有时候。别动气。坐着别动，让我换个方式讲述这事。"

他傲慢地向后仰靠。

"我只是猜测，记住。我可能想错了，但我也可能没错。那两位美国人在那里是有目的的。他们乘飞机过去。他们假装是猎人。其中一个叫曼宁德兹，是个赌徒。他用其他姓名登记，或者没有。我不知道。伦诺克斯知道他们在那儿。他知道是为什么。他写那封信给我是因为良心不安。他把我当傻瓜耍了，可他是个好人，对这事做不到心安理得。他把那张钞票放到信封里，那可是五千美元，因为他有大把的钱，而且他知道我没有。他还在信封里放了一个临时想到的小小暗示，它可能显露出来也可能不会。他那种家伙是总想做正确的事情结果却不知怎么出了岔子。你说你把信交给邮差了。你为什么不把它投进旅馆前面的那只箱子？"

"什么箱子，先生？"

"邮箱。就是你们西班牙语所讲的'邮差木箱'吧。"

他笑了。"欧塔托克兰不是墨西哥城，先生。那是个非常原始的地方。欧塔托克兰怎么会有街头邮箱？那儿没人会懂得那是干什么的。没有人会去箱子里取信。"

我说："噢，好的，此事略过。你并不曾用托盘端咖啡上楼送到伦诺克斯先生的房间，马约拉诺斯先生。你没有经过那个侦探身边走进房间。那两名美国人却确实进去了。当然，那侦探被搞定了。其他几个家伙也被搞定了。两个美国人中有个人从后面击打伦诺克斯。然后他掏出那把毛瑟手枪，打开一个弹匣，取出子弹，把弹匣推回枪膛。然后他用枪顶住伦诺克斯的太阳穴扣了扳机。这造成了一个难看的伤口，却并没把他打死。然后他被人放在担架上抬出去，担架被覆盖了，掩藏得很好。然后当那位美国律师到来时，伦诺克斯被麻醉了，被放在冰堆里，摆在那家木工作坊的阴暗角落里，而木匠正在做一副棺材。那名美国律师在作坊里见到了伦诺克斯，他浑身冰凉，深度昏迷，太阳穴上有个血糊糊的黑色伤口。他看上去已经死翘翘了。第二天那口棺材装着石头下葬了。美国律师带着指纹和一份假造的文件回家了。你觉得这种说法怎么样，马约拉诺斯先生？"

他耸耸肩。"这倒是有可能的，先生。可这需要金钱和势力。这倒是有可能的，说不定，只要那位曼宁德兹先生跟欧塔托克兰的要人关系密切，例如镇长、旅馆老板什么的。"

"嗯，那也可能。这想法很棒。这就解释了他们为什么选了欧塔托克兰这么一个遥远的小地方。"

他立刻笑了。"这么说伦诺克斯先生也许还活着，对吧？"

"当然。为了让自白书有可信度，就必须以某种方式来伪造自杀。一定要做得逼真，才能骗过一名担任过地方检察官的律师，一旦把戏被揭穿，现任地方检察官就成了一只病快快的猴子。那位曼宁德兹自以为够狠，其实不然。不过他的凶狠劲儿还是不赖，竟然用手枪揍我，责罚我多管闲事。所以他这么做得有理由。如果假把戏曝光了，曼宁德兹会处在一件国际丑闻的中心。我们不喜欢警察弄虚作假，墨西哥人也不喜欢。"

"所有这些都有可能，先生，这我非常清楚。但你指控我说谎。

你说我没有走进伦诺克斯先生所在的房间去取他写的信。"

"你已经在那儿了，朋友——正在写那封信。"

他伸手摘下墨镜。没人能够改变一个人眼睛的颜色。

"我想喝占列鸡尾酒还嫌早了点儿。"他说。

五十三

他们在墨西哥城对他下了一番奇妙的功夫，但干吗不呢？他们的医生、技师、医院、画家、建筑师都和我们的一样优秀。有时候还强一点点。有个墨西哥警察发明了火药硝酸盐残留物的石蜡检测法。他们没法把特里的脸弄得完美无瑕，但已经做得够好了。他们甚至改变了他的鼻子，取出几点骨头，使它显得扁平些，少了点北欧风味。他们没法消除一处伤疤的所有痕迹，于是索性在他另半边脸上也弄出两道痕迹。刀疤在拉丁国家并不少见。

"他们甚至在这儿做了神经移植。"他说着，摸了摸原本破了相的那半边脸。

"我的推理有多接近事实？"

"够接近了。有几个细节错了，但都不重要。这是一桩快活儿，有些点子是临时想出来的，连我自己也不知道将会发生什么。他们叫我做几件事，留下一条清晰的轨迹。曼迪不赞成我给你写信，但我坚持要写。他有点低估你了。他没注意到有关邮箱的那点小事。"

"你知道谁杀了西尔维娅？"

他没有直接回答我。"以谋杀罪告发一个女人是很难下手的——即使她在你心里没多大分量。"

"世道本来艰难。哈伦·波特是否都知情？"

他又笑了。"他会让别人了解他是否知情吗？我估计不会。我的猜想是他以为我死了。谁会告诉他我没死呢——除了你？"

"我和他说的话你连一片草叶都装不满。曼迪最近怎样——或者说他现在怎样？"

"他过得很好。在阿卡波克。他搭帮兰迪躲过了一劫。但那帮家伙不主张对警察下毒手。曼迪没你想的那么坏。他也有一颗心。"

"蛇也有。"

"好吧，喝一杯那种占列鸡尾酒怎么样？"

我没有回答他，站起身，走向保险柜。我转动旋钮，拿出装有那张"麦迪逊肖像"和五张带咖啡味百元钞票的信封。我把那些东西一股脑儿倒在桌上，然后拾起那五张百元钞票。

"这些我留下。我把这些钱几乎全花费于开销和调研了。那张'麦迪逊肖像'我乐意把玩。它现在归你了。"

我把大钞摊在他前面的桌子角上。他瞅了瞅，却没去碰。

"这你该留下。"他说，"我有很多。你本来可以听凭事情保持原状的。"

"我知道。在她杀了丈夫逍遥法外之后她也许会朝好的方面转变。当然，其实她丈夫并不重要。只是一个有血有头脑有情感的人类罢了。他也了解发生了什么，他很吃力地努力带着秘密活下去。他写书。你也许听说过他。"

"听着，我的所作所为不完全是我自己能够控制的。"他慢吞吞地说，"我不想要任何人受伤害。在这里我连一只狗的机会都没有。一个人没法那么快地想得面面俱到。我吓坏了，我逃了。我应该怎么做？"

"我不知道。"

"她有疯狂的倾向。她反正会杀掉丈夫。"

"对，她会的。"

"喂，放松点儿吧。我们找个清净的地方去喝一杯。"

"我眼下没时间，马约拉诺斯先生。"

"我们曾是相当好的朋友。"他郁闷地说。

"我们是吗？我忘了。另外那两个家伙才是，在我看来。你常住墨西哥？"

"哦，是的。我在这里甚至都不合法。我从来不合法。我曾告诉你我出生在盐湖城。其实我出生在蒙特利尔。我现在很快就要成为墨西哥国民了。所需的只是一个好律师。我一向喜欢墨西哥。去胜利者酒吧喝杯占列鸡尾酒不算太冒险。"

"拾起你的钱，马约拉诺斯先生。它有太重的血腥味。"

"你是个穷人。"

"你怎么知道？"

他拾起那张钞票，夹在他瘦削的手指间捋平，将它随便地塞进一只内口袋。他用雪白的牙齿咬咬嘴唇，那种白牙只有在你的皮肤呈现棕色时才会拥有。

"你送我去蒂华纳的那天早上我能说的都对你说了。我给过你机会向警察报案并把我告发。"

"我没生你的气。你就是那种家伙。有很长一段时间我根本没法搞懂你。你有好作风和好品格，但也有些地方不对头。你有原则，你守着原则生活，但这些原则是个人的。它们无关乎任何伦理或良心上的不安。你是个好人，原因是你有好天性。可是你跟流氓暴徒厮混就和跟正人君子结交同样快活。只要流氓讲一口流利的英语，并能遵守完全令人满意的餐桌礼仪。你在道德上是个失败者。我想也许是那场战争使然，我又觉得也许你天生就是如此。"

"我不懂，"他说，"我真的不懂。我想报答你，你却不让我报答。我不能告诉你更多的事情。你会受不了的。"

"你说话总是那么中听。"

"很高兴你还有欣赏我的地方。我遇到了大麻烦。我碰巧认识那种懂得如何解决大麻烦的人。由于很久以前在战争中发生的一件事他们欠了我的情。那可能是我这辈子唯有的一次像老鼠一样敏捷地做了件好事。当我需要他们的时候他们伸出了援手。而且是免费的。你并非世界上唯一不贴价格标签的人,马洛。"

他从书桌对面探身过来,从我的香烟盒里抽走一支香烟。他脸上的深褐色皮肤下面泛起了不均匀的红潮。那些疤痕在红潮衬托下变得显眼了。我注视着他费力地从口袋里掏出一只漂亮的盒式打火机,把烟点着。我闻到从他身上飘来的一股香水味。

"你深深打动过我,特里。一笑,一颔首,一挥手,在此处彼处一间安静的酒吧里安静地喝上几杯。好时光一去不复返了。别了,朋友。我不会说再见。在再见还有含义的时候我对你说了再见。当再见是悲哀、孤独和结局的时候我说了再见。"

"我回来太迟了。"他说,"这些整容手术很费时间。"

"如果我没有用烟把你熏出来你根本不会露面。"

在他眼里突然有了泪光一闪。他连忙把深色眼镜戴回去。

"我对此没有把握。"他说,"我没有打定主意。他们不肯让我对你吐露任何情况。我只是还没打定主意。"

"别为这个操心了,特里。身边总会有人替你拿主意。"

"我曾加入突击队,老兄。如果你轻如鸿毛,他们不会收你。我受了重伤,跟那些纳粹医生待在一起可不好玩。这对我有影响。"

"这我全明白,特里。你在很多方面是个可爱的家伙。我不是批评你。我从来没有。只是你已不再属于这儿了。你早就离去了。你穿讲究的衣服,抹香水,你优雅得像五十美元一次的妓女。"

"那只是表演。"他几近绝望地说。

"你演得过瘾，对吧？"

他的嘴角下垂显出苦笑。他耸耸肩，那是富有表现力的充满活力的拉丁式耸肩。

"当然。所有的都是表演。此外什么也没有。在这儿——"他用打火机敲着胸脯，"什么都没有。我曾有过，马洛。我很久以前有过。好吧——我想事情就这样一风吹了。"

他站起身。我站起身。他伸出一只瘦手。我握了握它。

"别了，马约拉诺斯先生。很高兴认识你——尽管短暂。"

"再见。"

他转身，走过地板，出去了。我看着门关上了。我听着他的脚步踏着人造大理石的长廊远去。过了一会儿声音变微弱了，接着变成沉寂。但我继续听着。为了什么？难道我想要他突然止步，转身回来，说服我改变心中的感受？嗯，他没有。那是我最后一次见他。

我再未见到他们当中的任何人——警察除外。和警察说再见的方法还没发明出来。